Helga Glaesener

Die Postmeisterin

Helga Glaesener

Die Postmeisterin

Historischer Roman

List

MIX
Papier aus verantwortungsvollen Quellen
FSC® C014496

List ist ein Verlag
der Ullstein Buchverlage GmbH

ISBN 978-3-471-35132-1

Gesetzt aus der Sabon
Satz: LVD GmbH, Berlin
Druck und Bindearbeiten: GGP Media GmbH, Pößneck
Printed in Germany

Prolog

Düsseldorf, 23. September 1597

Das Kind schrie. Es lag in einem Weidenkorb wie einst der kleine Moses und brüllte sich die Seele aus dem Leib, und das bereits seit zehn Minuten. Aliz d'Antigny presste die Hände gegen die Schläfen. Wie sollte man so etwas aushalten? Am liebsten hätte sie das Bündel gegriffen und ... ja, und was? Sie hatte keine Ahnung von Kindern, und Marthe, die Mutter des Kleinen, eine dralle Amme mit einem angedeuteten Bart über der Oberlippe, schien von dem Lärm nicht im Geringsten beeindruckt. Sie plauderte, als wäre sie taub. Das Wetter ... die Reise auf den schlammigen Landstraßen, die sie fast umgebracht hatte ...

»Vielleicht ist der Kleine hungrig?«, versuchte Aliz sie zu unterbrechen.

Marthe schüttelte den Kopf und stupste den Weidenkorb mit dem Fuß an. Sie musste noch die Sache mit dem Calvinisten loswerden, den sie vor dem Düsseldorfer Schloss hatte predigen hören und den man besser einsperren sollte, bevor er den Leuten mit seinem ketzerischen Geschwätz das Herz verdarb und ...

»Oder seine Windel ist nass?«

Marthe lachte und schüttelte den Kopf. »Alle Kinder schreien. Es kräftigt die Lungen. Wenn sie nicht schreien, sterben sie.«

Sie musste es wissen. Wäre sie keine erfahrene Amme,

hätte man ihr wohl kaum das zweite Kind anvertraut, das sich mit ihnen in dem kleinen Kellerraum des Düsseldorfer Schlosses aufhielt – den kostbaren Knaben, der in einer Ecke neben einem Eimer voller Holzscheite mit einem bunt bemalten Blechpferdchen spielte. Er war ein hübsches Kind, drei Jahre alt, mit blonden, zarten Locken, flinken Fingern und einem aufgeweckten Gesicht.

Die Nadel in Marthes Finger glitt über ein Wollhemd, das geflickt werden musste. Sie begann ein Rezept ihrer Mutter zu preisen – Suppe aus Brot und schwarzem Bier, aber süßem, unbedingt! –, als plötzlich die Tür aufflog. Susanne kam herein, die erste Kammerfrau der Herzogin Jakobe, der auch Aliz diente. Das hagere Gesicht des Weibes war gerötet. Ihr Blick flog durchs Zimmer, und sie atmete auf, als sie sah, dass sich nur die beiden Frauen und die Kinder in dem kargen Dienstbotenzimmer aufhielten. Rasch schloss sie die Tür hinter sich. »Du kannst noch nicht zur Herrin, Aliz. Der Herzog läuft durch die Gänge. Er hatte wieder einen Anfall und … Es ist grauenhaft.«

Aliz nickte.

»Dieses Mal hat er einen gläsernen Pokal zerschlagen, den benutzt er als Waffe. Angeblich hat er Josef, der ihn bewachte, den Hals so furchtbar zerschnitten, dass man um sein Leben fürchten muss.« Susanne brach in Tränen aus. Sie setzte sich zu ihnen an den Tisch und knetete das Ende ihres Gürtels. »Ich musste durch den Flur, in dem es passiert ist, und habe das Blut gesehen. Die ganzen Wände waren vollgespritzt. So ein Anblick … so ein Grauen … O gütige Jungfrau, warum musste der Herrgott uns so schlagen? Warum musste unsere arme Herzogin …«

»Er ist doch nicht auf dem Weg zu ihr?«, unterbrach Aliz sie beunruhigt.

»Sie hat sich eingeschlossen. Und es sind bereits Wachen unterwegs. Sicher ist es bald vorbei.«

Aliz war erleichtert. Sie mochte Jakobe. Die Herzogin hatte sie als Kammerfrau in ihren Dienst genommen, als es ihr schlecht ging, und so etwas vergaß sie nicht. »Gibst du mir Bescheid, wenn sich alles wieder beruhigt hat?«

Susanne nickte und blickte von der Amme, die schockiert das Hemd hatte sinken lassen, zu dem Knaben mit dem Blechpferdchen. Dann sprang sie auf, als hätte sie sich schon viel zu lange in dem düsteren Gelass aufgehalten, und ging. Ihre Schritte verhallten.

»Die arme Herzogin«, murmelte Marthe. Aliz schlang ihren Mantel enger um sich. Draußen regnete es, und obwohl es bereits Juni war, wurde es nachts noch sehr kalt. Kurz überlegte sie, die Scheite aus dem Eimer zu nehmen und in dem kleinen Kamin ein Feuer anzuzünden, entschied sich dann aber dagegen. Ihr war übel. Wahrscheinlich wurde sie krank. Oder der Fisch vom Mittagessen war nicht gut gewesen. Träge lauschte sie Marthes Geplapper, das wieder eingesetzt hatte. »Die arme Herzogin ... wenn man dagegen das eigene Glück betrachtet ... mir ist wahrlich kein Reichtum beschert, doch mein Ehemann ...« Der Knabe ließ sein Blechpferdchen über ihre Schenkel reiten.

Aliz schluckte, als der Brechreiz stärker wurde. Sich übergeben zu müssen wäre die Krönung dieser scheußlichen Nacht. Draußen vor dem Fenster platschten die Tropfen auf das Pflaster, jeder einzelne schien in ihrem Kopf eine Explosion zu verursachen. Die Turmuhr im Innenhof des Düsseldorfer Schlosses begann zu schlagen. Sie zählte bis elf. Wann die Herzogin wohl nach ihr rufen lassen würde?

Endlich kehrte Susanne zurück. »Du kannst jetzt hinauf, Aliz. Der Herzog hat Wein und ein starkes Mittel zur Beruhigung bekommen, keine Sorge. Er liegt in seinem Bett und schläft.« Sie setzte sich zu Marthe.

»Kommst du nicht mit?«

»Sie will nur dich und den Knaben sehen.«

Aliz atmete weiter gegen die Übelkeit in ihrem Magen an, das verfluchte Rumoren, das einfach keine Ruhe geben wollte. Der Knabe tappte um den Tisch herum. »Hotthü!« Sie nahm ihn auf die Arme. Er war so niedlich mit den runden, arglosen Augen, dem Pusteblumenhaar und dem Grübchen neben dem linken Mundwinkel, das ihm eines Tages die Herzen zufliegen lassen würde. Aber außerdem und vor allem war er ein Unglück.

»Nun geh schon«, drängte Marthe. »Wir warten hier.«

Der Junge war quirlig wie ein Welpe. Er wollte auf den Boden zurück, aber Aliz hielt ihn fest. »Leise sein, Moritz«, flüsterte sie, als sie die Tür öffnete. Er lachte sie mit müden Äuglein an und zappelte weiter.

Die Flure, die sie entlangschritten, waren lang, dunkel und von niedrigen unverputzten Decken überwölbt, so dass man ständig meinte, den Kopf einziehen zu müssen. Als sie den Keller über eine schmale Holzstiege verließen, waren die Flure immer noch lang, aber hier, wo die Herrschaft schritt, besaßen sie doppelte Höhe. Das Mondlicht, das durch die Sprossenfenster fiel, ließ Gemälde, kostbare Ledertapeten und gelegentlich einen Kronleuchter erkennen. Aliz' Schritte hallten auf dem Parkett, obwohl sie sich bemühte, leise zu sein. »Hühott ...«, plapperte der Junge, der sein Pferd nun auf ihrer Schulter reiten ließ.

»Psst.«

Was sollte sie nur sagen, wenn ihr jemand begegnete? Sie müsste schnell und glaubwürdig antworten. »Behaupte, dass es das Kind deiner Schwester sei«, hatte Jakobe befohlen. Nur besaß Aliz gar keinen Neffen, weil ihre Familie einem Blatternausbruch zum Opfer gefallen war, dem nur sie selbst und ihr klappriger Onkel Jean entkommen waren, und das wussten die Leute hier. Es ist alles ein Wahnsinn, dachte sie und wünschte von Herzen, sie läge bereits in ihrem Bett.

Sie wollte gerade eine weitere Tür öffnen, als sie ein Geräusch zu hören meinte. Sofort dachte sie an den Herzog. Aber der schlief doch längst und wurde bewacht. Aliz schaute sich um, doch der Flur lag völlig still, und auch hinter der Tür, vor der sie stand, rührte sich nichts. Plötzlich bäumte sich ihr Magen auf, und das kaum verdaute Essen schoss in ihren Mund. Hektisch ließ sie das Kind zu Boden gleiten und erbrach sich neben einem Fenster – erst das Essen, danach bittere Galle. Der Knabe hielt sich an ihrem Rock fest und schaute fasziniert zu. »Hast du ein Weh?«, wollte er wissen.

Aliz wischte sich den Mund ab, hob den Saum an, den sie hoffentlich nicht bekleckert hatte, und nahm den Kleinen wieder hoch. Ihr ekelte vor sich selbst.

»Du stinkst«, krähte der Knabe.

»Und wie nett von dir, dass du's mir sagst.«

»Ich kann zählen. Bis hundert, weißt du das?«

Sie musste trotz des sauren Geschmacks im Mund lächeln. »Glaube ich nicht.«

Das war eine dumme Bemerkung, denn er begann sofort, ihr seine Kunst zu beweisen. »Eins, zwei …«, hallte es durch den Gang.

»Kannst du auch leise zählen, Moritz? Nur im Kopf?«

»Dann hörst du mich doch nicht.«

»Laut zählen kann jeder, kluge Menschen wissen, wie man stumm zählt.«

Er senkte die Stimme. Sie hörte ihn flüstern, und so durchschritten sie die letzten Türen, bis sie den Turm erreichten, in dem die Herzogin ihre Gemächer hatte. Schwer atmend erklomm Aliz die Wendeltreppe, bis sie das oberste Geschoss erreichte. Ein kleines Fenster, das eher an eine Schießscharte erinnerte, gab den Blick auf den Schlosshof frei. Draußen regnete es immer noch. Dazu pfiff der Wind durch die Ritzen. Weiter entfernt konnte sie die Umrisse der Düsseldorfer

Häuser erahnen, die sich im Unwetter duckten. Plötzlich kämpfte sie mit den Tränen. Was für ein furchtbares Land, welch ein verfluchtes Haus! Es war ja nicht nur der Wahnsinn des Herzogs – seine Schwäche hatte dazu geführt, dass hinter jeder Tür im Haus Ränke gesponnen wurden. Man kam sich in diesem Schloss vor wie in einem Pfuhl voller Schlangen, ständig in Gefahr, gebissen zu werden.

Doch es half nichts. Vor vier Tagen hatte sie ein Brief aus Frankreich erreicht, mit der Nachricht, dass ihr Onkel Jean verstorben sei und dass man viele Rechnungen, aber kein Vermögen habe finden können. Sie musste also in Düsseldorf bleiben. Entschlossen klopfte sie an die Tür ihrer Herrin. Sie wusste nicht, wer den Wachdienst versah, aber sicher war es eine Person, der sie nichts zu erklären brauchte.

»Elfundzwanzig«, flüsterte der Knabe.

Aliz drückte ihn an sich. »Du kannst wirklich zählen, Kompliment. Aber kannst du auch so leise sein, dass niemand dich atmen hört? Nicht einmal ich?«

Der Junge hielt die Luft an, und Aliz klopfte erneut. Nichts. War der Diener eingeschlafen? Oder hatte Jakobe ihn fortgeschickt wie Susanne? Vielleicht verrichtete er gerade seine Notdurft. Nach einem weiterem Klopfen öffnete Aliz die Tür. Der Geruch von brennendem Tran stieg ihr in die Nase. Eine Lampe flackerte auf einem Tisch, beleuchtete aber nur einen winzigen Teil des Raums. Kein Mensch war zu sehen.

Zögernd trat sie ein – und da entdeckte sie den Diener. Der Mann lag neben einem alten Bett, sein Kopf schwamm in einer Blutlache, sein Gesicht war eine blutige Masse, das einzig Heile darin ein offenes Auge, das sie anstierte, als machte er ihr einen Vorwurf. Identifizieren konnte sie ihn nur an den abgewetzten braunen Stiefeln mit dem Pelzbesatz, die der Diener sommers wie winters trug. Karl Krämer, der persönliche Diener der Herzogin.

Ihr zog sich vor Angst der Magen zusammen. Was sollte sie tun? Das Schloss zusammenschreien? Sie dachte an den Herzog und blieb stumm. Ihr Blick schweifte zur zweiten Tür im Raum, die in das Schlafgemach der Herzogin führte. Sie war angelehnt, und jetzt, als Aliz sich darauf konzentrierte, meinte sie ein ersticktes Stöhnen und das Rascheln von Seidendecken zu hören.

»Psst«, raunte sie in das Kinderohr. Ein Wunder, dass man ihr Klopfen überhört hatte. *Rasch hinaus, solange es noch möglich ist!* Doch gleichzeitig verspürte sie ein Gefühl von Treue gegenüber der Frau im Nebenraum. Schau nach, forderte diese Treue, das bist du ihr schuldig.

Mit rasendem Herzen lugte Aliz durch den Türspalt. Sie konnte nicht viel erkennen, dass dort aber nicht der wahnsinnige Herzog wütete, wurde auf den ersten Blick deutlich. Vor dem Bett der Herzogin erhob sich ein schwarzer Frauenrücken mit einer weißen, gestärkten Mühlsteinkrause, auf der wiederum eine kompliziert gesteckte Damenfrisur thronte. Neben der Frau beugte sich ein ebenfalls schwarz gewandeter Mann über das Bett. Zwei kleine, weiße, mit bestickten Strümpfen bekleidete Füße lugten unter der Bettdecke hervor und zappelten.

Aliz erstarrte, unfähig, etwas zu unternehmen. Die Zeit stand still, während das Zappeln allmählich schwächer und das unheimliche Stöhnen leiser wurde. Schließlich drang ein Murmeln an ihr Ohr: »Es ist vollgebracht.«

Die blasphemischen Christusworte waren es, die sie wieder zum Leben erweckten. Sie fuhr herum. Bestimmt würden die Mörder das Zimmer eilig verlassen. Könnte sie vor ihnen die Wendeltreppe erreichen? Vielleicht, aber sicher war das nicht. Also huschte sie zu einem freien Plätzchen zwischen dem Bett und der Wand, dem einzigen Ort, an dem man sich in diesem Raum verbergen konnte. Ihre Füße traten dabei in das Blut, und ihr Saum streifte das Gesicht des Toten.

»Psst«, wisperte sie in das Ohr das Knaben, während sie sich mit ihm zusammenkauerte. Sie spürte ihn zittern. Er verstand die Gefahr. Die Mörder kamen in das Vorzimmer, hielten inne und sprachen kurz miteinander, aber Aliz verstand vor Aufregung kein Wort. Der Knabe verbarg sein Köpfchen an ihrer Brust, und sie versenkte das Gesicht in seinem Haar.

Plötzlich brach das Gespräch ab. Hatten die beiden sie entdeckt? Aliz verkrampfte sich ...

Und in diesem Moment kam ihr der böse Gedanke, der sie für den Rest ihres Lebens verfolgen sollte: *Vielleicht lassen sie mich laufen, wenn ich ihnen den Knaben und seine Geschichte gebe.*

Sie sollte in den folgenden Jahren den süßlichen Geruch des Blutes, den schweißbehafteten von Karls Stiefeln und auch den Hall der Schritte vergessen, als die Mörder die Treppe hinabstiegen. Aber nie vergaß sie den säuerlichen Geschmack der Feigheit, als sie erwog, das Leben des Knaben gegen ihr eigenes zu tauschen.

Fünfzehn Jahre später

1. Kapitel

Sie waren flink, aber er war schneller. Sie kannten den Wald wie ihr eigenes Dorf, er wie das eigene Hemd. Der nächtliche Reiter lachte still in sich hinein. Wind zauste in seinen Haaren, sein Blut pulsierte, er fühlte sich lebendig und übermütig.

Der Wald lag im Zauber der Nacht. Das Laub am Boden glitzerte schwarz und silbern, die Bäume waren wie krumme Säulen, die ein dunkles Gewölbe trugen. Hinter ihm dröhnte der Hufschlag seiner Verfolger. Die Männer saßen ihm seit Alzey im Nacken, vielleicht schon seit Hangen-Weisheim, wo er sich in der Schenke von Wolf Glaser den Fellsack mit den Briefen hatte zustecken lassen, dessentwegen sie ihm jetzt nachjagten. War Wolf aufgeflogen? Hatte jemand verraten, dass der Wirt sein kärgliches Einkommen mit dem Transport von Päckchen und Briefen aufbesserte? Wohl kaum, dann hätten die Büttel schon in der Gaststube zugegriffen.

Moritz vermutete, dass rund um Alzey Posten aufgestellt worden waren, die der illegalen Konkurrenz der kaiserlichen Post auflauern sollten. Der Kaiser hatte das Recht, Briefe zu befördern, der mächtigen Familie Taxis übertragen. Lamoral von Taxis war zum Generalpostmeister des Reiches bestellt worden. Und sein Kölner Postmeister Johann von Coesfeld, der in die Taxis-Familie eingeheiratet hatte und nun die Strecke zwischen Köln und Wöllstein betrieb, versuchte seit über einem Jahr, die Lumpen zu erwischen, die ihm die Aufträge wegschnappten. Aber er kriegte sie einfach nicht zu fassen. Der finanzielle Schaden war die eine Sache – dass man über Coesfeld lachte, ging ihm sicher direkt ins eitle Herz.

Moritz griff nach dem Fellsack, der hinter ihm auf dem Pferderücken lag. Er löste im Reiten die Schnalle und zog das verräterische Stück zu sich nach vorn. Sein Rappe Buckler war ein hässliches, aber schlaues Tier. Er merkte auf, weil er ahnte, was kommen würde. Sie hatten es wochenlang in einem wilden Spiel trainiert. Als Moritz ihm ein Zeichen mit den Schenkeln gab, wurde er langsamer und ließ ihm Zeit, in die Büsche zu gleiten. Dann galoppierte er umso rascher davon, wieherte triumphierend und zog die Verfolger auf sich.

Moritz, der lediglich mit ein paar Kratzern zwischen den Brombeerbüschen gelandet war, wartete, bis die Reiter an ihm vorbeigezogen waren. Dann sprang er auf die Füße. Sie würden bald genug merken, dass er sie getäuscht hatte. Er schlug sich durch die Büsche, den Postsack in den Armen, verfolgt von den misstrauischen Augen der Marder, Käuze und Fledermäuse. In der Nähe befand sich eine Grube, in der Quecksilber abgebaut wurde. Der Eingang zum Stollen war gut verborgen. Ein mögliches Versteck? Aber wenn Coesfelds Männer denselben Einfall hatten, konnten sie ihn in dem schmalen Schacht ohne zweiten Ausgang ausräuchern wie einen Fuchs. Nein, lieber eine andere Richtung.

Moritz erreichte einen Hang und schlitterte mehrere Meter bis zu einem Trampelpfad hinab. Hier wurde der Wald lichter, die Sterne zogen sich bis zum Horizont. Er horchte. Die Rufe seiner Verfolger drangen durch die Nacht. Einer beschwerte sich, dass sie keine Hunde mitgenommen hatten. »Hab ich's nicht gesagt? Dass der Dreckskerl uns wegschlüpft?« Eine hitzige Stimme antwortete: »Der Mann ist mit dem Teufel im Bund.«

Warum sie nur immer den Leibhaftigen bemühten, wenn ihnen die Arbeit ins Auge ging? Moritz verkniff sich ein Lachen und kroch ins hohe Gras, das zwischen dem Weg und einem Abgrund wuchs. Die Männer würden ihn nicht mehr erwischen, nachdem sie ihn einmal aus den Augen verloren hatten. Hier im Farn war er praktisch unsichtbar. Und auch den Buckler würden sie nicht mit sich nehmen können. Der wurde wild, wenn ihn ein Fremder anpackte. Moritz bog das Gras beiseite und schaute in die Tiefe. Eine falsche Bewegung, und er würde Dutzende Fuß tief auf harten Boden fallen. Sollte er keine Angst haben? Ach was. Das Leben war ein Tanz, der das Herz zum Schlagen brachte. Er mochte es genau so, wie es jetzt war.

Während die Stimmen seiner Verfolger verklangen, begannen seine Gedanken abzuschweifen, und Moritz wurde ungewohnt nachdenklich. Er legte sich auf die weichen Halme und starrte zu den Sternen hinauf. Eine Gestalt kristallisierte sich aus den Lichtern, die sein Herz zum Klopfen brachte: Eva.

Er formte ihren Namen mit den Lippen. Evas Vater war Lebkuchenbäcker und Herbergswirt in Frankfurt, ein einflussreicher, wohlhabender Mann und zudem Moritz' Lehrherr. Aber damit – also mit der Aussicht auf ein Erbe und ein gesichertes Leben – hatte Moritz' Leidenschaft nichts zu tun, auch wenn es jeder vermuten würde, der davon erführe. Nein, es war ihr Wesen, das ihn so tief berührte. Sie hatte eine ganz besondere Art zu sprechen und sich zu bewegen. Moritz hatte viele Mädchen geliebt. Die Annas und Maries und wie immer sie geheißen hatten, waren lebhaft gewesen, lustig, zu Wagnissen aufgelegt, hübsch, mit funkelnden Augen und zupackenden Händen, kurz, sie glichen ihm, sie waren das weibliche Pendant seines eigenen Charakters. Aber nie konnte eine von ihnen seine Aufmerksamkeit über längere Zeit fesseln.

Dann war er Eva begegnet. Und das Erste, was ihm an ihr auffiel, war ihre Ruhe gewesen. Eine stille junge Frau, die ihrer Arbeit nachging und selten scherzte. Aber wenn sie lächelte, dann wärmte sie die Stube wie ein Kaminfeuer. An ihren Wangen wuchs ein winzig zarter Haarflaum, den man mehr spürte als sah. Ihn zu berühren ließ seine Lenden brennen.

Und wie zärtlich sie mit ihren kleinen Geschwistern umging. Sie musste ihre Mutter ersetzen, die im vergangenen Sommer gestorben war, und sie tat es mit so viel Liebe und Geschick, dass man kaum jemals Tränen sah. Hübsch war sie auch, schön sogar, mit ihren blonden Zöpfen und der zierlichen Nase, auf der sich einige Sommersprossen tummelten, aber darauf kam es ihm gar nicht an. Sie ist so urtümlich wie dieser Wald, dachte Moritz, der sich von klein auf gern in der Natur herumgetrieben hatte. Sie ist beschützend und umsorgend. Sie ist das, wonach ich mich immer gesehnt habe. Er lächelte und war plötzlich verlegen, weil er sich alt vorkam, als hätte er einen Grad an Weisheit erlangt, der ihm mit seinen achtzehn Jahren noch gar nicht zustand.

Etwas raschelte, und das Geräusch riss ihn aus den Träumen. Er spannte die Glieder an. Waren seine Häscher ihm doch auf die Spur gekommen? Hastig hantierte er mit dem verräterischen Fellsack. Dann starrte er zum Wald hinauf. Alles war wieder ruhig.

Und plötzlich packte ihn die Ungeduld. Er wollte rüber nach Wöllstein, nach Hause zu seiner Mutter. Dort wartete ein Bett auf ihn und sicher auch eine gute Mahlzeit. Die Männer des Postmeisters würden ihn schon nicht erwischen. Vielleicht hatte er sich sogar geirrt, und nicht die Büttel, sondern einfaches Straßengesindel hatte ihm nachgesetzt, das längst verschwunden war. Lautlos erhob er sich und lief den Weg hinab. Buckler würde allein zum Stall heimfinden. Der Rappe war nicht nur klug, sondern auch gefräßig, und er wusste, wo er Futter bekam.

Moritz brauchte eine halbe Stunde, um den Boden der Schlucht zu erreichen. Die Sommerwiese, die von Schwarzdornsträuchern und hohen Bäumen bewachsen war, wurde von einem kleinen Gewässer, dem Finkenbach, durchschnitten. Diesem Bach wollte er aus dem Wald hinaus folgen und dann den Weg durch die Felder nehmen. Die drei Dörfer, die auf seinem Weg lagen, würde er umgehen, und trotzdem wäre er noch vor Mitternacht daheim.

Leise näherte er sich dem sprudelnden Gewässer. Er hatte es fast erreicht, da hörte er ein Wiehern. Sein Herz begann zu hämmern, und er ließ sich zu Boden fallen. Mistdreck, kriegten sie ihn jetzt doch? Aber warum sollten sie gerade hier unten nach ihm suchen? Es gab doch unzählige Möglichkeiten, den Wald zu verlassen. Sein Blick irrte über die Schlucht. Es war ein Anblick wie aus einer der unheimlichen Geschichten, die erzählt wurden, wenn die Nächte am schwärzesten waren: die Blumen, die sich unter dem leichten Wind wiegten, dahinter der schroffe Fels, aber alles ohne Farben. Und am Himmel zogen schwarze Wolken, als hätte sich das *Wilde Heer* auf die Jagd gemacht …

Da entdeckte er den Buckler. Das Teufelsvieh schien geahnt zu haben, was sein Herr plante. Oder hatte er schlicht die bekannte Wasserstelle aufgesucht, um zu saufen? Moritz richtete sich auf. Als der Buckler ihn erblickte, zog er die Oberlippe hoch, als würde er lachen. Braver Bursche, großartiger Sinn für Humor. Moritz bückte sich, um seinen Fellsack abzusetzen.

In diesem Moment raschelte es in seinem Rücken. Moritz fuhr herum, doch es war zu spät. Er sah einen Knüppel auf sich zukommen, konnte ihm aber nicht mehr ausweichen.

2. Kapitel

Der kleine Dicke gehörte zu den Uhus. Aliz schloss es aus der Verdrossenheit, mit der er den Hirsebrei und die Pfirsichstücke verschlang und das frische Brot in die Soße tunkte und in sich hineinstopfte. Wenn es ans Zahlen der Rechnung ging, würde er das typisch klagende Geräusch der Nachtvögel von sich geben: »Es soll kein Vorwuuuurf sein, gute Frau. Ihr gebt Euch Müüühe, ich sehe es wohl. Und doch muss ich anmeeerken, dass das Stroh im Schlafraum lange nicht mehr frisch aufgeschüüüüüttet worden ist. Auch sollte der Magen zu Beginn einer Mahlzeit durch Heißes und Troooockenes geöffnet werden …«

Neben dem Uhu saß ein Zaunkönig. So nannte Aliz die Gäste, die, blind für die schäumenden Töpfe und die abgehetzten Mägde, ständig nach Aufmerksamkeit verlangten.

Gäste wie die Uhus und Zaunkönige konnte sie meist mit einem Scherz beruhigen, und alles war gut. Aber der in der Ecke mit dem dreieckigen Hut, den er auch beim Essen nicht ablegte, könnte eine Elster sein, einer von den Kerlen, die gern ein Stück unbezahltes Brot unter den Kleidern verschwinden ließen. Diese Leute versuchten sich unsichtbar zu machen, sobald sie sich in das Büchlein eingetragen hatten, das Aliz auf Geheiß des Schultheißen führen musste. Wenn man sie in einer Ecke aufscheuchte, flossen sie über vor Liebedienerei, aber im Morgengrauen machten sie sich heimlich davon, ohne die Übernachtung zu zahlen.

Aliz beschloss, ihn im Auge zu behalten. Doch die Laune ließ sie sich von diesem Burschen nicht verderben. Es war ein schöner, lauschiger Frühsommermorgen. Die Sonne schien durch die Fenster und warf Flecken auf die dunklen Tische, Bänke und Schemel im Wirtsraum der *Grünen Laterne*. Die Gäste genossen das Essen, das sie vor der Abreise aufgetischt bekamen. Sie scherzten miteinander, einer hob den Zinnbecher und beglückwünschte Aliz zu dem Beerenwein, der dieses Jahr wirklich ausgezeichnet schmeckte, und zu dem würzigen Käse, den sie nach einem Rezept ihres verstorbenen Mannes herstellte.

»Ganz ausgezeichnet, wirklich wunderbar«, bemerkte ein anderer in praktischer Reitkleidung, den sie für einen Kaufmann hielt. Sie dachte, er meinte ebenfalls den Käse, aber ein Blick zeigte ihr, dass er von den Malereien sprach, die die geweißten Wände schmückten. Sie gaben ausnahmslos friedliche Naturszenen wieder, meist Waldtiere: Rehe auf einer Lichtung, einen jungen Fuchs, dessen Schnauze sich dem Betrachter in argloser Neugierde entgegenreckte, ein Nest mit frisch geschlüpften Vögelchen …

»Als wäre man wirklich in Gottes schöner Natur. Als würden sie davonhuschen, sobald man sich bewegt«, lächelte er. Der Mann war schon ein wenig älter, mit Flecken auf der Glatze, Triefaugen und einem weißen Kragen, auf den ein wenig Wein gekleckert war.

»Sie bleiben, so lange wir sie füttern. Die Treue ist eine Tugend, die ihren Sitz im Magen hat«, scherzte Aliz.

Der Mann lachte und schnitt sich ein Stück Käse ab. »Denkt Ihr wirklich so?«

»Wie ich denke, weiß der Herrgott nach meinem Nachtgebet«, lächelte sie und folgte dem Wink eines anderen Gastes, der seine Zeche und die Übernachtung zahlen wollte. Während er penibel die Münzen im Geldbeutel zusammenklaubte, warf sie einen Blick durchs Fenster in den Hof, wo ihr Sohn Tile gerade die Pferde sattelte. Der Junge war ein feingliedriges Kind, vierzehn Jahre alt, mit dunklem, lockigem Haar, vollen, ein wenig vorgestülpten Lippen und tiefbraunen, fast schwarzen Augen, die immer ein wenig aufgeregt und unglücklich blickten, als würde ihn etwas beunruhigen. Und vielleicht war es auch so. Sie sah ihn kaum einmal unbeschwert fröhlich.

Nur bei den Tieren entspannte er. Mit ihnen ging er so geschickt um wie mit dem Pinsel und der Farbe, mit denen er die Bilder im Speisesaal gemalt hatte. Alles, was mit Tieren zu tun hatte, war ihm eine Herzensangelegenheit.

Aliz wünschte sich manchmal, ihn würden noch andere Dinge interessieren, wie beispielsweise die Steuern, die sie für ihren Gasthof zu zahlen hatten, oder zumindest die tägliche Arbeit, denn irgendwann würde er diesen Hof bewirtschaften müssen. Aber wenn man ihn bat, in der Küche auszuhelfen oder die Schlafräume zu fegen, wurde er stur und langsam. Er sah ihr ähnlich, besaß aber ein völlig anderes Temperament. Sie unterdrückte einen Seufzer.

»Sollte sie nicht im Herzen wohnen?«

»Bitte?«

»Die Treue«, meinte der Triefäugige. »Ich finde, sie sollte ihren Platz direkt neben der Liebe haben.«

»Ihr seid mir ja ein rechter Wolkengänger«, lächelte Aliz. Der umständliche Gast hatte endlich seine Münzen zusammen, und nachdem sie sie im Beutel unter der Schürze verstaut hatte, machte sie sich daran, den Tisch abzuwischen, der von Honigklecksen und verschüttetem Wein beschmiert war.

Die meisten Gäste waren jetzt mit dem Frühstück fertig. Sie zahlten und gingen, ihre Reisesäcke zu holen. Aus den Augenwinkeln sah Aliz ihre Tochter Anni mit einer Schüssel in den Innenhof huschen. Gleich darauf hörte sie die helle Kinderstimme Mandelgebäck und Mönchsküchlein anpreisen. Anni glich in vielem ihrem verstorbenen Vater, der ein Gespür dafür gehabt hatte, wie sich Geschäfte machen ließen. Und ob die Gäste nun auf eine leckere Reisemahlzeit hofften oder dem niedlichen Mädchen nichts abschlagen mochten – sie kauften ihr immer ruckzuck die Schüssel leer. Was für ein Jammer, dass Tile dieses Talent, oder vielmehr das Interesse an der Herberge, so völlig abging. Nun, zumindest hatte er sämtliche Pferde gesattelt.

Aliz machte sich ans Fegen. Ihr war die Arbeit keine Last, die Handgriffe taten sich wie von allein. Sie liebte die *Grüne Laterne*, die zwar keinen Reichtum brachte, aber ihr und den Kindern und dem wenigen Gesinde ein Auskommen gab und sie unabhängig machte.

Vielleicht war der Wolkengänger gar kein Träumer, sondern ein Mensch, der wusste, worauf es im Leben ankam. Peter Granius, Aliz' verstorbener Mann, hatte sie geliebt, es aber nicht dabei belassen, sondern ihr, trotz des Widerstands seiner Verwandtschaft, vor dem Pfarrer immerwährende Treue geschworen, so als gingen Liebe und Treue wirklich Hand in Hand. Er hätte jede wohlhabende Frau aus Wöllstein oder den Nachbarorten bekommen und damit seinen Besitz erheblich vergrößern können. Aber er war mit ihr, Aliz, vor den Altar getreten. Und den Schwur, den er dort abgelegt hatte, hatte er all die Jahre gehalten, obwohl ihm seine Familie wegen der hergelaufenen Ehefrau ordentlich das Leben schwermachte.

Aliz lächelte wehmütig, als sie die Schürze abband und hinausging, um die Gäste zu verabschieden. Der Mann mit den Triefaugen – er hatte sich als Johannes Apocalypsis in ihr Büchlein eingetragen – kletterte, von Tile gestützt, auf sein Pferd. »Eine gute Weiterreise und Gottes Glück«, wünschte ihm Aliz, die ihn plötzlich liebenswert fand.

Anni, die auf einem Stein saß und das Geld zählte, das sie in einem Schüsselchen gesammelt hatte, zeigte ihr mit den

Fingern verstohlen ihren Verdienst: zwölf Kreuzer. Sie war ein ernstes Kind, aber in diesem Moment lachte sie über das ganze herzförmige Gesicht.

»Erlaubt Ihr mir noch eine Frage?«

»Bitte?« Aliz schreckte auf.

»Ich hätte mehrere Briefe zu befördern«, erklärte Apocalypsis. »Sie sind wichtig, und es müsste schnell gehen.«

Aliz nahm sich einen Moment Zeit, bevor sie antwortete. »Dann reitet zu dem Haus gleich neben der Kirche. Ihr könnt es gar nicht verfehlen. Es hat ein hübsch blau bemaltes Fachwerk, und über der Tür hängt ein Schild mit einem Posthorn.«

»O ja, das ist mir aufgefallen. Aber ich hörte, es gäbe in Wöllstein noch andere Möglichkeiten, Nachrichten zu transportieren, die vielleicht günstiger wären, was das Porto angeht.«

Günstiger? Aliz wurde vorsichtig. Sie hatte sich vor einigen Jahren, kurz nach dem Tod ihres Mannes, als die Gäste ausblieben und das Geld knapp wurde, einen heimlichen Nebenerwerb eingerichtet, eine Poststrecke, auf der sie nicht ganz legal – aber sei's drum – die Briefe einer ausgewählten diskreten Kundschaft beförderte. Die Kinder waren damals noch klein gewesen, und Aliz hatte keinerlei Scham empfunden, als sie einem Übernachtungsgast nicht den Weg zur Poststation wies, sondern seine gesiegelten Briefe selbst ins nächste Dorf brachte.

In den folgenden Jahren hatte sie auf ihren Reisen, bei denen sie Weine und Delikatessen einkaufte, fünf Leute in fünf verschiedenen Dörfern entlang des Rheins gewinnen können, die ihrerseits gern mitverdienten und die Briefe weitertransportierten, so dass sie nach und nach einen Kurierdienst von Köln bis hinab nach Rheinhausen aufbauen konnte. Ihre heimlichen Postreiter waren langsamer als die kaiserliche Post, denn um den Kreis der Mitwisser klein zu halten, ritten die Kuriere nicht drei Meilen, nach denen sie die Fellsäcke in einer Stafette weitergaben, so wie die Männer der Taxis es machten, sondern acht oder zehn, und sie waren natürlich auch nicht so oft unterwegs. Trotzdem hatte sich im Lauf der Zeit ein Kundenstamm herausgeschält, der den größeren Zeitaufwand gern in Kauf nahm, wenn er dabei sparen konnte. Es handelte sich vor allem um Kaufleute, die Warenproben oder Geschäftsbriefe verschicken wollten und mit dem Kreuzer rechneten – auf ihre Verschwiegenheit war Verlass.

Hatte sie jetzt einen neuen Kunden an der Angel? Jemanden, der von jemand anderem gehört hatte, dass wiederum jemand anderes erwähnt habe, dass man in der *Grünen Laterne* Porto sparen könne? Sie wollte sich schon vortasten, aber als sie in das betont harmlose Gesicht mit den freundlichen Lachfältchen schaute, packte sie plötzlich ein Misstrauen. »Günstigeres Porto? Wie meint Ihr das?«

»Es werden doch sicher Menschen bei Euch übernachten, die in die nächsten Städte reisen müssen und noch Platz im Säckel haben. Meine Briefe sollen nach Remagen und zwei noch ein Stück weiter nach Köln. Ob sich da nicht jemand fände, der sie für, sagen wir einmal vier Kreuzer das Stück, mit sich nähme?«

Wieder lockte ihr Geschäftssinn. Zupacken. Nun mach ihm schon ein Angebot. Das Lächeln des Mannes wurde breiter, als könnte er ihre Gedanken lesen.

»Das weiß ich wirklich nicht. Ist so etwas nicht verboten, werter Herr?« Sie tätschelte den Hals des Pferdes.

»Ach, wer nimmt's schon so genau? Wir müssen doch alle überleben.«

Finger weg, dachte sie – in ihrem Kopf schrillten sämtliche Alarmglocken.

Als sie nicht antwortete, meinte er: »Euer Käse ist tatsächlich köstlich, Frau Granius, und er wird über die Maßen charmant serviert. Ich werde ihn bei meinen Freunden weiterempfehlen.«

Ihr Arm war schwer wie Blei, als sie ihm nachwinkte. Was hatte er mit seinen Fragen bezweckt? War er ein Büttel? Nein, nicht in diesen teuren Kleidern. Aber vielleicht etwas noch Schlimmeres. Ein Spion derer von Taxis? Er warf ihr noch ein Lächeln zu, bevor er endgültig hinter dem gemauerten Torbogen verschwand.

Aliz zwang sich, die düsteren Gedanken beiseitezuschieben. Sie hatte sein Angebot ja ausgeschlagen. In sich versunken übertrug sie Tile seine Arbeiten für den Morgen, dann sah sie nach, ob die Mägde die Strohsäcke ordentlich aufschüttelten, und bat Asmus, ihren einzigen Knecht, den Pferdestall auszumisten. Nachdem sie all das erledigt hatte, wandte sie sich noch einmal dem Büchlein des Schultheißen zu.

Johannes Apocalypsis. Sie strich mit dem Finger über die steile, herrische Schrift. Plötzlich kam ihr der Name nicht mehr harmlos vor. Wollte ihr Gast mit den herzerwärmenden Ansichten über die Treue ein Reiter der Apokalypse sein? Ein Bote des Jüngsten Gerichts? Er nannte sich mit Vornamen Johannes, was doch fast wie Johann klang. Der Name des Kölner Postmeisters, Johann von Coesfeld, drängte sich förmlich auf. Aliz beschloss, in nächster Zukunft äußerst vorsichtig zu sein.

Am Nachmittag erntete sie mit Anni die ersten Möhren aus dem Garten hinter dem Haus, die immer besonders saftig schmeckten. Sie trugen den schweren Korb gemeinsam in den Keller, wo sie sie einlagern wollten.

»Um Möhren frisch zu halten, bedeckt man sie am besten mit Sand, Schicht für Schicht, in Kisten aus Holz«, erklärte Aliz ihrer Tochter, und Anni nickte, und man konnte sich darauf verlassen, dass sie es sich merken würde. Der Keller besaß keine Fenster, Licht fiel nur über die steile Holztreppe, die aus der Küche in die Vorratsräume führte, aber es reichte für ihre Arbeit aus.

Anni schüttete Sand auf die Kistenböden, und Aliz breitete das Gemüse darauf aus. »Nimm ein bisschen mehr – sie dürfen nicht aneinanderstoßen.« Ein weiteres Schippchen flog auf die Möhren. Aliz' Blick fiel auf die Beine ihrer Tochter, die braun und dünn waren und bis zu den Knien unbedeckt unter dem Kleid hervorlugten. »Du musst aufhören, deinen Rock hochzubinden.«

»Warum? Das machen doch alle.«

»Ja, bei der Arbeit auf dem Feld oder beim Keltern der Trauben. Danach lässt man ihn wieder hinab. Du bist eine junge Dame, fast zehn Jahre alt.«

Anni zog eine Schnute, und Aliz beugte sich vor, nahm ihren Kopf zwischen die Hände und gab ihr einen Kuss direkt auf den Mund. »Du bringst die Jungs auf dumme Gedanken.«

»Auf was für Gedanken denn?«

»Das erkläre ich dir später.«

Wieder eine Schnute.

»Hier fehlt Sand, siehst du? Wenn die Möhren …«

»Bertram war gemein zu mir.«

»Wieso? Was hat er gemacht?«

»Er hat gesagt …« Anni brach ab. Überlegte sie, wie viel Kritik erlaubt war? Bertram war ihr Vetter, der Sohn von Peters Schwester Josefa. Aliz unterdrückte einen Seufzer. Ihr Verhältnis zur Schwägerin war angespannt, sie hatte keine Lust auf Ärger. Aber Anni sah bedrückt aus. Also forschte sie nach. »*Was* hat er gesagt?«

»Dass Tile ein Bastard ist.« Anni beobachtete ihre Mutter genau.

»Tatsächlich?«

»Und Moritz auch – und das find ich gemein«, schob Anni

nach, aber es war klar, dass sie trotz ihrer zehn Jahre nicht begriff, worin genau die Kränkung bestand.

»Bertram plappert nach, was seine Mutter sagt, hör drüber weg«, sagte Aliz rau.

»Was ist denn ein Bastard?«

»Ich sagte: Hör einfach drüber ...«

»Aber ...«

»Bastard ist ein Schimpfwort, und Schimpfwörter beschmutzen die Menschen, die sie benutzen, und nicht die, auf die sie gemünzt sind. Und jetzt genug damit!« Energisch wandte Aliz sich wieder den Möhren zu. Nein, ganz fertig war sie doch noch nicht. »Worte sind wie Rauch, ma chérie – sie werden vom Wind davongetragen. Und Bertram ist ein armseliger kleiner Lümmel, mit einer Mutter, die niemals fröhlich ist. Er tut uns leid, und wir lassen uns von ihm nicht weh tun.«

Anni nickte, aber nur halb zufrieden. Irgendwann würde sie eine richtige Antwort verlangen. Und die bestünde dann in der Lüge, die Aliz jedermann, auch Peter, erzählt hatte, dass nämlich Tile und Moritz ihre Söhne aus einer Ehe mit einem französischen Fernhändler waren, den sie auf einer Reise begleitet und den die Cholera dahingerafft hatte. Aber sie hasste diese Lüge, und gerade in diesem Moment kam sie ihr nicht über die Lippen. Josefa – dieses verfluchte, intrigante Weib!

Hör einfach drüber weg, befahl sie auch sich selbst. Draußen zwitscherten die Vögel, und sie würde für die Gäste frisches Brot backen, mit Thymian und Basilikum, und sich daran freuen, welch guten Ruf die *Grüne Laterne* genoss und dass ihre Gästekammern, auch die beiden großen, ausreichend belegt waren, so dass sie und ihre Familie zurechtkamen. Josefa sollte sich zur Hölle scheren!

Das tat sie aber nicht. Im Gegenteil, es war kaum eine Stunde vergangen, Aliz stand an dem großen Eichentisch in ihrer Küche und steckte gerade bis zu den Ellbogen in der Teigschüssel, da stolzierte sie hinein. Eine Frau um die vierzig mit einem so engen Korsett, dass ihr Oberkörper wie ein Dreieck auf den ausladenden Rock zulief. Ihr Haar war hochgesteckt und mit Perlen geschmückt, der Spitzkragen mit Draht abgestützt, und aus den geschlitzten Ärmeln quoll rote Seide, die zweifellos ein Vermögen gekostet hatte. Trotz ihres fortgeschrittenen Alters besaß Josefa eine glatte Haut und einen Kirschmund, den sie so wenig wie möglich bewegte, damit sich keine verräterischen Falten zeigten.

»Immer fleißig, meine Liebe?«, fragte sie und schaffte es, das Lob wie einen Makel klingen zu lassen. Aliz verkniff sich die schlechte Laune und deutete auf einen Stuhl. Es war allerdings schwierig, sich in dem steifen Kleid zu setzen, ohne es zu zerknittern, und so zog ihre Schwägerin es vor, stehen zu bleiben. Umso besser, dann würde sie vielleicht bald wieder abziehen.

Josefa griff nach einem Büschel Thymian, das auf dem Tisch lag, und roch daran, wobei sie murmelte: »Ich wundere mich, mit welcher Großzügigkeit du die vielen Kräuter in das Brot gibst – wo deine Gäste doch sicher auch mit einem wohlschmeckenden Fladen zufrieden wären. Du weißt ja, ich habe selbst über viele Jahre die kaiserlichen Postreiter bekocht, du kannst mir also eine gewisse Erfahrung zubilligen. Und mit dieser Erfahrung sage ich dir: Die Vorlieben von Reisenden sind schlicht. Ihre Bäuche müssen gefüllt werden … Wein braucht es ebenfalls, aber alles nicht vom Besten. Das wissen sie gar nicht zu schätzen. Ach, früher musste man kühler rechnen.«

»Ich will, dass meine Gäste wiederkommen.«

»Nun, ich kann glücklicherweise sagen, dass ich mich in dieser Hinsicht niemals sorgen musste. Denn auch wenn meine Küche einfach war, so galten die Speisen doch bis Augsburg hinunter als schmackhaft, und sie wurden – so hat man mir gelegentlich zugetragen, auch wenn ich nicht darauf achtete – hochgepriesen. Es braucht natürlich eine gewisse Erfahrung, um mit wenig Zutaten ein Gericht herzustellen, das mundet und Kraft spendet.«

Aliz schlug die Faust in den Teig und versuchte, ihren eigenen Rat zu befolgen: Hör einfach drüber weg. Wie hatte eine Mutter nur derart verschiedene Kinder hervorbringen können – auf der einen Seite den bodenständigen, gelassenen Peter, auf der anderen Seite dieses lächerliche Weib mit der Giftzunge. Na ja, besonders gut waren die beiden auch nicht miteinander ausgekommen. Peter hatte die Herberge seiner Eltern geerbt, und Josefa den Postmeister von Wöllstein geheiratet. Dadurch waren die beiden zu Konkurrenten geworden, denn das Weib hatte natürlich nicht nur die Postreiter beherbergt, wie es zu ihrer Profession gehörte, sondern ihrem Bruder auch andere durchreisende Gäste abspenstig gemacht. Und so viele Leute passierten das kleine Wöllstein eben doch nicht.

»... ich ein wenig befremdlich, denn es ist natürlich ein sonderbarer Anblick, wenn ein so großer Knabe, der ja schon kurz vor dem Eintritt ins Mannesalter steht, die Hühner scheucht.«

»Wer scheucht Hühner?«, fragte Aliz zerstreut.

Für einen winzigen Moment kränzten hässliche Falten den hübschen Kirschmund. »Wie es scheint, fällt es dir schwer, zu kneten und gleichzeitig deinen Besuchern zuzuhören. Nun, jeder hat wohl sein eigenes Geschick.«

Mit Erleichterung sah Aliz, dass Asmus über den Hof kam, um ihr beim Kochen zu helfen. Ihr Knecht konnte nur ein einziges Gericht zubereiten: Fischbrei mit Mandelmilch. Aber der fand bei den Übernachtungsgästen reißenden Absatz. Doch Asmus war nicht nur deshalb ein Schatz in ihrem

Haus. Seine Ruhe war wie ein Steg durch den Sumpf, dem ihr Leben manchmal glich. Und nun würde er sie vor dem giftigen Geschwätz ihrer Schwägerin retten. Sie lächelte ihn an, als er die Tür öffnete, und wandte sich zugleich an Josefa. »Es tut mir leid. Hier wird's jetzt unruhig. Vielleicht willst du lieber am Sonntag wieder ...«

»Schon gut!« Ihre Besucherin wedelte mit der Hand. »Ich hatte gehofft, willkommen zu sein, aber ich spüre, dass ich störe. Nein, nein, ich werde dich nicht weiter ablenken, dir scheint das alles hier ja schwer genug zu fallen. Ich hatte es nur für meine Pflicht gehalten, dich als deine nächste Verwandte von dem seltsamen Treiben deines Sohns in Kenntnis zu setzen.«

Wie war das gewesen? *Tile* hatte die Hühner gescheucht? Wessen Hühner denn? Die von Josefa? Aliz verbiss sich den Ärger. »Ich werde mit ihm reden«, versprach sie – und konnte sich dann doch nicht die Bemerkung verkneifen: »Ich wäre froh, wenn du auch ein Wort mit Bertram sprechen könntest. Er beschimpft Tile.«

»Das halte ich für ausgeschlossen. Mein Sohn weiß glücklicherweise, was sich Verwandten gegenüber gehört. Aber ich sehe, dass meine Hilfe hier nicht willkommen ist, obwohl viele Menschen behaupten, dass es ihnen nicht zum Schaden war, wenn sie Rat bei mir einholten.«

Sie ging zur Tür. Aliz ahnte allerdings, dass sie das Haus nicht verlassen würde, ohne noch einen letzten Giftpfeil abzuschießen. Und sie hatte recht. Als Josefa in den Hof getreten war, drehte sie sich noch einmal um und meinte, als wäre es ihr gerade eingefallen: »Ach, da ist noch etwas. Es könnte sein, dass dein Ältester ebenfalls durch ungebührliches Betragen aufgefallen ist. Vermutlich ist alles nur ein Irrtum. Andererseits wird es nicht viele junge Männer geben, die Moritz heißen und aus Wöllstein kommen und auf einer hasslichen Schindmähre reiten.«

Aliz ließ entgeistert die Hände in den Teig sacken. »Was ist passiert?«

Josefa verzog die Lippen zu einem zufriedenen Lächeln, und die Falten, die sie so unbedingt vermeiden wollte, kräuselten sich um ihren Kirschmund wie in die Haut gemeißelte Bosheit, als sie zu berichten begann.

Alzey lag drei Meilen von Wöllstein entfernt: Es war ein aufstrebendes Städtchen mit einer Stadtmauer aus graubraunem Bruchstein zwischen wuchtigen Wehrtürmen, einem fast neuen Rathaus, einem Schloss, in dem vor Jahren einmal der Kurfürst residierte, als in Heidelberg seine Kapelle renoviert wurde – und mit dem berüchtigten Metzgerturm, in dessen Kerker, *Gott steh uns bei*, die Stadt die Lumpen befragte, die ihr ins Netz gingen.

Meinen Lumpensohn, dachte Aliz und ritt auf dem schnellsten ihrer drei Pferde, als würde sie vom Teufel gejagt. Sie hätte gern jemanden an ihrer Seite gehabt – Asmus, um genau zu sein, denn er war nicht nur der treuste, sondern auch der klügste Kopf in ihrem Haus –, aber das war unmöglich. Während sie über die Feldwege stürmte, mit Bildern von Daumenschrauben und Streckbänken im Kopf, die bei den besagten Lumpen die Wahrheitsliebe fördern sollten, musste jemand dafür sorgen, dass daheim das Geschäft weiterlief, und zwar möglichst so, dass niemand den Verdacht schöpfte, es könne etwas Ungewöhnliches in Gang sein. Etwas, das womöglich mit illegalen Poststrecken zusammenhing.

Sie dachte an den Mann, der sich Apocalypsis genannt hatte. Hingen sein Besuch in der *Grünen Laterne* und Moritz' Verhaftung zusammen? Zog sich gerade ein Netz um sie zusammen, in dem ihr Ältester bereits um sein Leben zappelte?

Sie hatte lange gezögert, ob sie ihre Kinder in ihr geheimes

Zusatzgeschäft einweihen solle. Dann hatte, an einem kalten Frühlingsabend, als die Armut nach einem Hungerwinter mit besonders ängstigender Fratze durch die Fenster schaute, ein Reitertrupp an die Tür der Herberge geklopft, zwanzig Mann, die sie mit ihrer Zeche über die nächsten drei Wochen bringen könnten. Die Männer hatten gegessen und gesoffen und keinerlei Neigung gezeigt, zu Bett zu gehen. Aber der Fellsack mit den Briefen musste nach Hangen-Weisheim.

Also hatte sie Moritz geweckt. Er war damals vierzehn Jahre alt gewesen – fast erwachsen. Sie hatte ihm erklärt, womit sie heimlich Geld verdiente und wie ihre Notlage aussah, und er hatte sich auf den Weg gemacht und war vier Stunden später mit glänzenden Augen zurückgekehrt. Aus der Ausnahme wurde rasch eine Gewohnheit. Moritz war flink und hatte Vergnügen an den nächtlichen Ritten. Ihr eigenes schlechtes Gewissen hatte sie mit dem Gedanken beruhigt, dass es ihm nur guttun könne zu lernen, dass die Not kein Gebot kennt.

Und nun? Schickte der Herrgott die Rechnung für ihr sündiges Verhalten? Wollte er sie in der Währung zahlen lassen, die sie am meisten schmerzte – dem Unglück ihrer Kinder?

Die Sonne schien immer noch. Auf den Feldern, an denen sie entlangpreschte, wuchs eine überreiche Ernte heran, ein Körnermeer, das den Dörfern durch den Winter helfen würde. Ein Bauer mit Kittel und Leinenmütze stapfte zwischen dem Getreide und prüfte zufrieden die Ähren, während sein Söhnchen ihn auf einem Steckenpferd umsauste. Rehe trauten sich zum Äsen an den Rand eines Wäldchens. Alles wirkte so friedlich, aber im Metzgerturm hatten sie einen Halunken sitzen, der sicher zu störrisch war, um seine Sünden zu gestehen. Und wenn sie ihm deshalb die Finger brachen? Wenn sie ihm die Hände auf den Rücken banden und ihn mit einer Winde an die Decke zogen und dabei seine Sehnen zerrissen, so dass er zeit seines Lebens ein Krüppel bleiben würde? Es war ja kein Geheimnis, was sich bei den peinlichen Befragungen abspielte.

Aliz trieb ihr Pferd an, eine etwas blöde, aber flinke Stute, die galoppierte, als wäre Moritz' Unglück ein Futtersack, der ihr vor der Nase baumelte. Glücklicherweise war das Alzeyer Tor noch nicht verschlossen. Aliz steckte dem Wächter, der auf den Stufen liebevoll den Dreck zwischen seinen Zehen herauspulte, einige Kreuzer zu, damit er sie nicht mit Fragen aufhielt.

Der Metzgerturm befand sich in die Nähe des Tores. Sie musste nur noch ein Gässchen hinauf. Das Pferd trabte an Handwerksläden vorbei, zwischen Schweinen, Mägden und müden, weinenden Kindern hindurch. Ein frommer Psalm, mit zittriger Bettlerstimme vorgetragen, zog an ihrem Ohr vorbei. »*Preiset den Herrn …*« Ja, das würde sie tun, wenn er nur ihrem Jungen half.

Und dann stand sie vor dem Gemäuer mit dem eisenbeschlagenen Tor und den vergitterten Fenstern, die sich bis unter den Zinnenkranz zogen. Sie hörte nichts, keine grässlichen Schreie, kein Stöhnen, aber das musste nichts heißen. Der Folterraum lag bestimmt so, dass keine Geräusche die Passanten auf der Straße belästigen konnten.

Aliz zwang sich zur Ruhe. Sie band ihr schweißnasses Pferd an einem Eisenring fest, beauftragte einen Knaben mit seiner Bewachung, richtete das Kleid und zwängte die Haare, die sich gelöst hatten, unter die Haube. Sie war Aliz Granius, eine ehrbare Witwe, die regelmäßig die Gottesdienste besuchte, die wegen ihres Fleißes in ihrem Heimatstädtchen geachtet wurde und zuverlässig zum Steueraufkommen beitrug. Außerdem gab sie jeden Feiertag Almosen, fünfzig Kreuzer in schlechten Wochen, in guten das Doppelte …

Aufhören, Schluss damit! Das alles würde die Männer, die ihren Sohn malträtierten, nicht interessieren. Wenn überhaupt, würden sie die Münzen überzeugen, die sie in einem Beutel am Gürtel trug. Aliz hämmerte mit dem angerosteten Klöppel gegen die Tür. Befand Moritz sich tatsächlich hier? Sie malträtieren ihn im Metzgerturm, hatte Josefa behauptet. Aber wenn sie gelogen hatte? Oder Moritz bereits mit gebrochenen Gliedern im Stroh lag? Aliz atmete auf, als endlich ein Riegel zurückgeschoben wurde.

Der Mann, der ihr öffnete, trug einen unvorteilhaften Kinnbart, der ihn wie einen Affen aussehen ließ, und eine von dunklen Flecken übersäte Schürze. Seine Hände waren feingliedrig, doch das durfte nicht täuschen. Er war der Henker, und die Flecken stammten sicher vom Blut seiner Opfer. Sie erspähte hinter seinem Rücken einen runden Raum mit einem Tisch, Schemeln und einem gepolsterten Sessel, wie ihn eigentlich nur reiche Leute besaßen. Eine Treppe führte in die oberen Stockwerke, die zweite in den Keller, sicher an den Ort, in dem die Foltergeräte standen. Die irdische Hölle wurde ja gern in der Nähe der unterirdischen angelegt.

Aliz zwängte sich an dem Mann vorbei.

»Ihr könnt da nicht runter«, protestierte er, traute sich aber nicht, sie aufzuhalten, wahrscheinlich wegen ihrer sittsamen und keinesfalls ärmlichen Kleidung.

»Ich verstehe, ich verstehe«, plapperte sie und eilte auch schon die Stufen der Wendeltreppe hinab. Der Mann folgte ihr. Foltern erforderte Kraft, auch dieser Henkersknecht barst vor Muskeln. Sein Schweiß stieg ihr in die Nase. »Wo steckt er denn, der Unglücksrabe?«, erkundigte sie sich mit zitternder Stimme, während sie Stufe um Stufe nahm.

»Also hört mal ...«

»Maman ...«, tönte es in diesem Moment kläglich aus den Tiefen des Kellers.

Ihr Herz stand still. »O Heilige Jungfrau, ich höre ihn rufen!« Sie sprang über die letzte Stufe und hatte den Schreckensraum erreicht. Und das war es wirklich – ein Raum des

Schreckens. Entsetzt starrte Aliz auf Finger- und Beinschrauben, auf Halsgeigen, ein Streckbrett und einen mit Nägeln gespickten Stuhl. Auf eiserne Ketten, die von der Decke hingen, auf ein böse loderndes Feuer in einem Eisenbecken, auf dunkle Flecken, die sich in die Ritzen der grauen Fußbodensteine gefressen hatten ... Das Bild stimmte so exakt mit dem überein, was sie erwartet hatte, dass sie sich einen Moment wie in einem Alptraum fühlte.

An einem Tisch saßen zwei Männer. Beide vornehm gekleidet mit schwarzen Wämsern und eleganten, steifen Spitzenkragen, die ihre Wangen vom Kinn bis zu den Ohren rahmten und sie dazu zwangen, die Körper zu drehen, wenn sie zur Seite blicken wollten. Sicher die Richter, die den Delinquenten befragten.

Aliz wandte sich ihnen zu. »Meine guten Herren«, begann sie und suchte die Verzweiflung in ihrer Stimme zu unterdrücken. »Ihr seid aufgebracht. Und das zu Recht. Ich bin informiert. Wie konnte es nur, dieses unglückselige Kind! Wie konnte es nur.« Sie trat zum Tisch und beugte sich wie zufällig vor, in der Hoffnung, dass den Herren dabei ihr immer noch hübscher Busen vor die Augen und der Veilchenduft, den sie daheim großzügig aufgetragen hatte, in die Nase kam. »Aber ich weiß nur Allgemeines. Wie genau hat der Unfug sich denn zugetragen?«

»Verstehe ich das richtig? Ihr seid die Mutter dieses Verbrechers«, brummte der Dicke, dessen fette Wangen sich in den Kragen drückten.

»Maman ...«, hörte Aliz erneut die jammernde Stimme ihres Sohnes.

»Schont mich nicht, Monsieur«, bat sie mit tragischer Stimme. »Ich bin gewappnet. Er hat gespielt, nicht wahr? Wie oft habe ich zu ihm gesagt: Die Würfel werden dein Unglück sein. Du wirst dich an den Strick würfeln, habe ich ihm gepredigt, bis mir die Stimme versagte. Wenn nur sein Vater noch lebte. Auf den hat er gehört. Aber seit mein armer Gatte verstorben ist …«

»Ich hab doch gar nicht gespielt«, tönte es protestierend in ihrem Rücken.

Aliz drehte sich um und zwang sich zu dem klaren Blick, den sie bisher vermieden hatte. Moritz – Maurice, wie sie ihn früher gelegentlich genannt hatte, wenn die Sehnsucht nach den leichtfüßigen Franzosen ihr das Herz zusammenschnürte – saß an einem Tisch, in dessen Platte eiserne Fingerschrauben eingelassen waren. Man brauchte keinen Sachverstand, um ihre Funktion zu begreifen. Eiserne Querstreben wurden von Stangen gehalten, und in der Mitte stak ein Schraubengewinde, durch das man diese Streben gegeneinanderpressen konnte. Moritz' Finger steckten zwischen den Eisen, sie waren blau angelaufen. Aliz blickte in die Augen ihres Sohnes, und obwohl ihm ein Grinsen im Gesicht saß, für das sie ihn hätte prügeln mögen, sah sie doch auch die Angst in ihnen. Der Schein des lodernden Feuers irrlichterte über seine Wange. Er schwitzte, er schluckte.

»Was hast du angestellt, du furchtbares Kind?«, brachte sie hervor.

»Dies ist meine Mutter, Madame Marot«, erklärte ihr Sohn den beiden Richtern überflüssigerweise. Nein, es war keineswegs überflüssig, denn sie hatte diesen Namen noch nie zuvor gehört. Marot also. »Es ist alles ein Irrtum, Maman. Ich habe es selbst nur halb verstanden. Es geht um einen dummen Fellsack.« Moritz verzog das Gesicht. Die Blässe seiner Wangen, die blutunterlaufenen Augen – o ja, er litt.

»Jetzt ist dir also doch wieder dein Name eingefallen, du Teufelsbrut, ja?«, raunzte einer der Richter, nicht der dicke, sondern ein hagerer mit schön geschwungenen Augenbrauen und vollen, sinnlichen Lippen. Trotz seines angenehmen Äußeren war er härter als der andere, das spürte Aliz.

Aber der Dicke blickte bekümmert. Vielleicht besaß er selbst Kinder, die ihm Sorgen bereiteten. Vor seiner Brust baumelte eine Silberkette mit dicken Gliedern. Er sah reicher als der andere aus und war zudem älter und deshalb hoffentlich derjenige, der den Ton angab.

»Maurice wird doch nicht betrogen haben, Monsieur?«, wandte Aliz sich mit bebender Stimme an ihn. »Bitte, ich flehe Euch an. Er ist unbesonnen, aber … Nein, Monsieur, so schwarz kann sein Herz nicht sein. Er hat fleißig zu seinem Herrn gebetet, seit er sprechen kann. Als Kind hat er Bilder des Heilands gemalt, sehr hübsch sogar, mit Kreide auf sein Schiefertäfelchen. Doch leider ist er verführbar, wenn er in schlechte Gesellschaft …«

»Ihr seid also Frau Marot? Eine Französin?«, unterbrach der Mann mit der Silberkette ihren Redefluss.

Sie nickte, lächelte verzagt und hoffte, dass sie den beiden Männern niemals zuvor begegnet war, was keineswegs als sicher gelten konnte, denn ihr Dorf lag nur wenige Meilen von Alzey entfernt. Andererseits hatten sie auch gerade deshalb keinen Grund, eine Herberge aufzusuchen, in der sich nur Reisende und abends einige Dörfler tummelten. Dass sie eine gebürtige Französin war, hatte man in dieser Gegend glücklicherweise längst vergessen. Ihr Familienname, Granius, war deutsch, ihr Akzent völlig verschwunden, wenn sie ihn nicht, wie gerade jetzt, kultivierte. Warum also sollte man sie mit der *Grünen Laterne* in Verbindung bringen?

»Ich habe den Sack gefunden«, meinte Moritz kläglich.

Sie fuhr erneut herum. »Wie gefunden? Was redest du denn?«

»Er lag hinter Wörrstadt am Wegrand. Ich hab ihn unter einem Busch liegen gesehen und gedacht, es wäre doch schade, ihn da im Dreck zu lassen.«

Der Silberkettenmann nickte, aber sein Begleiter blickte spöttisch. Man konnte ihm die Gedanken ansehen: Diese

Strolche sind alle gleich: Sie lügen den Mörtel aus den Fugen.

»Was hat er enthalten?«, fragte Aliz ihren Sohn streng.

»Ich weiß nicht, irgendwelche Papiere.«

»Mein Kind besitzt leider kaum Verstand«, erklärte sie den Richtern. »Hat er Euch die Papiere übergeben? Sind sie wichtig, diese Papiere? Allgütiger, es handelt sich doch hoffentlich nicht um die Geheimnisse irgendwelcher hoher Herren? Mein Sohn ist faul und dumm, und das sage ich als die Mutter, die ihn liebt. Ihm Geheimnisse anzuvertrauen – so töricht würde niemand sein. Oder waren es gar Wechsel? Geht es um Geldpapiere?«

»Nichts davon«, beruhigte sie der Mann mit der Kette.

Der andere blickte zu einem Schemel in der Ecke, auf dem der Fellsack lag, mit dem Moritz normalerweise unterwegs war. Es war kein gewöhnlicher Sack, sondern ein Postfelleisen, wie die Reiter der Taxis sie benutzten, um ihre Briefe zu befördern. Aliz hatte ihn vor Jahren ihrem Schwager abgekauft, bei dem einer der Postreiter den Beutel hatte liegen lassen. Er war so praktisch gewesen: wasserdicht, robust, mit Unterteilungen, so dass die Briefe nach ihren Bestimmungsorten getrennt untergebracht werden konnten. Leider besaß er aber auch verräterische gelb gefärbte Streifen an den Nähten. Gelbe Streifen! Wie hatten sie nur so leichtsinnig sein können.

Die Männer hatten den Sack geöffnet. Ein schmutziges Hemd und ein Lederschlauch lugten heraus, am Rand des Schlauchs klebte Bier, durch das betrunkene Fliegen krabbelten. Außerdem erspähte Aliz einen Lederbecher und einen vertrockneten Kanten Brot. Aber – danke, o Herr im Himmel – keine Briefe oder Pakete. Moritz musste sie entsorgt haben, bevor er in die Fänge der Häscher geriet. Das war wohl auch der Grund, warum es ihrem Jungen noch einigermaßen gut ging.

»Ich hab die Papiere weggeworfen und meine eigenen Sachen in den Sack getan, weil er besser als mein eigener war.«

»Du hättest forschen sollen, wer der Besitzer ist«, klärte Aliz ihren Jungen auf. »Nicht wahr, das hätte er tun müssen, meine guten Herren? Aber er denkt nicht weiter als zum nächsten Augenblick.« Der Silberkettenmann seufzte, und Aliz schenkte ihm ein Lächeln. Wenn du lächelst, geht die Sonne auf, hatte Peter immer gemeint, und etwas Sonne konnten sie wahrlich brauchen. »Was machen wir denn nun, meine Herren?«

Der Dicke stand auf. Er trat zu ihr und blickte prüfend in ihr Gesicht, und sie pries innerlich die Vorsehung, die es mit einem Ausdruck der Unschuld versehen hatte. »Es ist so, gute Frau, dass wir einem Verbrechen auf der Spur sind, von so ungeheuerlichem Ausmaß, dass Ihr es nicht werdet erfassen können.«

Aliz brach in Tränen aus – nicht aus Vorsatz, das hätte sie wohl kaum geschafft, sondern aus purer Nervenanspannung. »Na, na, na …« Der Richter tätschelte ihre Schulter. »Es geht um das Postregal des Kaisers. Wie gesagt: Dieses Metier ist zu kompliziert für Euren hübschen Kopf. Nur so viel: Wir jagen seit Wochen eine Bande durchtriebener Verbrecher, die heimlich und gegen das Gesetz Briefe befördern. Der Schaden, den sie damit verursachen, ist immens, ebenso wie der Grimm des Kölner Postmeisters, der hier bei uns die Postlinien beaufsichtigt, und der Herren von Taxis, die ihm das Amt übertragen haben.«

Aliz tupfte vorsichtig mit dem Finger unter die Nase, wo sich ein Tröpfchen gebildet hatte.

»Wenn wir das Gesindel erwischen, ist ihnen der Galgen sicher.«

»Ach, dass es Euch nur gelänge«, flüsterte sie.

»Nun ja, Euer Sohn wurde gesehen, wie er mit einem Postfelleisen auf dem Rücken seines Pferdes eine Furt in der

Nähe von Alzey passierte, und da wir in der Nähe waren, jagten wir ihn. Er machte sich zusätzlich verdächtig, weil er auf unsere Rufe nicht reagierte, sondern im Gegenteil floh.«

»Ich hatte Angst, ich wusste ja nicht, wer hinter mir her ist«, keuchte Moritz. Ihm liefen inzwischen ebenfalls die Tränen herab. Die Fingerpresse musste teuflisch schmerzen.

»Wenn man bedenkt, was für ein Tölpel Euer Sohn angeblich ist, dann könnte man sich wundern, wie geschickt er nach Aussage der Büttel von seinem Pferd gefallen ist, wie mühelos er sein Reittier zurückbekam und wie entschlossen er auch nach seiner Festnahme die nächste Gelegenheit zur Flucht ergreifen wollte«, meinte der dürre Richter, den Aliz im Geiste auf den Namen Luzifer taufte.

Sie ging zu ihrem Sohn und sank vor dem Foltertisch auf die Knie. »Du bist geflohen? Warum, um aller Barmherzigkeit willen, machst du etwas so Törichtes? Warum gehorchst du nicht, wenn die Männer der Justiz es dir befehlen?«

Moritz blickte sie an, er hatte rote Flecken im Gesicht. »Ich liebe Eva«, stieß er hervor.

»Bitte?«

»Und sie wird mein Weib. Das ist der Grund, Maman. Es eilt, sie wartet auf mich und ist voller Angst. Wir werden fliehen, das habe ich ihr versprochen. Ihr Vater hat sie eingesperrt und will sie noch in diesem Monat verheiraten. Aber unsere Liebe ist heilig. Wenn es sein muss, werden wir nach Frankreich fliehen, habe ich zu ihr gesagt. Oder in die Kolonien. Ich werde sie und unser Kind ernähren. Ich werde …«

»Heilige Jungfrau Maria – was für ein Kind?«

»Es wurde noch nicht geboren, Maman, macht euch keine Sorgen, aber bald. Vielleicht. Es ist noch nicht sicher, ob sie eines unter dem Herzen trägt, aber ich habe zu Eva gesagt …«

»Ich verstehe dich nicht. Wer ist Eva?«

»Ihr Vater ist ein Kunde meines Lehrherrn.« Moritz lächelte dümmlich verzerrt. »Maman, gib uns deinen Segen. Du wirst sie …«

»Die Tochter eines Kunden«, echote der Silberkettenmann düster.

»… sie lieben. Jeder hat sie lieb.«

»Eines Kunden, du Unglückswurm«, murmelte der Richter, trat herzu und gab dem törichten Kerl einen Klaps auf den Hinterkopf.

»Sie ist so sanft, Maman. So unschuldig. In ihrer Gegenwart spüre ich, wie ich ein besserer Mensch werde.«

»Und da raubst du ihr die Unschuld und stürzt sie ins Unglück!« Ein weiterer Klaps. Luzifer, der sich ebenfalls erhoben hatte, lehnte sich gegen den Tisch, mit skeptisch gekreuzten Armen.

»Du bist doch Marie versprochen«, hauchte Aliz. Das stimmte nicht, es gab keine Marie, aber was sollte sie sagen?

»Marie ist hässlich, Maman.«

»Dabei aber wohl tugendhafter und besonnener als deine Eva!« Moritz duckte sich, doch dieses Mal blieb die handgreifliche Ermahnung aus. Der Richter zog ein Tuch aus einer Innentasche seines Wamses und wischte sich damit den Schweiß von der Stirn.

Moritz begann zu fluchen, irgendwo musste sie wohl hin, die Qual, aber vorsichtshalber tat er es auf Französisch.

»Was kann man denn nur unternehmen?«, flüsterte Aliz. »O barmherziger Jesus, sein Vater hatte recht – ich hätte ihm öfter die Rute geben müssen.«

»Macht Euch keine Vorwürfe«, meinte der Dicke. »Ich habe es gleich gemerkt – dieser Bursche wirkt gerissen, aber er besitzt nicht mehr Verstand als die Kugel, die wir ihm ans Bein gekettet haben. Hatte ich das nicht schon vorhin zu Euch gesagt, Herr Baier?«

»Ich werde zu Eva zurückkehren, Maman. Ihr könnte mich nicht hindern, *Merde! Putain de merde!*«, fluchte Moritz.

Aliz erhob sich mit wackligen Knien. Luzifer schaute immer noch zweifelnd. »Monsieur«, wandte sie sich an ihn, »ich bin eine schwache Frau, an innerer wie an äußerer Kraft, Ihr habt es gesehen. Aber ich begreife meinen Fehler. Bitte seid so gut und übernehmt für mich die Bestrafung, die diese von aller Vernunft verlassene Kreatur vielleicht auf den Pfad der Sittsamkeit zurückführen könnte. Lasst ihn nach Eurem von Weisheit geleiteten Augenmaß die Prügel spüren, die ihn zur Umkehr bewegen und seine unsterbliche Seele retten könnte.«

Luzifer war verblüfft. Aber er schien auch beeindruckt von der Frau, die ihr Versäumnis einräumte und nicht vor harten Strafen zurückschreckte, um den fehlgeleiteten Sohn wieder zum Guten zu führen. Er nickte.

Aliz kehrte den Männern den Rücken. Sie hörte wenig, ein Rumpeln und das Rasseln von Ketten, das Quietschen der Daumenschrauben, die nüchterne Frage des Henkers nach dem Ausmaß der Strafe, das Entkleiden – man solle das gute Hemd des Delinquenten nicht verderben, fand der Dicke –, dann das Klatschen der Rute, einige unterdrückte Schreie ...

»Und nun besinne dich und folge in allem dem Rat deiner frommen Frau Mutter, bevor dein Sinn sich vollends der Hölle zuneigt«, riet der Silberkettenmann Moritz, bevor er sich zur Treppe wandte, die der zweite Richter bereits erklommen hatte.

Die Sonne war immer noch nicht untergegangen, als Aliz mit ihrem Sohn zur Stadtmauer schritt. Sie hätte gedacht, es wären Stunden verstrichen. Unbehelligt von dem Torwächter, der die Ketten des Falltors ölte, durchschritten sie den Tunnel. Die Freiheit empfing sie mit kühlen, grünen Armen. Aliz führte ihr Pferd am Zügel, der Buckler, den der Henker ihnen ebenfalls ausgehändigt hatte, trottete hinterdrein.

Erst als sie ein Waldstück erreichten und die Büsche wie ein Tor hinter ihnen zusammengeschlagen waren, hielten sie an und begannen zu sprechen.

»Maman, das war nicht nett von dir.«

Aliz betrachtete ihren zerzausten Sohn. Wie er sich die Schmerzen verbiss und mit halb offenem Mund atmete, um die Tränen zu unterdrücken, ging ihr wie ein Stich direkt ins Herz. Aber was tat's: Er lebte. Sie nötigte ihn, sich unter einem Baum ins Moos zu setzen, und blickte prüfend in seine Augen.

»Lass das«, wehrte er verlegen ab, aber ihm kroch schon wieder das Grinsen ins Gesicht. Es war ein wahrhaft prächtiges Gemälde, ein Lächeln mit Tränenspuren auf den Wangen. Ach, seine armen Hände ... Aliz nötigte ihn, seine Finger auf ihrem Schoß auszubreiten. Sie bestand darauf, dass er sie krümmte, und er gehorchte mit schmerzverzerrter Miene. Den Mittelfinger hatte es am schlimmsten erwischt. Man hatte offenbar einen Eisendorn in die Presse eingebaut, um die Schmerzen zu verstärken.

»Hör auf zu weinen, Maman. Davon krieg ich Magenweh. Außerdem ist nichts passiert. Das heilt schon ...«

»O ja, es heilt!«, fiel sie ihm ins Wort, und dann brachen sich all die ausgestandenen Ängste Bahn, und sie polterte los: »Aber ich hoffe, dass es vorher noch ordentlich weh tut. Was machst du hier überhaupt? Warum, um alles in der Welt, kommst du mitten im Jahr heim? War nicht ausgemacht, dass du bis Weihnachten in Frankfurt bleibst? Wie hast du Fettmilch überhaupt dazu gebracht, dich ziehen zu lassen? Du *hast* doch um Erlaubnis gefragt?«

»Maman ...«

»Du hast doch?«

»Natürlich, und ...«

»Aber ganz sicher hat er dir nicht aufgetragen, bei Wolf Glaser einzukehren. Was für eine himmelschreiende und überflüssige Dummheit. Willst du dich und den Mann umbringen?«

»Maman …«

»Sag nicht *Maman* zu mir, ich bin deine Mutter.«

»Maman passt aber, du bist so hübsch. Du bist so … einfach so mamamamam …«

Sie griff in sein Lockenhaar und zog daran, und er lachte und jaulte zugleich.

»Wo sind die Briefe, die in dem Sack steckten?«

Moritz blickte zu seinem Stiefel und streckte das Bein, damit sie ihn herabziehen konnte. Und tatsächlich: In einem doppelten Schaft staken drei zerknitterte Kuverts. Drei! Dafür hatte der Junge Leben und Gesundheit riskiert. Für … Aliz rechnete, was sie daran verdienten, und das ging ja schnell bei der geringen Menge. Sie nahmen von ihren heimlichen Kunden ein Drittel weniger an Briefgeld als die kaiserlichen Postmeister, also pro halber Unze Gewicht sechs Kreuzer. Für achtzehn Kreuzer hatte ihr Sohn sein Leben riskiert!

»Wir hören auf damit«, beschloss sie impulsiv. »Wir brauchen die Poststrecke nicht mehr. Du wirst bald Geselle sein und in Frankfurt als Lebkuchenbäcker dein Auskommen haben. Und Tile wird unsere Herberge führen. Das bringt nicht viel, aber zum Leben wird es reichen. Hat es doch immer. Und Anni …«

»Sie ist wirklich ein Wunder.«

»Anni?«, fragte Aliz verdutzt.

»Eva.« Moritz lehnte sich zurück an einen Baum, wobei er die rechte Hand, die besonders gelitten hatte, sorgsam auf den Oberschenkel bettete. »Maman, ich habe nicht übertrieben. Sie ist … das Beste und Reinste, was Gott je erschaffen hat.«

»Aber es gibt sie gar nicht. Du hast sie erfunden.«

»Alles – Eva nicht.« Moritz blickte in die Baumkrone, die über ihnen das letzte Tageslicht filterte. Sie entdeckte in seinem Gesicht etwas, das sie noch nie darauf gesehen hatte – eine Art von Zärtlichkeit, die ihr ins Herz schnitt, weil sie von neuen Gefahren zu künden schien.

»Wer ist sie?«

»Fettmilchs Tochter.«

»Dann vergiss sie. Der Mann ist reich, er besitzt eine Herberge und eine Lebkuchenbäckerei, und er ist einer der angesehensten Männer in Frankfurt – und du ein armer Schlucker.«

»Ich will sie aber haben, Maman.«

»Und du bekommst sie nicht. Hör auf, an sie zu denken. Aus Wolken kannst du kein Eisen schmieden. Vielleicht solltest du wieder heimkommen«, meinte sie entmutigt.

»Wo ich doch gerade so schön unsere Poststrecke ausbaue?«

Aliz, die sich eben hatte erheben wollen, sackte auf den Boden zurück. »Du tust *was*?«

»Denk einmal nach, Maman. Wir liefern die Briefe Richtung Norden bis nach Köln hinauf und Richtung Süden nach Rheinhausen. Aber es gibt auch noch einen Osten. Ich habe mich in Frankfurt mit Johann von den Birghden angefreundet, dem Adjutor des Frankfurter Postmeisters. Er hat gesagt …«

»Des Postmeisters? Bis du wahnsinnig?«

»Keine Angst.« Moritz lächelte. »Der Postmeister selbst ist vor fünf Wochen gestorben, und Lamoral von Taxis hat die Gelegenheit genutzt und auch von den Birghden entlassen. Der Mann ist darüber wütend und hat also gar kein Interesse daran, illegale Postreiter zu jagen. Aber er hat mir erklärt, dass die Strecke von Köln nach Frankfurt für einen funktionierenden Postverkehr fehlt. Bis nach Wöllstein kommen die Briefe ja, aber dann gehen sie Richtung Süden. Wenn jemand die kurze Strecke zwischen Wöllstein und Frankfurt überbrücken würde, wäre das ein echter Vorteil.«

»Warum redet er mit dir über so etwas?«

»Weil ich das Gespräch darauf gebracht habe. Ich habe zufällig aufgeschnappt, dass er vom Kaiser das Recht auf eine private Poststrecke nach Hamburg kaufen will. Und da habe ich ihn abgefangen und laut darüber spekuliert, auf welche Weise …«

»Du hast tatsächlich den Verstand verloren. Laut spekuliert! Weißt du nicht, dass du dich damit in seine Hand gegeben hast? Ein Wort von ihm zu den falschen Leuten …« Aliz riss die lästige Haube vom Kopf, mit der sie sich ein respektierliches Aussehen gegeben hatte. »Das, was wir durch die *Laterne* und du von Fettmilch bekommst, reicht zum Leben. Ich hätte das mit den Briefen niemals anfangen sollen. Es ist zu gefährlich. Wir hören auf damit.«

»Aber …«

Sie griff nach seinen Arm. Die letzten Sonnenstrahlen hatte die Stirn ihres Sohns erreicht. Wie schlecht er aussah! Aliz zwang sich, mehrere Male tief zu atmen, bevor sie weitersprach. »Ich habe heute meinen Sohn aus einem Folterkeller holen müssen! Das war kein Spiel, Moritz. Das war der erste Vers eines bösen Gedichts, dessen Ende sich auf Galgen reimt. Du wirst …«

»Aber es ist doch gut gegangen.«

»Hörst du mir nicht zu?« Es sind die Mütter, die leiden, dachte sie bitter. Kinder leiden jedes für sich allein, und das ist schon schlimm genug, aber Mütter leiden für sie alle mit. Sie tragen die schwerste Last. Doch das würde sie ihrem Sohn nicht erklären können, und sie wollte es auch gar nicht. Also wurde sie sachlich. »Heute war ein Gast bei mir, der sich Johannes Apocalypsis nannte. Er wollte wissen, wo er ohne große Kosten seine Post befördern kann. Ich bin sicher, dass er einen Verdacht hat und deshalb bei uns rumschnüffelte.«

»Erzähl genauer.«

In dürren Worten berichtete sie, was sich zugetragen hatte. »Er hat sich abwimmeln lassen und mir hoffentlich geglaubt, aber sicher ist nichts. Wir müssen aufhören.«

»Mamam ...«

»Sag Mutter zu mir.«

»Ich will Eva heiraten. Und du hast recht, ich werde sie nur bekommen, wenn ich sie nach ihrem Stand versorgen kann. Ich habe für Fettmilch einen reichen Onkel erfunden ...«

»Du hast gelogen?«

»Ich will reich werden, und irgendwie werde ich erklären müssen, woher das Geld stammt.«

»Du lügst den Vater der Frau an, die du liebst?«

Moritz schwieg, und Aliz' Gedanken wanderten zurück in die Zeit, in der sie selbst zu lügen begonnen hatte, nach dem Mord an Jakobe, der sie dazu gezwungen hatte, aus Düsseldorf zu fliehen und als Bettlerin durch die Dörfer zu streifen, bis sie nach Wöllstein kam. Und dort hatte sie weitergelogen, was ihre Vergangenheit anging. Wer war sie, über ihren Sohn zu richten?

»Mamam«, sagte Moritz nüchtern, »man hat mich in Frankfurt in die Zunft der Lebkuchenbäcker aufgenommen, dafür hat Fettmilch gesorgt, aber man wird mich nicht groß werden lassen. Ich bin der Fremde, sie haben eigene Söhne und Töchter zu versorgen. Ich könnte kein Meister werden und deshalb niemals heiraten. Ich könnte auch für Anni nicht sorgen, und Tile wird es nicht schaffen, eine Herberge zu führen, das weißt du doch selbst. Er ist nur auf Dummheiten aus. Wenn es dich nicht mehr gibt, werden die beiden im Elend enden.«

»Ich will nicht, dass du so redest.«

»Dann tu ich's auch nicht. Aber wenn nicht irgendwann einmal alles zusammenstürzen soll, müssen wir weiter Briefe befördern und das Ganze größer und gewinnträchtiger machen. Das ist der einzige Weg. Ich habe rausgefunden, dass die Metzger zwischen den Städten einen eigenen Botendienst unterhalten haben, der ihnen aber jetzt auf Betreiben der Taxis-Leute verboten wurde. Von den Birghden sagt, dass sie wütend sind. Vermutlich würden sie uns ihre Briefe mitgeben, wenn wir ihnen ein entsprechendes Angebot machen.«

»Ich muss darüber nachdenken. Und du musst verschwinden, das vor allem. Wenn sie dich oder den Buckler in der *Laterne* entdecken und uns der Lüge überführen, werden sie sich alles andere zusammenreimen.«

»Ist schon gut, Fettmilch erwartet mich sowieso zurück.«

»Und du unternimmst nichts, bis wir uns wiedersehen?«

»Wenn du es so wünschst«, sagte er, und sie wusste, dass er jetzt auch sie anlog. Ihr Sohn würde sich einen Teufel darum scheren, was sie ihm in Zukunft erlaubte und verbot. Weil er erwachsen geworden war und ein erwachsener Mann sich nicht um die Warnungen seiner Mutter kümmerte. Und weil ein hübsches Mädchen vielleicht einen anderen heiraten würde, wenn er es nicht schaffte, in wenigen Jahren reich zu werden.

3. Kapitel

Püree vom Huhn. Alles war gut. Sie hatte ihre Aufgabe im Kopf. Püree vom Huhn, mit etwas Sahne, aber davon nicht zu viel.

Marthe Trabold huschte durch die Küche. Sie trat dabei auf Federn, die auf dem Boden klebten. Wie eklig das war! Verwirrt blickte sie sich um. Die Federn stammten nicht von dem Huhn, das sie pürieren wollte, denn das lag immer noch mit vollem Federkleid auf dem Tisch. Woher kamen sie also? Und woher der Gartenschmutz und all der andere Dreck auf dem gestampften Lehmboden? Valentin würde schimpfen und sie vielleicht sogar schlagen, wenn er es sah. Dabei wusste er doch, dass sie ihr Heim blitzsauber hielt. Aber sie konnte ihm auch nicht erklären, wer die Küche heimlich durcheinanderbrachte.

Püree vom Huhn … Püree vom Huhn …

Marthe vergaß den Schmutz. Sie eilte zu dem gemauerten Herd an der Wand, durch dessen Schlot der Rauch abzog. Über der Feuerstelle baumelte an drei eisernen Ketten der Topf, den sie von ihrer Tante Gretl zur Hochzeit geschenkt bekommen hatte. Püree vom Huhn. Sie wollte ein Huhn zubereiten. Oder hatte sie es schon getan und nur vergessen? Beklommen blickte sie zu der halb offenen Tür, hinter der Valentin auf dem Strohsack lag und schnarchte. Warum war er nicht auf dem Feld? Hatten sie bereits Nacht? Aber nein. Durch das Fenster, von dem sie die Schweinsblasen abgenommen hatte, die im Winter die Kälte draußen hielten, drang helles Sonnenlicht. Aber warum lag Valentin dann im Bett? War er krank? Hatte er deshalb nach dem pürierten Huhn gefragt?

Marthe wurde kalt ums Herz. Das Vergessen war der Fluch ihres Lebens geworden. Ein Teufel hat von dir Besitz ergriffen, sagten Valentin und die Kinder, und zwar so oft, dass es als Einziges in ihrem Kopf kleben blieb. Du bist vom Teufel besessen, Marthe. Du bist nicht mehr du selbst. Aus dir spricht das Böse.

Plötzlich drängte es sie ins Freie. Wo Licht war, war Gott, und wo Gott war, besaß der Teufel keine Macht. Eine Weile stand sie an der Tür ihres kleinen Häuschens. Eine hübsche Johannisbeerhecke umrundete ihr Grundstück. Das Eichenbäumchen, das Valentin am Tag ihrer Hochzeit in die Mitte des Gartens gepflanzt hatte, war zu einem Baum geworden, der sogar schon ein wenig Schatten spendete. Darunter stand eine von den Jahren verwitterte Bank, auf dem ihre beiden jüngsten Töchter Susanne und Margarete vor zwei Eimern saßen und Erbsen pulten. Wann waren die beiden nur so groß geworden? Sicher drehten sich die Burschen schon nach ihnen um.

Marthe lebte in einem freundlichen Dorf. Es bestand aus zwei Dutzend Häusern, mit den meisten Menschen war sie verwandt. Auch Valentin war ein Vetter zweiten Grades. Das Haus, das Marthe von ihrer Mutter geerbt hatte, sollte im Besitz der Familie bleiben, deshalb hatte sie ihn genommen, und es war eine gute Wahl gewesen. Er war fleißig und geduldig mit ihr und den Kindern.

Marthe musterte Susanne, die mit ihrem kantigen Gesicht dem Vater ähnlich sah. Margarete, die Ältere, kam eher nach ihr, vor allem, was die Stimme anging. Die ist wie das Rascheln von Seide, hatte Valentin immer gesagt. Musste man sich für die Mädchen nicht nach Ehemännern umschauen?

Oder waren sie vielleicht längst unter der Haube? Wieder schauderte es Marthe, weil sie sich nicht erinnern konnte.

Sie winkte den beiden zu, doch ihre Töchter wandten die Köpfe ab. Marthe sah, wie Margarete wütend mit dem Fuß ein Huhn verscheuchte, das neben dem Eimer pickte. *Sie lieben mich, aber sie schauen mich nicht mehr an.* Einen Moment krampfte sich Marthes Körper so stark zusammen, dass es schmerzte. Der Teufel war in sie gefahren, und die Kinder und Valentin wussten es und hatten Angst vor ihr. Sie fühlte sich so einsam, dass ihr die Tränen herunterliefen.

Als das Huhn auf einen Holzstoß flatterte, zuckte sie zusammen. Das Huhn. Was war nur mit den Hühnern? Da gab es etwas zu tun. Hatte sie ihnen schon das Futter gestreut? Plötzlich sprang Margarete auf, eilte zu ihr, packte sie bei den Schultern und schüttelte sie. »Geh ins Haus zurück, Mutter. Die Leute gucken ja schon!«

Beschämt verschwand Marthe in ihrer Küche. Sie sah Dreck, Federn und Schweineborsten auf dem Boden. Schmutziges Geschirr türmte sich auf dem Tisch. Jemand machte hier Unordnung, sie wusste nur nicht, wer. Der Teufel, dachte sie. Der Teufel hat von dem ganzen Haus Besitz ergriffen.

Und dann stand plötzlich der Mann im Zimmer. Marthe hatte sich gerade gebückt, um einen Becher aufzuheben. Sie wusste gar nicht, wie er hereingekommen war. Unsicher lächelte sie ihn an. Sie mochte ihn. Sein Haar war kohlschwarz mit einigen Silbersträhnen und wild und lockig, das Kinn von einem schmalen Bart gerahmt. Erinnerungen flackerten auf und zogen durch ihren Kopf. Erinnerungen an einen ebenso sonnigen Tag wie diesen. Der Reiter hatte wegen eines Kindes bei ihr vorgesprochen. Plötzlich fiel ihr sogar sein Name ein.

»Symon von Anderrath«, strahlte sie. »Wie lange ist das

her!« Dass sie sich an seinen Namen erinnerte – endlich etwas, das ihr nicht entglitten war! –, stimmte sie euphorisch. »Kommt her, lasst Euch einen Becher Wein vorsetzen, Anderrath. Nein, was für eine Freude, Anderrath … Anderrath … Anderrath, wie lange habe ich Euch nicht gesehen?« Sie zog ihn an ihre Brust und küsste ihn auf die Wange, und er lachte ebenfalls und sagte: »Immer noch dieselbe stürmische Marthe.«

Die Küche war gekehrt, was für ein Glück, nur ein Kehrichthaufen in der Ecke, in dem Hühnerfedern zwischen Staubflusen staken, störte die Sauberkeit. Aber Anderrath bemerkte das gar nicht. Er humpelte zu einem Schemel, ließ sich darauf niedersinken und sah ihr dabei zu, wie sie Brot aufschnitt. Käse und Brot gab es immer in ihrer Küche, sie führte einen wohlhabenden Haushalt, weil sie die Kinder der Reichen säugte. Wo waren sie überhaupt, die kleinen Jungen und Mädchen, ihre Zöglinge, die man ihr ins Haus trug, weil bei ihr die Milch so reichlich floss, dass niemals eines vor Hunger weinte? Marthe schielte unter den Tisch, ob dort eines krabbelte, konnte aber niemanden entdecken.

»Valentin wird die Kinder in den Garten gebracht haben. Sie spielen so gern mit den Hunden«, schwatzte sie. »Wisst Ihr, dass ich schon wieder einen Säugling unter dem Herzen trage? Die Milch muss fließen. Was für ein Glück, dass die heilige Agatha mich mit Fruchtbarkeit gesegnet hat. Es wird im nächsten Monat geboren werden. Und das Weib des Bürgermeisters von Solingen trägt ebenfalls einen Schatz in ihrem Bauch. Sie ließ schon anfragen …«

»Mutter, wer ist dieser Mann?«

Die schrille Stimme gehörte Margarete. Marthe warf ihrer Tochter, die im Türrahmen erschienen war, einen ärgerlichen Blick zu. Wie unhöflich das Mädchen manchmal war. So hatte sie sie nicht erzogen! »Ein Freund«, erwiderte sie trotzig. »Geh und mach deine Arbeit fertig.«

»Ein Freund aus sehr alten Tagen«, erklärte Anderrath.

Margarete musterte den Mann voller Abneigung. Sein Lächeln prallte an ihr ab. Was hatte sie nur? Wider Willen studierte nun auch Marthe das Gesicht des Fremden ein wenig sorgfältiger, und tatsächlich, als sie ihn mit den Augen ihrer Tochter ansah, fand sie plötzlich etwas Kaltes darin, das sie abstieß. Der ganze Mann kam ihr auf einmal unheimlich vor. Als wäre seine Freundlichkeit nur eine Maske gewesen, die plötzlich von ihm abgefallen war. Hatte sie ihn überhaupt jemals gemocht?

»Ich bin wegen eines Kindes hier, das Eure Mutter einmal gesäugt hat. Inzwischen müsste es achtzehn Jahre alt sein«, sagte er.

»Dann ist es doch längst fort. Meine Mutter ist zu beschäftigt, um ihre Zeit mit Klatsch zu vertrödeln. Geht!«, forderte Margarete ihn auf. Lieber Jesus, was für ein patziger Ton, und das zu einem Gast, der sicher wohlhabend war, wenn man den Stoff seiner schwarzen Kniehosen – feinste Wolle – und des samtenen Wamses betrachtete. Über dem Wams breitete sich ein gefächerter Seidenkragen aus, der ein Vermögen gekostet haben musste. Nein, dachte Marthe, solch ein Benehmen gegenüber vornehmen Herrschaften dulde ich nicht. Außerdem kann ich selbst entscheiden, mit wem ich reden will. »Geh wieder an deine Arbeit«, befahl sie erneut.

Margarete blickte zur Schlafkammer, deren Tür halb offen stand, als würde sie jemanden suchen. Ihren Vater? Aber der war doch längst auf dem Feld. Dummes Kind! »Hinaus!«, scheuchte Marthe sie, und vielleicht war es der alte Befehlston in ihrer Stimme, jedenfalls gehorchte ihre Tochter.

Marthe holte ein Stück Käse aus einem Tontopf und begann eine Scheibe abzuschneiden. Nicht zu dick, sie war in brummiger Stimmung.

»Du bist sehr freundlich«, sagte der Mann. Er hieß Symon von Anderrath, fiel ihr wieder ein. Und er hatte ihr einmal einen richtigen Batzen Geld zugesteckt. Sie hatte gehofft, dass den ersten Gulden weitere folgen würden. War das geschehen? Die Vergangenheit kam ihr wie ein Meer aus Blättern vor, in denen der Wind stob. Nichts war zu greifen.

»Weißt du, wo das Kind, das ich suche, geblieben ist?«, fragte der Fremde.

»Welches Kind?«

»Ich bin zu dir in dieses Haus gekommen, an einem kalten Februartag vor achtzehn Jahren, und habe dich gebeten, es nach der Geburt zu dir zu nehmen.«

»Du heißt Symon von Anderrath.«

Der Mann lächelte, aber sie mochte sein Lächeln nicht mehr. Es lag etwas Berechnendes darin, und so etwas gehörte sich nicht. Wer lächelte, sollte es aus vollem Herzen tun. »Ich habe einen reichlichen Milchfluss«, sagte sie und blickte auf ihren Busen, der schlaff im Mieder hing.

»Kannst du mir sagen, was aus dem Kind geworden ist?«

»Welches Kind?«

»Das der Herzogin Jakobe.« Der Mann hatte den Namen nicht nennen wollen, das spürte sie, aber in ihrem Gedächtnis rührte sich etwas. Das Kind der Herzogin! Welch eine Aufregung das gewesen war! Und wie viel Geld sie fürs Säugen bekommen hatte und dafür, dass sie über die Herkunft des Kleinen schwieg.

Marthe brach in ein leises Lachen aus. »Er war ein so niedlicher Knabe. Aber geredet hat er! Die Ohren konnten einem abfallen. Kannst du nicht auch mal den Mund halten?, hab ich zu ihm gesagt. Was bist du für ein Plaudertäschchen.« Sie schwelgte in glücklicher Erinnerung. »Wo mag er bloß stecken? Sicher im Garten. Er wird sich schmutzig machen, aber wer kann ein so reizendes Knäblein schelten. Ich muss strenger mit ihm sein.«

»Wie heißt er denn?«

»Martin?«, überlegte sie. »Nein, das ist ein Ketzername.

Wie heißt er denn nur …« Marthe merkte, dass sie zu viel vom Käse abgeschnitten hatte. Sie packte die Scheiben, auch die, die sie dem Mann vorgesetzt hatte, in den Tontopf zurück. Der Augenblick der guten Laune verflog. Sie hatte den Namen des Kindes vergessen. Vielleicht hatte sie auch vergessen, es zu säugen, und es hungerte. Der Teufel umlauerte sie. Sie spürte seine verhängnisvolle Anwesenheit ganz deutlich.

»Und wo steckt der Knabe jetzt?«

»Martin?«

Der Mann nickte.

»So heißt er aber nicht.«

»Ich weiß.« Der Fremde stand auf und nahm ihre Hände. Sein Griff war unangenehm fest. »Du hast ihn zu dir genommen, Marthe, aber seine Mutter, die Herzogin, wurde ermordet. Und dann? Was hast du mit ihm gemacht, als kein Geld mehr kam? Hast du ihn trotzdem behalten und ihn großgezogen?«

Plötzlich blitzte ein Bild in Marthes Hirn auf. »Die Kammerfrau hat gesagt, sie achtet auf ihn.« Ja, genau, die Französin war mit dem Knaben in den Keller des Schlosses gerannt gekommen. Wie aufgeregt und ängstlich sie gewesen war. Sie waren gemeinsam durch die Gänge gelaufen, hinaus in den strömenden Regen, der das Schloss und die Stadt einhüllte. O liebster Herr Jesus, die Kinder waren pitschenass geworden. »Wir haben uns gefürchtet. Auch Aliz. Sie hat so schreckliche Dinge gesagt.«

»Was denn?«

»Es hat geregnet.«

»Ja, aber was …?«

»Und die Kinder waren doch noch klein. Da sind sie so empfindlich.«

Der Mann seufzte. »Aliz hieß die Kammerjungfer also? Aliz … Erinnerst du dich an ihren Familiennamen?«

»Etwas Französisches. So was kann man sich nicht merken.«

»Wohin ist sie gegangen?« Symon sah jetzt aus, als hätte er sie am liebsten geschüttelt. Er konnte sie nicht leiden. Und sie ihn auch nicht. Der Mann war böse. Marthe presste die Lippen zusammen. Sie hatte Aliz gemocht. Wie froh war sie gewesen, als ein Postreiter einen Brief von ihr brachte mit der Botschaft, dass es ihr und dem Knaben gut gehe.

Der Fremde ließ sie los, griff in einen Beutel und legte einige Münzen auf den Tisch. Marthe riss die Augen auf. Es handelte sich um Goldgulden. Als sie sich darüberbeugte, erkannte sie ein Wappen und die Zahl 1568. Sie hatte vergessen, welchen Wert diese Gulden besaßen, aber sie stellten ein kleines Vermögen dar. Ihre Hände zitterten, als sie die Münzen berührte. Valentin schlug sie und nannte sie unnütz, weil der Teufel in ihr steckte. Aber wenn er diese Münzen sah, würde er anders denken.

Symon legte die Hand auf die Gulden. »Wo kann ich die Französin finden?«

Marthes Blick glitt zu der Truhe, in der sie und Valentin ihre kostbarsten Habseligkeiten aufbewahrten. Die Servierplatte aus Zinn, die mit Perlen besetzte Haube, die ihre Töchter zur Hochzeit tragen würden, so wie sie selbst sie getragen hatte …

Symon war ihrem Blick gefolgt. Er ging zur Truhe, kniete davor nieder und sprengte das Schloss mit seinem Messer. Dann wühlte er in ihren Habseligkeiten wie ein gemeiner Dieb. Als er sich wieder aufrichtete, sah er enttäuscht aus. »Verrate es mir, Marthe. Wohin ist Aliz gegangen? Du weißt es doch, nicht wahr?«

Kurz zögerte sie. Die Goldgulden glänzten, obwohl nur wenig Licht in die Küche fiel, weil es schon dämmerte. Sie ging zur Truhe und schob sie ächzend von den Hölzern, auf denen sie lagerte. Zwischen den Hölzern gab es ein unscheinbares, von Sand bedecktes Loch im Lehmboden. Unter dem Sand befand sich das Kuvert. Sie hatte es lange nicht mehr hervorgekramt. Mit den Jahren war es schimmlig und brüchig geworden, und sie strich betrübt darüber. Der Fremde nahm es ihr aus den Händen und öffnete es. Teile des Papiers rieselten auf den Boden. Der Mann begann zu lesen.

4. Kapitel

M*aman* war ein so schönes Wort. Moritz fand, dass es zu seiner Mutter passte, als hätte man es für sie erfunden. Leichtigkeit, Charme und Lebenslust schwangen darin mit. In einer Zeit, an die er sich kaum erinnern konnte, hatte sie sich von ihm so nennen lassen. Wie sonderbar, dass ihm der Kosename gerade im Keller des Henkers wieder in den Sinn gekommen war.

Maman war Französin. Und früher hatte sie ihn manchmal Maurice genannt, auch das fiel ihm plötzlich wieder ein. Er war von Geburt ebenfalls Franzose. Aber das war auch alles, was er von seiner Herkunft wusste. Er hatte vor einigen Jahren, als er von hämischen Spielkameraden erfahren hatte, dass Peter nicht sein leiblicher Vater war, einige Male nach seiner Herkunft gefragt. Doch Aliz' Auskünfte waren einsilbig gewesen. Sein Vater und der von Tile sei ein Fernhändler gewesen, der an einer Krankheit gestorben war. Was für eine Krankheit? Sie hatte geschwiegen. Wo lag er beerdigt? Keine Antwort. Und warum waren sie nach Wöllstein gezogen? »Weil es sein musste«, hatte Aliz gesagt, und er hatte an ihrer Stimme gemerkt, wie sie es hasste, über dieses Thema zu sprechen. Ein paarmal hatte er noch nachgehakt, aber schließlich aufgegeben. Vor allem, weil er seine Mutter liebte – er brachte es nicht übers Herz, sie zu bekümmern. Aber auch, weil er die Antwort fürchtete. Wäre sein Vater ein guter Mensch gewesen, einer wie Peter, hätte sie doch gern von ihm gesprochen.

Moritz verzog das Gesicht, als er sich im Sattel bewegte. Die Striemen auf seinem Rücken waren aufgeplatzt und brannten. Aber er musste Hemd und Wams trotz der Sommerhitze anbehalten. Nicht auszudenken, wenn man ihn als Halunken entlarvte, der vom Henker befragt worden war.

Nieder-Olm tauchte vor ihm auf, ein kleines Städtchen im welligen Mainzer Vorland und für heute das Ziel seiner Reise. Der graue, schlanke Turm der St.-Georg-Kirche ragte über die Stadtmauer, ebenso die Trutzbauten der St. Laurenziburg und die mit Schindeln gedeckten Dächer der größeren Häuser. Aus einigen stieg Kochrauch auf. Sein Magen begann zu rumoren.

Allmählich belebte sich das Umland. Ein Junge trieb Ziegen auf eine Wiese, ein Trupp gut gekleideter Reiter schwärmte rechts und links an Moritz vorbei, sicher auf dem Weg zu einem Jagdvergnügen, denn um sie herum wieselten Hunde.

Moritz erreichte das Tor und wappnete sich. Er hatte das, was er hier plante, seit Wochen von allen Seiten durchdacht und hielt es für aussichtsreich. Trotzdem war ihm jetzt, mit der Mahnung seiner Mutter im Kopf, mulmig zumute. *Apocalypsis* … Was, wenn sie recht hatte? Wenn man ihr wirklich auf die Spur gekommen war und sie beobachtete? Und wenn man ihn und sie schnappte, weil er hier Staub aufwirbelte. Andererseits: Sollte er zusehen, wie Eva an jemand anderen verheiratet wurde?

Außerdem reizte ihn das Abenteuer. Eine Weile hatte es ihm Spaß gemacht, Kuchenrezepte zu lernen und Figuren zu formen, aber inzwischen hasste er den öden Trott seines Lebens. Nein, lieber etwas wagen.

In seinem Kopf befand sich ein exaktes Bild der Nürnberger Meilenscheibe, die im Postgebäude der Taxis in Frankfurt aufgehängt war und auf der die deutschen, die niederländischen und die italienischen Poststationen und die Entfernungen zwischen ihnen abgebildet waren. Dieses Wissen berauschte ihn. Was für Möglichkeiten! Selbst wenn der einzelne Brief nur ein geringes Porto einbrachte – wenn man die Strecken genügend ausweitete, besaß man eine Goldader. Dass seine Mutter womöglich aus der Poststrecke aussteigen wollte, konnte er verstehen. Aber die Post nach Frankfurt musste ja nicht aus Wöllstein kommen. Hangen-Weisheim, wo Franz sich mit Elan um die Postbeförderung kümmerte, könnte ihm ebenso gut als Ausgangsstation dienen. Oder Kisselbach, wo ein Vetter seines Vaters wohnte. Es wäre einfach schade, die großartige Idee, die ihm gekommen war, aufzugeben. Nein, er musste etwas riskieren.

Moritz trieb den Buckler voran.

Friedrich Quant, einer der Metzgermeister von Nieder-Olm, watete mit beiden Füßen im Blut. Die Kuh, die er gerade gemeinsam mit seinem Gesellen auf einem überdachten Schlachtplatz in der Ecke einer Wiese geschlachtet hatte, war zu Boden gesunken. Er säbelte mit kräftigen Bewegungen den Kopf ab, sein Geselle fing das spritzende Blut in einer Pfanne auf. Als Quant fertig war, trug er den Kopf zu einem Bottich, der am Rand der Wiese stand. Die langen, gebogenen Hörner schienen die Taille des Mannes zu umarmen, und es kostete ihn Mühe, sich daraus zu befreien, als er den Kopf niederlegte. »Was gibt es denn Aufregendes zu sehen?«, fragte er Moritz, der an einem Zaun lehnte und den beiden Männern zuschaute.

Der entscheidende Moment war gekommen.

»Ich bin hier, um Grüße zu überbringen.« Nicht zum ersten Mal bedauerte Moritz, wie jung er noch aussah. Ältere Männer neigten dazu, ihn nicht für voll zu nehmen. Er faltete seine Hände mit den verräterischen Quetschungen auf einem Zaunpfahl und bemühte sich um ein lässiges Lächeln. Die Wiese lag innerhalb der Stadtmauer. Wenn er Quant falsch einschätzte, dann wäre es schwer, aus der Stadt zu entkommen, und ihm konnte schnell ein Schicksal wie in Alzey blühen, oder Schlimmeres. Der Buckler wartete ein Stück entfernt, aber trotzdem.

Quant wischte die Hände an einem Tuch sauber. »Grüße?« Zum ersten Mal blickte er Moritz in die Augen.

»Von Metzgermeister Overkotte aus Frankfurt. Es geht ihm gut, seinen beiden Töchtern auch. Er hat mich gebeten, Euch eine Nachricht zu überbringen.«

Das stimmte nur halb. Moritz hatte mit Overkotte gesprochen, aber sie standen noch ganz am Anfang ihrer Verhandlungen. Von einer Nachricht konnte keine Rede sein. Aber was tat's? Wieder überkam ihn das Prickeln des Abenteuers.

»Dann rück mal raus damit.«

Moritz blickte möglichst auffällig zu dem Schlachtgehilfen, der immer noch damit beschäftig war, das Blut aufzufangen. Quant sollte sehen, dass die Angelegenheit Diskretion benötigte. Dann bückte er sich zu seinem Postfellsack, den er neben sich auf den Boden gestellt hatte, öffnete die Schnüre und tat so, als würde er etwas suchen. Er nahm sich Zeit dafür und beobachtete, wie Quant halb spöttisch, halb nachdenklich das Gesicht verzog. »Oje.«

»Was denn?«

»Ich fürchte, ich habe den Brief verloren.« Moritz richtete sich wieder auf und lächelte. »Das ist schon ein Jammer. Denn Meister Overkotte hat gesagt, dass er wichtig wäre.«

Quant zog die Augenbrauen hoch.

»Sehr wichtig sogar«, erklärte Moritz so leise, dass der Gehilfe es auf keinen Fall verstehen konnte. »Vielleicht finde ich ihn ja wieder. Ich bin noch einen Tag lang in der Stadt.« Er warf den Reisesack über die Schulter und kehrte dem

Platz, an dem sich bereits die Fliegen sammelten, den Rücken.

Am Abend suchte er die *Flinke Hündin* auf, eine Schenke am Kornmarkt, die vorzugsweise von der Fleischer-, der Bäcker- und der Strumpfwirkerzunft besucht wurde. Auch Friedrich Quant war hier häufig zu Gast, das hatte Moritz herausgefunden, während er in der Stadt herumlungerte und sich den Hunger verkniff.

Er setzte sich an einen kleinen Tisch in einer Ecke, weg von den Stammgästen, die auf Bänken der Geselligkeit frönten und gelegentlich ein Lied anstimmten. Die Luft war schlecht, ihm hing der Magen bis zu den Knien. Ganz in seiner Nähe befand sich ein zweiter kleiner Tisch, an dem wohl gewöhnlich der Henker saß, denn der Krug war an die Wand gekettet, als Zeichen der unehrlichen Stellung des Gastes. Aber heute war der Platz verwaist. Zum Glück. Alzey hing Moritz immer noch nach.

Er beugte sich vor, um seinen geschundenen Rücken zu schonen, und malte mit dem Finger die Straßen von Kisselbach nach Frankfurt nach. Die Schlüsselfigur in seinem Plan war Johann von den Birghden. Moritz hatte gespürt, dass der Mann ihn mochte. Es ist eine einmalige Gelegenheit, den Fuß in die Tür zu bekommen, dachte er. Wenn der ehemalige Frankfurter Postmeister es schaffte, den Norden und Osten zu ergattern, und wenn er sich dazu überreden ließ, Moritz als Verbindungsglied zum Westen in seine Pläne mit einzubinden …

Es dauerte lange, ehe Quant durch die Tür der *Flinken Hündin* trat. Der Metzger war aufgeräumter Stimmung. Er ging zum Wirt und bestellte sich mit einem Scherz ein Bier. Sein Blick strich dabei über die Anwesenden. Bei dem jungen Fremden hielt er überrascht inne. Moritz lächelte ihm zu, schaute dann wie unbeabsichtigt zur Tür und sah Quant noch einmal fest in die Augen. Es war nur ein kurzer Moment, der von den anderen Gästen unbemerkt verstrich. Der Metzger ging zu einigen Freunden und setzte sich. Moritz gab ihm noch ein wenig Zeit, dann trank er den Rest seines Biers, winkte dem Wirt, zahlte die Zeche und erhob sich. Quant blickte zu ihm herüber. Wieder ein Lächeln, und Moritz verließ die *Flinke Hündin*.

Er musste nicht lange warten. Quant folgte ihm, griff seinen Arm und zog ihn zwischen zwei Häuser. Es stank nach Abfällen, ihre Füße standen in durchnässtem Dreck. »Und?«, flüsterte der Metzger. »Ist der Brief doch wiederaufgetaucht?«

»Leider nicht, aber mir ist wieder eingefallen, was drinstand.«

»Ach ja?«

Der Augenblick der Wahrheit war gekommen. Moritz atmete wegen des bestialischen Geruchs flacher. »Overkotte bedauert, dass die Rechte der Zünfte in letzter Zeit so hart beschnitten wurden. Er findet es empörend, dass den Metzgern ihr altes Recht, Briefe zu befördern, vom Kaiser verboten wurde. Metzgerwagen werden durchsucht, die Meister und Gesellen verhaftet, vor dem Reichshofrat werden Prozesse geführt, sagt er, und das sei eine Schande.«

»Du hast ein ausnehmend gutes Gedächtnis.«

»In der Tat. Man müsse, hat Overkotte geschrieben, die alten Bräuche verteidigen. Wer sind wir, dass wir uns wie Bauern schubsen lassen? Wir haben unsere Post immer selbst von einer Stadt in die andere gebracht.«

»Ach, und jetzt hat er eine Idee?«

Moritz schwieg, zum einen, weil er seinen Worten Gewicht verleihen wollte, zum anderen, weil es jetzt auf jede Silbe ankam. »Wenn man sich einig wäre, könnte man bei einem zuverlässigen Mann die Briefe der Metzger sammeln, so wie es auch früher geschehen ist. Jemand würde sie abholen, vielleicht einmal die Woche, und an ihren Bestimmungsort bringen. Es wäre nicht mehr eine Metzgerpoststrecke, so wie früher, sondern eine Strecke für die Metzger, versteht Ihr? Nur ohne Risiko für die Zunft. Das Porto würde bei sieben Kreuzern pro halber Unze liegen, also um ein Drittel billiger als das, was die kaiserliche Post verlangt. Wichtig wäre, dass es zu keinem Kontakt kommt. Briefe und Postgeld könnten … beispielsweise unter den Dielen der Schlachtstätte liegen, wohl verpackt, damit sie nicht befleckt würden … Alles ohne Namen und in größter Verschwiegenheit.«

Quant schwieg.

»Wie gesagt: Das Risiko würde bei dem Mann liegen, der die Briefe aus dem Versteck holt. Sie dürften aber nur von verschwiegenen Absendern stammen, das wäre das Einzige, worauf man achten müsste. Und dass man sich nicht erwischen lässt, wenn man sie unter die Dielen der Schlachtstätte legt.«

»Es gibt einen Pfosten in der Umzäunung der Schlachtwiese, direkt neben dem kleinen Stall. Zwischen Pfosten und Stallmauer befindet sich ein Loch.«

»Das hört sich gut an.«

»Nachts treibt sich dort auch niemand herum, der Ort gilt als schmutzig.«

»Wohl weil die Leute die Geister der geköpften Ochsen fürchten«, versuchte Moritz einen Scherz.

Quant war zu bieder, um zu lachen. »Wie genau weiß Overkotte über seinen Brief Bescheid?«

»Ich habe mit ihm geredet«, sagte Moritz, was ja auch der Wahrheit entsprach.

»Einmal wöchentlich käme der Bote?«, fragte Quant.

»Donnerstags.«

»Fünf Kreuzer.«

Sie einigten sich auf sechs. Das war die Summe, die Moritz auch angepeilt hat. Die Sache wurde mit einem Handschlag besiegelt.

Er verließ das Städtchen am folgenden Morgen. Sein nächstes Reiseziel war Raunheim. Dort würde er weniger Zeit zur Verfügung haben, denn spätestens am Abend musste er wieder bei Vinzenz Fettmilch erscheinen. Und daheim in Frankfurt würde er die Sache mit Overkotte klarmachen.

5. Kapitel

Josefa speiste die Armen. Es handelte sich um eine steife Zeremonie. Die Frau saß am Kopfende des Tisches, die zwölf Personen, die sie für das Werk ihrer Barmherzigkeit auserwählt hatte, auf zwei langen Bänken rechts und links von ihrem Platz. Auf dem Tisch stand der Brei, den die Hausherrin verfüttern wollte und der begehrliche Blicke auf sich zog, aber noch war es nicht so weit. Josefa hatte vor sich eine Bibel liegen, aus der sie mit pathetischer Stimmer vorlas. Aliz hätte erwartet, dass sie das Jüngste Gericht zum Thema nähme, mit Verdammnis und höllischen Feuern, aber es ging um den lieben Herrn Jesus, der Wasser in Wein verwandelte.

Da ihre Schwägerin sie nicht beachtete, setzte Aliz sich auf einen Schemel in der Ecke des Innenhofes, in dem das Essen serviert wurde. Sie wusste, dass diese Speisung an jedem letzten Sonntag im Monat stattfand. Was machte Josefa wohl mit ihren Armen, wenn es regnete? Las sie dann vom Fenster aus, während ihre Gäste nass wurden? Ich sollte mich schämen, immerhin tut sie Gutes, und das ist mehr, als ich von mir behaupten kann, dachte Aliz, brachte aber keinen Schwung für echte Reue auf.

Ein Junge, vielleicht acht Jahre alt, mit einer verkrüppelten Hand, die ihm die Eltern zerquetscht haben mochten, damit er erfolgreicher betteln konnte, starrte begehrlich zu dem Topf, aus dem es nach warmer Milch und Rüben roch.

Die Armen hatten sämtlich einen Holzlöffel erhalten, der Junge umkrampfte seinen und stöhnte plötzlich hörbar auf.

Josefa unterbrach ihre Lesung. Sie hob den Kopf und fragte den in sich zusammenschrumpfenden Knaben: »Langweilt es dich, den Worten deines Erlösers zu lauschen?«

Der Krüppel schüttelte den Kopf, man merkte ihm an, dass er den Sinn der Frage nicht begriff. Wahrscheinlich hatte er noch nie im Leben eine Kirche betreten, wusste nichts von Kreuzigung und Auferstehung und kannte den Namen Gottes nur aus den Bettelrufen, die man ihm eingebläut hatte. »Im Namen unseres guten Herrn Jesus – bitte gebt« – oder wie auch immer sein Flehen lauten mochte.

»Ich habe nicht gehört, was du sagst.« Josefa blieb unerbittlich.

»Ich hab Hunger.«

»Du hast also Hunger.« Josefa rief mit herrischer Stimme nach ihrem Ältesten. Im Hof herrschte eine drückende Stille, die nur vom Gesang einer Amsel unterbrochen wurde, der Josefa wahrscheinlich auch den Mund verboten hätte, wenn es denn möglich gewesen wäre. Bertram kam durch eine Seitentür und sah wenig überrascht aus. Solche Auftritte schienen regelmäßig stattzufinden. Er pflanzte sich vor seiner Mutter auf.

»Wie lautet das Wort unseres Herrn zu den Gelüsten des Fleisches, mein Sohn?«

Auch diesen Spruch musste Bertram schon etliche Male von sich gegeben haben. »Wer auf sein Fleisch säet, der wird vom Fleisch das Verderben ernten. Wer aber auf den Geist säet, der wird vom Geist das ewige Leben ernten.«

Josefa blickte zu dem kleinen Bettler. »Nun?«

Dem Bengel schwante Böses, sein Augenlid zuckte. »Danket dem Herrn, halleluja«, sagte er vorsichtig.

»Danket dem Herrn, in der Tat. Dem Herrn, der sein kostbares Leben für einen Nichtsnutz wie dich am Kreuze gab. Geh hinüber in die Kirche, beichte dem Herrn Pfarrer, und denke über das nach, was er dir rät. Und wenn du geläutert bist, kann du wieder hier einkehren – im nächsten Monat oder im übernächsten.«

Der Junge brauchte einen Augenblick, um zu verstehen, dass man ihn vom Tisch jagte. Bertram grinste hämisch. Die Armen blickten beunruhigt, wohl aus Sorge, dass das Verhalten des Jungen auf sie zurückfallen und sie ebenfalls um ihre Mahlzeit bringen könnte. Einer boxte den Knaben in die Seite, damit er endlich verschwände.

Als er aufstand und mit Tränen in den Augen zur Tür ging, hielt Aliz ihn am Arm fest. »Komm nachher in die *Grüne Laterne,* da finden wir noch was zu essen«, sagte sie gerade so laut, dass jeder im Raum es verstehen konnte. Das war eine Dummheit, denn das Gespräch, das sie mit ihrer Schwägerin führen wollte, war heikel, und Streit brauchte sie weniger als alles andere. Aber sie platzte vor Wut.

Die folgende Zeit verrann zäh wie Pech. Josefa bewachte ihre armseligen Gäste mit Argusaugen, als müsste sie sicherstellen, dass niemand einen Löffel mehr als die Leidensgenossen aus den Töpfen schöpfte, und vielleicht tat sie das wirklich. Als endlich alle Gefäße ausgekratzt waren, wurden die Bettler von einem Diener hinaus auf die Straße befördert.

Josefa erhob sich und kam zu Aliz. Sie ließ nicht einmal eine Anstandssekunde verstreichen, ehe sie mit verkniffener Miene zu feuern begann. »Ich bewundere die Güte, mit der du den jungen Habenichts in dein Haus einlädst, Aliz. Dein Herz ist offenbar großmütig genug, ihn zu füttern, selbst wenn seine Seele dabei Schaden nimmt. Aber kann es sein, dass du ...«

»Du hattest recht, es war Moritz, den man in Alzey festgesetzt hatte«, unterbrach Aliz sie.

»Ach ja?« Josefa blickte wie ein Vogel, dem man Sonnenblumenkerne streut – beglückt und gleichzeitig misstrauisch. Warum bot man ihr die ungeschützte Flanke?

»Wem außer mir hast du noch von dieser Sache erzählt?«

Josefa errötete. »Ich weiß ja nicht, wie du es mit Neuigkeiten hältst, die die Familie betreffen und deren Natur dergestalt ist, dass sie den gottesfürchtigen Verwandten die Schamesröte ins Gesicht …«

»*Hast* du jemandem davon erzählt?«

»Ich glaube nicht, dass man mir den Vorwurf des Klatschens …«

»Wenn ja, dann sag den Leuten, dass deine Annahme sich als falsch herausgestellt hat. Und sieh zu, dass du dabei glaubwürdig wirkst.« Aliz sparte sich jede weitere Beschwörung. Sie griff in den Beutel, der ihr an einer Kette am Gürtel hing, und beförderte ein kleines Buch zutage. Vorsichtshalber hielt sie es außerhalb von Josefas Reichweite, aber nah genug, dass ihre Schwägerin einen Blick auf die Tabellen werfen konnte, die das Heft enthielt. Zahlenreihen, Städtenamen, Daten … Aber Josefa brauchte gar nicht genauer hinzusehen, sie hatte das Büchlein bereits an dem abgegriffenen, rot gefärbten Schweinsleder erkannt.

»Woher hast du das?«, fragte sie heiser.

Aliz ließ ihren kostbaren Besitz wieder im Beutel verschwinden. Josefa und ihr Mann hatten vor Jahren, als ihnen vom Generalpostmeister wegen eigener Geldprobleme die Löhne nicht mehr ausgezahlt wurden, einen Streik begonnen, der darin gipfelte, dass sämtliche Postfelleisen in Wöllstein liegen blieben. Erst nachdem ihnen das Säckel mit den ausstehenden Gulden übergeben worden war, hatten sie ihren Betrieb wieder aufgenommen. Allerdings hatten sie es sich nicht leisten können, gar nichts zu verdienen, und so hatten sie heimlich weiter Post in Empfang genommen und eigenmächtig befördert und das Porto einfach eingestrichen. Und darüber hatte die gewissenhafte Josefa Buch geführt.

Bertram, der in früheren Jahren noch gern mit seinen Vettern und seiner Base gespielt hatte, hatte es einmal angeschleppt, ein kleiner Schatz, dessen Bedeutung er nicht verstand, und Aliz hatte es an sich genommen und vergessen, es zurückzugeben. Erst Monate später war es ihr wieder in die Hände gekommen, und sie hatte hineingeschaut und die Brisanz der Aufzeichnungen erkannt. Und es beiseitegelegt.

»Gefunden und aufgehoben für einen Tag wie diesen«, erklärte sie nun knapp. »Und bereit, es zu verwenden, wenn ich etwas Nachteiliges über Moritz oder eines meiner anderen Kinder zu hören bekomme.« Sie hielt einen Moment inne und wiederholte ihre Worte, um ihnen Gewicht zu verleihen. »Wenn du mir oder meinen Kindern etwas antust, dann reißt du dich selbst mit ins Verderben, behalte das für alle Zeit im Gedächtnis.«

Als sie das Haus mit den blitzenden Butzenfenstern zwischen dem schneeweißen Fachwerk verließ, war sie so aufgeregt, dass sie ihre Hände unter der Schürze versteckte, um das Zittern zu verbergen.

Niemand vergeht sich an meinen Kinder, dachte sie wütend. Niemand fasst meine Kinder an!

Es war, als hätte sie mit diesem Gedanken den Teufel aus der Hölle gelockt. Als sie die Herberge betrat, kam ihr Asmus entgegen. Es war gegen drei Uhr nachmittags. Der Knecht hatte eine Schürze vor den mageren Bauch gebunden, und seine Finger waren blutig vom Hantieren mit dem Fleisch. »Der Junge ist fort.«

Der Junge war natürlich Tile. Im Haus wohnten nur Asmus, die drei Schwestern Elisabeth, Dorothea und Walburga, die als Mägde dienten, und Aliz mit ihren Kindern. Außerdem ging es *immer* um Tile, wenn Asmus sich beschwerte.

»Ich werde mit ihm reden«, versprach Aliz, ohne recht hinzuhören.

»Nein, du verstehst mich nicht. Jemand war hier. Ein Mann. Tile ist mit ihm fortgegangen.«

Jetzt horchte sie auf.

Asmus begann zu erzählen. Wie er das Hühnchen köpfte, wie Tile das Stroh im Stall wendete, wie ein Mann in den Hof einritt und nach einem Bett für die Nacht fragte.

Aliz bezähmte ihre Ungeduld. »Und?«

Walburga war zu ihm gegangen, weil Aliz ja außer Haus gewesen war. Sie hatte ihn gefragt, ob er ein Lager im großen Schlafraum haben wolle oder ob er es vorzöge, allein zu nächtigen. Doch der Mann hörte kaum zu. »Er hat zum Stall rübergeschaut und gefragt, wer der Bursche ist, der den Mist auf den Karren wirft. Ich frag dich, Aliz: Wer interessiert sich für einen mistschaufelnden Jungen?«

»Vielleicht wollte er freundlich sein.«

»Walburga hat ihm erklärt, dass Tile sich um das Pferd kümmern würde, und gesagt, dass er ihr folgen soll. Sie ist ein hübsches Mädchen. Die Männer nutzen solche Gelegenheiten, um mit ihr anzubändeln. Nicht, dass sie drauf eingehen würde.«

»Weiß ich doch.«

»Dieser Mann hat es aber gar nicht erst versucht. Er hat sie stehen lassen und das Pferd selbst am Zügel in den Stall geführt und dort mit unserem Jungen ein Gespräch angefangen.« Die Vertraulichkeit, die aus den Worten »unser Junge« klang, bewies, wie beunruhigt der alte Mann war.

»Und dann sind sie zusammen fortgegangen?«

»Ja. Die Forke steckt noch im Mist.«

»Vielleicht hat er Tile gebeten, ihm etwas zu zeigen. Der Mann wird einen Grund haben, das Dorf aufzusuchen.«

»Der Grund ist der Junge selbst.« Asmus wollte, dass sie ihm glaubte. Sie las es in seinen Augen. Er hatte ein ebenso schweres Leben hinter sich wie sie selbst und spürte, wenn es irgendwo brannte.

»Wie sieht der Mann aus?«

»Vierzig Jahre, kann aber auch mehr sein. Er hat eine Narbe übers Gesicht. Die Haare sind schwarz, der Körper stark wie bei einem, der viel gearbeitet hat. Aber er trägt Kleider, die sich keiner leisten kann, der arbeiten muss. Sein Pferd muss auch ein Vermögen gekostet haben.«

Aliz biss sich auf die Lippen. Sie kannte niemanden, auf den die Beschreibung passte. Und sie konnte sich auch keinen unverdächtigen Grund vorstellen, warum jemand an einem fremden Kind Interesse haben sollte. Rasch kehrte sie auf die Straße zurück.

Sie folgte dem Weg, der aus dem Dorf führte. Wenn ihrem Sohn Gefahr drohte, dann sicher nicht dort, wo sich Menschen befanden. Ihr war plötzlich flau vor Angst. Asmus hatte von schwarzem Haar und einem beunruhigenden Äußeren gesprochen. Sie dachte an Zigeuner. Andererseits war der Fremde reich gewesen, und Zigeuner waren bekanntlich Habenichtse.

Sie erreichte den Friedhof, der vor einigen Jahren außerhalb der Mauern angelegt worden war, und ließ den Blick über die Gräber unter den großen Linden schweifen. Dort, wo der Schatten der Baumkronen fehlte, brannte die Sonne auf den friedlichen Ort. Kein Mensch war zu sehen, bis auf die junge Agnes, die um ihren Mann weinte, der im vergangenen Winter bei einem Karrenunglück gestorben war.

Und wenn jemand Tile mitgenommen hat, um ihn als Söldner zu verschachern?, drängte sich eine neue grässliche Befürchtung in Aliz' Gedanken. Rasch eilte sie zwischen den Grabsteinen hindurch zu der Witwe, die hastig einige Tränen fortwischte, als würde sie sich ihrer Trauer schämen. »Hast du Tile gesehen?«

Agnes schüttelte den Kopf, blickte aber gleichzeitig zum hinteren Teil der Mauer, wo das Land hügelig wurde und die

Weinberge begannen. Weil sie doch etwas wahrgenommen, es aber schon wieder halb vergessen hatte? Aliz nickte ihr zu, ging die Mauer entlang und durchschritt das hintere Friedhofstor. Es war noch zu früh, die Dörfler zu alarmieren. Tile war mit einem Gast mitgegangen, so etwas geschah. Die Reisenden wollten zum Schmied oder suchten den Markt oder den Pfarrer für eine Beichte, wenn sie katholisch waren. Man würde sie auslachen, wenn sie deswegen die Pferde scheu machte.

Während sie an einer schnurgeraden Reihe aus Weinstöcken entlangschritt, dachte sie an ihren Sohn mit den feinen Gesichtszügen, der Empfindsamkeit, der Liebe zu Tieren und zur Malerei und dem aufgeregten Lachen, wenn er etwas Schönes sah. Der Mond über den Dächern von Wöllstein konnte ihn in Verzückung versetzen. Oder eine Katze, die mit der Pfote nach den Lichtflecken auf dem Pflaster schlug ... Wann hatte er sie zum letzten Mal dazugeholt, um sie an seiner Seligkeit teilhaben zu lassen? Sie konnte sich nicht erinnern. War er dabei, ihr zu entgleiten? Gab sie über all der Arbeit zu wenig acht, was ihre Kinder taten, obwohl sie sie doch liebte?

O Gott, lass dem Jungen nichts geschehen sein.

Sie bog auf einen Weg ab, der in den Wald zu einem nahe gelegenen Weiher führte, an dessen einsamem Ufer sie früher gelegentlich ein Picknick gemacht hatten. Vielleicht hatte Tile sich längst von dem Mann getrennt und die Gelegenheit zu einer Pause genutzt? Der Wald umfing sie mit seiner Kühle. Und kurz darauf sah sie durch die Büsche am Teich das grüne Wams ihres Jungen aufleuchten. Sie schluckte erleichtert.

Tile saß mit dem Fremden auf einem Steg, den die Jäger des Kurfürsten Christian im vergangenen Jahr gebaut hatten. Das Holz glänzte gelb über dem trüben Wasser. Als Aliz näher kam, sah sie, dass ihr Sohn einen toten Vogel in den Händen hielt. Mit ernsthafter Stimme meinte er gerade: »Alles, was schön ist, stirbt. Wenn Tiere alt sind, dürfen sie sterben, finde ich. Aber warum passiert das, wenn sie noch so jung sind? Warum hat Gott den Vogel erschaffen, wenn er ihn gar nicht leben lassen will?« Seine Worte klangen nicht traurig, sondern zornig, und einen Moment zog sich Aliz' Herz zusammen. Tile haderte mit dem Leben, das war ihr schon oft aufgefallen.

Sie sah, wie der Fremde den toten Vogel aus seinen Händen nahm. »Vielleicht ist Gott seiner Schöpfung überdrüssig und mag sich nicht mehr darum kümmern«, sagte er mit einer Stimme, die so sanft war, dass man ihren gotteslästerlichen Sinn fast überhört hätte.

»Gott sorgt auch für den kleinsten Wurm, der durch die Erde kriecht«, protestierte Tile brav, aber Aliz konnte an seiner Stimme hören, wie aufregend er die Behauptung des Fremden fand. Er schaute ihn an, voller Hoffnung, dass er weitersprechen würde.

Das Haar des Fremden war gar nicht völlig schwarz, fiel ihr plötzlich auf. Im Licht, das auf den Steg fiel, sah sie graue Strähnen, die sich in den dunklen Locken schlängelten und die dem Schopf etwas Verstaubtes gaben. Sein Gesicht war ebenmäßig, vielleicht sogar einmal schön gewesen, aber die Narbe hatte alles Angenehme zerstört. Sie empfand eine heftige Abneigung gegen ihn, die sich noch verstärkte, als sie sah, wie Tile sich vertrauensvoll vorbeugte und davon zu erzählen begann, dass er von dem toten Vogel ein Bild malen wollte, damit man ihn nicht vergessen würde. »Seht Ihr, wie zerzaust seine Federn sind? Das ist, weil er gerade erst geschlüpft ist. Die Federn werden erst später glatt.«

»Tatsächlich?« Der Fremde lächelte. Dann drehte er leicht den Kopf, als spürte er den Blick, mit dem er gemustert wurde. Aliz legte rasch die letzten Schritte zum Steg zurück, packte Tile am Arm und zog ihn auf die Füße. »Komm mit.«

Ihre Stimme war so scharf, dass ihrem Sohn der Protest auf den Lippen erstarb. Aber einfach so fortgehen wollte sie auch nicht. Immerhin war das Verhalten des Mannes mehr als sonderbar. »Lasst meinen Sohn in Ruhe. Kommt nie wieder in seine Nähe«, schnaubte sie.

Der Fremde wirkte weder verlegen noch wütend. Er stand auf, ein wenig unbeholfen, als würde ihm die Bewegung Mühe machen. »Ich wollte Euch nicht verärgern. Wir beide haben uns nur ein wenig unterhalten.« Er legte die Hand gegen die Stirn, um die Augen gegen die Sonne zu schützen. Und plötzlich war es ihr, als würde sie ihn kennen, als hätte sie ihn schon einmal gesehen. Diese Bewegung, diese Art, die Hand zu heben ... Aber wo ...? Nein, der Blitz der Erinnerung war schon wieder erloschen. Vielleicht hatte er nie existiert. Was blieb, war ein schales Gefühl der Bitterkeit, das Aliz sich ebenfalls nicht erklären konnte. Aber sie brauchte ja auch gar keine Erklärung.

Ungestüm zog sie Tile mit sich, bald waren sie wieder auf der Straße. Während sie heimgingen, beschlich sie das quälende Gefühl, dass sie diesen Menschen wiedersehen würde.

6. Kapitel

Es war heiß und stickig in der Schankstube *Zum Hasen.* Moritz kam es beim Öffnen der Haustür vor, als schlüge ihm ein schweißgetränktes Tuch ins Gesicht. Aber der Gestank, den er hinter sich ließ, war ja kaum weniger lästig. Im Sommer war Frankfurt für empfindsame Nasen schwer zu ertragen. Die Abfälle wurden, obwohl es verboten war, oft einfach aus den Fenstern gekippt oder in die Schlupfe zwischen den Häusern entsorgt, ebenso der Inhalt der Nachttöpfe. Wenn dieser Dreck von der Hitze geköchelt wurde, hatte man das Gefühl, nicht mehr atmen zu können. Was war der Ritt übers Land für eine Wohltat gewesen!

Ein Blick durch den Raum zeigte ihm, dass die Schankstube gut besucht war. Fast auf jedem freien Platz saß ein Gast mit einem Bier- oder Weinkrug vor sich. Moritz schlängelte sich zwischen ihnen hindurch, grüßte gelegentlich, hatte aber keine Lust, auf ein Gespräch stehen zu bleiben. Er schielte nach Eva. Sie bediente nicht mit den Mägden, musste also woanders beschäftigt sein. Dass sie müßig herumsaß, war unvorstellbar.

Rasch eilte er durch einen Flur in den Garten, der sich in einem Innenhof zwischen Fettmilchs Häusern befand. Hier stank es nicht mehr, stattdessen roch es betäubend nach Rosen, die überall an den Hauswänden rankten. Die Rosen stammten noch von Fettmilchs verstorbener Ehefrau. Eva hatte lieber rote und violette Astern gepflanzt, außerdem Levkojen, lauter Pflanzen, die auch in der Natur wuchsen. Moritz gefielen sie besser als die Rosen. Sie waren wie das Mädchen, das sie hochgezogen hatte: natürlich und ohne Dünkel.

Ein wenig enttäuscht, dass er sie auch hier nicht antraf, kehrte er ins Haus zurück und stieg die steile Treppe hinauf. Jeder Raum, den er im oberen Geschoss durchschritt, kündete von Fettmilchs Reichtum. Die Schränke und Truhen in den Kammern stammten aus Italien und waren mit Schnitzereien übersät, überall hingen Spiegel, sogar die Mausefallen, unentbehrliches Utensil jedes Hauses, wirkten wie Zimmerschmuck – sie hatten die Form kleiner Häuser. Moritz war sicher, dass sein Lehrherr sich für seine Kinder Ehegatten wünschte, die ebenfalls betucht waren. Dass er ihn, den er in Wöllstein auf einer seiner Reisen kennengelernt hatte, spontan als Lehrling mitnahm, bedeutete nicht, dass er ihm auch seine älteste Tochter anvertrauen würde. Da machte er sich keine Illusionen. Potentielle Schwiegersöhne mussten Geld ins Haus bringen. Und deshalb war die Poststrecke so wichtig für ihn, verflucht.

Aus der Kammer, in der Fettmilchs Söhne schliefen, tönte eine leise Stimme. Moritz lugte durch den Türspalt. Eva und ihre zwei Jahre jüngere Schwester Agatha knieten mit Wentzel und Dietrich im Kreis und sprachen das Abendgebet. Evas Worte waren schlicht: Sie bat für ihre Mutter um den Frieden im Herrn und für ihren Vater um Gesundheit. »Lass unsere Herzen rein bleiben«, sagte sie, und Moritz lief ein Schauder über den Rücken. Plötzlich schämte er sich. Er hatte in den letzten Tagen gelogen, was das Zeug hielt, und wenn man es genau nahm, raubte er die Herren von Taxis genauso aus wie ein nichtsnutziger Straßenräuber die Reisenden. Würde Eva sich schockiert von ihm abwenden, wenn sie von seinem Treiben wüsste?

Die Mädchen und ihre Brüder erhoben sich, und Eva, die ihn bemerkte, warf ihm ein umwerfendes Lächeln zu. Sein Herz machte einen Satz. Er lächelte zurück, seine Skrupel zerstoben, und er versank erneut in seligen Zukunftsträumen. Eva liebte ihn, er würde dafür kämpfen, sie heiraten zu können, und im Grunde war das, was er tat, auch gar nicht so schlimm. Der Name Taxis stand für einen Reichtum, bei dem die kleine Summe, die er abzweigte, nicht ins Gewicht fiel. Beflügelt trug er den Reisesack in seine Kammer und machte sich wieder auf den Weg zurück in die Gasse.

Er hatte ein Eisen erhitzt und musste es schmieden, solange es sich formen ließ.

Johann von den Birghden wohnte im Norden der Stadt, hinter der Zeil, die das alte Frankfurt vom neuen trennte und wo die Bebauung durch viele Gärten, Hecken, Brunnen und Wiesen aufgelockert war. Die vornehmen Steinhäuser besaßen Dächer aus brandschützenden Ziegeln, in die Fenster waren moderne Glasscheiben eingesetzt worden, kein Pergament oder Schweinsblasen, die in einfacheren Häusern die Kälte draußen halten sollten. Es war ein schöner Flecken, besonders wenn man gerade aus den schmutzstarrenden Gassen der Altstadt kam. Sänften und Reiter bevölkerten die Wege, in den Fenstern standen Vogelkäfige, und irgendwo spielte jemand auf einer Violine.

Moritz stellte sich vor, wie es sein würde, wenn er selbst, vielleicht in zehn oder fünfzehn Jahren, so ein Haus besäße. Eva war eine begabte Lautenspielerin. Vielleicht würde sie die Kinder, die Gott ihnen schenkte, um sich scharen, und ebenfalls mit ihnen musizieren. Ihr Lachen würde durch die Räume dringen, ihre Tatkraft alles gemütlich und in Ordnung halten. Natürlich würde auch Aliz bei ihnen wohnen, träumte er, und Eva lieben wie ihre eigene Tochter. Anni könnte in der Nachbarschaft mit einem guten Mann verheiratet werden, den er für sie ausgesucht hätte. Und Tile … Moritz mochte seinen jüngeren Bruder nicht besonders. Eigentlich wäre es ihm ganz recht, wenn der in Wöllstein bliebe und die Herberge weiterführte. Vielleicht schaffte er das ja doch.

Ein kleiner Trupp Reiter preschte die Straße hinab, ohne Rücksicht auf die Fußgänger oder den anderen Verkehr zu nehmen. Moritz sprang zur Seite. Einer der Reiter lachte, ein anderer schaute Moritz an und grinste. Der Sand, den die Hufe aufwirbelten, spritzte Moritz ins Gesicht und blendete ihn einen Moment.

Moritz wischte sich die tränenden Augen und blickte den jungen Kerlen, die kaum älter waren als er selbst, nach. Sicher gehörten ihre Väter dem *Alten Limpurg* an, dem engen Kreis der Patrizierfamilien, die über Frankfurt herrschten. Sie waren so reich, dass sie nicht mehr arbeiten mussten und der Jagd frönten oder ihr Geld in den Schenken und bei den Hübschlerinnen durchbrachten. Die Ratssitze, die die Limpurger nicht selbst einnahmen, wurden von den Großkaufleuten der Stadt, der Gesellschaft *Zum Frauenstein*, besetzt, die ebenso hochnäsig auf den Rest der Bürger hinabblickten.

Fettmilch und viele andere Zunftmeister regte das auf. Die ehemals so stolzen Zünfte sind zu schuftendem Vieh degradiert worden, schimpften sie. Der Rat behandelte sie wie der Adel die Bauern. In einem der letzten Anschläge, die für die Bürger ausgehängt worden waren, hatten sie es sogar niedergeschrieben: Es wird angeordnet, dass die Untertanen der Stadt Frankfurt … Die *Untertanen* … Als wären es nicht die Handwerker, die die Stadt mit ihrer Arbeit am Leben hielten.

Die Zunftmeister hatten sich mit ihren Protesten an den Kaiser gewandt, als er vor wenigen Wochen zur Krönung nach Frankfurt gekommen war. Matthias hatte daraufhin eine Schlichtungskommission eingesetzt, aber Moritz bezweifelte, dass sie etwas bewirken würde. Geld und Geld hackt sich nicht die Augen aus, dachte er, es sei denn zum eigenen Vorteil.

Er klopfte den Staub aus den Kleidern und legte die letzten Schritte zu von den Birghdens zurück, erklomm die eindrucksvolle Steintreppe und pochte an die Tür des Mannes, dessen Hilfe er brauchte.

Von den Birghden empfing ihn ohne das demütigende Warten, das einem Gast bedeuten sollte, für wie wichtig oder vielmehr unwichtig man ihn hielt. Er winkte die Magd, die Moritz ins Zimmer geleitet hatte, hinaus und bat seinen Gast, den er sofort wiederzuerkennen schien, durch eine große, offen stehende Tür in den Garten.

Moritz hielt kurz die Luft an. Donnerwetter, war das eine Prachtanlage. Wo bei Eva oder seiner Mutter Blumen und Kräuter bunt gewürfelt durcheinanderwuchsen, herrschte hier eine kühle, weitläufige Planung. Büsche waren innerhalb exakter Quadrate in Form von Ornamenten gepflanzt worden, die einander an einem Spazierweg, der durch den Garten führte, zu spiegeln schienen. Wie um diese strenge Ordnung aufzuheben, gab es ein von einem Eisengitter umzäumtes, verspieltes Areal, in dem zu Tieren gestutzte Buchsbäume wuchsen: Eichhörnchen, Pfauen, Füchse, Schafe …

»Gefällt es dir?«, fragte von den Birghden.

Moritz versuchte seine Begeisterung zu verbergen. Zurückhaltend meinte er: »Gott ist der Meister.« Nur nicht dastehen wie ein Tölpel, der zum ersten Mal aus einem Glaspokal trinkt.

Von den Birghden lachte und führte ihn zu einer Steinbank in der Nähe eines Brunnens. Er war sehr viel älter als Moritz, um die vierzig vielleicht. Sicher hatte auch er geerbt. Aber anders als die nichtsnutzigen Reiter draußen benutzte er das Familienvermögen, um es zu vermehren. Er wollte etwas erreichen, sein Leben zu einem Triumph machen. Und vielleicht war es das, was sie zueinander zog. Als Moritz ihn das erste Mal in einer Schenke angesprochen und seine Pläne angedeutet hatte, verspürten sie beide das gleiche Kribbeln, dieselbe Unternehmungslust.

Sie schwiegen eine ganze Weile, blickten auf die gestutzten Buchsbäume und in den Himmel, bis Moritz es nicht länger aushielt.

»Ich habe mit einigen Metzgern gesprochen und auch mit anderen Leuten«, platzte er heraus. »Es gibt jede Menge Leute, die ihre Briefe über eine kostengünstige Nebenverbindung befördern lassen würden, wenn sie dadurch sparen könnten. Ich habe auch verschwiegene Männer gefunden, die die Post transportieren würden. Wenn Ihr einschlagt, könnte ich Euch eine Verbindung von Köln nach Hangen-Weisheim und hinüber nach Frankfurt anbieten. Und retour natürlich.«

Von den Birghden lehnte sich zurück. Er war kein schöner Mann. Die Haare lichteten sich bereits, die Augen lagen zu tief in den Höhlen, als beobachtete er seine Umgebung aus dem Verborgenen, aber vor allem wirkte das Gesicht schief. Die Lippen waren leicht nach links verrutscht, die Nase gerade eben so krumm, dass man es nur als Irritation wahrnahm. Außerdem schien die eine Wange fülliger als die andere zu sein. Seine äußere Erscheinung war ein völliger Kontrast zu dem geometrischen Garten, den er so sehr zu lieben schien.

Moritz sah ihn nachdenken und abwägen. »Die Strecke, die ich plane – nördlich bis nach Hamburg und östlich bis Leipzig –, wird legal sein. Ich habe sie teuer vom Kaiser erkauft. Und dieses Privileg würde ich ungern …«

»Alles würde sich im Rahmen des Gesetzes abspielen«, unterbrach ihn Moritz. »Ihr bekämet einfach einmal die Woche ungewöhnlich zahlreiche Pakete und Kuverts zur Beförderung übergeben. Und das würde nicht hier in Frankfurt geschehen, sondern …« Er zögerte, nur nicht zu viel von seinen Plänen verraten. Und vor allem nicht das Falsche. »… vielleicht in Homburg.« Dort kannte er niemanden, dem von den Birghden schaden könnte, wenn er sich denn dazu entschlösse. Bang wartete Moritz auf Antwort.

»Nun gut, wenn ich Briefe übergeben bekäme, würde ich sie natürlich weiterbefördern.«

Moritz bemühte sich um ein gelassenes Aussehen, aber innerlich jubelte er. Damit war alles klar. Er und Eva würden zwar niemals in einem Haus wie diesem mit einem Garten wohnen, in dem Buchsbäume in Eichhörnchenform gestutzt wurden, aber zum ersten Mal gab es eine reelle Chance, wie er wohlhabend werden könnte, auch ohne die Lebkuchenbäckerzunft, die ihn nicht wollte.

»Es wird trotzdem nichts daraus werden.«

Ihm war, als hätte man ihn mit kaltem Wasser übergossen. »Warum nicht?«

Von den Birghden lehnte sich zurück und streckte die beiden Arme auf der Rückenlehne der Bank aus. Vögel sangen, die Abendsonne hatte den Himmel über dem roten Dach des Nachbarhauses in Brand gesteckt. Was war schiefgegangen? Was hatte er falsch gemacht?

»Du lernst bei Vinzenz Fettmilch.«

»Und?«

»Der Mann gilt als Aufrührer«, sagte von den Birghden.

In Moritz' Schläfen pochte es. Von den Birghden hatte recht. Fettmilch war einer der drei Männer, die den Protest gegen den Rat anführten und beim Kaiser vorgesprochen hatten, aber er hätte nicht gedacht, dass darin ein Problem für ihn selbst liegen könnte. Jetzt keinen Fehler machen, dachte er. Jedes Wort genau überlegen. »Ich bin ein guter Lebkuchenbäcker«, erklärte er leise. »Ich spüre in den Fingerspitzen, wie viel Anis, Muskat oder Kardamom in den Teig muss. Ich rieche, ob das Ergebnis exzellent oder nur mittelmäßig sein wird. Ich kenne die Heilkraft, die in den verschiedenen Gewürzen liegt. Die Nelken, die ich verwende, lindern Schmerzen, der Zimt wärmt und vertreibt Übelkeit. Vinzenz Fettmilch hat mir all diese Dinge beigebracht, und wenn er darüber redet, fängt sein Gesicht an zu glühen und sein Herz schneller zu schlagen. Aber meines schlägt nicht schneller. Ich verstehe die Kunst, ohne sie zu lieben. Ich will wohlhabend werden und dieser Stadt den Rücken kehren und die Frau, die ich liebe, mit mir nehmen.«

»Ach. Es geht um Liebe?«, fragte von den Birghden mit einem feinen Gespür für das, was zählte.

Moritz schluckte. Am liebsten hätte er die letzten Worte zurückgenommen. Nur keine Blöße geben, wo er wirklich verletzbar war, hämmerte er sich erneut ein. Er wollte etwas erwidern, irgendeine belanglose Bemerkung machen, die von Eva ablenkte, aber ihm fiel nichts ein.

Zum Glück war von den Birghden mit seinen Gedanken schon wieder woanders. »Fettmilch ist ein törichter Mann. Er hat den Kaiser und die Kurfürsten aufgestachelt, mit ihm gemeinsam gegen den Rat eine Front zu bilden, und wenn es schlecht läuft, dann könnte das Frankfurt den Status als freie Reichsstadt kosten. Er hat dem Feind eine Waffe gereicht, die uns zu Boden werfen könnte.«

»Aber er will ...«

»Und nicht nur das. Den Magistrat erreichen täglich Briefe aufgeregter Fernhändler mit der Frage, ob Frankfurt auf den nächsten Messen für ihre Sicherheit garantieren könne. Aufruhr ist ein Gift, das eine Stadt töten kann. Wenn die Messen woandershin verlegt werden würden ...«

Moritz fühlte sich hilflos. In Fettmilchs Reden war es um die Rechte der Zünfte gegangen und darum, dass die Stadt etwas gegen die Wucherzinsen unternehmen sollte, die von den Juden verlangt wurden und die anständige Handwerker in den Ruin trieben. Dass ihr Protest so weitreichende Folgen haben könnte, wäre ihm nie in den Sinn gekommen. Er fühlte sich jung und dumm.

»Wie ich schon sagte«, erklärte er mit trockenem Hals, »ich werde die Stadt sehr bald verlassen und mich vorher bestimmt nicht in Dinge einmischen, die mich nichts angehen. Mit diesem Aufruhr habe ich nichts zu tun.« Er sagte genau das, was er meinte. Und trotzdem kam es ihm wie eine Lüge vor. Saß er nicht Tag für Tag mit den Lehrlingen an Fettmilchs Tisch, lauschte den Donnerreden seines Meister und nickte und lachte und stimmte ihm zu? Heuchelei – das Wort ließ sich nicht wegdrücken.

»Also gut, abgemacht«, erwiderte von den Birghden, nachdem er eine lange Zeit in völliger Stille hatte verstreichen lassen. »Wenn die Briefe kommen, werde ich sie weiterleiten.«

Moritz atmete auf. Er nannte die Portopreise, die er für die Weiterbeförderung und das Zustellen durch die Frankfurter Postboten zu zahlen bereit war. Sein Gastgeber feilschte, und sie einigten sich auf eine Summe, die ein weniger höher war, als Moritz es sich gewünscht hatte, aber gut, er musste erst einmal ins Geschäft einsteigen, das war das Wichtigste. Und ein wenig Gewinn würde auch jetzt schon herausspringen.

Von den Birghden geleitete ihn zur Tür. Er schaute kurz hinaus, nachdem er sie geöffnet hatte, als wollte er sich vergewissern, dass niemand seinen Gast beobachtete. »Denk dran«, gab er ihm zum Abschied mit, »wenn ich höre, dass du dich in irgendeiner Art an Fettmilchs Aufruhr beteiligst …« Er lächelte, ohne den Satz zu Ende zu sprechen. Brauchte er auch nicht. Er hatte den Bäckergesellen in sein Haus gelassen und mit ihm gesprochen, als wären sie zwei Männer mit einer gemeinsamen Zukunft. Und nun wies er ihn darauf hin, dass Moritz eben doch nur ein Zunftgeselle war, ein Untertan, einer, der kuschen sollte, damit sich das

Gefüge der Stadt nicht zum Nachteil derer veränderte, die ganz oben schwammen.

Der Tag hätte in Ruhe enden sollen. Moritz war von seiner Reise und dem Gespräch bis in die Knochen erschöpft. Er wollte heim, in der Schankstube seines Lehrherrn sitzen und Eva zuschauen, wie sie Bier ausschenkte. Vielleicht auch in den Avisen lesen, den Meldungen, die Fettmilch regelmäßig mit seiner Post zugeschickt bekam und in denen die Absender berichteten, was sich in ihren Städten zugetragen hatte.

Aber als hätte von den Birghden mit seinen Warnungen etwas losgetreten, stieß er zwischen den beiden Torbögen der Katharinenpforte auf eine Gruppe Lehrlinge und Gesellen. Die jungen Leute lungerten vor einem kleinen Gang herum, der zur Katharinenkirche führte. Sie grölten dasselbe, was ihre Meister mit gemäßigterer Stimme beim Rat vortrugen: Irgendetwas von den Rechten der Zünfte. Und Scheißjude war das Wort, das wohl am häufigsten vorkam.

Moritz spürte seine Wunden am Rücken, die zwar verkrustet, aber immer noch nicht verheilt waren. Aus dem Gefängnis, das sich im größeren Turm der Katharinenpforte befand, drang ein eintöniges, hohes Wimmern, das die Erinnerung an die Daumenpresse wieder hervorholte. Nichts wie weg, dachte er. Am besten machte er einen Umweg über die Bornheimer Pforte, um dann in einem Bogen zu Fettmilchs Haus zu gelangen.

Aber er war zu müde und ging einfach weiter. Einer der Jungen schaute zu ihm hinüber. Er erkannte Linhard, der bei den Sachsenhäuser Mainfischern arbeitete. Neben ihm standen Jacob und Peter, die bei den Tuchbereitern in die Lehre gingen. Auch Henslin war da, der wie Moritz zur Bäckergilde gehörte.

Moritz mochte die Burschen nicht. Sie hatten ihn nie in die Kameradschaft der Gesellen und Lehrlinge aufgenommen. Er war der Fremde, niemandes Bruder oder Vetter. Wahrscheinlich fanden sie, dass ihm die Lehrstelle bei Fettmilch gar nicht zustand. Er beeilte sich, um rasch an ihnen vorbeizukommen. Da fiel ihm auf, dass die Jungs einen Kreis gebildet hatten. Neugierig warf er einen Blick über die Köpfe der kleineren Jungen hinweg.

Was er sah, verschlug ihm den Atem.

Die Lehrlinge umringten einen Burschen, einen mageren Kerl mit dunklen Haaren, einem ausgemergelten Gesicht, einer kleinen Warze am Kinn und viel zu teuren Kleidern, als dass man ihn für einen Bettler hätte halten können, die ja ebenfalls oft zu Opfern der betrunkenen Handwerker wurden. Der Bursche presste angstvoll den Rücken gegen die Kirchenmauer.

Henslin stimmte plötzlich ein Lied an – einen Gassenhauer aus den Bauernkriegen, bei dem es ums Hängen und Aufschlitzen geht. Nur ersetzte er das Wort »Pfaffe« durch »Jude«. *Wen hängen wir am Brücklein auf? Den Jud, den Jud, den Jud …*

Natürlich wollten sie niemanden umbringen. Aber die Lust an der Grausamkeit war den Zünftlern anzumerken. Und plötzlich flog ein Stein. Einen Moment herrschte Stille. Der Stein hatte den Jungen am Arm getroffen, ihm war nicht wirklich etwas passiert, aber die Stimmung hatte sich gewandelt. Ein weiterer Stein flog. Und noch einer und noch einer.

Moritz war wie versteinert. Er sah, wie der eingekesselte Junge die Arme über der Brust verschränkte – ein hilfloser Versuch, Stärke vorzugaukeln. Der nächste Stein traf ihn an der Schläfe. Es war schon zu dunkel, um zu sehen, ob Blut aus der Wunde spritzte, aber er fuhr mit der Hand zum Gesicht und konnte seine Angst nicht länger verbergen. Ein Versuch wegzulaufen endete damit, dass ihm jemand ein Bein stellte. Er flüchtete zur Mauer zurück. Jemand lachte und brüllte: »Verfluchter Wucherer!«

Der Jude, der zu begreifen schien, dass es um mehr als ein bisschen Drangsalieren ging, begann zu schreien.

In diesem Moment öffnete sich eine der Seitentüren der Katharinenkirche, und eine mollige Frau trat ins Freie. Sie trug einen schwarzen Mantel, darunter einen schwarzen Rock mit einem ebenfalls schwarzen Mieder. Witwenkleidung. Nur das Futter ihrer weiten Haube war bereits in hellerem Grau. Moritz sah, wie sie aufmerkte und verärgert zu ihnen hinüberschaute. Kurz schien es, als wollte sie sich abwenden, aber dann kam sie heran. »Zur Seite«, forderte sie.

Vielleicht war es der mütterliche Klang ihrer Stimme – die Jungen gehorchten. Die meisten hatten ja noch bis vor kurzem unter der Knute der Meisterinnen gestanden, die ihre Erziehung übernommen hatten.

Der Witwe entschlüpfte ein entsetzter Laut, als sie den Knaben erblickte, zu dessen Füßen die Steine lagen, und dem das Blut übers Gesicht strömte. Einen Moment herrschte Stille, dann brach es aus ihr heraus: »Ist denn das zu fassen? Ihr liederlichen Lümmel, ihr gottloses Pack! Hat euch niemand Barmherzigkeit gelehrt? Habt ihr die Ohren zugehalten, als der Pfarrer euch die heiligen Worte der Bibel predigte? Wofür ist der Heiland wohl gestorben, wenn ihr über einen armen Menschen herfallt wie Raubgesindel?«

»Er ist ein Jude«, murmelte Henslin. Die Frau gab ihm eine Ohrfeige. Und damit war die letzte Freude an dem giftigen Rausch der Grausamkeit verschwunden. Die Lehrlinge drückten sich beiseite und machten sich davon.

»Schert euch nach Hause, bevor mir einfällt, euch nach den Namen eurer Meister zu fragen«, schimpfte die Witwe ihnen nach. »Deinen kenne ich übrigens, Henslin. Da stirbt der Heiland für deine Sünden, und statt ihm in Demut auf dem Pfad der Liebe zu folgen …«

Henslin drehte sich noch einmal um. »Die Juden haben den Herrn Jesus ans Kreuz geschlagen. Und sie treiben Wucher!« Mit dieser Rechtfertigung rannten er und die anderen davon. Ihr Opfer tat es ihnen nach, nur nahm es vernünftigerweise die andere Richtung.

»Und du?«, fragte die Witwe bissig.

Bedrückt schlich Moritz zum *Hasen* zurück.

7. Kapitel

Anni war krank. Sie hatte bereits am Vormittag über Kopfschmerzen geklagt, und mittags hatte sie sich übergeben und freiwillig in ihr Bett gelegt. Ihre Stirn war glühend heiß.

Genau wie Peters damals.

Asmus versuchte Aliz zu beruhigen. »Jeder Mensch fiebert gelegentlich, das muss nichts Ernstes bedeuten.«

Aber so hatten sie auch bei Peter gesprochen.

Am Nachmittag bekam sie Schüttelfrost. »Wer fiebert, der friert auch oft. Der Körper will sich selbst kühlen«, erklärte Asmus.

»Und der Husten?«

»Es ist nur ein Husten, ein unbedeutender Husten.«

Aber an eben so einem fiebrigen Husten war Peter damals gestorben.

Und deshalb machte Aliz sich schließlich – die Nacht war schon hereingebrochen – auf den Weg über die Felder und durch einen Wald hinüber nach Bingen. Es gab eine Heilerin in Wöllstein, Gertrud Rasche, eine großbusige junge Frau mit einem ewigen Lächeln, von dem es hieß, dass es die Leute in Sicherheit wiegen solle. In ihrer Nähe erkrankte das Vieh, das Gemüse in den Nachbargärten faulte. Man munkelte, dass sie ihr unheilvolles Wissen von der Mutter erlangt habe, die man eines Morgens erhängt im Ziegenstall fand. Aber wenn jemand krank war, ging er zu Gertrud – sofern er genügend Geld besaß, um ihre Dienste zu bezahlen, denn Gertrud war so raffgierig wie der Teufel, dem sie vermutlich diente.

Aliz hatte einiges an Geld gespart, doch für Gertrud würde sie mehr brauchen. Das Weib hielt sie für eine wohlhabende Frau und wusste, wie man aus Angst Geld macht. Also hatte Aliz sich zu dem nächtlichen Ritt entschlossen. Vor den Toren von Bingen schlug die Drususbrücke ihren Bogen über die Nahe, und neben der Brücke stand das örtliche Siechenhaus. Der Mann, der die Siechen betreute, der stumme Ott, war einer ihrer Postreiter. Ein zuverlässiger Mann, dessen Unfähigkeit zu sprechen und dessen zweifelhafte Vergangenheit ihn zu einem wahren Schatz machten. Bei ihm hatte sich einiges an ausstehendem Portogeld angesammelt, das würde sie nun brauchen.

Plötzlich wurde das Pferd, auf dem Aliz ritt – sie hatte es Saint-Pierre genannt, nach der Kirche, in die sie in ihrer Kindheit immer gegangen war – langsamer, und Aliz fiel in die Wirklichkeit zurück. Vor ihr wand sich der dunkle, sandige Weg, auf dem sich schattenhaft die Rillen der Reisewagen und Bauernkarren abzeichneten. Rechts und links standen schwarze Tannen. Saint-Pierre wieherte nervös. Was beunruhigte ihn? Sie schaute sich um, konnte aber nichts Verdächtiges entdecken. Kein Wolf, kein Bär … Nur eine Eule schrie.

Aliz war bisher auf sämtlichen Ritten unbehelligt geblieben, und das hatte sie mutig gemacht. Sie zögerte, aber als nichts geschah, ließ sie ihr Pferd wieder antraben, und nach einigen Schritten verfiel sie erneut in Gedanken.

Die *Grüne Laterne* warf nicht genug ab, das war ihr Dilemma. Sie könnte versuchen, eiserner zu sparen, damit sie genügend Geld für Notfälle wie diesen übrig hätte. Aber gleich, wie sie kratzte und geizte – damit sie über die Runden kam, brauchte sie das Portogeld. Sie konnte ihre Poststrecken nicht aufgeben, es war einfach nicht möglich.

Saint-Pierre wurde erneut langsamer und begann zu tänzeln. Noch während sie in die Dunkelheit spähte, stieg er auf die Hinterhufe. Aliz konnte sich nur deshalb im Sattel halten, weil sie eine wirklich ausgezeichnete Reiterin war. Dann stürmte Saint-Pierre los – und stürzte.

Aliz flog durch die Luft, sie prallte hart auf und wälzte sich zur Seite. Nur nicht unter den schweren Pferdeleib geraten, hatte der alte Mathieu, der ihr in der Kindheit das Reiten beibrachte, für Fälle wie diese gepredigt und sie üben lassen, wie man sich fortrollte. Sie kam rasch wieder auf die Füße und rannte los. Gar nicht schauen, was sie bedrohte, nur fort. Die Schmerzenslaute von Saint-Pierre schnitten ihr ins Herz.

Plötzlich drang eine Stimme durch die Dunkelheit. Jemand befahl ihr anzuhalten. Auf keinen Fall! Ihr Rock war ein Alptraum. Er blieb in den Zweigen hängen, sie stolperte über den Saum. Zwischen den dichten Tannen war es so dunkel, dass sie kaum erkennen konnte, wohin sie rannte.

Ein Schuss fiel. Hatte er ihr gegolten? Oder war Saint-Pierre jetzt tot? Man musste eine Schnur über den Weg gespannt haben, die ihr zum Verhängnis wurde, eine Falle, man hatte auf sie gewartet. Aber wer?

Raubgesindel, dachte Aliz.

»So warte doch!« Hinter ihr brachen Zweige.

Nein, kein Raubgesindel. Wer hätte so spät in der Nacht noch mit Reisenden gerechnet? Die Leute waren doch nicht verrückt. Man hatte speziell ihr hier aufgelauert. Apocalypsis – der Name drängte sich förmlich auf. Hatte der Mann sie beobachtet, als sie Saint-Pierre sattelte? Hatte er vielleicht auf eine Gelegenheit wie diese gewartet? Aber woher mochte er gewusst haben, welchen Weg sie nehmen würde? Hatte er bereits eine Vorstellung, wie ihre Poststrecken verliefen?

Und dann fielen ihr mit Schrecken die Briefe ein, die sie, weil sie ja sowieso schon auf dem Weg nach Bingen war, bei sich trug. Zweiundzwanzig Kuverts. Zweiundzwanzig Gründe für die Häscher der Taxis, sie an den Galgen zu bringen.

Der nächste Sprung, den Aliz tat, ging ins Leere. Sie fiel in einen Graben, eine Kröte sprang mit erschrockenem Quaken beiseite. Mit triefenden Kleidern kämpfte sie sich wieder den Hang hinauf.

»Nun halt schon an, verfluchtes Weib!« Die Stimme klang gereizt.

Sie rannte weiter, bis der Wald aufhörte und vor ihr das graue Band der Nahe auftauchte. Darüber wölbte sich wie ein Bogen der Rettung die alte, römische Steinbrücke mit ihren wuchtigen Pfeilern, um die das Wasser strudelte. Rechts von der Brücke stand das Siechenhaus mit dem Strohdach. Alles drängte sie, sich dorthin in Sicherheit zu bringen. Wieder hörte sie ihre Verfolger. Es waren mehrere, sie konnte mindestens drei verschiedene Stimmen unterscheiden. Während Aliz voranhastete, wurde ihr klar, dass das Siechenhaus der letzte Ort war, an den sie sich retten durfte. Denn dort lebte Ott, und man konnte auch einem Stummen ein Geständnis abpressen, wenn man ihn erst einmal unter Verdacht hatte.

Also über die Brücke hinüber ans andere Ufer? Die Verfolger waren zu nahe, und auf dem Steinbogen wäre sie deutlich sichtbar. Unter der Brücke gab es ein Kapellchen, in dem sie einmal übernachtet hatte, als sie bei der Übergabe ihrer Briefe in einen Regenguss geraten war. Man hatte den kleinen Raum direkt in den gelben Sandstein des Ufers hineingebaut, ein Ort, um den Segen des Herrn vor der Überquerung des Flusses zu erflehen. Von außen war er kaum zu entdecken. Wer nicht wusste, dass er existierte, würde ihn nicht finden.

Aliz rutschte den Uferhang hinab und scheuerte sich an spitzen Steinen die Hände blutig. Kurz vor dem Wasser kam sie zum Halten. Verzweifelt kroch sie am Ufer entlang und suchte den Eingang. War er zugewachsen? Warum sah sie nichts als Büsche? Ihre Augen schmerzten vor Anstrengung.

»Gib auf, verfluchtes Stück. Wir sehen dich!«

Sie fand den Kapelleneingang, drückte die Tür auf und flüchtete in das völlig finstere Gemach. Mit den Händen tastete sie sich an den Wänden entlang, bis sie den Altar gegenüber dem Eingang erreichte. Weiter ging es nicht.

»Ich glaube, sie sucht Zuflucht beim Herrn.« Ein höhnisches Lachen. Ihre Verfolger kannten die Kapelle also. Sie war direkt in ihr Verderben gestolpert. In dem kleinen Raum gab es kein Versteck, nur nackten Stein und den Altar, über dem der Gekreuzigte hing. Das Licht einer Fackel fiel durch den Eingang. Sie war verloren.

Die Männer schleppten sie den Hang hinauf und hinüber zum Siechenhaus. Nach der Hetzjagd waren sie schlecht gelaunt und entsprechend grob. »Verdammtes Miststück, wie kann ein Weib so rennen?«, fluchte einer.

Ott erschien mit seinen strähnigen, dünnen Haaren in der Tür. Er hielt ebenfalls eine Fackel in der Hand und blickte bestürzt auf die Ankömmlinge. Ein einbeiniger, zerlumpter Siecher mit wucherndem Bart robbte an seine Seite und lachte mit zahnlosem Mund: Endlich geschah einmal etwas Aufregendes in seinem öden Leben. Aus dem einzigen Fenster des Siechenhauses schaute ein Weib, ein zweiter Kopf drängte sich neben sie.

»Wohin bringt ihr mich? Wer seid ihr überhaupt?«, protestierte Aliz und hoffte, dass Ott den Wink verstand und den Mund über ihre Bekanntschaft hielt. Den Mund hielt? Sie unterdrückte ein nervöses Kichern.

Ein Reiter näherte sich. Sie konnte sein Gesicht nicht erkennen, aber die Stimme dafür umso besser. »Frau Granius,

Frau Granius ...«, seufzte Johannes Apocalypsis. Hatte sie es doch gewusst! Hinter der liebenswürdigen Fassade verbarg sich ein Wolf, und sie war ihm geradewegs vor die Fänge gelaufen. Was mochte er vermuten? Und vor allem: Was konnte sie ihn glauben machen? Ehrbare Frauen ritten nicht mutterseelenallein nachts durch die Wälder.

»Oh, dass Ihr es seid«, hauchte sie, während sie sich das Hirn zermarterte. Und dann meinte sie einen Weg zu erkennen. Wahrheit und Lüge zu einem Faden versponnen, ergab das nicht die glaubwürdigsten Geschichten? »Guter Herr, mein Kind wird sterben. Anni, sie ist krank. Sie braucht Arznei, so rasch wie möglich.« Ihre Stimme brach vor Sorge. Trug sie zu dick auf? Apocalypsis kannte sie als charmante Frau, die das Leben meisterte, sie hängte also noch einen Scherz an die Klage: »Ich dachte einen Moment wahrhaftig, Ihr seid das Rote Meer, das sich zwischen mich und die Rettung drängt. Und in mir ist doch nichts von einem Moses.« Verzweifeltes Lachen. »Dabei glüht mein armes Häschen vor Fieber, es redet irre, die Hitze schwindet nicht, auch wenn ich sie mit feuchten Tüchern bedecke. Ich bitte Euch, die Zeit drängt.«

»Euer Mädel ist krank?« Überzeugt klang er nicht, der Mann, der sie der heimlichen Briefbeförderung verdächtigte. Er sprang vom Pferd. Aliz sah, wie in seinem Rücken einer seiner Knechte Saint-Pierre heranführte. Das Tier humpelte, schien sich aber zum Glück nichts gebrochen zu haben.

»Wir haben keinen Postsack bei dem Tier gefunden«, erklärte der Knecht. Saint-Pierre wieherte kläglich. Es war eine gespenstische Szene. Die Siechen hatten ihr Haus verlassen und hockten auf dem taunassen Unkraut in dem nervösen Licht, das die Fackeln spendeten. Alle starrten auf Aliz und den Fremden, als würden sie ihnen ein Schauspiel aufführen.

»Vielleicht ist es nur ein flüchtiges Unwohlsein«, hauchte Aliz. »Anni, ich spreche von Anni. Aber mein Gatte ist an etwas Ähnlichem verstorben. Husten und Fieber. Bitte, lasst mich gehen, Herr. Ich muss über die Brücke zum Kloster der Benediktinerinnen. Dort gibt es eine in der Heilkunde erfahrene Frau. O lieber Herr Jesus, wie habt Ihr mich erschreckt. Ich dachte, ich würde von Räubern überfallen.«

Apocalypsis wandte sich dem Fürsten des Siechenhauses zu. »Wie heißt du?«

Stille. Dann eine Erklärung des einbeinigen Krüppels. »Sein Name ist Ott. Er kann nicht sprechen.«

Apocalypsis musterte erst Ott und dann die Kranken, die seinen Blick mit einem Stieren erwiderten. Plötzlich nahmen sie alle den Gestank wahr, den die bedauernswerten Menschen ausdünsteten. Ins Mitleid mischte sich die Furcht, sich an irgendeiner Seuche anzustecken. Einige Männer wichen zurück, aber Apocalypsis blieb gelassen stehen und räusperte sich. »Weiß jemand von euch etwas über Reiter, die nachts diese Brücke passieren? Sie tun es heimlich und in regelmäßigen Abständen. Verdächtige Gestalten also, die womöglich ihre Gesichter bedecken. Habt ihr irgendwas beobachtet?«

Stille. Ahnte einer von den Kranken etwas von Otts heimlichen Geschäften mit Aliz? Sie wusste es nicht. Plötzlich kam ihr der Fremde in den Sinn, der Mann, der ihren Sohn mit an den Teich genommen hatte. Sie stellte sich vor, wie er heimlich unter ihren Fenstern gelauert und sie beobachtet hatte. Hatte dieser Dreckskerl sie ausgespäht und an Apocalypsis verraten? Dann würde auch sein verstohlener Versuch, mit Tile zu reden, einen Sinn ergeben. Er hatte ihn über die Mutter aushorchen wollen.

Der Einbeinige hievte sich auf einen Baumstumpf. Er winkte, um auf sich aufmerksam zu machen, und als er sprach, tat er es mit einer tiefen, sonoren Stimme, der man gern Glauben schenkte. »Wie klug Ihr seid, mein Herr. Es reitet tatsächlich jemand hier vorbei, und genau wie Ihr sagt, immer bei Nacht und in einer sonderbaren Eile. Ein Mann mit einem Federhut und einem Karabiner am Schulterriemen. Ich bin keiner, der sich fürchtet, ich habe gegen die Türken gekämpft, wenn Ihr versteht, was ich meine. Aber dieser Mensch war sonderbar. Die Hufe seines Pferdes haben den Boden kaum berührt, es war auch kein Geräusch zu hören, kein Trappeln, kein Wiehern. Er jagte über die Brücke wie eine gepeinigte Seele, die in der Hölle keine Ruhe findet. Nach etwa einer Stunde kehrte er zurück und verschwand wieder im Wald.«

»Ganz sicher ein Hexer«, tönte es aus einem der Fenster.

»Oder ein Warner der Wilden Jagd«, flüsterte der Einbeinige und bekreuzigte sich. »Das ist es nämlich, was ich selbst glaube. Ich hab mal eine Flugschrift gesehen, da war einer draufgemalt. Also alle. Die ganze Wilde Jagd. Die Geister hatten Federhüte auf dem Kopf, aber ihre Körper waren ohne Fleisch und Haut.«

»Skelette?«, kreischte es aus dem Fensterloch. »Dein Reiter auch?«

»Denkst du, ich halte ihn an und schau nach?« Der Einbeinige lachte verächtlich.

»Man muss uns schützen, find ich. Der Pfarrer muss kommen. Ohne den Schutz ...«

Aliz beobachtete Ott. Sie war sicher, dass sein einbeiniger Schützling für ihn log. Sein Gesicht blieb ohne jede Regung.

Seufzend wandte Apocalypsis sich wieder an Aliz. »Ihr wolltet also zu den Benediktinerinnen, gute Frau?«

Er bestand darauf, sie zu begleiten. Aus Misstrauen? Weil er den Überfall und den Sturz, der ja auch übel hätte enden können, bedauerte? Sie weckten die Nonne aus dem Schlaf, und gegen Morgen kehrten sie mit ihrem kleinen Trupp nach Wöllstein zurück.

Anni blinzelte ins Morgenlicht. Ihr Haar war so nass geschwitzt, dass es an ihrem Kopf klebte, das Hemdchen pappte an der Haut. Sie weinte und drängte sich in die Arme ihrer Mutter. Apocalypsis, der mit ins Zimmer gekommen war, konnte nun keinen Zweifel mehr an der Wahrheit von Aliz' Geschichte hegen. Mit einem Knurren ging er wieder hinaus.

Die Nonne ließ das Kind husten, sie legte ihr Ohr mit den Altersflecken an den kleinen Brustkorb und beäugte den Auswurf der Lunge. Dann nickte sie beruhigend und erklärte, dass das Fieber ein Versuch sei, das Gleichgewicht der Körpersäfte wiederherzustellen, und dass sie aus demselben Grund einen Aderlass vornehmen müsse, den Anni mit viel Geheul über sich ergehen ließ. Dann ging sie wieder.

Die Spende, die Aliz der heiligen Frau für ihre Mühen gab, verschlang das gesamte Geld, das sie in diesem Monat eingenommen hatte.

Apocalypsis wartete in dem Zimmerchen neben dem Speiseraum, in dem Aliz das Spinnrad, das Flickzeug für die Wäsche und allerlei Dinge, die nützlich, aber hässlich waren, aufbewahrte. Er war wohl zu dem Schluss gekommen, nicht länger um den heißen Brei herumzureden. »Ich habe Euch getäuscht, meine Liebe. Mein wirklicher Name ist Johann von Coesfeld.«

Aha, also wirklich. Aliz setzte sich auf einen Schemel, nahm eine Spindel aus einem Korb und griff sich aus einem anderen gekämmte Wolle. Sie befestigte den Leitfaden am Holzstab und begann zu spinnen. Spinnen beruhigte die Nerven. Es verschaffte Zeit zum Nachdenken.

»Ich bin der Postmeister von Köln.« Von Coesfeld beobachtete sie. »Überrascht Euch das nicht? Warum fragt Ihr mich nicht nach dem Grund für meinen falschen Namen?«

»Ich bin verwirrt. Und, verzeiht, ein wenig erschöpft. Mein armes Mädchen. Habt Ihr bemerkt, wie blass Anni beim Aderlass geworden ist? Aber verzeiht, das wird Euch nicht interessieren. Warum überfallt Ihr Menschen, wenn Ihr ein Postmeister sein?«

Er begann von den Poststationen zu reden, die er betreute, von Lamoral von Taxis, dem er diente, von den illegalen Poststrecken. Von seinem Verdacht, was die *Grüne Laterne* anging.

»Lieber Herr von Coesfeld, nicht ich, sondern meine Schwägerin Josefa war mit dem Postmeister von Wöllstein verheiratet. Ich verstehe vom Postverkehr nur so viel, dass das Posthorn einen fröhlichen Klang hat. Aber ich muss gestehen, es kränkt mich, dass Ihr mir misstraut. Ihr habt mich in Todesgefahr gebracht.«

Von Coesfeld besaß den Anstand zu erröten. »Ich habe den Wöllsteiner Postmeister gefragt, ob er eine Ahnung hat, wer meinen Herrn betrügen könnte.«

Der Postmeister war ein Dummkopf. Josefa hatte die Postmeisterei nach dem Tod ihres Mannes an ihn verpachtet, weil er mit ihr verwandt war und sie umschmeichelt hatte. Aber es war unwahrscheinlich, dass er etwas von den Vorgängen in der *Laterne* bemerkt hatte. Aliz wartete.

»Er hat mich an Eure Schwägerin verwiesen.«

»Josefa!«

»Die Dame war sehr auskunftsfreudig. Sie hat …«

»… sich über mich beklagt?«

»Nun ja«, lächelte von Coesfeld. »Sie meinte, dass es keinen geeigneteren Ort für eine heimliche Poststation gäbe als eine Herberge. Menschen kommen und gehen … niemand sieht, was sie treiben. Sie wollte natürlich niemanden beschuldigen …«

»Das will sie nie.«

»... hat aber einiges angedeutet ...«

»Das ist ihre Spezialität. Es gibt nichts, was sie besser kann, als Dinge anzudeuten, bis sie aller Welt wie Wahrheiten erscheinen.«

Von Coesfeld starrte auf Aliz' Hände, in denen sich die Spindel drehte. »Immerhin hat ihre Idee etwas Plausibles. Wer würde vermuten, dass an einem so freundlichen Ort wie diesem etwas Ungesetzliches ...«

»Ihr sagt es.«

»... stattfinden könnte. Die reizende Hausherrin, die eifrigen Kinder, die Sauberkeit, die Freundlichkeit ... Aber als sie uns mitteilte, dass Ihr und Euer ältester Sohn öfter gesehen wurdet, wie Ihr heimlich die Stadt verlasst, bevorzugt auch bei Nacht ...«

»Hat sie auch erzählt, dass ich sommers wie winters in der Küche stehe, dass ich Berge von Laken wasche, Stroh wende, dass ich ohne die Hilfe eines Ehemanns oder eines anderen Verwandten Bücher führe, Steuern zahle und für drei Mägde, einen Knecht und meine Kinder sorge, Monsieur? Reicht das nicht, um zu erklären, warum ich in den wenigen freien Minuten, die mir bleiben, vor das Dorf reite, um die Stille und Reinheit von Gottes Natur zu genießen? Und ja, das geschieht oft nachts, weil es die einzige Zeit ist, in der ich die nötige Muße dazu habe.«

Sie hatte sich in Rage geredet, ihr Gesicht glühte. Hatte sie von Coesfeld *Monsieur* genannt? Das war ein Fehler gewesen, nach dem Kerkerbesuch in Alzey durfte man sie nicht mehr für eine Französin halten, aber vielleicht hatte er es überhört. »Das Leben ist zur Freude geschaffen, nach meiner Meinung«, fügte sie leiser hinzu.

Von Coesfeld starrte auf den Korb mit der blauen Wolle. »Alles üble Nachrede, also? Ich muss die Verbrecher anderswo suchen?«

»Von hier aus werden keine Briefe befördert«, sagte Aliz. Und da stand von Coesfeld endlich auf und ging.

Sie schloss die Tür, als sie in ihrer Schlafkammer war. Das Dämmerlicht – in diesem Zimmer wurde es selbst tagsüber nie richtig hell, aber auch nicht heiß, und vom Frühling bis zum Herbst konnte sie die Vögel zwitschern hören – umhüllte sie wie die Mauern einer Burg. Endlich Ruhe, endlich niemand mehr, der sie bedrängte. Sie spürte, wie ihre Anspannung nachließ.

Aufatmend sank sie auf die Kante ihres Betts und schob den Rock empor. Darunter trug sie eine elegante Schlitzhose aus doppeltem Stoff. Der obere Saum war so genäht, dass er einen Spalt zwischen innerer und äußerer Hülle überdeckte. Sie zog die Hose hinab, ließ den Rock wieder fallen und fühlte nach den Kuverts, die sie in eingenähten Säckchen auf der Innenseite des Kleidungsstücks versteckt hatte. Was mit diesen Briefen geschehen sollte, musste sie später entscheiden, momentan war sie zu aufgewühlt. Sie ließ sie also an ihrem Platz, faltete die Hose und legte sie in die Truhe, in der sie Peters Kleider aufbewahrte.

Was, wenn Johann von Coesfeld kein Herr mit zarten Manieren gewesen wäre, sondern sie beim Siechenhaus gezwungen hätte, sich zu entkleiden? Aliz dachte an die Kerker in Köln, die sicher dem von Alzey glichen und wo man sie wie den armen Moritz gepeinigt hätte, um herauszubekommen, wer mit ihr gemeinsame Sache machte. Sie dachte an ihre Kinder, die auf die Straße gejagt worden wären. An Asmus und die Mägde. An Josefa, die überall herumtröten würde, dass sie es schon immer gewusst habe …

Sie war so müde.

Es war dunkle Nacht, als sie wieder erwachte. Sie musste sich bei Anni angesteckt haben, denn ihr war speiübel. Hatte sie den ganzen Tag verschlafen? Aliz rappelte sich auf und schaffte es gerade noch, sich ein Kleid überzuwerfen und in den Garten zur Abortgrube zu laufen, bevor sie sich übergeben musste. Ihr war heiß und ihre Knie weich wie Butter. Angeekelt lehnte sie sich gegen einen Pflaumenbaum, um gleich darauf ins Gras zu sinken. Ihr Gesicht glühte, sie brauchte keine Nonnenhand auf der Stirn, um das beurteilen zu können. Aber Anni war beim Schlafengehen schon fast wieder gesund gewesen, also konnte sie wohl hoffen, dass sie ebenfalls bald wieder auf den Beinen sein würde.

Erschöpft blickte sie zu den drei Fenstern der Gaststube, die zum Garten hinausgingen. Es war ordentlich was los, in der *Grünen Laterne*. Die Betten in den beiden Schlafräumen und die vier Einzelzimmer für die wohlhabenden Reisenden waren fast alle belegt, und ihre Gaststube wurde abends auch von den Wöllsteinern gern aufgesucht, was ihr ein Zusatzeinkommen sicherte. Weil die Fenster bei der Wärme offen standen, konnte sie die Menschen beobachten, die an den Tischen saßen, und ihre drei hübschen Mägde, die sie bedienten. Sie hörte Gelächter und einen misstönigen, mehrstimmigen Gesang aus der Ecke, wo Tiles Nest mit den Vogeljungen an der Wand prangte.

Die Sänger priesen die Liebe, die, wie meist in solchen Liedern, ein tragisches Ende nahm, weil der reiche Herr sich zu spät besann, dass auch ein armes Mädchen seiner Liebe würdig sein könnte. Er folgte ihr reuevoll, nachdem man sie davongejagt hatte, und fand sie auf der Leichenbahre. *Es soll mein herzallerliebster Schatz in meinen Armen verfaulen.* Wie komisch, wie jämmerlich und traurig, dachte Aliz.

Sie zog die Knie an und blickte durch das Geäst des Pflaumenbaums hinauf zum Sternenhimmel, an dem nur wenige Wolken zogen. Sie würde ihre Poststrecken einstellen, endgültig. Kühl überschlug sie ihre Ausgaben und versuchte abzuschätzen, wie stark sie die Preise für die Übernachtungen erhöhen könnte, ohne die Gäste zu verprellen. Sie würde es überstehen, mit Ach und Krach. Wenn nichts Unvorhergesehenes passierte, würde sie sich, ihre Kinder und ihr Gesinde kleiden und ernähren können.

Mit diesem Resümee stand sie auf und ging zu dem steinernen Brunnen mit der breiten Einfassung, den Peter noch hatte graben lassen. Sie kurbelte den Wassereimer hinauf und spülte sich den Mund aus. Ja, so war es besser. Und nun zurück ins Bett, und morgen würde sie wieder die Alte sein.

Der Weg zu ihrer Kammer, die am Ende eines vielfach gewundenen Flures lag, führte an der Gaststube vorbei. Aliz blickte kurz hinein. Asmus, der zwischen den Tischen ging und aus einem dickbäuchigen Krug Bier ausschenkte, lächelte ihr zu. Elisabeth schnitt dem zahnlosen alten Walther, der bis vor wenigen Jahren die Pferde des Dorfes beschlagen hatte, ein Stück Fleisch klein. Aus der Küche drang der Geruch kalten Rauchs, der sich mit dem der Menschen mischte.

Der Duft der Würste, des gerösteten Schwarzbrots und der Waffeln ließ ihren Magen erneut revoltieren, und Aliz wollte schon weitergehen, da sah sie den Fremden. Er saß mit Tile allein an einem Tisch und unterhielt sich mit ihm so ungezwungen, als wäre er niemals mit ihr aneinandergeraten. Sein Kopf war geneigt, die Locken hingen derangiert über seinen Hals und gaben dabei die Narbe frei, die sich hässlich vom linken Ohr quer über das Kinn zum Nacken zog. Er hatte die Ärmel seines dünnen Leinenhemdes gekrempelt, und der Seidenkragen hing ihm schief über die Schulter. War er betrunken? Er schüttelte einen Würfelbecher. Spielte er mit Tile um Geld? Der Junge besaß doch gar keines. Wenn der Kerl sich einbildete, sie würde irgendwelche Spielschulden tilgen …

In diesem Augenblick wandte der Mann seinen Kopf, als hätte er ihren Blick gespürt. Er hob eine Augenbraue. Dann flüsterte er Tile etwas zu und stand auf. Das enttäuschte Gesicht des Jungen interessierte ihn ebenso wenig wie die Ablehnung, die sie mit ihrem ganzen Körper ausstrahlte. Er humpelte auf sie zu. »Bitte kommt.«

Er bat mit Worten, aber sein Griff war wie eine Klammer. Er drängte sie in den Flur und an den Türen entlang. Sollte sie um Hilfe schreien? Eine dunkle Furcht hielt sie zurück. Der Mann wollte nicht über sie herfallen, davon lag nichts in der Luft. Sie ahnte, dass es etwas Schlimmeres war. Er schob sie in ihre Schlafkammer und schloss die Tür. Dann endlich ließ er sie los. Es war duster im Raum, das wenige Licht, das durch den Spalt der Fensterläden drang, ließ nur das Bett mit dem Himmel und den schweren Wollvorhängen ahnen.

»Puh!«, murmelte der Eindringling, und dann: »Könntet Ihr die Fenster öffnen und die Läden zurückschlagen? Ich hasse Dunkelheit.«

»Hinaus«, sagte sie tonlos.

»Ich hasse sie wie nichts anderes, diese gottverfluchte Dunkelheit.« Er humpelte zum Fenster, mit der leisen Unregelmäßigkeit im Schritt, die sie schon kannte, ließ das Mondlicht herein und drehte sich wieder um – ein Schatten, eine magere Gestalt ohne Gesicht. »Hinausgehen wäre übrigens eine ganz schlechte Idee. Euer Städtchen ist leider nicht der Ort der Diskretion, den Leute wie Ihr und ich uns wünschen würden.«

»Ihr droht mir?«

»Aber woher denn.« Er lachte. »Ich bin Euch nicht feind. Wie schade, dass Ihr mich so beharrlich missversteht.«

»Ihr lungert um mein Haus herum, Ihr verfolgt mich, Ihr würfelt mit meinem Sohn, dem ich verboten habe …«

»Ich sagte ja nicht, dass wir Freunde sind.« Er klang ungeduldig. »Darf ich, um die Sache abzukürzen, zusammenfassen, was ich in den letzten Tagen an Informationen zusammengetragen habe?«

»Emsig wie ein Dieb, der seine Hände in fremde Schubladen steckt?«

»Das ist ein schöner Vergleich, ja, genau so dürft Ihr es Euch vorstellen. In der *Grünen Laterne* regiert also ein Weib, das vor vierzehn Jahren aus der Fremde kam, ein Kind am Busen und ein zweites an der Hand. Sie war zerlumpt, man musste das Schlimmste befürchten. Aber als sie bei der *Laterne* klopfte, wurde sie vom barmherzigen Hausherrn eingelassen. Und weil das Weib so hübsch und der Wirt mit einem ebenso milden wie leichtsinnigen Herzen geschlagen …«

»Seid vorsichtig.«

»… geschlagen war, nahm er die kleine Familie auf und machte sie zu seiner eigenen. Das ist der Beginn. Daraus wurde die Geschichte einer großen Liebe, von der aber vor allem das Weib profitierte … Bemerkt Ihr die Pause, die ich einlege? Wenn Ihr mögt, könnt Ihr jetzt protestieren.«

Sie schwieg stille.

»Wenig bekannt ist aus der Vergangenheit der Dame – man weiß im Dorf rein gar nichts über sie. Angeblich gab es einen verstorbenen Gatten, heißt es, der der neuen Herrin der *Laterne* aber schon so fremd geworden ist, dass sie sich gelegentlich mit seinem Namen irrt, dazu ein weit entferntes Heimatdorf, das niemand kennt. Wenn sie spricht, klingt ein leiser Akzent in ihrer Stimme, französisch vielleicht … Oh, da könnte ich den Dörflern auf die Sprünge helfen. Ihr kommt aus dem schönen Süden Frankreichs, würde ich schätzen. Aus der Nähe von Arles?«

Aliz schwieg.

»Und aus edlem Haus?«

Er fragte nicht, er wusste es. Er kannte ihre Vergangenheit. Zumindest einen Teil davon. Sie hatte Mühe, an ihrer eigenen Angst vorbeizuatmen.

»Doch plötzlich wird der Gatte krank und stirbt – an einem Husten, den man sicher hätte heilen können.«

»Grüßt meine Schwägerin, wenn Ihr Euch wieder bei Ihr zu Tische setzt.«

Der Mann lachte leise. »Ich hätte Euch helfen können, heute Nacht, ist Euch das klar?«

Sie brauchte einen Moment, um ihn zu verstehen. Der Mann, der sie verfolgt hatte, der sie aufgefordert hatte, stehen zu bleiben … War das der Hinkende gewesen? Aber wie war er auf ihre Spur gekommen? Wie hatte er es mit seinem Bein überhaupt geschafft, so schnell zu laufen? Obwohl – er hatte sie ja nicht erwischt.

»Habt Ihr keine Angst? Eine illegale Poststrecke ist ein riskantes Unternehmen. Es steckt zu viel Geld darin, als dass man unbehelligt bliebe. Und die Akteure sind gierig oder von Ehrgeiz verseucht.«

Tonlos sagte Aliz: »Ich weiß nicht, mit welchen Geschichten meine Schwägerin ihre Gäste unterhält. Aber dieser Bär, den sie Euch aufgebunden hat, ist so riesig …«

»Natürlich.«

»Und wir Ihr seht, hat man mich laufen lassen. Ist Euch das ebenfalls aufgefallen, ja? Weil sich nämlich rasch herausgestellt hat, dass ich nichts mit dubiosen Briefgeschäften zu tun habe.«

»Ich bin Euch bis zum Siechenhaus gefolgt und verneige mich vor Eurem flinken Geist und Eurer beredten Zunge. Nur behauptet Tile …«

Ihr Herz schlug gegen die Brust, als er den Namen ihres Sohnes aussprach. Auch ihre beiden Jüngsten wussten von ihren nächtlichen Ritten und den Briefen. Aber sie hatte ihnen doch eingebläut, dass sie niemals mit jemandem darüber reden durften! Hatte Tile, der Unglücksrabe, trotzdem geplaudert?

»Er ist ein hübsches Kind. So glücklich, wenn er von seinen Tieren erzählt. So … verletzlich …«

Aliz spürte den Türknauf in ihrem Rücken. »Ihr verfolgt

mich. Ihr dringt in mein Haus ein. Ihr versucht mich mit ausgedachten Geschichten einzuschüchtern, und doch seid Ihr, mit Verlaub, ein nicht weniger verdächtiger Fremder, als ich es einst womöglich gewesen bin. Ich habe Euch zugehört, weil ich wissen wollte, warum Ihr um meinen Sohn herumstreicht. Aber nun ist es genug. Geht mit Euren Verdächtigungen zum Teufel, im Guten, wenn Ihr klug seid. Andernfalls lasse ich Euch rauswerfen.«

»Von dem furchteinflößenden alten Mann, der draußen das Bier in die Krüge gießt?«

»Von den Bütteln. Und ich werde dafür sorgen …«

»Ich war bei Marthe.«

Der Name war wie ein Dolch in ihrer Brust.

»Von ihr habe ich den Brief, in dem Ihr nachlässigerweise Eure neue Wohnstätte genannt habt.« Der Hinkende kam vom Fenster auf sie zu, ein dunkler Umriss vor der helleren Nacht. »Wie ich schon sagte, Aliz: Ich komme nicht als Feind. Aber Ihr habt etwas genommen, das mir gehört und das mir wertvoll ist.« Er packte ihre Oberarme. Der Griff tat weh. »Mein Sohn, Aliz. Ich will meinen Sohn zurück.«

8. Kapitel

Sie reisten. Es war ein wunderschöner Tag, und Marthe war glücklich. Worfler und Drescher, die beiden Ochsen, die sie so genannt hatte, weil sie als Kälber immer das Stroh aufwirbelten, zogen den Karren, auf dem sie mit ihrer Tochter und mit ihrem Ehemann saß. Sebastian, ihr Ältester, ritt auf dem Ackerpferd nebenher. Am schönsten war, dass Margarete ihre Hand hielt. Das war schon lange nicht mehr vorgekommen.

Valentin hatte es sich Marthe gegenüber bequem gemacht. Er trank sauren Wein aus einem Horn und lachte. »Es ist zu deinem Besten«, sagte er und prostete ihr zu.

Seltsamerweise brach Margarete daraufhin in Tränen aus. Ach herrje! Dass dieses Kind aber auch nie zufrieden war! Marthe knuffte sie vorwurfsvoll in die Seite und stimmte ein Lied an, um die Stimmung wieder zu bessern. Sie verstummte wieder, als Valentin grob nach ihr trat. Warum macht er das?, fragte sie sich gekränkt. Er war so hart geworden. Wo war sein Lächeln geblieben? Sie hatten doch immer zusammen gelacht. Ihre Heirat war nicht nur wegen des Geldes, sondern auch wegen der Liebe vereinbart worden. Unsicher beugte Marthe sich vor und streckte die Hand nach ihm aus. Er schlug darauf.

»Lass sie in Ruhe!«, sagte Sebastian. Die Stimme ihres Sohnes klang ebenfalls hart. Marthe wollte ihn zurechtweisen, schließlich durfte man so nicht mit dem eigenen Vater sprechen, aber der Junge schaute mit gestrecktem Kinn nach vorn, als müsste er die staubige Landstraße nach Gefahren absuchen.

»Sie treiben ihr den Teufel aus«, schnauzte Valentin. »Es ist nur zu ihrem Besten.«

Bei Margarete flossen erneut die Tränen. Erschrocken blickte Marthe in die Gesichter ihrer Familie. So viel Wut und Bitterkeit ... Was war nur los? Warum verhielten sich alle so sonderbar?

Plötzlich begann sie zu ahnen, dass sie sich keineswegs auf einer fröhlichen Fahrt befanden. Am Ende des Wegs würde weder die Dorfkirche auf sie warten noch eine Tanzdiele oder ein bunter Markt, denn ihre Familie musste sich von anderen Menschen fernhalten, weil die Mutter vom Teufel besessen war. Und die Mutter, das war sie, Marthe. In ihr steckte der Teufel.

Sie sackte in sich zusammen.

Marthe hörte einen Ruf. Es klang lustig, so wie bei Kindern, wenn sie einander neckten, nur dass dieser Ruf aus einer Männerkehle kam. Sie öffnete die Augen. Warum war es so dunkel? Was war das für ein seltsames Dach, zu dem sie hinaufstarrte? Es bestand aus dicken, dunklen Brettern mit Löchern, durch die der Nachthimmel schimmerte. In der Luft hing der Geruch von Pferdedung, aber auch der von Bratfleisch. Ihr war schwummrig, und ihr Kopf tat weh, als hätte sie sich betrunken. Undeutlich meinte sie sich an ein Horn voller Wein zu erinnern, das Valentin gegen ihre Lippen presste. Waren sie nicht auf einer Reise gewesen?

Sie ließ die Blicke schweifen. Sie befand sich immer noch auf dem Karren. Marthe erkannte die kaputte Stelle, an der Valentin ein Brett quer über die anderen Bretter genagelt hatte, und den großen Fleck dort, wo ein Schwein ausgeblutet war. Aber der Karren stand nicht in ihrer Remise.

Marthe wollte sich aufrichten, stellte jedoch erschrocken fest, dass ihre Hände zusammengebunden waren. Und über ihren Mund hatte man ein Tuch gebunden. Was sollte das denn? Mühsam rappelte sie sich hoch. Jenseits des Dachs befand sich ein großer, von Mauern umgebener Hof. Feuer brannten in Eisenschalen, Männer lungerten herum. Einige brieten auf Spießen Würste, Äpfel oder Brotkanten, andere schmirgelten oder ölten Waffen oder schliefen in den Ecken. Keiner beachtete sie. Marthe fühlte die Angst in ihr Herz kriechen. Wo war sie? Wo steckte ihre Familie?

Und plötzlich begriff sie.

Sie befand sich gar nicht mehr auf der Erde. Der Teufel hatte sie tatsächlich geholt. Er und seine Gesellen saßen an den höllischen Feuern und brieten die Gedärme der verdammten Seelen und warteten darauf, auch sie selbst zu packen und ihr den Bauch aufzuschneiden, denn sie hatte ja – sie wusste selbst nicht, wie – die heilige Kirche Gottes verlassen und sich mit dem Bösen gemeingemacht. Und nun kam die Strafe. Panisch begann sie mit den Füßen zu strampeln.

Zwei Männer tauchten am Karrenrand auf. Einer packte ihre Arme, der andere ihre Knie, dann hoben sie sie vom Karren. Ängstlich blickte Marthe sich um. Die Fremden zogen sie mit sich. Während sie zwischen ihnen herstolperte, entdeckte sie eine Uhr, die an einem Turm in der Mitte der Mauer hing. Und plötzlich zuckte es in ihrem Hirn. Diese Uhr kannte sie. Sie wusste genau, wie sie aussah. Es gab einen äußeren Kreis, der die Stunden anzeigte, und einen inneren, dessen Bedeutung sie nicht begriffen hatte, und ganz in der Mitte eine Sonne, die sicher für den Heiland stand, der alles erleuchtete. Und da wurde ihr klar, dass sie sich in Düsseldorf befand, im Schloss der Herzogin Jakobe. Es fiel ihr wie ein Schleier von den Augen. Die Herzogin wollte den Knaben sehen. Natürlich, das war es. Deshalb hatte sie Marthe geholt. Aber wo steckte der Junge nur?

Gehetzt blickte Marthe sich um, während sie im rohen Griff der Männer über die eigenen Füße stolperte. Hatte sie den Kleinen irgendwo vergessen? Ihr flatterte das Herz vor Furcht. Dann würde ihr Schlimmes drohen. Moritz, das Kind der Herzogin! Aber vielleicht war er ja bereits bei ihr, und sie sollte ihn wieder abholen? Sicher hatte die hübsche Aliz alles geregelt. Marthe mochte die Französin, es wäre schön, sie wiederzusehen.

Sie gingen in ein Haus und eine Treppe hinauf. Endlich erreichten sie die letzte Stufe. Der Mann mit der Fackel schob einen Vorhang zur Seite, ein dunkler, kurzer Flur wurde sichtbar und an dessen Ende eine Tür. Er pochte, öffnete sie und schob Marthe in den Raum hinein. Ihre Augen weiteten sich. Was war das für ein reizendes Zimmer! In der Mitte stand ein Cembalo aus edlem roten Holz mit einem Band voller Tasten. Was für ein Glück musste es sein, diesem Gerät Töne zu entlocken! Sie entdeckte einen Tisch, auf dem ein goldgewirkter Teppich lag, der ein Vermögen gekostet haben musste. Polsterstühle mit Rosenmustern reihten sich an den Wänden, geraffte Stoffe hingen unter einer hölzernen Kassettendecke. In einer Ecke befand sich ein Marmorkamin, der mit Englein geschmückt war, die auf Harfen spielten. Die Pracht war so groß, dass Marthe wie betäubt davon war. Kurz dachte sie darüber nach, wie viel man hier putzen müsste, damit alles blitzte. Sicher liefen in diesem Zimmer niemals Hühner herum.

Bei dem Cembalo stand eine Frau, die ihr den Rücken zukehrte. Es war ein sehr gerader Rücken in einem schwarzen Mieder, über dem sich eine voluminöse Halskrause wölbte, die ihrerseits von einer komplizierten Frisur gekrönt war. Etwas schrumpfte in Marthe zusammen. Schweine stanken nach Mist, Männer stanken nach Schweiß … diese Frau stank nach … Gefahr.

Als wollte sich ihr Eindruck bestätigen, entdeckte Marthe

plötzlich ihren Mann und ihren Sohn in einer Ecke. Über Sebastians Gesicht zog sich ein breiter Striemen, aus dem Blutströme sickerten. Valentin hockte mit schreckgeweiteten Augen auf dem Boden. Beide waren gefesselt wie sie selbst.

»Das also ist das Weib?« Die Frau mit der Halskrause hatte sich umgedreht. Von hinten hatte sie jung ausgesehen, aber ihr Gesicht war voller Falten und Altersflecken. Allerdings ohne die Müdigkeit, die man gewöhnlich bei alten Frauen antraf. Die Augen funkelten wie der Schmuck in ihrem Haar. Es lag etwas Niederträchtiges in ihrem Blick.

Ein Mann mit einem Spitzbart trat aus dem Schatten. Er schob einen mächtigen Bauch vor sich her. Sein Bart war eisgrau, das Gesicht so alt wie das der Frau. Doch genau wie bei ihr blitzten die Augen. Geschwister im Geiste, dachte Marthe und blickte ängstlich in die Ecke, in der ihr Mann und ihr Sohn sich zusammenduckten, als wollten sie sich unsichtbar machen.

»In der Schlacht zu Sempach scheiterten die Habsburger Ritter an ihren Schnabelschuhen. Sie stolperten über ihre Schuhspitzen, die so lächerlich lang waren, dass man sie mit Bändern an die Waden binden musste. Und dadurch verloren sie einen Krieg«, dozierte der Mann. »Ist es nicht seltsam, wie oft der Lauf der Geschichte durch scheinbare Nichtigkeiten geändert wird? Ein kruder Einfall, ein leichtfertiges Versehen ... Wie es aussieht, Gräfin, hätte uns beinahe eine menschliche Kuh ins Unglück gestürzt. Ich mache mir Vorwürfe.«

»Ich auch, Marschall Schenckern, ich mache Euch ebenfalls Vorwürfe!« Die Frau lachte bissig. Sie setzte sich an das Cembalo und begann zu spielen. Eine quirlige Weise, die an das Strudeln eines Bachs erinnerte. Herrje, wie konnte man so flink die Finger bewegen? Sie konnte sogar reden, während die Finger über die Tasten flogen. »Hattet Ihr mir nicht erklärt, dass Eure Spitzel überall sind. Schenckern? Habt Ihr mir nicht ständig versichert, dass sich ohne Euer Wissen kein Staubkorn von seinem Platz bewegt? Aber meine Schwägerin konnte ein Kind zur Welt bringen!«

»Die Frage ist: Handelt es sich um ein eheliches Kind oder um einen Bastard?«, überlegte der Mann, ohne gekränkt zu sein.

»Es muss ein Bastard sein. Warum sonst hätte Jakobe solch ein Machtmittel vor der Welt verbergen sollen?«

»Sie war gerissen. Sie hat nie gemacht, was man von ihr erwartete.«

»Wäre die Schwangerschaft im Ehebett entstanden, dann hätte sie ihren Bauch wie eine Trophäe ins Licht der Öffentlichkeit getragen. Alles andere ergäbe keinen Sinn.« Das Spiel der Frau endete mit einem Missklang, als sie mit beiden Händen auf die Tasten schlug. »Nein, Schenckern, das Kind war eine Frucht der Sünde, und Jakobe hatte Angst, es könnte ihrem Liebhaber wie aus dem Gesicht geschnitten sein, so dass ihr Verbrechen offenbar würde. Das hätte für sie das Richtschwert bedeutet.«

»Natürlich, ja natürlich …« Der Mann klang, als bekäme er schwer Luft. Er fummelte an seinem Kragen.

»Wie konnte Euch das Balg entgehen?«, fuhr die Frau ihn an.

Der Marschall wiegte den Kopf. »Ich habe Jakobe damals ja kaum zu Gesicht bekommen. Und wer hätte gedacht … Sie war doch Tag und Nacht unter Beobachtung.«

Marthe starrte die beiden Menschen an. Vor ihrem Mund saß immer noch das Tuch, deshalb waren die Worte, die sie gurgelte, kaum zu verstehen. »Jakobe, die gute Herzogin …« Plötzlich war ihr alles wieder gegenwärtig. Wir müssen das Geheimnis hüten, hatte die Herzogin gesagt. Niemand darf von dem Jungen erfahren. Sie hatte Marthes Kinn mit ihrem Finger angehoben, damit sie ihr in die Augen sehen konnte, als sie ihr das Verschwiegenheitsgelübde abnahm.

Die schwarze Frau kam näher und musterte sie. »Du bist also die Hexe, die das Verbrechen zum Schaden aller frommen und gottesfürchtigen Bürger unseres Landes verheimlicht hat!«

Verständnislos starrte Marthe sie an. Das Wort Hexe jagte ihr Angst ein. Sie dachte an ihre Hühner. Sie dachte an ein Stück Wolle, das in einem Eimer zum Färben lag, und wünschte sich von ganzem Herzen nach Hause auf ihren Hof zurück.

»Nehmt ihr den Lappen ab.«

Der Dicke kam und entknotete das Tuch. Es ziepte in Marthes Haaren. Sie wollte protestieren, aber da hörte sie ein Schluchzen und wandte den Kopf. Sebastian hatte zu weinen begonnen. Ihr guter, starker Sohn, der den Heuwagen ziehen konnte wie ein Ochse, weinte wie ein kleines Kind.

»Rede, verfluchtes Weibsstück. Wann ist der Säugling zu dir gekommen?«, fragte die schwarze Frau.

Welcher Säugling?

»Wir sprechen von dem Sohn der Herzogin Jakobe«, näselte der Dicke, der zu begreifen schien, wie verwirrt sie war.

Ach, Moritz, ihr kleiner Schatz. »Vor einer Woche«, sagte Marthe und hoffte, dass sie damit richtiglag, weil doch der Teufel im Hof vor den Feuerschalen stand und sie für jede Lüge mit der glühenden Forke stechen würde.

»Vor einer Woche?«

»Ja, Herrin.«

Die Frau schob den dicken Mann beiseite. Sie hob die Hand, dann kratzte sie mit ihren langen, scharfen Nägeln durch Marthes Gesicht. Marthe schrie vor Schmerz auf, verstummte aber sofort wieder. Die Frau starrte auf ihre blutigen Finger und ging zu einer Porzellanschüssel, um sie zu waschen. Mit einem gespitzten Stöckchen fummelte sie einen Hautfetzen unter einem Nagel hervor. Dann kehrte sie zu Marthe zurück: »Ist dir die Lust an Späßen vergangen?«

Marthe nickte, halb verrückt vor Angst.

»Wann also ist der Knabe zu dir gekommen?«

Der Knabe. An einem kalten Tag. Oder auch im Sommer. Es wurden ihr doch so viele gebracht. Sie zitterte aus Angst vor den Nägeln.

»Mein Weib kann nicht vernünftig sprechen, Herrin«, flüsterte Valentin. »Wie ich schon sagte: Sie ist von einem bösen Geist besessen. Ein Priester muss ihr den Teufel austreiben. Danach wird sie reden. Ich schwöre es. Sie war immer …« Er verstummte, als die Gräfin sich zu ihm umdrehte.

»Sie war immer ein gutes Weib«, beendete Sebastian den Satz seines Vaters. Man konnte sehen, wie viel Mut die Worte ihn kosteten. Ihr starker Junge, ihr armes Kind.

»Und du selbst weißt natürlich gar nichts von dem Knaben, von dem wir reden.« Die Frage war an Valentin gerichtet.

»Um die Kinder hat sich mein Weib gekümmert. Ich war auf dem Feld, und meine Söhne … mein Sohn hier … ist jung. Ich kann Euch nur berichten, dass vor kurzem ein Fremder in unser Haus kam und mein Weib auf verdächtige Art nach dem Kind ausfragte.«

»Und bei dieser Gelegenheit nahm er einen Brief an sich, der wohl sehr wichtig war. Was für ein Jammer, was für ein bedauerliches Missgeschick, dass du diesen Menschen nicht aufgehalten hast, da er doch offensichtlich Böses im Schilde führte.«

»Aber ich war doch krank, Herrin, ich lag im Raum nebenan auf meinem Lager und konnte mich kaum rühren. Sobald es wieder ging, bin ich hierhergekommen, um die Sache zu melden. Aber das Einzige, was ich Euch sagen kann, ist der Name der Frau, die das Kind mitgenommen hat. Aliz.«

»Sie kommt aus Frankreich«, plapperte Marthe in der Hoffnung, dass sie ihrem verzweifelten Mann damit helfen könne.

»Ah, nun bekommst du die Zähne also doch auseinander.« Die schwarze Frau lachte. »Wo kann ich sie finden?«

»In Frankreich. Sie ist Französin.«

Ein Augenblick unangenehmen Schweigens folgte. Marthe spürte, dass sie das Falsche gesagt hatte. Das tat sie ja immer. Die Welt war undurchschaubar geworden.

An der Wand hinter dem Musikinstrument stand ein großer Schrank mit Türen und Schubladen aus geschnitzten, verschiedenfarbigen Hölzern. Die schwarze Frau öffnete eine der Schubladen und holte etwas hervor. Eine Pistole. Marthe riss die Augen auf. Die Frau nahm auch noch einen Schlüssel aus der Schublade und drehte damit an etwas, das sich an der Seite der Pistole befand, bis sich oben ein kleines Loch auftat. Marthe konnte nicht widerstehen. Sie trat dichter heran und bestaunte erst den kunstvollen Schlüssel und dann eine Gravur auf der Pistole. Es handelte sich um eine winzige Jägerin mit einem wehenden Rock. Vor ihr lief ein Hirsch. Oh, war das entzückend.

Die schwarze Frau nahm ein Metallfläschchen und schüttete ein wenig Pulver in das Loch. Dann klackte und schnappte es lustig.

Marthe lachte. Sie hatte schon wieder vergessen, dass die Frau ihr weh getan hatte. Nun hob das Weib den Arm – und dann knallte es plötzlich.

Ein Feuerball stob aus der Pistole. Erschrocken presste Marthe die Hände an die Ohren und starrte zu Valentin. Er lag verkrümmt auf dem Boden. Sein Gesicht war weg. Und überall war Blut, an der Wand und auf dem Boden, wo es sich in einer Pfütze um sein Haar sammelte. Sebastians Hose war bis zum Wams blutbespritzt.

Die schwarze Frau legte die Pistole beiseite und trat zu Marthe. »Habe ich dir den Teufel jetzt ausgetrieben?«, fragte sie leise. »Kannst du nun endlich reden?«

9. Kapitel

Sie hatten Glück. Am Tag, an dem die Frankfurter Bäckerzünfte im Stadtwald bei Sachsenhausen das Fest ihrer Zunftgründung feiern wollten, schien die Sonne. Der kleine Wald, den sie sich zum Feiern ausgesucht hatten, war in Licht getaucht, auf den Tischen und Menschen tanzten Sonnenflecken. Es war bereits September, aber noch einmal richtig heiß geworden, so dass die Männer die Wämser abgelegt und die Frauen verstohlen die Ärmel ihrer Blusen gekrempelt hatten.

Moritz saß am Rand der Gesellschaft gegen einen der Bäume gelehnt. Er hatte die Hände auf den Knien abgestützt und den Blick auf das Karree aus Tischen gerichtet, an dem die Meister mit ihren Familien saßen. Die Lebküchner, die Weißbäcker und die mächtigen Schwarzbäcker hatten sich zunächst gesondert nach ihren Berufen zusammengetan, aber nachdem das Zunftmahl, das die Meisterinnen auf Wägelchen mitgebracht hatten, verspeist worden war, hatten sie zwanglos die Plätze getauscht. Die Männer saßen jetzt auf der einen Seite des Karrees, um sich im Lärm der kreischenden Kinder und der Fideln über Berufliches zu verständigen, vielleicht auch über Politik. Die Frauen plauderten auf der anderen Seite, dort, wo die meisten Sonnenstrahlen hinfielen.

Eva war die jüngste von ihnen und saß nur deshalb in dem erlesenen Kreis, weil sie in ihrer Familie die Mutter ersetzte und für den Vater den Haushalt führte. Trotz ihrer Jugend wirkte sie nicht fehl am Platz. Ihre Anmut und Liebenswürdigkeit ließen sie älter erscheinen, als sie war, und ihre Bescheidenheit bewahrte sie vor dem Verdacht der Anmaßung. Moritz konnte sehen, dass man sie immer wieder ansprach und mit ihr lachte. Das Einzige, was sie von den Meisterinnen unterschied: Sie trug einen Blumenkranz im Haar. Und sie war hübsch. So hübsch, dass er vor Liebe Brustschmerzen bekam.

Die Gesellen – viele waren schon älter, und die meisten ohne Hoffnung, jemals Meister zu werden und eine Familie gründen zu können – hatten ihre eigenen Tische. Sie tanzten zu Fideln und Lauten und schwangen die Mägde und die Töchter ihrer Meister im Kreis. Die jüngsten Lehrlinge hatten sich hinter die Büsche in eine Sandmulde verzogen, wo sie, den Blicken der Meister entzogen, wie die Kinder, die sie ja noch waren, herumtobten.

Moritz sah, dass Fettmilch zu ihm hinüberblickte. Er tat, als bemerkte er es nicht, und legte den Kopf in den Nacken, um in die Baumkrone zu schauen, wo das Sonnenlicht zwischen den Blättern irrlichterte. Er ahnte, was seinem Meister durch den Kopf ging: Fettmilch ärgerte sich, dass Moritz sich von den anderen Gesellen absonderte. Aber das hatte ja durchaus seine Gründe.

Als Fettmilch vor vier Jahren auf einer seiner Reisen in der *Grünen Laterne* eingekehrt war, hatte er in die Küche hineingeschaut und die Kuchen probiert, die Moritz gerade aus dem Ofen zog. Er hatte sich erklären lassen, was Moritz bei Asmus gelernt hatte, und ihm spontan das fantastische Angebot gemacht, bei ihm in die Lehre zu gehen. Aber das hätte er ohne Zustimmung der Zunft gar nicht machen dürfen. Vielleicht war ihm diese Formalie unwichtig vorgekommen, weil er so bedeutend war, dass sowieso alles nach seinem Kopf ging, oder es war ihm schlicht egal gewesen, was die anderen Meister dachten. Er war ja ein ausgemachter Sturkopf. Doch bei seinen Kollegen hatte sein eigenmächtiges Benehmen einen Groll hinterlassen, den sie nur deshalb herunterschluckten, weil Fettmilch ein überaus großzügiger Zunftgenosse war.

Moritz hatte sich mit Eifer in seine Lehre gestürzt. Er ließ nichts anbrennen, besaß eine traumwandlerische Sicherheit, was die Gewürze anging, und vor allem maulte er nicht, wenn es spät wurde. Nach der Lehrzeit hatte Fettmilch deshalb durchgesetzt, dass er ihn als Gesellen weiterbeschäftigen durfte. Das hatte noch einmal Ärger erregt, denn die Zahl der freien Gesellenstellen in der Stadt war begrenzt. Aber der Meister ließ sich nicht dreinreden. Und gerade wegen dieser vielen Unstimmigkeiten ärgerte es ihn, dass sein Schützling nichts mit den anderen Gesellen unternahm. Freundschaften sind der Kleber, der uns zusammenhält, predigte er unentwegt, ohne einzusehen, dass es dafür immer mindestens zwei Willige brauchte.

Moritz sah, wie sein Meister sich erhob. Die offizielle Rede zu Beginn der Festlichkeit hatte der Zunftmeister der Schwarzbäcker gehalten, so wie es üblich war, aber jetzt wollte Fettmilch auch noch einmal zu Wort kommen. Moritz unterdrückte ein Gähnen, er ahnte ja schon, worum es gehen würde – um die Missachtung der Zünfte durch die Limpurger und die Frauensteiner Gesellschaften.

Doch er hatte sich geirrt. Fettmilch forderte einen Kornmarkt. »Es kann doch nicht sein, dass wir horrende Preise an Kornhändler von außerhalb zahlen, wenn wir mit einem eigenen Kornmarkt die Bauern direkt in unsere Stadt lenken können.« Der Meister erklärte, wie viel die Bäcker im nahen Mainz für den Scheffel Weizen zu zahlen hatten – nämlich ein skandalöses Drittel weniger als die Frankfurter. Da er oft und gern reiste, kannte er auch die Preise in Würzburg und Köln, von wo er letztens einen Vertrag über die Lieferung von Lebküchlein für die Fastenzeit mitgebracht hatte. Die anderen Bäcker raunten, viele nickten, aber durchaus nicht alle wirkten begeistert.

»Du willst immer mehr«, protestierte Walker, einer der Schwarzbäcker. »Sag's doch der Kommission. Die soll sich kümmern.«

Sicher meinte er die Kommission, die der Kaiser nach seiner Krönung eingesetzt hatte, um die Zünfte mit den Gesellschaften der Stadt zu versöhnen. Moritz hatte keine Ahnung, wie sie den Zünften helfen könnte, und eigentlich interessierte ihn das auch nicht. Er wollte eine Postlinie. Da lag für ihn die Zukunft.

»Die Kommission handelt, wenn wir sie zwicken, und sonst schnarcht sie vor sich hin. Sie ist nämlich von Leuten besetzt, die nie im Leben ehrlich gearbeitet haben«, sagte Fettmilch mit unangenehm lauter Stimme. Dieses Mal nickten noch mehr Männer als zuvor. Der Kurfürst von Mainz und der Landgraf von Hessen, die die Kommission zusammenstellten, hatten vor allem Adlige berufen. »Ein Drittel weniger für das Mehl! Das kann doch nicht sein. Brüder, wenn wir nicht kämpfen, kriegen wir auch nichts. Im Rat sitzen Leute, die gar nicht wissen, wozu der Herrgott ihnen Hände gegeben hat. Die glauben immer noch, dass Manna auf die Erde regnet. Und Brot, das wächst für die auf Bäumen.«

Gelächter ertönte. Besonders die jüngeren Meister tauten auf. Moritz sah sie debattierten, einige schlugen mit den Fäusten auf die Tische, einer verschluckte sich an seinem Bier und erstickte fast. Er dachte an von den Birghden und seine Warnung. War das, was hier geschah, gefährlich? Konnten die Handwerker mit solchen Reden der Stadt tatsächlich einen Schaden zufügen? Im Grunde war ein Kornmarkt doch eine vernünftige Forderung.

»Diese Diamantenkacker würden uns mit der Nase in die

Scheiße drücken, wenn man sie ließe«, brüllte Henslin, der Geselle, der den Judenbengel mit Steinen beworfen hatte. Er hatte sich mit einigen Freunden aus der Runde der Tanzenden gelöst und lauschte den Meistern. Niemand wies ihn zurecht.

Fettmilch ließ sich wieder auf die Bank sinken, und nach einer Pause, in der nur das Murmeln der Männer und die helleren Stimmen der Frauen zu hören waren, hoben die Musikanten erneut die Instrumente. Moritz bewegte die verspannten Glieder. Was ging ihn der Ärger zwischen Zunft und Rat an? Er hatte an seinem freien Sonntag die ersten Postsendungen von einem Raunheimer Metzger abgeholt und sie weiter nach Bockenheim befördert und zum ersten Mal Geld in seinem Beutel klingeln hören, das nicht von Meister Fettmilch stammte. Er würde seinen eigenen Weg gehen, und das hieß: reich werden, Eva heiraten und die Bäckerzunft hinter sich lassen. Und jetzt würde er Eva um einen Tanz bitten. Sie hatte bisher jede Aufforderung von anderen Gesellen ausgeschlagen, und er hoffte, dass das etwas mit ihm zu tun hatte.

Moritz spürte die abschätzigen Blicke der anderen, als er zu ihrem Tisch ging. Er hatte knapp die Hälfte der Strecke zurückgelegt, als er plötzlich stolperte und stürzte. Gelächter brandete auf. Er war mit so viel Schwung auf dem Bauch gelandet, dass er mit den Fäusten die Blätter vor sich her pflügte. Als er den Kopf hob, blickte er in Henslins spöttisches Gesicht. Der Mistkerl hatte ihm hübsch niederträchtig ein Bein gestellt.

Moritz erhob sich und klopfte Sand und Blätter von seinen Kleidern. Die Gesellen grinsten, und auch am Meistertisch sah er schadenfrohe Gesichter. Ihm schoss das Blut in den Kopf, und obwohl er wusste, wie töricht es war, baute er sich vor Henslin auf. »Du bist mir ja mal ein Held. Kleine Judenbengel bewirfst du mit Steinen, und Leuten, die großer sind, stellst du ein Bein. Vielleicht traust du dich heute sogar noch, einen Hund zu treten? Oder reißt einem Vogel die Federn aus?«

In Henslins Augen blitzte etwas Böses auf. Er schielte zu den Meistern, man konnte sehen, wie es ihn in den Fäusten juckte. »Du reißt dein Maul ganz schön auf für einen, der von seinem Meister aus der Gosse aufgelesen wurde.«

Das war dummes Gerede. Meister Fettmilch hatte Moritz als Sohn des ehrbaren Gastwirts Peter Granius bei den Meistern vorgestellt. Es gab keine Urkunde, die Moritz' ehrliche Geburt bezeugt hätte, so wie es eigentlich bei neuen Lehrlingen vorgeschrieben war, aber Fettmilch hatte erklärt, dass er die Mutter des Jungen kennengelernt habe: eine ehrbare, fleißige Frau, die eine Herberge führte. Von Gosse also keine Rede.

Henslin nickte zum hinteren Rand der Lichtung, der von den Tischen der Meister her nicht einsehbar war. Seine Fäuste waren geballt, doch Moritz schüttelte den Kopf. Er hatte keine Lust, sich zu prügeln. War doch egal, ob man ihn für einen Feigling hielt. Spätestens in ein paar Jahren würde er unabhängig sein. Für ihn war die Sache erledigt, und er war völlig überrascht, als er einen Tritt in den Rücken bekam. Wieder lag er im Dreck, und Henslin warf sich auf ihn, mit einer Wucht, die Moritz dem spillerigen Kerl gar nicht zugetraut hätte. Sie rangen miteinander, Moritz allerdings nur halbherzig. Er hatte sich schon als Kind nicht gern geprügelt, und hier vor den Meistern, und vor allem vor Eva, war es ihm zuwider.

Henslin schaffte es, sich mit den Knien auf seine Brust zu schwingen, dann holte er aus und schlug ihm die Faust auf die Lippe, und das tat richtig weh. »Fühlt sich das gut an, Scheißer?« Seine Spucke spritzte beim Reden auf Moritz' Gesicht.

Im selben Moment wurden sie beide hochgerissen. Ein

paar ältere Gesellen zerrten sie auseinander, einer von ihnen verpasste Moritz eine Ohrfeige.

Moritz taumelte. Die Ohrfeige war in Ordnung – oder wäre es gewesen, wenn Henslin sich ebenfalls eine eingefangen hätte. Aber der stand mit hämischem Grinsen neben ihnen und blieb unbehelligt. Und das war die eine Gemeinheit zu viel. Moritz schlug zurück. Doch anders als Henslin war der Geselle breit wie ein Schrank und hatte die Armmuskeln, die man bekommt, wenn man Tag für Tag Schüsseln voller Teig wuchtet und Bretter voller frisch gebackener Brote trägt. Sein nächster Schlag war keine Ohrfeige, sondern ein Hieb in den Magen mit der Wucht einer Ramme. Moritz ging in die Knie. Sterne tanzten vor seinen Augen. Und dann stand plötzlich Fettmilch neben ihm. Die Stimme seines Meisters war heiser vor Zorn. Er befahl ihm, nach Hause zu gehen und dort auf die fällige Strafe zu warten. Nur ihm, natürlich. Henslin und der andere Schläger wurden verschont.

»Hast du keine Ohren, du Schandfleck, du nichtsnutziger Strolch?«

Doch, hatte er, sie brannten ihm ja wie Feuer am Kopf.

Moritz wartete wie ein Idiot, ob doch noch jemand für ihn Partei ergriffe, und erklärte, dass nicht er es gewesen sei, der den Streit vom Zaun gebrochen hatte. Irgendwie für Gerechtigkeit sorgte. Sie konnten doch nicht alle blind gewesen sein. Aber nichts geschah. Er war der Außenseiter, der Kerl, der sich in die Frankfurter Zunft gedrängt hatte, und der womöglich einem der Meistersöhne oder -neffen oder -enkel die Lehrstelle gestohlen hatte.

Brüsk wandte er sich ab. Er hatte keine Ahnung, ob Eva ihm nachschaute, während er die Lichtung verließ. Ihm war grottenschlecht von dem Schlag. Er bog ins nächste Gebüsch ab, Hauptsache weg von den Leuten. Die Stimmen wurden leiser. Blind trampelte er auf Sterndolden herum, seine Augen brannten, Zweige schlugen in sein Gesicht. Abhauen, dachte er. Gar nicht erst warten, sondern diesem von Selbstgerechtigkeit aufgeblasenen Haufen auf der Stelle den Rücken kehren, ihnen zeigen, dass er sie nicht nötig hatte …

Und Eva? In all den Schmerzen versetzte ihm der Gedanke an sie einen besonders scharfen Stich. Warum hatte sie nicht protestiert, als ihr Vater ihn so ungerecht zusammenstauchte? Es wäre ja gar nicht darum gegangen, sich zu ihm zu bekennen, so weit waren sie noch nicht, aber sie hätte doch sagen können, dass Henslin mit dem Streit begonnen hatte.

Moritz hatte ihr von seinem Lehrlingsgeld einen Messingring mit einem hübschen grünen Glasstein in Form einer Blüte gekauft. Ihr Gesicht hatte vor Freude geglüht, als sie sich bedankte. Sie hatten nicht von Liebe gesprochen, aber es war doch klar gewesen, was er ihr mit dem Schmuckstück hatte sagen wollen. Und nun ließ sie dieses Unrecht wortlos geschehen?

Moritz trat gegen einen Baum. Seine Lippe wurde allmählich taub. Er versuchte sich zu beruhigen. Wünschte er denn wirklich, dass Eva ihren Vater in aller Öffentlichkeit zurechtwies? So ein Mädchen wollte er doch gar nicht. Er mochte Evas Sanftmut. Wahrscheinlich würde sie ihrem Vater später ins Gewissen reden, und vielleicht würde der Meister sich heute Abend bei ihm entschuldigen.

Bei diesem Gedanken ging es ihm ein wenig besser. Er lief weiter und beschloss, dass er die freien Stunden, die die Rauferei ihm unvermutet beschert hatte, dazu nützen würde, seinen eigenen Geschäften nachzugehen und sich um die Briefe zu kümmern.

Das System, das er sich für seine Poststrecken ausgedacht hatte, war einfach und kompliziert zugleich. Da er mit seiner begrenzten Freizeit und dem Zwang zur Geheimhaltung selbst nur wenig reiten konnte, hatte er sich ein knappes Dutzend Helfer zusammengesucht. Die meisten waren junge

Bauern, die für ein paar Kreuzer gern gelegentlich einen Ritt auf sich nahmen.

Außerdem hatte er neben Meister Quant aus Nieder-Olm und Overkotte aus Frankfurt noch vier weitere Metzgermeister gewinnen können, die in ihren Städtchen die Briefe der Kunden einsammelten und sie wohlverschnürt unter Feldsteinen oder in Fuchslöchern für die Abholung deponierten. Die Metzger und die Postreiter begegneten einander niemals. Kein Kontakt zwischen den Leuten, die an dem illegalen Unternehmen beteiligt waren, für den Fall, dass einer von ihnen aufflog – darauf hatte er bei allen Verabredungen, die er traf, bestanden.

Am jedem zweiten Sonntag ritt Franz aus Hangen-Weisheim, der einzige Mann, dem er vollständig vertraute, die Poststrecken bis nach Rüsselsheim ab und übergab den Reitern ihre Löhne, und Moritz besuchte die übrigen Stationen und machte dasselbe. Das war der Plan, und als sie ihn das erste Mal ausprobierten, hatte er tadellos funktioniert.

Außerdem holte Moritz auch noch die Bündel von Meister Overkotte aus einem Versteck und brachte sie mitsamt den Briefen, die auf von den Birghdens Poststrecke weitergeleitet werden sollten, nach Homburg. Und genau das würde er jetzt erledigen.

Eine knappe Stunde später hatte er Frankfurt hinter sich gelassen und betrat eines der Wäldchen, die vor der Stadt die Ebene sprenkelten. Kurz darauf hatte er sein Ziel erreicht: die Bienenweide der Fettmilchs, auf der der Honig geerntet wurde, den der Bäcker für seine Lebkuchen verwendete. Es war ein idyllisches Stück Land – eine weiträumige, von Tannen umsäumte Wiese, mit einem Lehmhäuschen, in dem der Zeidler lebte, und aus Stroh geflochtenen Bienenkörben, die entlang des Waldsaums auf Steinen aufgebockt waren, im Schutz eines Unterstandes. In den vergangenen Monaten hatte das Summen der Bienen immer wie ein Geräuschteppich über der Lichtung gelegen. Aber nun hatten sie ihr Jahreswerk getan. Viele saßen haarlos, mit zerfransten Flügeln und fast erstarrt auf den Blüten der Herbstastern und warteten auf ihren Tod.

Als Moritz auf die Hütte zuschritt, kam ihm der Zeidler entgegen, einer von Fettmilchs Altgesellen, der zu harter Arbeit nicht mehr taugte und deshalb die Versorgung der Bienen übernommen hatte. Sein magerer Körper richtete sich auf, und er hielt begehrlich nach den Lebkuchen Ausschau, die Moritz ihm gewöhnlich mitbrachte, als Dank dafür, dass er den Buckler versorgte. Aber dieses Mal hoffte er umsonst.

»Du bekommst nächstes Mal die doppelte Ration!«, versprach Moritz und lächelte besonders herzlich, um die Enttäuschung zu mildern. Der Zeidler hatte sein Auskommen, aber Leckereien gehörten nicht zu dem, was Fettmilch ihm bringen ließ. Der Buckler, der Moritz' Stimme gehört hatte, kam aus dem Schatten der Tannen. Er trabte auf ihn zu und rieb die Nase an seiner Schulter.

»Der Meister hat ihn letztens hier grasen sehen und gefragt, wem das Tier gehört«, brummelte der Zeidler.

Moritz verstand den Hinweis. Er klaubte einen Kreuzer aus der Tasche und drückte ihn dem alten Mann in die Hand. »Was hast du denn gesagt?«

»Dass er mir zugelaufen ist und ich ihn hüte, bis der Nachbar ihn holen kommt«, grinste der Alte.

Moritz saß auf, und der Buckler stürmte los. Wind in den Haaren, Kälte auf der schweißnassen Haut – der Ritt durch den Wald und anschließend zwischen den abgeernteten Feldern ließ den letzten Ärger schwinden. Sollten sie doch zur Hölle fahren, die Zünftler mit ihrem Dünkel. Sie waren nicht besser als die Limpurger, nur dass sie in eine andere Richtung traten. Aber er selbst würde bald frei sein, das war seine Bestimmung.

Moritz lenkte den Buckler zu einem verlassenen Steinbruch, den er mit dem Metzger Overkotte und dem Raunheimer Postreiter als Versteck ausgemacht hatte, und nachdem er die Postbündel – dieses Mal erfreulich schwere – aus den mit Steinen verschlossenen Verstecken geholt und das Portogeld entnommen hatte, ging es weiter nach Homburg, um die Briefe bei der offiziellen Poststation abzugeben.

Da Moritz zu den gewöhnlichen Öffnungszeiten in der Backstube arbeitete, hatte er mit von den Birghden verabredet, die Post abends abzugeben, was zudem den Vorteil hatte, dass er kaum einem Menschen in dem kleinen Postbüro begegnete, wo sein regelmäßiges Erscheinen vielleicht doch jemanden stutzig gemacht hätte.

Die beiden Bündel waren rasch übergeben. Der Postmeister zog die Briefe und die schmalen Päckchen, die vor allem Warenproben enthielten, aus den Ledersäcken, wog jedes einzelne Stück ab, berechnete das Porto und entließ seinen Besucher, nachdem er sich mit einem gründlichen Blick ins Freie davon überzeugt hatte, dass die Luft rein war. Wie viele Städte hatte auch Homburg die neue Poststation vor die Tore verlegt, um nicht gezwungen zu sein, abends Reiter einzulassen. Das machte sich wieder einmal angenehm bemerkbar. Moritz atmete die von Spätsommerschwere durchtränkte Luft.

Als er den Buckler wieder beim Zeidler abgab, dämmerte es bereits, und er musste rennen, um noch vor Schließung des Tores wieder in die Stadt zu kommen. Zwei alte Frauen fegten die zur Hälfte überdachte Brücke des Eschenheimer Tors und schauten ihm brummend hinterher, als er an ihnen vorbeistürmte.

Vor dem Turm hielt Moritz inne und wartete keuchend, bis er einigermaßen wieder zu Atem gekommen war. Dann schlenderte er in Richtung Töngesgasse, wo Fettmilch wohnte. Die Nacht streckte bereits ihre schwarzen Finger zwischen die Häuser, und die Hausfrauen schlossen die Fensterläden und öffneten die Türen, um die Katzen hereinzulassen.

Mit dem schwindenden Tageslicht trübte sich auch Moritz' Stimmung wieder ein. Er hatte keine Ahnung, was ihn in Fettmilchs Haus erwartete. Der Meister war so wütend gewesen. Was, wenn er sich immer noch über ihn ärgerte und ihm jetzt dumm kam? Wenn er ihn vielleicht sogar rauswarf – den sturköpfigen Kerl, der einfach keine Freundschaft mit den Zunftgenossen schließen wollte? Moritz näherte sich der Herberge. Hinter den grünen Butzenscheiben des *Hasen* lärmten die Gäste. Er stieß die Luft aus und wappnete sich.

Und dann kam alles anders.

Evas Schwester Agatha, ein niedliches Mädchen mit einem Stupsnäschen, fing ihn bei der Tür ab und zog ihn durch den Schankraum in den Flur. Dort flüsterte sie ihm zu, dass seine Mutter zu Besuch gekommen sei. »Sie sitzt hinten im Garten und unterhält sich mit dem Meister.«

Er dachte zuerst, er habe sich verhört. Seine Mutter hatte ihn noch nie besucht. Von Wöllstein nach Frankfurt war es ein Tagesritt, und auch wenn seine Mutter eine begeisterte und erfahrene Reiterin war: Die *Grüne Laterne* lief nicht von allein, und Asmus war zwar ein zuverlässiger Mann, aber mit der Küche völlig ausgelastet. Außerdem war ein einsamer Ritt über Land für eine Frau noch gefährlicher als für einen Mann.

Aber nun saß sie trotzdem auf der Bank in dem kleinen Innenhof zwischen den Rosen, die ihre Blüten für die Nacht bereits geschlossen hatten. Zu ihren Füßen stand eine Laterne, deren züngelndes Licht die Nachtfalter in den Tod lockte. Meister Fettmilch leistete ihr Gesellschaft. Er hatte die Hände über dem feisten Bauch gefaltet und redete wie üblich ohne Unterlass. Aliz hörte ihm zu, hübsch, charmant in ihrer Art, den Kopf zu neigen, und zu freundlich, um sich ihre Langeweile anmerken zu lassen. Sie merkte auf, als Moritz näher trat, und ein Lächeln erschien auf ihrem Gesicht.

Aber etwas stimmte mit diesem Lächeln nicht. Obwohl Moritz ihre Züge im Dämmerlicht kaum ausmachen konnte, meinte er etwas Gezwungenes darin zu erkennen. Ein eiserner Ring legte sich um sein Herz. War Anni oder Tile ein Unglück widerfahren? Was sonst könnte seine Mutter dazu bewogen haben, nach Frankfurt zu reiten? Doch ihm fiel ein weiterer Grund ein. Apocalypsis. Der Mann des Taxis'schen Generaloberpostmeisters war wieder in ihr Leben getreten, und sie schlitterten einem Abgrund entgegen oder seine Mutter war bereits über den Rand gefallen.

»Da ist er ja endlich, der Bengel«, brummte Fettmilch, als hätte er sich an etwas Lästiges erinnert. Er erhob sich und kniff Moritz in die Wange. »Wir reden noch miteinander, Bursche, bilde dir nicht ein, ich hätte dein schäbiges Benehmen vergessen.«

Als er im Haus verschwunden war, stürzte Moritz zu seiner Mutter. Wenn er noch eine winzige Hoffnung gehabt haben mochte, dass es für ihr Erscheinen eine harmlose Erklärung gäbe – nun erlosch sie. »Anni?«, fragte er atemlos.

»Komm, komm her, mein Lieber.« Sie zog ihn neben sich auf die Bank, schob ihren Arm in seinen und legte den Kopf an seine Schulter. So saßen sie da, während hinter dem kleinen Schenkenfenster, das auf den Garten hinausging, Gelächter aufbrandete und einzelne Stimmen nach Bier riefen.

»Was ist denn nun?«

Sie schluckte und sagte so bemüht zuversichtlich, dass es ihm noch mehr Angst einjagte: »Du wirst Besuch bekommen, Moritz, in den nächsten Tagen, vielleicht schon morgen, und ich bin hier, um dich zu warnen.« Sie drückte seinen Arm, als er sie unterbrechen wollte. »Jetzt hör mir zu! Der Kerl, der kommen wird, ist … ein Scheusal. Ein Ungeheuer. Aber das wirst du ihm nicht anmerken, weil er weiß, wie man sich einschmeichelt. Und bei dir wird er sich besonders viel Mühe geben. Aber es handelt sich um einen abgrundtief verdorbenen Menschen, um einen am Herzen Verkrüppelten. Du darfst deshalb auf keinen Fall mit ihm reden. Schicke ihn gleich wieder fort. Mach ihm klar, dass du nichts mit ihm zu tun haben willst.«

Moritz war verblüfft. *Deshalb* war sie zu ihm gekommen? »Was ist das denn für ein Kerl?«

»Sein Name ist Symon von Anderrath. Er kommt … aus unserer Vergangenheit.«

Aus *unserer*. Nicht aus meiner, registrierte Moritz mit einem Gespür für das Wichtige. Er merkte, wie sein Herz schneller schlug. Natürlich dachte er sofort an seinen Vater, von dem Aliz ihm partout nichts hatte erzählen wollen.

»Es gibt einige Dinge, die du nicht weißt.«

Das war ihm klar.

Aliz' Hand verkrampfte sich um seinen Arm. In der Schankstube klirrte etwas, und Moritz hörte, wie Fettmilch verärgert eine der Mägde zurechtwies. Er befahl ihr, die Bescherung aufzuwischen. Und dann begann seine Mutter zu erzählen. Von ihrer Heimat in Südfrankreich. Ihr Vater sei ein Edelmann gewesen. Sie hatten in einer kleinen Burg gewohnt, die im Lauf der Jahrhunderte verwittert war und in der die Kälte durch sämtliche Ritzen zog, sogar im Sommer. Aber trotzdem war es ein fröhlicher Ort gewesen, mit Festen nach der Weinlese und sommerlichen Ritten zwischen Roggen- und Lavendelfeldern. Einige Dörfer hatten zum Gut gehört, und weil Aliz keine Geschwister besaß, hatte sie mit den Kindern der Bauern und der Mägde gespielt. Sie hatten keinen Reichtum besessen, aber ihr Auskommen gehabt.

Dann hatte eine Blatternwelle das Land überschwemmt.

Einige Hausierer hatten die Krankheit in die Dörfer getragen. Zuerst war der Böttcher niedergeworfen worden, dann seine Kinder, eine Nachbarin ... Die Krankheit hatte sich rasend schnell ausgebreitet. Überall eitrige, stinkende Pusteln. In der Burg hatte man die Fenster verschlossen und Heilkräuter an die Decken gehängt, und Aliz musste in ihrem Zimmer bleiben. Aber ihr Vater hatte nach dem Rechten geschaut, denn nach seinem Verständnis hatte Gott ihm die Dörfler anvertraut, und auch ihre Mutter hatte Töpfe voller Suppe und Brote zu den Kranken getragen.

Aliz begann zu weinen, und Moritz umfasste ungeschickt ihre Hand und drückte sie beklommen, weil er sie noch nie hatte weinen sehen und auch weil er ahnte, dass das wirklich Schlimme noch gar nicht berichtet worden war.

Die Eltern starben also, und Aliz wurde von ihrem Onkel Jean zu einer deutschen Freundin gebracht, die das Waisenmädchen ihrerseits nach Düsseldorf schickte, in der Hoffnung, dass sie dort als Kammerjungfer bei der Herzogin Jakobe von Jülich ihr Glück machen, vielleicht sogar verheiratet werden könnte. »Und dort ist Symon von Anderrath aufgetaucht«, sagte Aliz.

Es war Liebe gewesen, natürlich. Moritz dachte an Eva und hatte keine Mühe sich vorzustellen, was geschehen war.

»Es ist Symon leichtgefallen, mein Herz zu gewinnen. Die Worte fließen ihm wie Öl über die Lippen. Er ist ein lustiger Blender, ein liebenswürdiger Hochstapler.«

Symon von Anderrath also, dachte Moritz. Wie seltsam, dass der Vater, den er sich in seiner Kindheit zusammengeträumt hatte, einen echten Namen besaß. Ein Hochstapler war er also? Na gut, irgend so etwas hatte er bereits vermutet. Scheiß drauf. Der Mann hatte in seinem Leben nie eine Rolle gespielt. Was man nicht besessen hatte, konnte man auch nicht verlieren. Und trotzdem tat es weh. Er hörte seine Mutter weitersprechen, aber er merkte, dass ihre Stimme ihm plötzlich auf die Nerven ging. Warum erklärte sie sich so wortreich? Sie war dumm genug gewesen, einem Lügner auf den Leim zu gehen, musste sie das jetzt auch noch rechtfertigen? Er unterbrach sie. »Was ist eigentlich mit Tile? Ist er auch …?«

»Nein, Tile ist der Sohn eines Kaufmanns. Das habe ich euch doch erzählt.«

Er war lächerlicherweise eifersüchtig. Sein jüngerer Bruder hatte einen anständigen Vater, er selbst war das Balg eines Verführers. »Warum will mein … Warum interessiert sich der Mann auf einmal für mich?«

Seine Mutter überlegte gründlich, bevor sie weitersprach. *Wer nachdenkt, lügt* … Eine Allerweltsweisheit. War trotzdem etwas dran?

»Ich denke, es geschieht aus Rachsucht. Ich sagte ja schon: Symon ist ein Verbrecher. Kurz nachdem er mich im Stich gelassen hatte, wurde er wegen einer anderen Sache vor Gericht gestellt und zu einer Galeerenstrafe verurteilt. Eigentlich hätte er auf der Ruderbank sterben sollen. Ich weiß nicht, wie er es geschafft hat zu entkommen.«

»Und nun will er einen Sohn sehen, den er gar nicht kennt?«

»Das ist seine Art.« Aliz' Stimme zitterte. »Es gibt Menschen, Moritz, denen ist es ein Bedürfnis, alles zu zerstören, was rein und gut ist. Ich habe mich von dem Mann losgesagt, als mir das bewusst wurde. Und das hat er mir übel genommen. Sein Blick, als sie ihn verurteilten …« Sie schauderte. »Er hasst mich, Moritz. Er hasst mich mit jeder Faser seiner Körpers. Er will sich rächen, und du, mein Lieber, sollst das Instrument dieser Rache sein. Er hat mich genötigt, ihm zu sagen, wo du wohnst. Ich bin sicher, er wird dich aufsuchen und versuchen, dich einzulullen. Er wird dir Lügen auftischen und Versprechungen machen. Wahrscheinlich will er dich überreden, mit ihm zu gehen. Aber nur, um dich ins Unglück zu stürzen. Schwöre mir, dass du ihm kein einziges Wort glauben wirst. Du musst ihn fürchten wie ein blankes Messer. Wie eine offene Pestbeule. Jag ihn fort. Schwöre es mir.«

Moritz schwieg. Ihm war, als steckte er in einem Kokon, der ihn von seinen eigenen Gefühlen trennte. Es fiel ihm schwer zu denken. Sein Vater … Wie hatte Aliz einem nichtsnutzigen Schönredner aufsitzen können? Sie war doch so bodenständig und kritisch. »Du kannst dich auf mich verlassen«, sagte er schließlich, nur um das drückende Schweigen zu beenden.

Aliz küsste ihn. Ihre Erleichterung war mit den Händen zu greifen. Er hielt sie fest, als sie aufstehen wollte. »Gab es denn gar nichts Gutes an meinem Vater? Eine Weile hast du ihn doch geliebt.«

Seine Mutter nahm sein Gesicht in die Hände, und als sie nun sprach, gab es an ihrer Aufrichtigkeit keinen Zweifel mehr. »Nein«, sagte sie. »Symon von Anderrath ist der einzige Mensch in meinem Leben, den ich von ganzem Herzen hasse. Gott steh mir bei.«

Fettmilch erspähte sie, als sie die Schankstube betraten, und er bot Aliz eine Schlafkammer für die Nacht an, einen Raum ganz für sie allein. Er mochte hübsche Frauen, auch wenn er seit seiner Witwerschaft noch keine Anstalten gemacht hatte, erneut zu heiraten. Galant geleitete er seinen Gast, mit Moritz im Gefolge, die Stiege hinauf und schwadronierte dabei von den Sorgen, die Kinder den Eltern machten. Es war nicht zu übersehen, wie anziehend er sie fand. Und vielleicht war das der Grund, warum er seinen Gesellen für diesen Abend ungeschoren davonkommen ließ.

Zumindest hoffte Moritz, dass es so sein würde. Aber als er sich auf den Weg in seine eigene, weit weniger komfortable Schlafstätte machte – ein Verschlag neben der Kammer der Lehrlinge –, hielt der Meister ihn auf und befahl ihn in die Backstube, den einzigen Ort, an dem zu dieser Zeit keine lärmende Geschäftigkeit herrschte. Er setzte seine Lampe auf dem Tisch ab, auf dem sie gewöhnlich den Teig für die Lebkuchen ausrollten, und ließ sich krachend auf einem Schemel nieder. Aus den Schubladen des Gewürzschranks roch es nach Zimt, Nelken und Muskat. An einem Tropfen, der aus dem mit einem Deckel verschlossenen Honigfass getropft war, saß eine Fliege, die ihre Naschsucht wohl mit dem Leben bezahlen würde, denn sie konnte kaum noch die verklebten Flügel bewegen.

»Dein Benehmen war ungeheuerlich.«

Moritz hielt es für klüger, nicht zu widersprechen. Er starrte auf die Fliege, die zappelte, als wüsste sie, was ihr blühte.

Fettmilch begann mit einer seiner Predigten über die Macht, die die Zünfte besäßen, wenn sie nur endlich zusammenhielten und sich mit frohem Mut den beiden Gesellschaften entgegenstellten, die die Stadt in den Ruin trieben. Der Rat veruntreute die Gelder, die für die Armen bestimmt waren … Wen interessierte es? *Mein Vater ist ein Sträfling. In mir fließt das Blut eines Verbrechers.*

»… ein Elend, dem ein Ende bereitet werden musste«, schnaufte Fettmilch und schlug die Faust auf den Tisch. Er war kein schöner Mann, dick, mit einem Kopf, der so platt war, dass man meinte, auf dem Schädel einen Teig ausrollen zu können. Entsprechend war das Gesicht mehr breit als lang, und der elegante Kragen, der es umkränzte, unterstrich den Eindruck biederer Dummheit. Was würde er wohl sagen, wenn er erführe, dass er den Sohn eines Halunken in die ehrwürdige Zunft eingeführt hatte?

»Wir sind wie Bienen. Einzeln sind wir dazu verdammt, in der Sonne zu verbrennen und in der Nachtkälte zu erfrieren. Nur als Volk – also in unserem Fall als starke Zunft – können wir bestehen. Kann man das in deinen blöden Kopf reinprügeln? Dass man sich einfügen muss, um zu überleben? Dass man die Freundschaft der anderen Menschen braucht?«

Moritz nickte mechanisch.

»Werde zur Biene!«

Mein Vater ist ein Galeerensträfling ... In Gedanken sah Moritz ein Boot voller angeketteter Halunken über eine glatte See gleiten. Er hatte so etwas einmal auf einem Flugblatt gesehen und sich damals gewundert, dass die See in seinem Kopf eine blaue Farbe annahm, obwohl die Druckerschwärze doch nur schwarze und weiße Abbildungen erlaubte.

»Dich mit anderen Zünftlern zu prügeln, gar mit jüngeren, die zudem noch kleiner sind als du ... Weißt du, wie du mir manchmal vorkommst? Als wärst du eine Wespe, die in unseren Bienenstock eingedrungen ist!«

»Es tut mir leid«, sagte Moritz und hoffte, dass es reumütig klang und dass die Vorwürfe, die ihm wie ein Brei ohne Würze vorkamen, endlich ein Ende hätten. Er wollte ins Bett. Er musste darüber nachdenken, was es hieß, der Sohn eines Galeerensträflings zu sein.

»Und jetzt warte hier.« Fettmilch nahm die Lampe und ließ Moritz in der Backstube zurück. Unter dem Ofen glomm ein Feuer, das dafür sorgte, dass sie morgens sofort die ersten Lebkuchen in die Backröhre schieben konnten. Es war trotzdem kalt. Die Fliege am Honigtropfen bewegte sich nicht mehr. Übermut kommt vor dem Fall. Endlich erklangen Schritte auf dem Flur. Nicht nur die schweren von Meister Fettmilch, sondern auch ein paar leichtfüßige. Eva? Hoffnungsvoll drehte Moritz sich um.

Tatsächlich. Seine Angebetete betrat hinter ihrem Vater die Backstube. Fettmilch sagte etwas, aber Moritz hörte nicht zu. Er starrte auf den Ring, den Eva ihm verlegen entgegenstreckte. »Mein Vater meint, es schickt sich nicht, dass du mir Geschenke machst.«

Fettmilch grunzte, und Moritz nahm den Ring entgegen. »Es tut mir leid.«

Seltsam, dass sie den gleichen Satz wie er benutzte.

Fettmilch drängte sich zwischen sie. »Nur, um es auszusprechen: Evas Ehemann ist bestimmt, ich habe mit dem Vater von Franz Schopp gesprochen. Du brauchst dir also keine weiteren Flausen zusammenzuträumen. Und außerdem …« Er hatte eine der hölzernen Teigschüsseln aus dem Regal genommen. »Das wollte ich dir schon seit Tagen sagen. Die Schüsseln kleben. Bist du nicht einmal in der Lage, eine Schüssel zu reinigen?«

Nun setzte es doch noch die Ohrfeige. Eva errötete, knickste vor dem Vater und huschte hinaus. Sie wusste, dass es nicht Moritz' Aufgabe war, die Arbeitsgeräte zu reinigen, sondern dass Hans, der jüngste Lehrling, dafür zuständig war. Genau wie sie gewusst hatte, dass Henslin *ihn* angegriffen hatte und nicht umgekehrt. Aber sie hielt den Mund. Weil sie lieb und sanft war. Nur fühlte sich das plötzlich nicht mehr gut an, sondern wie eine zuckrige Säure.

»Ich geh ins Bett«, sagte Moritz. Noch ein falscher Satz. Der Meister entließ den Gesellen, so war es Sitte und Brauch, aber das war ihm egal. Er legte die Schüssel, die Fettmilch ihm in die Hand gedrückt hatte, auf den Tisch und verließ mit steifen Beinen die Backstube.

10. Kapitel

Die Alte lag in dem Stroh, das sie in den vielen vergangenen Tagen und Nächten vollgeschissen hatte. Ihr Rock war verdreckt, die Bluse zerrissen. Sie stank wie ein Misthaufen. Und schnarchte wie ein vollgefressener Köter.

Sibylle steckte ihre Fackel in einen Eisenring. Sie hasste die Gewölbe unter dem Tanzsaal des Günzburger Schlosses, in die man Marthe, die von der eigenen Familie für eine Hexe gehalten wurde, geschafft hatte. Oben erstrahlte der Glanz eines renovierten Herrscherhauses mit blau und golden bemaltem Stuck an der Decke und kostbarem Parkett auf den Böden, mit Spiegeln und aufwendig umrahmten Ölgemälden – hier unten tropfte Wasser von den Decken, die Wände und das Stroh waren von schmierig-grünem Schimmel bezogen, und in den Ecken huschten die Ratten. Besonders der Schimmel widerte sie an. Sie hatte den Eindruck, dass er in ihre Lunge kroch. Wann immer sie hierher kam, musste sie anschließend husten. Ihr Schwiegervater, der Erzherzog Ferdinand, mochte es gut gemeint haben, als er seinem Sohn die Residenz schenkte, doch er war ein nachlässiger Bauherr gewesen. Man hätte die Baumeister aufhängen sollen.

Sibylles Laune war auf einem Tiefpunkt. Als sie sah, wie das Weib sich regte, hielt sie nur die Sorge um ihre Samtschuhe davon ab, nach der verdreckten Kreatur zu treten. Ach, die ganze Geschichte um Jakobes Bastard hatte ihr nichts als Ärger bereitet. Schon die Reise mit diesem irren Weib, das sie vorsorglich in einen Käfig gesperrt und auf einem Karren transportiert hatte, war furchtbar gewesen. So viele Gaffer. Wenn sie Dörfer oder Städte passierten, hatte sie ihr einen Lappen ins Maul stopfen und ein Laken über ihren Käfig werfen lassen, aber das Aufsehen war trotzdem beträchtlich gewesen.

Mühsal zog sich durch ihr gesamtes Leben. Wie viel Anstrengung hatte es sie gekostet, ihren wahnsinnigen Bruder nach Jakobes Tod an die blasse Antonie von Lothringen zu verheiraten und ihn dann auch noch ins Bett dieses Weibes zu befördern. Und später – was für eine Ironie – hatte Antonie sich als doppelt so verschlagen wie ihre Vorgängerin entpuppt. Sie hatte durchgesetzt, dass sie zur Mitregentin ihres Gatten bestellt wurde und Sibylle den Hof verlassen musste. Der Auszug aus dem Düsseldorfer Schloss war eine Schmach gewesen, die der Gräfin heute noch die Galle in den Mund spülte!

Aber vor drei Jahren war der wahnsinnige Johann Wilhelm verstorben, und ein Jahr später auch sein Weib, diese Schlange, und ungeahnte Möglichkeiten taten sich auf. Das Herzogtum Jülich-Kleve-Berg war zum Zankapfel unter den potentiellen Erben geworden. Die Männer ihrer Nichte und ihrer Schwester hatte Ansprüche erhoben und auch den Mumm besessen, der ihrem eigenen Gatten leider fehlte: Sie drohten mit Krieg. Und obwohl sie bisher vor dem bewaffneten Konflikt zurückschreckten, schwelte der Zwist weiter. Wenn ich es schaffe, einen leiblichen Sohn meines toten Bruders zu präsentieren, dachte Sibylle, und wenn dieser Nachfolger des Herzogs sich von mir lenken ließe … Gott, was für Möglichkeiten …

Sie beugte sich über die Alte und verzog angewidert das Gesicht. Die Ratten hatten auch vor dem ausgemergelten Leib der Hexe nicht Halt gemacht. Ihre nackten Füße und ihre Ellbogen bluteten. Sibylle stieß die Gefangene mit ihrem Gehstock an. So alt konnte dieses Stück Elend noch gar nicht sein, wenn es vor achtzehn Jahren Jakobes Sohn gesäugt hatte, aber sie kam ihr wie eine Greisin vor.

Sibylle musste ihren Stock tief in das ausgemergelte Fleisch bohren, ehe eine Reaktion erfolgte. Die Amme schlug die Augen auf. Als sie begriff, wo sie war, begann sie wie ein Schwein zu quieken. Sibylle schlug mit ihrem Gehstock auf sie ein, aber es nutzte nichts, sie musste sich in Geduld fassen. Schließlich beruhigte die Gefangene sich wieder.

»Erkennst du mich?«, fragte die Gräfin. Das war ja nicht selbstverständlich.

Marthe fragte nach ihrem Mann. Sibylle hatte seinen Leichnam bereits im Düsseldorfer Schloss in eine Jauchekuhle werfen lassen, genau wie den Sohn, den sie gnädigerweise vorher erwürgen ließ. Aber sie sparte sich diese Erklärung, die das Weib sowieso im Handumdrehen wieder vergessen haben würde. Merkwürdigerweise fragte sie gar nicht nach ihrer Tochter Margarete. Das hatte Sibylle schon oft beobachtet: Die Mütter hingen an den Söhnen, die Väter an den Töchtern. Die junge Frau war übrigens ebenfalls tot, genau wie die anderen Kinder der Familie, die sie aus dem Dorf hatte holen lassen, in der Hoffnung, sie könnte Marthe mit diesen Geiseln die Zunge lockern, was aber leider nicht der Fall gewesen war. Nach dem Pistolenschuss, zu dem Sibylle sich hatte hinreißen lassen, war die Frau verstummt.

Aber zum Aufgeben war es zu früh. Sibylle zog aus ihrem Gürteltäschchen ein Handtüchlein, packte damit einen Krug, den der Kerkerknecht absichtlich oder aus Gleichgültigkeit so weit entfernt von der angeketteten Gefangenen abgestellt hatte, dass sie ihn nicht erreichen konnte, und reichte ihn dem dreckigen Weib. Oben auf dem Wasser schwammen tote Schnaken, doch die Gefangene begann sofort zu saufen.

Als das Gefäß leer war, griff sie nach Sibylles Rocksaum und umklammerte ihn, als wäre er der Strick, der sie aus einem strudelnden Fluss ziehen würde. Sibylle ließ sie gewähren. Der Blick in dieses verzerrte Gesicht war faszinierend und zugleich furchteinflößend. Sibylle kannte den Irrsinn aus ihrer Familie. Nicht nur ihr Bruder – auch ihr Vater und diverse Cousins hatten im Alter den Verstand verloren. Sich selbst hielt sie für gefeit, weil sie fleißig die Gottesdienste besuchte und Almosen gab. Und trotzdem ertappte sie sich gelegentlich dabei, Dinge und Personen zu sehen, die für andere Menschen unsichtbar waren. Das war das erste Anzeichen des Wahnsinns: Man warf einen Blick in das Reich des Teufels. In solchen Stunden lief sie gehetzt durch die Räume und versuchte aus den Antworten ihrer Dienerschaft zu erraten, ob sie noch bei Sinnen war.

Aber nein, nicht jetzt daran denken! Sie musste sich um Marthe kümmern. Das Weib war einfach zu wichtig. In ihrem verwirrten Kopf schwammen Erinnerungsfetzen wie die Federn einer gerissenen Ente auf einem Teich. Vielleicht würde sie einige davon erhaschen können, wenn es ihr gelänge, sie zu beruhigen und ihr Vertrauen zu erlangen. Deshalb war sie in dieses Gewölbe hinabgestiegen.

»Hunger«, sagte die Hexe.

Sibylle bückte sich und hielt ihr ein Stück Brot hin, das sie zu diesem Zweck mitgebracht hatte. Als die Gefangene danach griff, wollte sie es zurückziehen. Es war als Belohnung gedacht, wenn sie ihr endlich verraten würde, wohin die gottverfluchte Kammerjungfer mit dem Sohn der Herzogin verschwunden war. Aber dann überlegte sie es sich anders und ließ sie an dem Kanten, dessen unteres Ende sie festhielt, knabbern und saugen. Das Weib hing an dem trockenen Brot, wie die Säuglinge an ihrem Busen gehangen haben mochten. Sie rückte näher an Sibylle heran und klammerte sich an ihren Rock, als hielte sie sie für einen Engel, für ihren Erretter.

Seltsamerweise fand Sibylle daran Gefallen. Neben dem Ekel, als die dreckigen Finger mit den schwärenden Wunden ihren Rock berührten, gab es ihr ein köstliches Gefühl der Macht.

»Nein«, sagte sie streng, als die Gefangene versuchte, ihr das Brot aus den Händen zu winden. Sie klopfte ihr auf die Finger, und ihre Lust verstärkte sich, als die Frau daraufhin in Tränen ausbrach. Macht bot so viele Spielarten des Vergnügens ...

Das Weib begann zu schmeicheln und lachte glücklich, als Sibylle ihr den Kanten wieder in den zahnlosen Mund schob. Und plötzlich begriff die Markgräfin, was sie die ganze Zeit über falsch gemacht hatte: Sie hatte einem Wesen Angst einjagen wollen, das sowieso schon vor Angst verging. Sie hatte mit den Schmerzen, die sie ihr zufügen ließ, ihren Widerstand brechen wollen. Stattdessen hatte sie die Frau nur in eine immer größere Panik getrieben, bis sie kein sinnvolles Wort mehr von sich gab. Wie dumm! Es hatte sich doch schon bei Sibylles Vater und ihrem Bruder gezeigt, dass man mit Wahnsinnigen behutsam umgehen musste.

Sibylle ließ die Alte weiternagen und begann dann sanft auf sie einzureden. Sie nannte den Namen der Kammerjungfer. Aliz d'Antigny. Den hatte sie von einer Küchenmagd erfahren, die damals im Düsseldorfer Schloss gedient hatte.

»Aliz«, schluchzte die Alte.

»Du kennst sie?«

»Ja, ja. Aliz. Bitte geh nicht weg. Wenn es dunkel wird, kommen die Teufel.«

»Ich bleibe«, beruhigte Sibylle die Frau und begann aufzuzählen, was sie selbst über diese Aliz wusste. Die Kammerjungfer war als Waise aus Frankreich gekommen. Sie hatte der Herzogin gedient und war zu ihrer Vertrauten aufgestiegen. In der Nacht, in der Jakobe starb, war sie aus dem Schloss geflohen. Gemeinsam mit Marthe und dem Kind.

»Beide Kinder. Meines war doch auch dabei.«

»Natürlich«, stimmte Sibylle der Alten zu, und ihr Herz schlug schneller. »Zwei Frauen und zwei Kinder in einer Regennacht«, flüsterte sie ihr zu.

»Es war stürmisch.«

»Und du hattest eine schreckliche Angst.«

»Sie werden uns folgen, hat Aliz gesagt.«

»Wie klug von ihr. Aber du musstest doch heim zu deiner Familie.«

»O heilige Mutter Gottes«, stöhnte das Weib. Marthe. Marthe würde noch mehr Vertrauen fassen, wenn man sie mit ihrem Namen ansprach.

»Und deshalb musstet ihr euch trennen, Marthe, weil du heimmusstest, aber du die beiden nicht mit dir nehmen konntest. Das Kind war nach dem Tod seiner Mutter zu einer Gefahr geworden, Marthe.«

»Aber Aliz hatte ja ihren Onkel.«

Sibylles Hochgefühl erstarb. Was sollte denn dieser Blödsinn? Der Onkel des Weibs war damals schon tot gewesen, auch das hatte sie von der Magd erfahren. Sie verbarg ihre Ungeduld. »Leider war der Onkel bereits verstorben. Die arme Aliz und das Kind der Herzogin waren ganz auf sich gestellt. Der kleine Junge … Wie hieß er gleich?«

»Moritz … so goldiges Haar.«

Aaah! Sibylle jubilierte innerlich. Natürlich konnte sie mit dem Namen allein nichts anfangen, aber er war mehr als das, was sie noch vor einer Stunde gewusst hatte. »Sie mussten also in die Welt hinaus.«

»Margarete hat geweint.«

»Du meinst: Aliz.«

»Sie will eine Puppe haben. Jedes Mädchen will eine Puppe haben. Du schnitzt ihr eine Puppe, Valentin, nicht wahr? Und ich nähe ein Kleidchen. Wie hübsch das wird. Wie niedlich …«

Ungeduldig schlug Sibylle mit ihrem Stock auf die knochigen Schienbeine. Jetzt nicht abschweifen! O Himmel, dieses Gekreische. Am liebsten hätte sie den Schädel mit dem strähnigen Haar gegen den Boden geknallt. Aber sie bezwang sich und hauchte: »Aliz …«

»Aliz!« Marthe starrte sie an.

»Ja, genau. Aliz kümmerte sich um den Jungen. Sie kümmerte sich um Moritz.«

»Sie kümmert …« Marthe verschluckte sich, bekam einen Hustenanfall und sprühte zerkaute Brotkrumen auf Sibylles Bein. Sibylle beherrschte sich. Sie war ganz nah dran, das spürte sie.

»Aliz hat also mit dem kleinen Moritz eine neue Heimat gefunden. Und davon hat sie dir geschrieben.«

»In einer Laterne.«

Herrgott!

»Das kleine Bübchen lebt jetzt in einer Laterne. Der Pfarrer hat es mir vorgelesen. Aliz hat so lustige Ideen. Aliz ist lustig, sag ich immer. Das kommt vom Französischen. Alle Franzosen sind lustig.« Marthe begann zu summen.

»Wo mag sie sein, diese Laterne?«, bohrte Sibylle weiter. Die Amme begann auf dem Boden zu kriechen, wohl, um nach den übrig gebliebenen Bröckchen des Brotes zu suchen.

Eine Weile sah Sibylle ihr zu, dann erhob sie sich. Für heute war nichts mehr zu machen. Aber zumindest kannte sie jetzt den Namen, unter dem der Junge durch die Welt lief. Und mit dieser neuen Information würde sie ihre Pläne weiterspinnen. Hatte Marthe nicht von einem Pfarrer gesprochen? Vielleicht lebte der Gottesmann ja noch.

»Gib mir den Krug«, bettelte Marthe, als sie schon fast die Tür erreicht hatte. Sibylle drehte sich um. Sie starrten einander an. »Dann sag ich dir das Dorf, wo du die Laterne findest«, erklärte Marthe sehr ruhig. »Dann sag ich dir den Namen.«

Es war mehrere Tage später. Sibylle saß in ihrem Schlafzimmer und ließ sich von der Kammerjungfer die Haare kämmen, die einmal dunkelbraun gewesen waren und nun von grauen Strähnen durchzogen wurden. In einer kupfernen Waschschüssel schwamm ein Lappen, mit dem die Kammerjungfer ihr das Bleiweiß aus dem Gesicht gewaschen hatte, das ihrem Gesicht den Anschein vornehmer Blässe verleihen sollte. Leider rief diese wunderbare Salbe auch Abszesse hervor, und Sibylles Wange leuchtete um die Wette mit der Koschenille, der Farbe in dem Porzellantiegel, die sie gewöhnlich auf ihre Lippen auftrug, um einen Kontrast zur Blässe zu schaffen.

Es klopfte. Endlich. Marschall Schenckern trat ein, ihr Vertrauter, mit dem sie früher in Düsseldorf ihre Pläne gesponnen hatte und der sie bis heute unterstützte. Sibylle sah seine Hände im Spiegel. Sie waren gichtig geworden und krümmten sich zu Klauen. Vor Jahren hatten sie die notwendige Kraft besessen, um ihre verhasste Schwägerin zu erwürgen. Das würden sie heute nicht mehr schaffen.

Aber seine Augen haben sich nicht verändert, dachte sie. Noch immer dieselbe Wissbegierde, noch immer der unbedingte Wille, sich zu nehmen, was er haben wollte. Gott, sie liebte diesen Mann, der so schlau war und sich nicht von kleinlichen Skrupeln aufhalten ließ. Wenn sie doch nur einen wie ihn hätte heiraten können. Ihr eigener Gatte war leider ein Schlappschwanz, der sich über religiöse Fragen ereiferte und nicht das geringste Gespür für Machtspiele besaß. Sie sah, wie Schenckern sich verneigte, und drehte sich um.

»Immer noch dieselbe schöne Frau«, meinte er mit einem Lächeln.

Nun, vielleicht war er doch nicht mehr so schlau wie früher, sonst wüsste er, dass ein Kompliment, wenn es zu stark übertrieben wurde, einer Beleidigung glich. »Läuse!«, spuckte Sibylle giftig. »Wisst Ihr, dass man diese Lippenfarbe aus getrockneten Blattläusen herstellt? Was verlangt man von uns Weibern? Die Schminke zerfrisst uns die Haut, und auf den Lippen tragen wir zerriebene Insekten, die ... wie zerriebene Insekten schmecken!«

Der Marschall wiegte den Kopf, und sie wandte sich wieder dem Spiegel zu und ließ sich von der Kammerjungfer Milch auf ihre Haut tupfen.

»Wollt Ihr mir verraten, wie ich Euch zu Diensten sein kann?«, fragte Schenckern.

Sibylle ließ einige Minuten verstreichen, dann winkte sie die Kammerjungfer hinaus. Nachdem die Frau die Tür hinter sich geschlossen hatte, erhob sie sich und sagte mit einem geheimnisvollen Lächeln: »Sein Name ist Moritz.«

»Pardon?«

Sie sprudelte mit ihrem Wissen heraus. Das Verhör, der Name des Jungen ... »Und ich weiß nun auch den Ort, wohin das Weib mit dem Kind geflohen ist. Ein Dorf namens Wöllstein. Möglicherweise ist die Französin in einer Schenke untergekommen, vielleicht arbeitet sie dort als Magd«, spekulierte Sibylle. »Die Amme sprach von einer Laterne. *Zur Laterne*. Das wäre möglich.«

»Wer ist der Vater des Jungen?«, fragte der Marschall gespannt.

»Jemand namens Symon. Mehr wollte ihr nicht einfallen, egal, was ich angestellt habe. Aber ich ahne schon, um wen es sich handeln könnte.« Sibylle hatte in den nervenzehrenden Jahren, in denen Jakobe gegen sie rebellierte, mehrere Prozesse gegen ihre Schwägerin angestrengt. Zunächst hatte sie sie beschuldigt, ihren kranken Mann vergiften zu wollen, aber das hatte niemand geglaubt. Doch dann hatte das dumme Stück sich mit Männern eingelassen, Affären gehabt. Wie glänzend das passte. Sie hatten einen der Burschen erwischt, als er sie bei einem Ausritt begleitete. Sibylle erinnerte den Marschall daran.

»Oh ja, schwarze Haare, er ritt wie der Teufel … Hat er nicht einen Hieb über die hübsche Fratze bekommen? Ich weiß gar nicht …«

»Er war von niederem Adel, seine Familie besaß zum Glück keinen großen Einfluss.« Was war das damals für eine Aufregung gewesen! Sie hatten Jakobes Kammermeister und ihre Kammerjungfern bestochen, aber es war gewesen, als wollten sie Wasser aus versiegten Quellen schöpfen. Und dann hatte Jakobe selbst ihnen den entscheidenden Hinweis gegeben, indem sie nämlich einen der Spione völlig unnötig über einen Ausritt angelogen hatte, den sie verheimlichen wollte. Sibylle und Schenckern, die gerade frustriert Pläne schmiedeten, waren selbst in dem Trupp mitgeritten, der ihr folgte. Sie hatten den Kerl geschnappt, nicht beim Liebesspiel mit Jakobe, aber immerhin hatten die beiden in vertrauter Pose und nachlässig gekleidet an einem Seeufer gesessen. Das reichte als Beweis. »Erinnert Ihr Euch an den Prozess?«

Der Marschall strapazierte sein Gedächtnis. »Hat man den Mann nicht gehängt oder geköpft? Ich meine, Jakobe hätte einen Leuchter aus Bergkristall zerschmettert, als sie von dem Urteil erfuhr.«

Auch Sibylle fielen jetzt weitere Details ein. »Hat sie ihn nicht nach mir geworfen? Den Leuchter? Hatte es nicht Flecken auf einer Kredenz gegeben?«

»Der Mann wurde nicht geköpft. Ich meine, es lief auf eine Galeerenstrafe hinaus. Aber ich werde mich kundig machen, verehrte Gräfin. Sicher werde ich seinen Namen in den Gerichtsakten finden. Symon, sagtet Ihr?«

»Er muss verschwinden – und zwar dieses Mal endgültig. Er ist Moritz' Vater und der einzige Mensch, der den Jungen als Bastard entlarven könnte. Er und natürlich diese Aliz. Hoffentlich finden wir den Jungen bei ihr.«

Schenckern nickte.

»Mit ein wenig Glück ähnelt er seiner Mutter. Als Bastard der Herzogin wäre er nicht zu verwenden, aber wenn wir glaubhaft machen könnten, dass er ein legitimer Sohn des Herzogs ist, der durch eine abscheuliche Intrige der Mutter dem Vater, den sie hasste, vorenthalten wurde …«

»Man könnte sich an einen der Anwärter auf den verwaisten Thron von Jülich-Kleve-Berg wenden, vielleicht an Johann von Brandenburg. Der Mann würde sich die Finger lecken, wenn wir ihm einen leibhaftigen Erben präsentierten.«

»Außerdem müssen wir die Französin dazu bringen, die legitime Abstammung des jungen Herzogs zu bestätigen.«

»Die Amme brauchen wir nicht mehr, sie sollte besser früher als später sterben. Oder ist aus ihr noch etwas herauszupressen?«

Sibylle winkte ab – das Weib war in der vergangenen Nacht an seinen Verletzungen krepiert. »Es wird schwierig«, murmelte sie.

»Das Entscheidende ist die Ähnlichkeit des Jungen mit der Herzogin«, überlegte Schenckern. »Sie muss so groß sein, dass sie jedem ins Auge sticht. Und wenn der Knabe zufälligerweise eine ähnliche schwarze Haarfarbe besitzt wie der verstorbene Herzog …«

»Moritz von Jülich-Kleve-Berg …« Sibylle lächelte Schenckern an. Sie waren beide älter geworden, aber weder dümmer noch kraftloser. Im Gegenteil, sie fühlte sich wie eine zu Stein gewordene Amazone, die plötzlich wieder zum Leben erweckt worden war.

11. Kapitel

Es sollte ein schöner Tag mit glücklichen Kindern und unbeschwerten Gesprächen werden. Die Sonne schien. Der Herbst überzog das Land mit leuchtenden Farben, die Wege waren von roten und goldenen Blättern übersät. Aliz liebte diese Jahreszeit, weil die Kälte noch nicht biss, aber die Arbeit allmählich weniger wurde. Sie waren auf dem Weg nach Kreuznach, quer durch die hügelige Landschaft. Anni brauchte neue Kleider, Tile Hosen, ein Wams und eine dicke Jacke für den Winter, weil ihm die alte nur noch bis knapp zur Taille reichte. Nähen würde Aliz selbst, aber sie mussten die entsprechenden Stoffe besorgen.

Aliz wäre gern geritten, sie liebte den Wind im Gesicht, aber leider besaßen sie nur zwei Pferde, und so ruckelten sie auf einem Karren dahin, der von Asmus gelenkt wurde. Leider war in ihrem Ausflug von Anfang an der Wurm drin. Anni und Tile stritten, kaum dass sie das Dorf verlassen hatten.

Alles wurde noch dadurch verschlimmert, dass sie in Kreuznach zwar hübsche Stoffe für Anni fanden, aber das Tuch, das für Tile in Frage gekommen wäre, schlecht gewebt war und ihnen ein anderes vor der Nase weggeschnappt wurde. Tile begann zu schmollen. Seine Stimmung sank weiter, als Aliz darauf bestand, dass er die Schuhe von Moritz auftragen müsse, während Anni, für die es nichts Passendes gab, notgedrungen neues Schuhwerk bekam.

Als sie am Nachmittag den Heimweg antraten, war Aliz erschöpft von den Kabbeleien ihrer Kinder und niedergeschlagen über den Zustand ihrer Börse. Und immer noch zankten die beiden.

»In deinen neuen Schuhen gehst du wie eine Ente«, zischte Tile.

»Und du gehst wie …« Anni fiel nichts Schlagfertiges ein. »Mutter, Tile sagt, ich bin eine Ente!« Sie wartete, und als Aliz nicht reagierte, zischte sie: »Du bist nur neidisch.«

»Entenwatschel!«

»Blödian!«

»Enten…«

»Nun hört doch endlich auf! Der Nächste, der ein Schimpfwort benutzt, läuft zu Fuß«, fuhr Aliz die Kinder an.

Tile zog ein Gesicht, und Anni gackerte. Erschöpft kletterte Aliz über den Wagenrand auf den kleinen Kutschbock, von dem aus Asmus das Pferd lenkte. »Im nächsten Dorf verkaufen wir die beiden«, seufzte sie.

Asmus besaß keinen Sinn für Humor, er schwieg. Das war ihr recht, sie hatte selbst keine Lust auf ein Gespräch. So verbrachten sie die nächste halbe Stunde, während sich die Kinder, die wussten, dass Aliz keine leeren Drohungen aussprach, nur noch im Flüsterton zankten.

Der Wagen schwankte, als ein Rad in eine Furche geriet. Asmus sprach beruhigend auf die Pferde ein. Dann sagte er wie jemand, der seine Worte lange abgewogen hatte: »Es war jemand im Dorf.«

»Was, bitte?« Aliz schreckte auf.

»Ein Mann ist ins Dorf gekommen, gestern. Schon wieder einer, der uns über deine Familie aushorchen wollte. Ich habe ihn weggeschickt.«

»Über die Familie!« Die Sonne stand immer noch am Himmel, aber es war, als hätte sie sich plötzlich in eine Eisscheibe verwandelt, die das Land mit Kälte überzog. »Was …« Aliz räusperte sich. »Was genau wollte er denn wissen?«

»Es ging ihm um die Kinder. Nicht um Anni, um die Jungen«, erklärte Asmus, und die Kälte wurde noch schneidender. »Er hat nicht gesagt, um welchen. Vielleicht auch um Tile, wie dem Narbenmann?« Der Knecht sah aus, als wartete er auf eine Erklärung. Als Aliz schwieg, brummte er: »Ich hab ihm gesagt, du hast nur einen Sohn, und der ist vor vielen Jahren fortgezogen, um in der Fremde sein Glück zu machen. Jetzt wird er Ruhe geben, hab ich gedacht. Aber ich bin mir nicht mehr sicher. Er kann ja die Leute im Dorf aushorchen, und die würden ihm die Wahrheit sagen.« Asmus ließ die Peitsche knallen. »Warum kommen plötzlich Männer her, die sich nach fremder Leute Söhne erkundigen? Was ist los mit Tile?«

»Gar nichts.« Aliz blickte auf die Knöchel ihrer Hand, über denen sich die Haut spannte. »Beschreib ihn mir.«

Asmus versuchte es, aber sie konnte aus seinen Angaben – der Kerl war älter, aber noch kein Greis, dabei gemästet wie ein Schwein, gewohnt, sich gefällig auszudrücken, doch gleichzeitig mit Blicken, als wollte er einen damit aufschlitzen – nicht schlau werden.

Hinten auf dem Karren war es wieder laut geworden. Anni quietschte empört. »Selber Strohkopp. Mutter, Tile hat gesagt …«

»Gebt endlich Ruhe!«

Aliz knabberte nervös an ihrem Knöchel. Die Ankunft von Symon war wie ein Schuss vor den Bug gewesen, aber nachdem sie mit Moritz gesprochen hatte, hatte sie gehofft, dass keine Gefahr mehr drohte. Und jetzt …

»Iiiii!«, heulte Anni. »Du bist gemein. Er hat mir eine Spinne in den Ausschnitt getan. Mutter, Tile …«

»Halt an!«, befahl Aliz. Asmus gehorchte, und sie stieg vom Bock und ging nach hinten zum Karren. Tile starrte ihr mit der typischen Mischung aus Trotz und Genugtuung entgegen, die er immer zur Schau trug, wenn er seine Geschwister geärgert hatte. Sie merkte, dass sie Kopfweh bekam. Warum musste dieses Kind ständig Funken schlagen und seine Mitmenschen triezen? Sie packte Tile am Arm und zog ihn auf den Weg. »Du marschierst auf Schusters Rappen weiter, mein Lieber. Ich habe dich gewarnt.«

»Aber Anni …«

»Du bist vier Jahre älter als deine Schwester. Da kann ich doch wohl ein bisschen Vernunft erwarten.«

In Tiles Augen flackerte es, sie spürte seinen Zorn. Er war ein schmächtiges Kerlchen mit einem feinen Gesicht, das zu den kompliziertesten Regungen fähig war. Jetzt war es steif und blass, nur der Kiefer arbeitete, und einen Augenblick dachte sie verblüfft, er würde es wagen, ihr Widerworte zu geben oder sie gar zu beschimpfen. Das traute er sich aber doch nicht. Mürrisch ging er an den Ackerrand, und nachdem der Karren sich wieder in Bewegung gesetzt hatte, trottete er verbissen durch die weiche Erde, statt ihnen auf dem Weg zu folgen, was viel einfacher gewesen wäre. Seine Blicke waren bitter.

Aliz bekam ein schlechtes Gewissen. War sie zu hart gewesen? Hätte sie Anni nicht ebenso bestrafen müssen wie Tile? Ich muss ihn mehr lieben, dachte sie, ich muss ihn viel mehr lieben.

12. Kapitel

Moritz packte den Lebkuchenteig, er knetete ihn, warf ihn in die Schüssel zurück, fuhr mit dem Handballen hinein, drehte ihn …

Er barst vor Frustration. Seit der Prügelei beim Zunftfest piesackte Fettmilch ihn, wo es nur ging. Jeder zweite Satz des Meisters drehte sich um die Freundschaft in der Zunft. Ja, danke, das hatte er nun verstanden! Die vier Lehrlinge im Haus, die natürlich mitbekamen, dass der Meister schlecht auf seinen Gesellen zu sprechen war, ärgerten Moritz durch kleine Neckereien wie das Verstecken eines Gewürzes und machten ihm das Leben damit zusätzlich schwer.

Aber am schlimmsten war, dass Eva ihm aus dem Weg ging. Wenn er sie dennoch zufällig traf, begann sein Herz zu pochen – erst vor Liebe, die sich einfach nicht totschlagen ließ, dann vor Enttäuschung. Sie huschte mit gesenktem Blick an ihm vorbei und tat, als bemerkte sie ihn nicht. Bei Tisch sprach sie nur noch mit den Kindern. Sie war ebenfalls unglücklich, aber ihm war klar, dass sie ihrem Vater gehorchen würde.

Einzig die Sache mit den Briefen lief wie am Schnürchen. Doch das konnte ihn nicht über seinen Liebeskummer hinwegtrösten. Die Münzen, die er verdiente, lagen kalt in seiner Hand. Er war vor allem froh, dass das Reiten über Land ihn jede freie Minute beschäftigte.

Rums, ein letztes Mal krachte der Teig in die Schüssel zurück. Er duftete würzig nach Zimt. Moritz umhüllte ihn mit einem feuchten Tuch und trug ihn in den Eiskeller, in dem er bis zum nächsten Morgen liegen bleiben würde. Anschließend ging er in den Garten, holte Wasser aus dem Brunnen und rubbelte sich das Mehl und die klebrigen Zutaten von Armen und Gesicht.

Und wenn Eva jetzt zufällig hinausschaute? Sie lebten im selben Haus. Warum nutzte sie nicht die Gelegenheiten? »Scheiß drauf«, murmelte er und hätte am liebsten geheult.

Es dunkelte bereits. Alle anderen hatten längst Feierabend gemacht. Aber er würde sich todsicher nicht zu den Gesellen in die Gaststube setzen, gerade weil Fettmilch ständig darauf lauerte. Auch jetzt traf ihn wieder der Blick seines Meisters, als er den heißen, lärmenden Raum betrat. Moritz quetschte sich zwischen den Tischen hindurch zur Tür, überhörte eine unfreundliche Bemerkung, die ihm wahrscheinlich gar nicht galt, und dann stand er auch schon in der Gasse. Seine Schultern und Arme schmerzten vom stundenlangen Kneten, die Augen brannten von dem Rauch, der auch dann noch in der Backstube hing, wenn sämtliche Kuchen aus dem Ofen gezogen worden waren.

Eine Weile lief er blind für alles über das Buckelpflaster. Durch die Spalten der Fensterläden fiel ein wenig Licht, das die Pfützen glitzern ließ. Heute Morgen waren Blumenstoffe für Eva angeliefert worden, er ahnte, dass sie an ihrer Aussteuer nähte. Wenn er nur schneller an Geld käme! Dann würde Fettmilch nachgeben, das wusste er. Aber würde ich Eva dann immer noch wollen?, fragte Moritz sich. Er schoss mit einem bitteren Lachen einen kaputten Eimer die Gosse entlang.

Als er um eine Ecke bog, tauchte der *Fröhliche Landmann* vor ihm auf, eine Kaschemme an der Mauer zum Judenviertel, in der man einen lausigen Wein bekam, der aber ausreichte, um sich mit wenig Geld zu betrinken. Nun, zumindest würde er dort keine Zunftmitglieder treffen, die waren sich für solche zwielichtigen Spelunken zu schade.

Die stickige Gaststube quoll über vor Gästen. Bauern, Scholaren, die von einer Universität zur nächsten zogen, Tagelöhner, Bettler – die Gesellschaft war bunt. Bei den Männern, die direkt neben der Tür in den Hof saßen und die bei allem Gelächter und Anstoßen die Schenkentür nie aus den Augen ließen, handelte es sich sicher um durchs Ohr gebrannte Halunken.

Moritz ergatterte einen Platz neben dem Ofen, wo die Luft zum Schneiden war, er aber zumindest nicht mehr fror. Der leichte Nieselregen draußen hatte seine Jacke durchweicht. Er zog sie aus und lehnte sich erschöpft gegen den Schornstein. Auf der anderen Seite des Tisches saß ein einäugiger Mann, der sich eines der Schenkenmädchen gegriffen hatte und ihr lallend in den Ausschnitt griff und ihren Busen knetete. Das Mädchen ermunterte ihn. Hier wurde offenbar noch mehr als Wein angeboten.

Aus den Augenwinkeln sah Moritz, wie sich eine der Schenkenhuren auf den Weg zu ihm machte, und er überlegte kurz, ob er ihr nicht in eines der oberen Zimmer folgen sollte, die der Wirt sicher für solche Vergnügungen reserviert hatte. Trotz seiner achtzehn Jahre hatte er noch nie mit einem Mädchen geschlafen. Das kam ihm auf einmal nicht nur wie ein versäumtes Abenteuer, sondern auch ein bisschen lächerlich vor. Aber Aliz hatte ihn eindringlich vor der Franzosenkrankheit gewarnt, mit der viele dieser Mädchen infiziert waren und die man nur mit Hilfe von Quecksilber bekämpfen konnte – einer Prozedur, die mindestens ebenso schädlich war wie das Übel, das sie heilen sollte.

Ach, seine besorgte Mutter. Sie war längst zurück in Wöllstein und hätte sich den Weg zu ihm auch sparen können, denn Moritz' angeblicher Vater war niemals aufgetaucht.

Zum Glück, dachte Moritz. Wenn der Dreckskerl meine unehrliche Herkunft herausposaunt hätte, wäre es mit dem Gesellenleben bei Fettmilch vorbei gewesen. Und noch konnte er von den Briefen nicht leben.

Die Hübschlerin hatte seinen Tisch erreicht und zwängte sich zu ihm auf die Bank. Sie war jung, fast noch ein Kind, mit großen, ängstlichen Augen. Als er den Kopf schüttelte, machte sie sich bedrückt wieder von dannen. Moritz sah, wie der Wirt sie heranwinkte und sie ärgerlich knuffte. Das Mädchen kehrte zurück, und Moritz hatte ein schlechtes Gewissen, als er erneut den Kopf schüttelte. Aber ganz abgesehen von der Franzosenkrankheit – er fand, es wäre ein denkbar schlechter Abend, um sich zum ersten Mal dem Aufregendsten hinzugeben, was das Leben nach Ansicht seiner Altersgenossen zu bieten hatte.

Seine Gedanken irrten wieder zu seiner Mutter. Aliz war offenbar draufgängerischer gewesen. Ließ sich von einem Kerl schwängern, der sich als Lump entpuppte, und als wäre ihr das nicht Warnung genug gewesen, hatte sie sich von einem weiteren Mann auch noch Tile anhängen lassen. Denn die Sache mit dem Kaufmann, die sie ihm aufgetischt hatte, glaubte er nicht mehr. Welcher anständige Mann würde eine Vagabundin heiraten, die zudem einen Bastard mit sich herumschleppte? Na gut, Peter Granius hatte es getan. Aber der war auch ein Mann mit einem Herzen gewesen, wie es sie selten gab.

Moritz beugte sich vor und verbarg das Gesicht in den Händen. Es war nicht richtig, den Stab über seine Mutter zu brechen. Er wusste zu wenig von ihrer Geschichte, außerdem hatte sie immer zu ihm gehalten. Er brauchte doch nur daran zu denken, wie sie ihn aus dem Folterkerker von Alzey befreit hatte. Aber er hatte alles so satt. In den letzten Tagen war das Leben unter seinen Händen zerbröselt. Fettmilch hatte ihm seine Gunst entzogen, Eva sich abgewandt, und nun war auch noch die Erkenntnis hinzugekommen, dass er der Sohn eines Lumpen war. Die Tatsache, dass er sein eigenes Leben ebenfalls auf einer Gaunerei aufbauen wollte, hatte dadurch einen schalen Beigeschmack bekommen. Der Apfel fällt nicht weit vom Stamm ...

Plötzlich fühlte er eine Hand, die zu seinem Beutel glitt. Es war kaum ein Streifen über seine Hose, aber er zuckte zusammen – und packte zu. Doch es war, als hätte er sich einen Aal gegriffen. Die fremde Hand fest im Griff, bückte sich Moritz und schaute unter den Tisch. Was die Hübschlerin gerade mit seinem Gegenüber trieb, konnte er nur schemenhaft erkennen, aber das Gesicht, das ihm entgegenblitzte, war ihm vertraut. Er schaffte es, die wendige Gestalt unter der Tischplatte hervor und zu sich auf die Bank zu ziehen. Na, da schau her! Der Judenjunge.

Der Bengel, der ihm angriffslustig ins Gesicht starrte, ruckte noch ein letztes Mal, dann gab er seine Fluchtversuche auf. Vielleicht auch deshalb, weil der Wirt angestrengt zu ihnen hinüberschaute und die Lage einzuschätzen versuchte. »Lass mich laufen«, bat er gepresst und ohne viel Hoffnung in der Stimme. Gegenüber stöhnte der Mann, der von der Hübschlerin beglückt wurde.

Die Kleider des Jungen – das Wams aus fein gewirktem grünen Wollstoff, auf seinem Kopf klemmte eine Bibermütze – waren inzwischen völlig verdreckt. Was mochte er für ein Schicksal durchmachen? Hatte er einmal Geld besessen? War seine Familie vielleicht gestorben? Oder war er schlicht ein Dieb und hatte Hose, Hemd und Wams von einer Wäscheleine gestohlen? Moritz spürte seine Angst, als kröche sie von dem mageren Arm in seinen eigenen Körper. Der Halunke war nur einen Ruf vom Hanf des Henkers entfernt. Der Wirt hatte bereits fragend das Kinn gehoben, als warte er auf einen Wink seines Gastes.

Moritz seufzte. Im Grunde machte der Kleine ja nichts

anderes als er selbst: Er besorgte sich seinen Anteil am Kuchen. Und war dabei noch bescheidener: Es ging ihm schlicht ums Überleben. Gerade wollte er ihm bedeuten, dass er verschwinden solle, da biss der Bursche in seine Hand. Moritz ließ ihn los und starrte ihm verblüfft nach, während er die Schenkentür aufstieß und in die Nacht sauste. Dann begann er zu lachen. Der Abend verlief so, wie schon der ganze Tag gewesen war: beschissen. Er bestellte sich einen weiteren Krug Wein. Und beschloss zu saufen, bis er nichts mehr spürte.

Sein Geld reichte nicht so lange, wie er gehofft hatte. Er schwankte zwar, als er den *Fröhlichen Landmann* verließ, fühlte sich dabei aber klar im Kopf. Sogar noch klarer als vorher. Ihm war, als hätte der Rausch ihn nüchtern gemacht. Plötzlich sah er sein Leben, wie es in Wirklichkeit war. Erstens: Die Männer Gottes, um die er gewöhnlich einen Bogen schlug, weil sie ihn langweilten, sagten die Wahrheit – das irdische Dasein war ein Jammertal. Man krabbelte umher, immer voller Hoffnungen und Pläne – aber am Ende war jegliches Mühen vergeblich. Was man ersehnte, zerschlug sich, was man dennoch errang, erwies sich als hohl.

Zweitens … Er hatte vergessen, was zweitens war. Der Mond schwamm über den Dächern, und der Regen der vergangenen Stunden hatte ein zauberisches Glitzern über die Stadt gelegt. Wie schön das aussah. Nur würde Eva ihn trotzdem nicht heiraten. Ach, Eva … Er wollte sie in den Armen halten, ihre Stimme hören, die immer ein bisschen klang, als würde Wasser über einen Fels rieseln. Was sollte ihm das Leben, selbst wenn es Reichtum brächte, wenn sie nicht an seiner Seite wäre, um es mit ihm gemeinsam zu genießen?

Ein Köter kläffte ihn an und verschwand wieder in einer Seitengasse. Moritz wusste, er musste schleunigst ins Bett. Er hatte keinen Schimmer, wie spät es war, aber für Bäcker war die Nacht kurz, und Aliz hatte ihm Zuverlässigkeit und Pflichtbewusstsein eingebläut. Doch als er den Weg nordwärts in die Töngesgasse einschlagen wollte, packte ihn jemand am Arm.

Es lag nichts Bedrohliches in der Berührung, aber der kleine Ruck reichte, um ihm den Magen umzustülpen. Der billige Fusel, der sich dort angesammelt hatte, spritzte in einem hohen Bogen auf das Buckelpflaster. Moritz stützte sich an eine Mauer, er fühlte das Holz eines Fachwerkbalkens unter der Hand und sah den Schemen eines Blumenkastens. Sicher würde sich jemand am Morgen furchtbar über die Schweinerei vor der Haustür aufregen. Gott, nahm das Würgen denn gar kein Ende?

Nachdem Moritz sich ausgekotzt hatte, drehte er sich um. Er blinzelte, um den Mann, der immer noch hinter ihm stand, deutlicher zu erkennen. Eine sehnige Gestalt, gut gekleidet, mit einem akkuraten schmalen Bart und einer Narbe, die sich durch sein Gesicht fraß, als hätte der Herrgott ihn gezeichnet, wie weiland Kain, als er den Bruder erschlug. Und da wusste er Bescheid.

Dein Vater wird dich aufsuchen. Seine Mutter hatte beim Abschied die Narbe erwähnt. *Daran kannst du ihn zuverlässig erkennen.*

Er starrte den Fremden an, und während er nach der Mauer tastete, weil die Gasse bedrohlich schwankte, spürte er, wie sein Körper steif wurde. Es gab vieles, was er seinem Vater sagen wollte. Zum Beispiel: Ich hasse dich. Oder: Ich hasse dich – nur eindrucksvoller. Er bewegte den Kiefer, es fiel ihm schwer, die Wörter zu formen, die in seinem Kopf so klar leuchteten.

»Ich hasse dich«, würgte er hervor. *Weil du Aliz das Herz gebrochen hast. Weil du sie im Stich gelassen hast. Weil du gemacht hast, dass sie sich schämt, obwohl sie …* Er suchte nach einem Wort, das großartig genug gewesen wäre, seine

Mutter zu beschreiben, fand aber keins. *Weil du aus mir einen Bastard gemacht hast, einen Mann ohne Ehre.* »… hasse dich«, stieß er noch einmal hervor. Er hätte sich nicht besaufen dürfen. Er hatte seinen Text nämlich geübt. Worte, die brennen sollten, auch wenn der, der sie hörte, ein verkommener Saukerl war. Aber mit literweise Wein im Blut …

»Aliz hat mit dir gesprochen«, stellte der Mann ohne Emotionen fest.

Er war es also wirklich. *Ich habe einen Vater. Und er ist kleiner als ich, bestimmt einen halben Kopf. Er ist ein dreckiger Zwerg.* Moritz hob die Faust und boxte ihm gegen die Brust, aber ihm fehlte die Kraft, um ihn auch nur ins Wanken zu bringen.

»Na, das nenn ich ja mal einen Raufbold.«

»Verschwinde«, sagte Moritz, der sich daran erinnerte, dass ihm seine Mutter genau diese Aufforderung empfohlen hatte.

»Kommst du allein nach Hause?« Die belustigte Verachtung war nicht zu überhören.

»Ich hasse dich.«

»Wir sollten reden, wenn du wieder nüchtern bist.«

»Lege ich keinen Wert drauf.« Das war gut gesprochen.

Der Mann lachte auf. Er zögerte, wollte sich abwenden, aber Moritz packte ihn am Ärmel. Sie waren noch nicht fertig miteinander. Es gab einen ganzen Sack voller Zorn, der entleert werden wollte, eine Kindheit voller schmerzender Erlebnisse. Da war zum Beispiel Tante Josefa gewesen, die immer wieder hatte durchblicken lassen, dass man solche wie Moritz oder Tile eigentlich nicht am Tisch sitzen haben wollte. Die spöttischen Rufe der Dorfjugend, die dazu geführt hatten, dass er sich in der Gesellschaft Gleichaltriger nie wohl fühlte. Und am Ende auch Peter Granius – sein seltsames Lächeln, wenn Moritz Vater zu ihm sagte. Da hatte man doch wohl das Recht, dem Kerl, der dieses Unglück verursacht hatte, auch einen Pfeil an die Stelle zu jagen, an der sein verfluchtes Herz saß.

Moritz bewegte den Kiefer, aber seine Zunge war vom Saufen und Kotzen wie verklumpt.

Der Fremde machte sich los. Das Mondlicht fiel auf sein Gesicht. Gott, diese Narbe. Sie zog den Blick auf sich wie ein Ungeziefer. Was befand sich hinter dieser Narbe? Wie sahen die Augen aus? Sollte man dem Scheißkerl nicht in die gottverfluchten Augen schauen, die doch als Fenster der Seele galten? Und was würde er dort finden? »Ja, hau ab«, krächzte Moritz. Piss auf die Augen.

Der Mann mit der Narbe nickte. »Nur einen Rat. Fettmilch, dein Meister, ist gefährlich. Er ist ein Pulverfass, an dem bereits die Lunte brennt. Verlasse ihn, solange es noch möglich ist.«

»Danke bestens für den Rat ... Symon«, lallte Moritz höhnisch. Gut, dass ihm der Name eingefallen war. Er wollte, dass der Kerl wusste, dass sein Sohn ihn in vollem Bewusstsein der Umstände zum Teufel schickte.

Der Mann zögerte noch einmal. Er packte ihn an den Schultern, aber was auch immer er vorgehabt hatte – er ließ es sein. Ein kurzes Kopfnicken, und im nächsten Moment war er von der Nacht verschluckt. Er nahm denselben Weg wie der Gassenköter, was Moritz aus Gründen, die er selbst nicht mehr auseinandergedröselt bekam, einen kleinen Triumph bereitete.

Moritz legte die halbe Strecke zur Töngesgasse mit geschlossenen Augen zurück, so sehr hatte ihn der Abend erschöpft. Er wollte schlafen, aber gleichzeitig war ihm klar, dass er sich jetzt unmöglich in sein Bett legen könnte. Es würde ihn zerreißen, still auf seinem Strohlager zu liegen.

Etwas polterte hinter ihm. War ihm sein Vater gefolgt? Tat es ihm leid, seinen Jungen einfach stehen gelassen zu haben?

Man musste sich das mal vorstellen – ein Vater, dem es nicht die Mühe wert war, dem kotzenden Sohn die Hand zu reichen … Wir werden unsere Kinder lieben, Eva und ich, dachte Moritz, egal wie sie kotzen, ich werde sie lieben, ich schwör dir das, Gott …

Eine Katze hatte einen Blumentopf umgestoßen, daher das Poltern. Moritz taumelte um sich selbst. Er hatte die Orientierung verloren. Nicht die Töngesgasse tauchte vor ihm auf, sondern der Römerberg, das prunkvolle Zentrum der Stadt. Blinzelnd starrte er auf die rot-weiße Nikolaikirche mit der grünen Mütze und dann zum Rathaus, das eigentlich aus mehreren Häusern bestand, die die Stadt aber nach und nach aufgekauft und miteinander verbunden hatte, so dass das Ganze jetzt wie ein prunkvolles Herrenhaus aussah. Die Farben des Fachwerks wirkten selbst in der nur vom Mondlicht erhellten Nacht frisch, die Scheiben in den großzügig geplanten Fenstern dafür umso schwärzer.

Das Signal des Türmers ertönte und kurz darauf in einer der Seitengassen der Ruf des Nachtwächters, der ihm antwortete und gleichzeitig die Stunde ansagte. Drei Uhr! Er würde bald den Teig aus den Trögen holen und ausrollen müssen. Moritz schwankte weiter. In der Mitte des Marktplatzes stand der Gerechtigkeitsbrunnen mit der steinernen Justitia, die ihre eiserne Waage über das Wasser hielt. Moritz ließ sich auf den Rand des Beckens plumpsen. Bei der Krönung des Kaisers war Wein aus den Brunnenröhren gesprudelt, allerdings nur für ein paar Stunden, weil die Ratsherren das Besäufnis unterschätzt hatten, das ihrem großzügigen Geschenk folgte. Himmel, war das ein Radau gewesen … Der Gedanke verlor sich.

Moritz schaute zum Haus der *Alten Limpurger*. Die Patrizier besaßen eines der prächtigsten Gebäude am Markt, mit einem Dach, das sich weit über die Nachbardächer erhob. Dort trafen sich also die reichen Frankfurter, von denen

Fettmilch behauptete, dass sie die Gulden, die den Armen und Kranken gespendet wurden, in den eigenen Beuteln verschwinden ließen. Warum machte man das eigentlich? Wenn man selbst ein Haus und Essen und wirklich alles für ein sorgenfreies Leben besaß – warum grapschte man dann einem hungernden Kind den Kreuzer weg? Das war doch … das war … Wieder fehlten ihm die Worte, um seine Gefühle auszudrücken.

Jedenfalls regte Fettmilch sich zu Recht auf. Gegen so etwas musste man angehen. Man müsste diese Schurken aus der Stadt fegen und dafür sorgen, dass jeder Mensch sein Auskommen hatte. Und, dachte Moritz in plötzlicher Klarheit, wer sollte das bewerkstelligen, wenn nicht die Handwerker? Die Bettler besaßen ja kaum die Kraft, sich die Kirchenstufen hochzuschleppen. Plötzlich schämte er sich, dass ihn Fettmilchs Kampf so kaltgelassen hatte. Kein Wunder, dass der Meister sich über ihn aufregte. Aber was konnte man vom Bastard eines Lumpen, der eine Frau verführte, ohne sich um ihr Unglück zu scheren, schon erwarten? Moritz drehte sich und stierte zur Justitia hinauf, die sich einen Dreck darum scherte, ob der Rat ihr diente oder alles Geld in die eigenen Taschen schaufelte und das Volk unter der Knute hielt. Angeekelt spuckte er vor ihr aus.

Eines der Markthäuser wurde gerade umgebaut. Eine Garküche war an eine Säule gekettet, mit der die Maurer tagsüber kochten. Der Anblick brachte Moritz auf eine Idee. Er stolperte über den Platz, öffnete die Ofenklappe und klaubte ein Stück Kohle aus dem Inneren. Der Tag war schlecht gewesen, die Nacht war schlecht gewesen, aber nun würde er etwas Großartiges tun, etwas so Ruhmvolles, dass selbst Fettmilch die Augen überquellen würden. Er kehrte mit seinem Schatz zum Brunnen zurück und watete zur Justitia, wo ihm aus den Brüsten der Quellnymphen Wasser entgegensprudelte.

Er legte den Kopf in den Nacken. Die Göttin thronte höher, als er angenommen hatte. Verbissen kehrte er zur Baustelle zurück, wo er eine Leiter entdeckte, die zwischen den Trögen und Säcken lag. Er schultere sie und schaffte sie zum Brunnen, zum Sockel der Justitia, was eine verfluchte Anstrengung war.

Mit zusammengekniffenen Augen erklomm er die Sprossen. Dann stand er vor dem Gesicht der steinernen Göttin. Er hob die Kohle und begann Justitia Hörner in die Haare und einen Bart unter die Nase zu malen. Hörner, weil die blinde Frau dem Teufel glich, der die Menschen umgarnte und sie dann doch im Stich ließ, den Bart wegen seines Vaters. Mehrmals knarrte und schwankte die Leiter, aber Moritz war jetzt ein Mensch mit einer Mission. Er hatte eine tollkühne Tat zu vollbringen, ein Fanal sollte durch Frankfurt schallen.

Als er fertig war, stierte er eine Weile auf sein Kunstwerk – und beschloss, auch Justitias Nase noch anzumalen. Rote Farbe wäre besser gewesen, weil ihm eine Säufernase vorschwebte. So sah das steinerne Gesicht eher aus, als hätte jemand draufgekackt.

Plötzlich neigte sich die Leiter zur Seite. Moritz landete mit einem Aufschrei im Wasser. Ihm blieb vor Schmerz der Atem weg, als er auf den Steinboden prallte. Er strampelte, das Wasser floss ihm in Nase und Rachen, endlich bekam er wieder Luft.

»Komm!«, zischte es an seinem Ohr. Jemand zerrte an ihm, und halb kriechend, halb gezogen erreichte er den Brunnenrand. Der Jude, Gott verfluche ihn – der Jude hatte ihn am Wickel. Aber so waren sie ja: Früher schlugen sie den Herrn ans Kreuz, heute warfen sie Leitern um.

»Hat dir jemand ins Hirn geschissen? Was machst du denn da?«, pfiff der Junge ihn an.

»Es geht um Gerechtigkeit«, versuchte Moritz beleidigt zu erklären, während er sich die schmerzende Hüfte rieb.

»Um was auch sonst!« Der Jude beugte sich über ihn. Sein mageres Gesicht war riesig, die Warze tanzte auf dem Kinn. »Und soll ich dir was verraten, du Hornochse? Diese Gerechtigkeit wird dich von der Brücke in den Main stürzen, wenn nämlich gleich der Nachtwächter kommt und sieht, was du gemacht hast, und dich in den Turm wirft und dich morgen vor den Richter schleppt und der sein Urteil spricht. Dann kannst du deiner Gerechtigkeit mit einem letzten Blick auf den Brickegickel adieu sagen.«

Der Brickegickel war ein Mahnzeichen auf der Mainbrücke, ein Kreuz mit einem goldenen Hahn darauf. Unterhalb dieser Stelle wurden die Verbrecher ertränkt, weil ... Vermutlich, damit die Saukerle sich im Angesicht des Kreuzes noch mal richtig fürchteten, bevor sie untergingen.

»Eva liebt mich nich«, lallte Moritz kläglich.

Der Judenbengel lachte.

»Sie liebt mich nich und näht Wäsche und will den Ring nich ...« Sie saßen am Brunnenrand, die Knie angezogen, das Wasser bis zum Kinn. »Das Leben is ... ungerecht.«

»Und du besoffen wie ein Schwein.«

»Kannst du ein Geheimnis bewahren?«, fragte Moritz. Es fiel ihm mittlerweile schwer zu reden, aber der Schmerz sprengte ihm die Brust. Er legte dem Juden den Arm um die Schulter. »Mein Vater is ein Schwein.«

»Psst, der Nachtwächter. ...« Der Junge presste ihm die Hand auf den Mund. Moritz schlug sie weg, er wollte keine dreckigen Pfoten im Gesicht. Der Junge verschluckte einen Fluch. Und so harrten sie aus. Moritz fielen die Augen zu, er ruckte wieder auf, weil der Jude an ihm zerrte. »Ich sollte dich ersaufen lassen. Nun hilf schon mit«, fluchte der lästige Bursche.

Moritz drehte sich auf die Knie, und gemeinsam schafften sie es über den Brunnenrand aufs Pflaster. Er richtete sich auf, tropfend aus jedem Fetzen Stoff, den er trug. Seine

Hüfte schmerzte vom Sturz, und er starrte auf das Wasser, das vom Wind gekräuselt wurde. Es war ein schönes, friedliches Bild. Die Justitia lächelte ihm zu, als wären sie befreundet. Obwohl er teuflisch fror, überkam ihn mit einem Mal eine feierliche Stimmung, eine Erleuchtung, wie nur der gründlich Besoffene sie kennt. »Du hass mich gerettet, Christusmörder … du hass mir gerad das Leben gerettet«, stellte er fest.

»Hab ich, ja. Der Teufel soll mich holen. Warum beschimpfst du mich?«

»Du biss ein guter Mensch«, lallte er.

»Und du die Pest.«

Moritz drehte sich um. Er mochte die Augen des Juden, sie waren so klar. Bewegt nahm er den tropfnassen Kopf zwischen die Hände und küsste den Bengel auf die Stirn. »Geh jetzt nach Hause.«

»Als hätt ich eins!«

»Natürlich hast du. Geh rüber ins Judenviertel, da bist du sicher.«

Der Junge trat ihm gegens Knie, dann wieselte er zur Baustelle und kauerte sich in eine Ecke. Moritz folgte ihm schwankend zwischen das skelettierte Fachwerk und die Zementtröge. »Wie heiss du denn?«

»Hau ab!«

»Schöner Name. Ich biet dir was an, Hauab. Komm zu den Bienen von Meister Fettmilch. Weiss du, wo das is?« Er lieferte eine verschwommene Beschreibung. »Komm Sonntag, am Abend. Da helf ich dir.« Etwas warnte ihn, die Art der Hilfe konkreter zu beschreiben. Sein Verstand badete im Wein, lieber nicht zu viel schwatzen. Ein getretener Hund beißt auch die Hand, die ihn füttern will. Und Juden wurden ja immer getreten. »Sonntagabend«, wiederholte er. Dann stand er auf.

Dieses Mal fand er den Weg in die Töngesgasse. Ins Bett

kam er leider nicht mehr. Er hatte den Kopf gerade unter Wasser klarer gespült und sich in seiner Kammer die nassen Sachen ausgezogen, da hörte er schon die Lehrlinge über die Treppe poltern. Angewidert verzog er das Gesicht.

13. Kapitel

Aliz saß an einem Tisch in ihrer Gaststube und trug die Namen der Reisenden in das Büchlein für den Schultheißen ein. Die Gäste aus dem Dorf waren heimgegangen, die von außerhalb hatten sich in die Schlafkammern zurückgezogen, ebenso das Gesinde. Nur Tile saß noch auf einer Bank unter dem Fenster. Sie hatte sich seit dem letzten Streit besonders liebevoll um ihn gekümmert. Er brauchte einfach mehr Aufmerksamkeit als Anni oder Moritz damals, gut, dass ihr das endlich aufgefallen war. Sie lächelte ihm zu – und erntete einen mürrischen Blick. Himmel, was war denn jetzt schon wieder los? Ihr Unwille kehrte zurück. Was für ein Kind! Diese ständigen Gefühlsumschwünge …

»Geh zu Bett, Tile, es ist spät.«

Er hob den Kopf, schaute aber an ihr vorbei.

»Sieh mich an.«

Missmutig gehorchte er. Sie stand auf und ging zu ihm. »Was ist denn los?«

»Anni hat Schnecken in mein Bett gesetzt«, platzte er heraus.

»Also …« Aliz holte Luft, um ihren Ärger zu unterdrücken. »Das war nicht recht von ihr, aber du magst Tiere doch.«

»Nicht in meinem Bett.«

»Ach, chérie, Anni ist noch ein Kind. Große Jungs wie du

streiten sich nicht mit kleinen Mädchen. Sie haben das gar nicht nötig, weil sie stärker sind«, appellierte sie an seinen Stolz. »Sei ein Kavalier. Pass auf sie auf, und wenn sie etwas Dummes macht, dann beachte sie einfach nicht.«

Tile blickte, wenn möglich, noch empörter. Er war so jung, so verwundbar. Aliz zog seinen Kopf an ihre Brust und seufzte. »Ich liebe dich, mein Schatz, das weißt du doch.«

»Aber die andern hast du lieber als mich.«

»Das ist doch Unsinn. Hör mir zu, Tile, ich bin mit dir im Bauch vor vierzehn Jahren nachts durch die Wälder gelaufen. Es war eiskalt, überall lag Schnee, in den Dörfern haben uns die Hunde verbellt – und meine größte Angst war, dass du sterben könntest. Als du gesund geboren wurdest, in einer Schäferhütte, habe ich dich in eine Decke gehüllt und dich so lange an mich gedrückt, bis du warm geworden bist und aufgehört hast zu weinen. Und da war ich so glücklich wie fast nie in meinem Leben. Das Blut in deinen Adern ist mein Blut. Wenn du in den Spiegel schaust und deine Augen siehst, dann siehst du auch meine Augen. Wie könnte ich dich nicht lieben?«

Sie war gerührt, als sie spürte, wie sein Körper plötzlich weich wurde und er sich an sie schmiegte. Er braucht einfach mehr Zärtlichkeit, wiederholte sie, was sie schon vorher gedacht hatte. Sie wollte ihn mit einem Kuss entlassen, als es an der Tür pochte. Tile, der den Kuss mit der typischen Verlegenheit eines Vierzehnjährigen auf sich hatte zukommen sehen, flitzte an ihr vorbei und öffnete.

Ein Mohr stand im Türrahmen. Ein echter pechschwarzer Mohr mit weißen Zähnen, schwarzen, wollenen Haaren, Pumphosen und einer langen Jacke aus Seide, in denen er wie eine riesenhafte Puppe für das Spielzimmer einer Prinzessin aussah. Tile stieß ein verblüfftes »Oh!« aus.

Der Mann hatte eine Botschaft auszurichten. Sein Name sei Aleeke, erklärte er, sein Herr ein Baron, und dieser ehrenwerte Baron brauche Hilfe, weil der Wagen, mit dem er reise, durch ein Scheuen des Pferdes in einen Graben geraten sei. Auf dem Wagen befände sich eine Druckerpresse, ein teures Gerät, mit dessen Hilfe sich Bücher und Flugblätter herstellen ließen. Man befürchte einen Regenguss, der die Maschine beschädigen könnte. Ob man sich ein Pferd ausleihen könne, um den Wagen wieder freizubekommen?

»Eine Druckerpresse?«, echote Aliz atemlos. Ihr schwirrte der Kopf. Sie hatte nicht gewusst, dass Mohren sprechen konnten, genau genommen war sie noch nie einem begegnet. Und dieses Wesen redete sogar wie ein echter Mensch. Wie ein gebildeter Mensch! Und sein Herr besaß eine Druckerpresse? Dann musste es sich um einen Buchdrucker handeln, wenn nicht gar um einen reichen Kaufmann. Ein Baron war er auch noch?

»Wäret Ihr bereit, mich zu begleiten?«, unterbrach der Mohr ihre Gedanken in seinem fast akzentfreien Deutsch, das so verwirrend wie sein schwarzes Mohrengesicht war.

»Wie ist dein Name?«

»Aleeke.«

»Ihr braucht also …«

»Ein Pferd, beste Dame. Ich soll ausrichten, dass die Mühe meinem Baron zwanzig Gulden wert wäre.«

»Aber er hat doch ein eigenes.«

»Unser Pferd ist allein nicht kräftig genug. Die Presse hat Gewicht.«

Aliz hielt den Atem an. Zwanzig Gulden. Damit könnte sie einige schadhafte Schindeln des Backhauses ersetzen und die Pfanne, deren Griffe am Durchrosten waren, reparieren lassen. Außerdem musste die Dose mit dem Ersparten aufgefüllt werden, die sie bei Annis Krankheit geplündert hatte. Zweifelnd blickte sie ihren exotischen Besucher an. Durfte man einem Mohren trauen? Sie dachte an den Mann, vor dem Asmus sie gewarnt hatte. Was, wenn er ihr diese zwielichtige Kreatur geschickt hatte? Aber zwanzig Gulden …

»Geh schlafen«, sagte Aliz zu Tile. Ihr Sohn starrte immer noch mit offenem Mund auf den späten Besucher. Sie spürte, dass er sie gern begleitet hätte, aber das kam unter keinen Umständen in Frage. Aliz deutete zur Tür, und er gehorchte murrend.

Der Mohr schritt voran, erst durch die Gasse, die im Nebel lag, so dass die Umrisse der Häuser und Gärten verschwammen, dann über die ebenfalls vom Nebel umwogten Felder Richtung Wald. Ich hätte zumindest Asmus mitnehmen sollen, dachte Aliz. Ob der Baron gewusst hatte, dass es bis auf den alten Knecht keinen Mann in ihrer Herberge gab? Hatte er vielleicht darauf spekuliert, dass sie allein käme, als er seinen Mohren ausgerechnet an ihre Tür klopfen ließ? Saint-Pierre wieherte, als wäre ihm der späte Spaziergang ebenfalls nicht geheuer.

»Es ist nicht mehr weit«, erklärte der Mohr in seinem verwirrend korrekten Deutsch.

»Wieso sprichst du …«

»Wie ein Mensch?« Er drehte sich um und begann zu bellen, als wäre er ein Hund. Dann brach er in Gelächter aus.

»Ich habe nicht gesagt …«

»Dass ich ein widernatürliches Scheusal bin, das den Mond anheult?«

»Wie kann man nur so lächerlich empfindlich sein«, meinte Aliz pikiert. Sie gingen weiter. »Ich kenne dich nicht. Es ist doch nur natürlich …«

»Das größte Übel bei den Weibern: Sie müssen unaufhörlich reden.«

»Das größte Übel bei den Mohren: Sie müssen ständig zanken.«

Der Mohr lachte erneut. Sie hatten den Waldessaum erreicht. Der Nebel löste sich auf, und sie wateten durch ein Blättermeer unter Bäumen, die den Wald zu einem riesigen Saal machten, in dem sich die Schreie der Nachtvögel brachen. Aliz fror. Sie wünschte, sie hätte den dickeren Mantel übergeworfen.

»Es ist nicht mehr weit«, wiederholte der Mohr und bellte noch einmal, als wäre das ein besonders guter Witz. Vor ihnen tauchte ein Pferd auf. Aliz blieb stehen. Hinter dem Pferd stand ein weiteres, mit silbern blitzendem Geschirr. Kein Karren. Ihr sackte das Herz in den Magen, sie vergaß, dass sie fror. Zwanzig Gulden. Sie hatte es gewusst: So freundlich mischte das Schicksal die Karten nicht. Sie wirbelte um die Achse und versuchte auf Saint-Pierres Rücken zu gelangen, aber sie wurde sofort wieder hinabgerissen. Der Mohr nahm ihr die Zügel ab und führte ihr Pferd zu den anderen. Der Mann, der sie umpackt hatte, ließ sie los. Sie fuhr herum.

»Der Herr von Anderrath also«, sagte sie mit so viel Selbstbewusstsein in der Stimme, wie sie aufbieten konnte. »Und dieses Mal unterwegs, um die Welt mit Büchern zu beglücken.«

»Ich wusste, dass Euch die Druckerpresse überzeugen würde.« Trotz seines Lächelns klang seine Stimme kalt. »Je unwahrscheinlicher, umso glaubwürdiger, nicht wahr? Sei so gut und geh ein bei paar Schritte«, befahl er dem Mohren.

»Nein, bleib«, entfuhr es Aliz – eine törichte Bemerkung, denn natürlich würde er nicht ihr, sondern seinem Herrn gehorchen. Der Mohr lachte. Er lehnte sich gegen einen Baumstamm, kreuzte die Arme über der Brust, und es sah aus, als zwinkerte er ihr mit den unheimlichen weißen Augen, in denen die Pupillen wie schwarze Kreise lagen, zu. Dreckskerl!

Symon von Anderrath blickte ihn kurz an, wiederholte

seine Forderung aber nicht, sondern wandte sich wieder an Aliz. »Und? Habt Ihr wenigstens ein schlechtes Gewissen?«

»Warum das?«

»Ich habe, wie Ihr Euch denken könnt, meinen Sohn aufgesucht. Das hat Zeit gekostet, weil Ihr mir – zweifellos aus Zerstreutheit – zwar die richtige Stadt, aber den falschen Lehrherrn genannt habt. Und dann musste ich feststellen, dass mein leider sturzbetrunkener Sprössling mich aus ganzer Seele hasst.«

»Das wundert mich nicht. Er besitzt ein gutes Gespür für Menschen.«

»Das muss wohl so sein, da wir einander nie zuvor begegnet sind.« Anderrath trat einen Schritt näher, er kam ihr so dicht, dass sie trotz der Dunkelheit die Umrisse der Narbe erkennen konnte, die seine Haut durchfurchte. »Wie mögen sich die Geschichten angehört haben, die Ihr ihm ins Ohr gewispert habt? Wart Ihr ein Opfer männlicher Raserei? Bin ich über Euch hergefallen, und Ihr konntet mir, trotz heftiger Gegenwehr und obwohl Ihr die Heilige Jungfrau um Hilfe anflehtet …«

»Alles und Schlimmeres. Aber was interessiert das noch?« Nicht ohne Häme fügte Aliz hinzu: »Ihr habt Moritz verloren, und gleich, was Ihr geplant habt: Es wird nicht geschehen. Lasst ihn also in Gottes Namen in Ruhe.«

»Warum?«

»Bitte?«

»Warum diese Lügen? Was hat Euch bewogen, ihm diese Wunde zu reißen? Empfindet Ihr gar kein Mitgefühl?«

Aliz hielt die Luft an. Vor Empörung? Weil der Vorwurf sie traf? Sie hielt Anderrath eine ihrer Handflächen entgegen. »Seht Ihr das?«

Er warf einen kurzen Blick darauf. »Was soll das? Steht mein Schicksal in den Linien Eurer Hand? Wenn, dann bräuchten wir wohl eine Zigeunerin, um sie zu lesen.«

»Seht sie als Spiegel«, zischte sie ihn an. »Ich habe Euch ein einziges Mal gesehen, Anderrath, bevor Ihr hier in Wöllstein aufgetaucht seid. In einer verfluchten Nacht, in der Herzog Johann Wilhelm nackt mit einem Fleischmesser in Jakobes Schlafkammer eindrang und das Bild ihrer Eltern aufschlitzte. Als er fort war, ist sie zu Euch geeilt, weil sie glaubte, nicht mehr atmen zu können, außer in Euren Armen. Besinnt Ihr Euch? Ihr wart einer der Gäste, die zum Musizieren geladen worden waren. In dieser Nacht musste ich vor Eurer Tür ausharren, um sie zu warnen, sollte jemand auftauchen. Damals, als Ihr die Tür für sie öffnetet, habe ich Euch einen Augenblick lang gesehen.«

»Der Anblick muss schockierend gewesen sein – Eurer Aufregung nach zu schließen.«

»Ich habe Euch gesehen und verflucht, weil ich ahnte, dass Ihr meine Herrin ins Unglück stürzen würdet.«

»Da war Eure Fantasie der Wirklichkeit voraus. Sie ist heil wieder fortgekommen, wenn ich mich recht entsinne. Und auch getröstet, wenn Ihr mir diese Beurteilung erlaubt.«

»Sie ist seit dieser Nacht immer wieder zu Euch geeilt, ohne die Folgen zu beachten. Sie war verwirrt, vor Angst wie von Sinnen. Ihr aber nicht. Ihr hättet die Folgen im Auge haben und sie vor sich selbst schützen müssen.«

»Ach, Herrgott ...«

»Als man Euch endlich schnappte, als man Euch den Prozess machte, weil Ihr Jakobe zum Ehebruch verführt habt, war ich unpässlich. Und froh darüber. Ich habe Euch gehasst, ich wollte Euch niemals wiedersehen. Als es hieß, dass man Euch zur Galeere verurteilt hat, war ich erleichtert. Ich hoffte, Ihr würdet nach wenigen Wochen sterben.«

»Muss ich mich jetzt entschuldigen?«

»Ich habe meiner Herrin zugeredet, Euch zu vergessen, aber das brauchte ich gar nicht«, sagte Aliz mit einem ihr fremden, aber angenehm rachsüchtigen Gefühl. »Einige

Wochen war sie niedergeschlagen, dann kam ein anderer Mann, und ich habe begriffen, dass sie niemals *Euch* gemeint hat, selbst wenn sie es dachte. Sie suchte jemanden, der ihr einige Stunden eine Tür aus dem Irrsinn ihrer Ehe öffnete. Mehr war es nicht.«

»Euer Scharfblick in Herzensangelegenheiten ist überwältigend.«

»Ich habe alle Spuren verwischt, die einen Beweis für die Untreue meiner Herrin ergeben hätten …«

»Bis auf die eine.«

»Was?« Es dauerte einen Moment, ehe sie begriff, dass er von Moritz sprach.

»Habt Ihr nie darüber nachgedacht, dass der Junge ein Erbe hat, das ihm gebührt? Auch von Seiten seiner Mutter?«

Aliz holte Luft. »Wie lange seid Ihr gerudert?«

Er antwortete nicht.

»Es ist gleich. Die Zeit hat sich in Euer Gesicht gebrannt. Jeder Schlag, den Ihr auf der Galeere empfangen haben mögt, hat Hass gesät, und der Hass hat seine Spuren hinterlassen. Wer Euch anschaut …« Sie wedelte mit der Hand. »Seht in den Spiegel. Ihr tut mir leid, wahrhaftig, auch wenn ich Euren Leichtsinn, was meine Herrin angeht, verfluche. Aber Ihr habt auf der Galeere verlernt, etwas für andere zu empfinden. Ihr bahnt Euch Euren Weg, ohne darauf zu achten, wer dabei Schaden nimmt. Und genau das ist in Eurem Gesicht zu lesen. Eure Augen sind Steine. Euer Mund ist wie gemeißelt. Selbst wenn ihr lächelt, gibt es kein echtes Gefühl. Jakobes Erbe wäre das größte Unglück, das Moritz widerfahren könnte – habt Ihr schon einmal darüber nachgedacht? Wenn man erführe, wer seine Mutter ist, würde man ihn benutzen und mitleidlos zugrunde richten. Ihr wisst doch, wie es bei den Mächtigen zugeht. Jakobe wurde erdrosselt. Denkt Ihr, ihm würde ein gnädigeres Schicksal blühen? Nein, Anderrath, gleich, wie quälend es Euch getroffen haben mag: Meine Kinder zerrt Ihr nicht mit in diesen Abgrund. Das werde ich nicht zulassen.«

Anderrath wandte sich ab, aber nur für wenige Augenblicke, dann drehte er sich wieder zu ihr um. »*Meine* Kinder?«

»Ich liebe Moritz, ich habe ihn großgezogen. Das zählt mehr als eine gestohlene Stunde Lust.«

Der Mohr sagte etwas in einer Sprache, die Aliz nicht verstand. Symon warf ihm einen verschwommenen Blick zu. Dann horchte er plötzlich auf und lauschte in die Nacht. Was war los? Aliz fuhr herum – und sah im selben Moment ihren Sohn durch die Büsche brechen.

Sie stöhnte still. Tile, er war ihr gefolgt. Er hatte wieder einmal nicht gehorcht. Ihr Junge lachte auf, als er Anderrath sah. Mit einem Juchzer warf er sich ihm in die Arme, ein kleines Kind, trotz der vierzehn Jahre, die er bereits zählte. Anderrath wurde steif, und sie selbst gefror zu Eis.

Tile fehlte jedes Gespür für die Spannung, die in der Luft lag. »Ich habe Euch gefunden!«, krähte er stolz und ohne sich zu fragen, warum hier kein Wagen im Graben lag.

»Keine Bange, ich fresse ihn erst später«, murmelte Anderrath, während er sich gleichzeitig bemühte, Tile auf Abstand zu bekommen.

»Also wirklich, das reicht jetzt.« Aliz packte ihren Sohn am Arm und pfiff nach Saint-Pierre, der folgsam zu ihr trabte. »Ab nach Hause.«

»Ich will aber hierbleiben.«

»Darüber hast du nicht zu entscheiden. Wir gehen.«

»Ganz recht, ihr geht«, sagte Anderrath. »Aber zuvor noch ein letztes Wort.«

»Was ist denn los?«, fragte Tile verwirrt.

»Zwei Dinge«, sagte Anderrath zu Aliz. »Zum einen: Ihr werdet Moritz aus Frankfurt fortholen. Dort braut sich etwas zusammen, und ich will nicht, dass mein Sohn …«

»Selbst wenn ich bereit wäre, es zu tun: Er ist erwachsen. Glaubt Ihr im Ernst, er ließe sich von mir vorschreiben …«

»Und zum anderen: Ihr werdet ihm die Wahrheit sagen, was seine Eltern angeht. Weil erwachsene Menschen …«, er lachte spöttisch, »ein Recht darauf haben, ihre Herkunft zu kennen, denkt Ihr nicht?«

Jetzt endlich schien Tile aufzugehen, dass etwas nicht stimmte. »Mutter?«, fragte er kläglich und schob seine Hand unter ihren Arm.

Anderrath ging zu seinem Pferd und holte etwas aus einer Satteltasche hervor. »Komm her, Tile. Hier, bring das deiner Mutter.«

Der Junge gehorchte zögernd. Er überreichte Aliz eine Papierrolle, die von einer Schnur zusammengehalten wurde.

»Ihr habt die Kopie, ich das Original«, erklärte Anderrath. »Und wir beide kennen die Person, die nichts davon in die Hände bekommen sollte.« Mit diesen Worten stieg er aufs Pferd. Der Mohr tat es ihm nach. Als er an Aliz vorbeiritt, beugte er sich zu ihr herab und murmelte mit einem Grinsen: »Da, wo ich herkomme, sagt man: *Miss die Zähne des Tigers, bevor du jagen gehst.*«

14. Kapitel

Vier Tage waren seit dieser Nacht verstrichen. Vier Tage, in denen Aliz wie in einem Alptraum ihre Gäste versorgte, Hirse einweichte, letzte Gärtenkräuter schnitt und trocknete, zerschlissene Bettlaken auf der Wiese zum Bleichen auslegte – und zwischendurch immer wieder auf das Papier starrte, das sie in einer Schublade in der Schlafkammer aufbewahrte. Sie kannte mittlerweile jedes Wort und jede Linie auswendig. Anderrath hatte ihr eine Zeichnung gegeben, die ihren geheimen Postkurs abbildete. Sämtliche illegale Stationen zwischen Hürth und Rheinhausen, die sie betrieb, waren darin eingetragen, die meisten mit den Namen ihrer Komplizen. Wie war Anderrath an diese Informationen gekommen? Hatte er jemanden verfolgt? Bedroht? Bestochen? Gequält?

Sie fragte Franz aus Hangen-Weisheim aus, der sie in der dunkelsten Stunde zwischen zwei und drei Uhr nachts aufsuchte, um wie gewohnt einen Beutel voller Briefe abzuholen. Er wusste nichts, war aber zutiefst beunruhigt. Sie trug ihm auf, ihren Komplizen, die südlich von Wöllstein wohnten, mitzuteilen, dass sämtliche Briefbeförderungen aufhören müssten: Das betraf Bobenheim, Maudach und Rheinhausen.

Dann schrieb sie an Moritz, dass man sie entdeckt habe und dass er seinen Postbetrieb, von dem sie glücklicherweise nur wenig wusste, ebenfalls einstellen oder zumindest vor

Wöllstein beenden müsse. Sie saß an dem Tisch in ihrer Schlafkammer. Die Feder machte einen Klecks auf dem Papier, und sie tupfte mit einem alten Lappen darüber, was aber alles nur verschlimmerte. Sie merkte, wie kalt es war, lief einige Schritte und setzte sich erneut.

Der letzte Teil des Briefs war kaum zu formulieren. Wie schrieb man seinem Kind: Ich habe dich belogen? Wie schrieb man ihm: Du bist die Liebe meines Herzens, aber nicht mein Fleisch und Blut – es war ein reiner Zufall, dass du in meine Obhut gekommen bist? Wie schrieb man: Ich kann trotzdem ohne die Gewissheit, dass ich dein Herz besitze, nicht leben?

Unmöglich.

Unmöglich deshalb, weil die Liebe etwas Zerbrechliches war, gleich wie fest man das Fundament wähnte. Was, wenn Moritz sie nach dem Lesen des Briefes nicht mehr sehen wollte? Wenn er sie verachtete und sie für ihre Lüge hasste? Was, noch schlimmer, wenn es seinen Ehrgeiz kitzelte zu hören, dass er der Sohn einer Herzogin war, und er sich freiwillig in die Fänge der Menschen begab, die ihn nur benutzen und womöglich vernichten würden? Genau deshalb hatte sie ihm seine wahre Mutter doch verheimlichen wollen.

Und wieso war er betrunken gewesen? Das hatte Anderrath doch gesagt: Euer sturzbetrunkener Sohn. Die Frage bewegte sie, weil sie wusste, dass Moritz sich nicht viel aus Wein machte. Hatte Anderrath dem Jungen mehr erzählt, als er zugegeben hatte? Hatte Moritz aus Kummer getrunken? Die Fragen wirbelten durch ihren Kopf, aber sie konnte keine davon beantworten. Was sollte sie sagen, wenn Moritz wissen wollte, wie seine Mutter gestorben und wie er zu ihr gekommen war?

Aliz hasste Anderrath. Wenn sie ihm nicht gehorchte, wenn sie den Brief einfach nicht absandte – würde er dann tatsächlich zu Apocalypsis gehen, um ihm zu stecken, wer die Herren von Taxis betrog? Und was würde dann mit ihr geschehen? Es gab doch auch noch Anni und Tile, an die sie denken musste.

Aliz zerknüllte den Brief. Sie musste selbst nach Frankfurt. Wenn Moritz sie ansah, während sie mit ihm redete, würde er sie verstehen. Und vielleicht würde es dann gar nicht so schlimm werden. Vielleicht würde er lachen. *Ich bin der Sohn einer Herzogin? Na und? Du bist es, die ich liebe, Maman.*

Aber erst musste sie noch nach Bingen zum Siechenhaus reiten, die letzten Briefe abgeben und auch Ott erklären, dass es keine Poststrecke mehr geben würde.

Sie blickte zum Fenster, der Mond stand hoch am Himmel, sie hatte noch einige Stunden Zeit, bevor die Gäste aufstanden. Entschlossen nahm sie ihren Mantel. Wenn sie schnell ritt, war sie aus Bingen zurück, bevor die Gäste erwachten. Und nachdem die Leute aufgebrochen waren, würde sie sofort weiter nach Frankfurt eilen.

Wenig später war sie unterwegs. Die Waldbäume schossen an ihr vorüber, manchmal peitschten Zweige in ihr Gesicht. Fast hätte Saint-Pierre ein Tier totgetrampelt, wahrscheinlich hatte er es mit den Hufen erwischt.

Der stumme Ott war bestürzt, als sie erklärte, dass sie ihr wunderbares Geschäft beenden müssten. Er brach in Tränen aus. Vielleicht würde er von nun an genau wie seine Siechen hungern müssen? Er deutete auf seine Augenbrauen. Die Haare waren ausgefallen. Hatte er sich bei einem seiner Leprösen angesteckt? »Gott schütze dich«, sagte Aliz und fühlte sich, als würde sie einem Ertrinkenden die rettende Hand verweigern. Aber was sollte sie tun?

Die Unruhe riss an ihr. Vier Tage hatte sie geschwankt und gezögert – nun musste alles am besten in einem Augenblick geschehen. Sie wollte heim und weiter zu Moritz.

Es war noch dunkel, als sie den Wald hinter sich ließ und wieder auf Wöllstein zuritt. Alles schien wie immer zu sein. Unterhalb der Felder lag das Städtchen, der Mond hing neben dem Kirchturm, um ihn herum bildeten hohe und niedrigere Dächer ein graues Gebirge. Als sie die ersten Häuser erreichte und die Straße hinaufritt, meinte sie einen Geruch wahrzunehmen, der sie irritierte. Entfachte schon jemand vor dem Morgengrauen ein Feuer? Mit gerunzelten Brauen stieg sie vom Pferd und schloss das Tor der *Grünen Laterne* auf. Sie griff nach den Zügeln ihres Pferdes, und in diesem Moment wurde das Unglück offenbar: Hinter dem Küchenfenster züngelten Flammen.

Einen Moment war Aliz wie gelähmt vom Schock. Feuer war die größtmögliche Katastrophe. Es vernichtete eine Stadt rascher und gründlicher als jede Armee und tötete grausamer als Schwerter und Arkebusen. Sie ließ die Zügel fahren und rannte zur Küchentür. Natürlich war sie abgesperrt – das hatte sie ja selbst getan. Sie nestelte am Schlüsselbund, der unter dem Mantel an ihrem Gürtel hing, und kreischte: »Feuer!«

Die Flammen fraßen das Pergament, das sie gegen die Kälte vor das Küchenfenster gespannt hatte, und loderten ins Freie. Aliz hatte endlich den Hausschlüssel vom Schlüsselring bekommen und stieß ihn ins Schloss der Haupttür. Auch hinter einem zweiten Fenster brannte es bereits. Wie schnell das Feuer um sich griff. Sie schrie ohne Atempause – und hörte schließlich ein Echo. Eine der Mägde war erwacht und brüllte hysterisch, im Gästetrakt weckte jemand mit lauten Rufen die anderen Reisenden.

Aliz drückte die Tür auf und wollte in die Diele stürzen. Doch in diesem Moment bekam sie einen Schlag auf den Kopf, so heftig, dass ihr der Schmerz durch die Wirbelsäule bis in die Füße fuhr. Sie fand sich am Boden wieder und musste wohl kurz ohnmächtig gewesen sein, denn als sie sich umblickte, lag sie im Hof. Ihre Gäste rannten durch die Nacht und zerrten Gepäckstücke mit sich oder versuchten, die Pferde ins Freie zu retten. Benommen taumelte Aliz auf die Beine. Walburga, die neben ihr war, half ihr.

»Wo sind die Kinder?«

»Ich weiß nicht. Ich habe Euch in der Tür liegend gefunden, und …« Die beiden Frauen starrten auf die oberen Fenster, wo sich Tiles und Annis Schlafkammern befanden. Aliz lief ins Haus, sie presste wegen des Rauchs den Arm vor die Nase und erklomm die Stiege. Ihre Beine zitterten, ihr Kopf schmerzte, als fuhrwerkte jemand darin mit einem Messer herum. Sie stieß Annis Tür auf und fand ihr Mädchen zitternd unter der Decke. Es kostete sie Mühe, die Kleine auf die Füße zu zerren. »Lauf runter. Lauf!«, brüllte sie und schlug ihr ins Gesicht. Anni begann zu heulen, aber schließlich gehorchte sie.

In Tiles Kammer war der Rauch noch dichter. Aliz riss die Kissen aus seinem Bett, die Holzdielen unter ihren Füßen fühlten sich so heiß an, als würden die Deckenbalken in der unteren Etage brennen. Sie musste sich beeilen. Das Bett war leer. Sie rief nach ihrem Jungen und rannte über den Flur in die nächste Kammer, wo sie Besen und Eimer aufbewahrte. Nichts. Wahrscheinlich war er schon nach unten gerannt.

Hustend taumelte sie in den Hof zurück. Die Flammen stachen durch das trockene Fachwerk wie Messer durch Butter. Im Hof hatten sich die Nachbarn versammelt, einige trugen Eimer, die die Mägde mit Wasser aus dem Hofbrunnen gefüllt hatten. Es bildeten sich Schlangen, die die Eimer weiterreichten. Der erste Schwung Wasser verglühte in den Flammen. Plötzlich schien das ganze Dorf auf den Füßen zu sein. Jeder half, nicht nur aus Freundlichkeit: Bei einem Brand waren alle Häuser gefährdet.

Aliz rannte zu Anni. »Wo ist Tile?«

»Weiß ich nicht«, weinte die Kleine. Aliz lief in die Gasse.

Vielleicht war er ja dort hingelaufen. »Du blutest«, hörte sie eine Stimme rufen. Sie ignorierte sie und drängelte sich durch die Menge, fand aber von ihrem Jungen keine Spur. Es kroch ihr eiskalt über den Rücken. Hatte er sich irgendwo im Haus versteckt? Sie kehrte in den Hof zurück, wischte sich etwas Feuchtes aus dem Gesicht und sah Blut an ihrer Hand. Ein brennender Balken, der aus dem Obergeschoss donnernd in die Tiefe krachte, ließ sie zusammenzucken. Hatte so ein Balken sie auch am Kopf getroffen? Der schmerzte immer noch so grausam, dass sie kaum einen Gedanken zustande brachte. Tile ... Benommen rannte sie wieder zum Haus.

Einer der Nachbarn hielt sie auf. »Du kannst da nicht mehr rein!«

»Immerhin hatte die Dame Zeit, sich anzukleiden.« Die spitze Stimme gehörte Josefa, die ebenfalls aufgetaucht war.

Aliz machte sich los. Das Prasseln des brennenden Holzes, der Qualm und der Feuerschein waren wie ein Vorgeschmack auf die Hölle. Sie hustete. Vielleicht hatte Tile versucht, die Pferde zu retten? Aber der Stall war zu einem riesigen Scheiterhaufen geworden. Wer sich dort drinnen befand, war tot. Gerade als sie es dachte, krachte das Dach in den brennenden Innenraum und ließ eine gewaltige Stichflamme in den Nachthimmel schießen.

»Du musst weg hier.« Gewaltsam zerrte einer ihrer Nachbarn sie Richtung Tor. In diesem Moment ertönte ein gellender Schrei. Aliz riss den Kopf hoch. In einem der Fenster des Haupthauses erschien eine brennende Fackel, ein Mensch, der in Flammen stand. Er stürzte durch die Rauchschwaden in den Hof. Dort brannte er weiter.

»Barmherziger Gott.« Der Mann, der sie mit sich gerissen hatte, bekreuzigte sich, packte erneut zu und schaffte sie in die Gasse hinaus. Das Schreien erstarb. Aliz versuchte durch den offenen Torbogen zu dem brennenden Bündel zu sehen.

Tile … Vergeblich versuchte sie sich loszumachen. Die Nachbarn feuerten einander an und reichten Eimer weiter, auch aus einem nahen Teich wurden jetzt mit Wasser gefüllte Eimer gekarrt. Die meisten wurden inzwischen auf das Strohdach eines Nachbarhauses entleert, auf das die Funken wie Sendboten des Todes flogen.

Irgendwann saß Aliz auf einem Grenzstein. Sie weinte und umschlang Anni, die verängstigt zwischen ihren Knien hockte. Ihr Sohn tauchte nicht auf, und wenn sie die Menschen nach ihm fragte, wichen ihre Blicke aus oder gingen zum brennenden Hof. Tile war verbrannt. Er war tot …

Die Löscharbeiten dauerten bis weit in den nächsten Tag hinein. Am Ende lagen die *Grüne Laterne* und eines der angrenzenden Häuser in Schutt und Asche. Der Nachbar von nebenan, ein stiller Mensch, der Aliz gelegentlich geholfen hatte, wenn etwas Schweres vom Karren gehoben werden musste oder einer ihrer Gäste unangenehm wurde, weinte.

»Wie konnte das passieren?«, fragte jemand. Kalte, erschöpfte Blicke richteten sich auf Aliz.

»Vielleicht hat sie den Gluthalter nicht über das Kochfeuer gestülpt.« Nein, es war nicht Josefa, die diese gehässige Bemerkung von sich gab, sondern ein Weib, das neben der Kirche wohnte. Die anderen flüsterten und nickten einander zu. Aliz merkte plötzlich, wie isoliert sie und Anni saßen. Niemand stand mehr in ihrer Nähe. Es war, als wären sie aussätzig geworden. Weil es ihr Haus gewesen war, von dem das Unglück seinen Ausgang genommen hatte? Weil Aliz doch immer eine Fremde hier im Ort geblieben war? Sie hatte sich wohl nie einsamer unter den Wöllsteinern gefühlt als in diesem Augenblick – nicht einmal damals, als sie mit ihren Kindern wie eine Streunerin auf den Dorfanger gewankt war.

Unsicher stand sie auf. Sie ging zurück in den Hof zu der Brandruine, zu der ihr Heim geworden war. Der Rauch war weniger geworden, hing aber immer noch über den Trümmern. »Wo ist Tile?«, fragte Anni, die ihr gefolgt war, ängstlich.

Der verkohlte Tote lag neben einer der Mauern. Nichts von ihm war mehr zu erkennen, weder Gesicht noch Körperstatue. Aliz starrte auf eine Axt mit angesengtem Griff, die neben seinem Bein lag. Hatte er versucht, damit eine Tür zu öffnen? Tile wäre es niemals in den Sinn gekommen, ein so praktisches Werkzeug zu ergreifen. Nicht einmal in größter Not. Aliz kniete neben dem Toten wieder. Sie entdeckte etwas, dass das Feuer seitlich in seine Brust eingebrannt hatte, ein schwarzes Kreuz. Asmus, dachte sie. Das Kreuz hatte ihr Knecht immer als Talisman getragen.

Also war es nicht Tile, auf dessen Überreste sie starrte. Ihr Blick ging zu den rauchenden Balken und den rußgeschwärzten Mauern. Wohin war er verschwunden, wenn er hier nicht lag? Unter den Trümmern, die noch niemand untersuchte, weil sie noch zu heiß waren? Oder hatte er womöglich das Feuer durch Ungeschick selbst gelegt und war dann davongelaufen?

»Du kannst mit mir kommen.«

Aliz hob den Kopf. Neben ihr stand Josefa. Sie hatte Anni an die Hand genommen und ging zum Ausgang des Hofs. »Nun komm schon.«

Anni schmiegte sich an die Tante, und Aliz stand auf. »Nein«, sagte sie. »Das ist nicht nötig.«

»Du bist hochmütig für eine Bettlerin, die in Zukunft vom Großmut und der Mildtätigkeit anderer abhängig sein wird.«

»Komm, Anni«, sagte Aliz und streckte die Hand nach ihrer Tochter aus. Der Schmerz, der ihr dabei durch Kopf und Nacken zog, erinnerte sie wieder an den Schlag, der sie getroffen hatte. War tatsächlich ein Balken auf sie gefallen? Aber in der Diele hatte es doch noch gar nicht gebrannt.

»Und sonderbar uninteressiert an dem Schicksal deines Sohnes«, sagte Josefa mit gesenkter Stimme. »Willst du gar nicht wissen, was aus ihm geworden ist?« Sie drehte sich um und ging davon.

Aliz und Anni holten sie auf der Hälfte des Wegs ein, aber Josefa weigerte sich, ihre rätselhafte Bemerkung zu erklären. Vor ihrer Haustür angekommen, bat sie sie von oben herab, sich zu waschen – man wolle schließlich nicht den ganzen Schmutz in den Wohnräumen haben –, und bot ihnen gnädig alte Kleider aus dem Nachlass einer verstorbenen Magd an. Aliz schüttelte den Kopf. »Wo ist Tile?« Sie stand in Josefas großer Stube. Obwohl der Kamin geheizt war, fror sie. Der Blick in die Flammen bereitete ihr Übelkeit. Sie nahm an, dass Josefa ihren Sohn in der Nacht irgendwo gesehen und ihn mit sich genommen hatte. Aber plötzlich kamen ihr Zweifel. Ihre Schwägerin stolzierte mit einem derart selbstzufriedenen Gesicht umher, dass es mit einer kleinen Geste der Freundlichkeit kaum zu erklären war.

Josefa läutete mit einem Bronzeglöckchen und ließ die Magd einen Rosinenbrei zubereiten. »Du musst etwas essen, Schwägerin, und wenn nicht Du selbst, dann doch unsere liebe kleine Anni.«

Aliz ging aus dem Zimmer. Sie lief durch das ganze Haus, scheuchte Diener auf, kam in die Schlafkammer, die sie nie zuvor gesehen hatte und wo ihr Spiegelbild mit den angesengten Kleidern und Haaren und dem verschmierten Gesicht an ein Gemälde der Hölle gemahnte. Aber keine Spur von Tile. Ihre Panik kehrte zurück. Sie hielt eine der Mägde auf, die einen Eimer mit Schmutzwasser ins Freie tragen wollte.

»Tile? Nein, der ist nicht hier. Es tut mir leid, was Euch geschehen …«

Aliz ließ die Frau stehen und ging mit schweren Beinen die

Treppe hinab. War es möglich, dass Josefa ihr den Tod ihres Sohnes verschwieg für den billigen Triumph, ihre Hilflosigkeit auskosten zu können?

»Sag mir endlich, wo er ist«, herrschte sie die Frau mit der eng geschnürten Taille an, als sie in die Stube zurückkehrte. Anni saß vor einem Teller Brei und stocherte darin herum, ohne etwas zu essen.

»Das werde ich«, erklärte Josefa honigsüß. Und dann zählte sie auf, was sie für diese Auskunft von ihr forderte.

Aliz unterzeichnete eine Urkunde, in der sie Josefa das Grundstück mit dem niedergebrannten Haus übertrug. Dann kehrte sie mit ihr zur *Grünen Laterne* zurück. Die Leute, die immer noch fassungslos auf der Straße standen, beobachteten sie. Eine vom Schicksal geschlagene Frau – die womöglich tatsächlich vergessen hatte, den Gluthalter über das Herdfeuer zu stülpen! – und ihre mildtätige Schwägerin, die sie an den Ort ihres Unglücks begleitete, um ihr beizustehen. Anni trottete wie ein verstörtes Hündchen hinter ihnen her. Aliz blickte zu der Stelle, an der Asmus gelegen hatte. Die Dörfler hatten seine Leiche fortgetragen, und einen Moment fühlte sie sich schuldig, weil sie sich nicht selbst darum gekümmert hatte, dass der Totengräber kam.

Noch immer stiegen winzige Rauchfäden in die Luft, doch es hatte ein Nieselregen eingesetzt, der dafür sorgen würde, dass das Feuer nicht wieder aufflammte. Aliz stieg über die verkohlten Möbel hinweg. Sie brauchte nicht lange zu suchen. Das rote Büchlein, auf das Josefa so versessen war, lag gemeinsam mit dem wenigen Geld, das Aliz für Notlagen zurückgelegt hatte, unter einigen Steinen in der Küche, auf denen normalerweise ein Bein des schweren Tisches gestanden hatte. Der Tisch war eingestürzt, sie musste die Platte beiseitehieven.

Das Buch hatte den Brand erstaunlich gut überstanden,

nur die Ränder waren ein wenig angekohlt. Josefa wollte danach greifen, aber Aliz hielt es fest. »Rede!«

Und dann bekam sie genau das zu hören, was sie befürchtet hatte, seit Symon von Anderrath und mit ihm ihre Vergangenheit in ihr Leben zurückgekehrt waren. Ein Mann war ins Dorf gekommen und hatte nach einer Französin gefragt. Sie erinnerte sich vage, dass Asmus ihn erwähnt hatte, nur hatte sie ihn wieder aus den Augen verloren, nachdem der Mohr sie in den Wald gelockt hatte. Der Fremde hatte auch an Josefas Tür geklopft, vielleicht, weil man ihm erzählt hatte, dass sie mit der Französin verschwägert sei. »Er zeigte ein besonderes Interesse an deinem Sohn.«

»Was für ein Interesse?«

»Ich weiß es nicht, er fragte eben nach ihm.«

»Und da hast du ...«

»Warum hätte ich ihm verschweigen sollen, was er sowieso erfahren hätte? Natürlich besitzt du einen Sohn, und er hatte ihn auch bereits gesehen und einen Narren an ihm gefressen, denn er wollte jede Winzigkeit über ihn erfahren. Es hätte doch sein können, dass er Tile als Lehrling mit sich nehmen will, so wie damals dieser Frankfurter Bäcker Moritz mitgenommen hat, habe ich mir gedacht. Jemand muss sich ja kümmern, damit der arme Junge nicht im Elend endet. Ich sah mich dazu gezwungen, darauf hinzuweisen, dass Tile nicht immer ...«

»Hast du auch über Moritz gesprochen?«

»Der ist doch fort.«

»Ist das sicher? Ihr habt nicht ...«

»Also, du kannst wirklich nicht erwarten, dass ich jedes Wort im Gedächtnis habe.«

»Wie sah der Mann aus?«

Mürrisch gab Josefa eine Beschreibung – sie war so ähnlich wie die von Asmus. Ein stattlicher, älterer Mann. »Er war reich, er reiste in einer Kutsche.«

»Hat er seinen Namen genannt?«

»Wie du weißt, ist es nicht meine Art, Fremde auszufragen.«

»Aber es ist deine Art, ihnen alles in die Ohren zu schwatzen, was sie wissen wollen.«

»Nun, ich glaube nicht, dass ich mich von dir beleidigen …«

Aliz hielt das Büchlein in die Höhe, zwischen dessen Seiten sie die Urkunde gelegt hatte. »Wenn mir deine Kenntnisse nichts nützen, gehe ich davon aus, dass du mir etwas verschweigst. Dann bringe ich das Büchlein zum Büttel«, flüsterte sie.

Josefa kaute auf ihrer Lippe, die Gier glitzerte in ihren Augen. Sie überwand sich. »Der Diener sprach ihn an und nannte ihn Marschall. Marschall Schenken oder so ähnlich. Es … es fiel auch eine Bemerkung, dass sie aus Düsseldorf kämen. Und heute Nacht, als ich zufällig aus einem Fenster blickte, sah ich …«

»*Was* hast du gesehen?«

»Seine Kutsche fuhr in halsbrecherischer Geschwindigkeit aus dem Ort, hier an meinem Haus vorbei, und kurz darauf ist das Feuer ausgebrochen.«

»Und Tile?«

»Das kann man sich doch wohl ausrechnen!« Sie riss Aliz das Buch aus den Händen, dann war sie fort.

15. Kapitel

Der Jude hieß Rafael.

Moritz hatte sein Versprechen gehalten und sich mit ihm bei der Bienenweide getroffen. Er hatte zunächst so getan, als wollte er ihm nur ein paar Lebkuchen schenken, die er aus Fettmilchs Backstube hatte mitgehen lassen, denn im nüchternen Zustand war ihm klar geworden, wie riskant sein eigentliches Vorhaben war – nämlich einen Dieb in sein Postnetz mit einzubeziehen. Er würde sich in die Hände eines Nichtsnutzes begeben und sich erpressbar machen.

Aber nun schwankte er. Die Nacht auf dem Römer war ihm nur noch verschwommen in Erinnerung, aber ihm war klar, dass er dem mageren Bengel mit der Warze etwas schuldete. Die Verschönerung der Justitia hatte für mächtiges Aufsehen gesorgt. Wenn man ihn erwischt hätte, wäre es ihm ohne Zweifel übel ergangen.

Rafael entdeckte den Buckler. Seine Augen leuchteten auf, als das Pferd auf sie zukam und Moritz anstupste.

»Darf ich ihn mal reiten?«

Moritz grinste und nickte. Er wusste, dass der Bengel nach ein paar Schritten im Gras landen würde. Der Buckler trug keine Fremden. Rafael saß auf – und Moritz kam ins Staunen. Sein Pferd tat, was es seinem Namen schuldig war, es buckelte, was das Zeug hielt, aber der Reiter klebte auf dem Pferderücken, obwohl er nicht einmal Sattel und

Steigbügel hatte. Nach einem kleinen Kampf stoben die beiden los. Einen Moment dachte Moritz, das Pferd wäre durchgegangen, doch dann sah er Rafaels leuchtendes Gesicht.

Der Junge konnte also reiten. Und damit ergaben sich für Moritz ungeahnte Möglichkeiten. Er hatte erwogen, Rafael die Briefe für seine Frankfurter Kunden austragen zu lassen, was ihm schon eine große Zeitersparnis gewesen wäre, aber nun dämmerte ihm, dass er vielleicht einen weiteren Postreiter gefunden hatte. Fettmilch hatte Moritz schon öfter die Leviten gelesen, weil er sonntags den Kirchgang schwänzte oder – sein ewiger Vorwurf – sich nicht bei den Geselligkeiten der anderen Bäckergesellen einfand. Wie, wenn man das Problem mit Rafaels Hilfe löste? Der Junge würde wahrscheinlich begeistert sein, wenn ihm jede Woche einige Kreuzer in den Schoß regneten.

Er war für kurze Zeit außer Sicht gewesen, und nun bog er wieder um die Ecke. Die schwarzen Haare flogen im Wind, der magere Körper war mit dem des Pferdes verschmolzen. Als er die Bienenweide erreichte und vom Pferderücken rutschte, sah er zum ersten Mal völlig entspannt und gelöst aus. Er lachte und wühlte in der Mähne des Pferdes.

»Du traust dich was.«

»Ja, und ich muss mich dafür nicht mal vorher besaufen.« Rafael grinste unverschämt. Sein Lächeln wurde noch breiter, als er sah, wie Moritz einige zusätzliche Lebkuchen aus seinem Beutel klaubte. Die Gier, mit der er sich darüber hermachte, war so groß, dass Moritz diskret zum Zeidler ging, um ihm ebenfalls seine Ration zu bringen.

Als er zurückkehrte, stellte er ohne Umschweife die Frage, die ihm auf den Nägeln brannte. »Ich will dir eine Arbeit geben, bei der du dir ein bisschen was verdienen kannst. Aber die Sache ist brandgefährlich. Wenn man dich erwischen würde, könnte es am Galgen enden.«

Rafael starrte ihn an.

»Sag, wenn dir das zu brenzlig ist. Dann vergiss die Sache, und wir tun so, als hätte ich …«

»Was redest du für einen Dreck? Seh ich wie ein Hosenschisser aus?« In den dunklen Augen glitzerte es verdächtig.

»Es sind wirklich nur ein paar Pfennige«, schränkte Moritz ein. »Hängt davon ab, wie viel Arbeit hereinkommt.«

»Ich mach das.«

»Wie weiß ich, ob ich dir vertrauen kann?«

»Du meinst, ich soll dir einen Schwur auf dem Topf mit dem Fett der Christenkinder leisten, die ich gebraten habe?«

»Red nicht so dämlich daher.«

»Wir sind keine Freunde.«

Moritz rang mit sich. Er spürte, dass der Junge vor ihm gefährlich war. Zu viele Gefühle, zu viel Durcheinander im Leben und im Kopf. Das Tuch seiner Kleider war fein gewebt, jetzt im Sonnenlicht konnte er es deutlich erkennen. Rafael hatte einmal im Wohlstand gelebt. Aber das war ihm alles kaputtgegangen, und deshalb war er unberechenbar.

Auf der anderen Seite … Dunkel erinnerte Moritz sich, wie sie beide nebeneinander im Brunnen der Justitia gesessen hatten. Da hatte Rafael ihm geholfen, und zwar völlig selbstlos. Er entschied sich. »Komm mit.«

Auf dem Weg zum Steinbruch erklärte er Rafael, was eine illegale Poststrecke war, wie man damit Geld verdiente und wie Rafael sich an diesem Geschäft beteiligen könnte. Und auf einmal änderte sich die Stimmung. Der Junge war nicht dumm, er verstand sofort, wie die Geschichte lief und wo der Haken saß. Aber er war Feuer und Flamme. »Ich bräuchte ein Pferd.«

»Das regle ich, du kannst den Buckler holen. Er scheint es ja mit dir auszuhalten.«

Rafael stapfte neben ihm her, die Fäuste in den Taschen waren geballt.

»Du kannst mich in die Pfanne hauen. Jetzt, wo du alles weißt, kannst du mir richtig böse Schwierigkeiten machen.«

Rafael begann zu pfeifen. Ein Lied mit Trillern, die wie Spritzer in der Herbstluft platzten.

Moritz war blendender Laune, als er abends in den *Hasen* zurückkehrte, zum ersten Mal seit Tagen. Er fand, dass er ein schwieriges Problem glänzend gelöst hatte. Seine Stimmung bekam einen Dämpfer, als er entdeckte, dass die Meister und Gesellen in der Gaststube nicht wie üblich gemütlich vor ihrem Wein saßen und miteinander schwatzten, sondern dass sie mit ernster Miene an Tischen lehnten oder ihre Stühle zurechtgerückt hatten, so dass sie zum Ausschank blicken konnte. Dort stand Meister Fettmilch.

Moritz zwängte sich in eine Ecke, um keine Aufmerksamkeit zu erregen. Fettmilch redete – wen wunderte es – wieder vom Rat der Stadt. Offenbar versuchten die Patrizier zu verheimlichen, wie hoch die tatsächliche Verschuldung Frankfurts war. Musste man das Schlimmste befürchten? »Vertrauen ist etwas für Einfaltspinsel. Der Frankfurter Rat wäre nicht der erste, der eine Stadt in den Untergang getrieben hätte.« Und dann kam Fettmilch – ebenso zwangsläufig – auch wieder auf die Ehre der Zünfte zu sprechen. »Sind wir Hanswürste, dass man uns hier- und dorthin treiben darf wie das tumbe Vieh?«

Ihm wurde mit einem zornigen Gemurmel geantwortet. Moritz lugte zur hinteren Tür. Er war müde, der Weg zum Steinbruch und zurück war lang gewesen. Aber plötzlich entdeckte er Eva an einem der Tische, wo sie den Gästen Wein eingoss. Sein Herz machte einen Satz, und er ließ sich auf dem gemauerten Vorsatz des Kamins nieder, um sie in Ruhe zu beobachten.

Einer der Männer meldete sich zu Wort, ein Franzose namens Poullain. Er gehörte nicht zu den Bäckern, sondern war Bursatmacher und hatte es mit halbseidenen Stoffen zu Reichtum gebracht. Die Franzosen lebten schon seit etlichen Jahrzehnten in der Stadt, seit man sie ihres reformierten Glaubens wegen aus Frankreich vertrieben hatte, aber sie galten immer noch als Flüchtlinge und besaßen auch kein Bürgerrecht. Kurz nachdem Moritz nach Frankfurt gezogen war, brannte ihre Holzkirche vor dem Bockenheimer Tor nieder, was zu heller Aufregung geführt hatte. Die Franzosen argwöhnten, dass man ihnen nicht nur wegen ihres Glaubens auf den Pelz rückte, sondern auch, weil sie den Alteingesessenen mit ihren neumodischen Geschäftsmodellen, bei denen die Arbeiter nach Stückzahl oder durch einen Stundenlohn bezahlt wurden, Konkurrenz machten. Das alles hatte Fettmilch an seinem Abendbrottisch breit diskutiert.

»Wann werden die Reformierten endlich den Lutheranern gleichgestellt? Das ist die Frage, die *wir* an den Rat hätten«, lautete denn auch Poullains Anliegen.

»Wen schert das?«, fragte schmallippig ein Mann, dem Eva gerade einen Krug mit Bier auf den Tisch stellte. Er schlug mit der Faust auf den Tisch, der Krug hüpfte. Eva lächelte erschrocken und eilte weiter.

»Es schert uns alle, weil wir dasselbe Anliegen haben: nämlich Gerechtigkeit!«, warf Fettmilch sich für den Franzosen in die Bresche. »Wir wollen eine Stadt, die ihre Bürger gleich behandelt. Die nicht die einen zum Vorteil weniger bevorzugt und die anderen in die Ecken schubst.«

Es gab Zustimmung, aber auch skeptische Gesichter. »Auf ein paar freundliche Bitten hin werden wir diese Gerechtigkeit jedenfalls nicht bekommen«, rief jemand aus einer Ecke.

Wieder fragte er sich, ob es diese Art Gespräch war, die von den Birghden fürchtete. Eigentlich hatte er nicht den Eindruck, dass hier Umstürze geplant wurden. Fettmilchs Gäste redeten viel und taten wenig. Das war doch alles nur Gequatsche.

Er beugte sich vor, um Eva dabei zuzuschauen, wie sie Honig in ein kleines Fässchen einrührte. Ihre Wangen waren gerötet, und ihm wurde heiß, als sie ihm verstohlen ein Lächeln zuwarf. Fettmilch mochte den aufgelesenen Burschen, der seine Tochter liebte, zum Teufel wünschen, Eva vielleicht doch nicht. Sie war ihm aus dem Weg gegangen, wie ihr Vater befohlen hatte, aber in ihrem Herzen gab es immer noch eine Glut.

»Die Katholiken haben den Dom, die Reformierten das Geld, aber die Lutheraner haben die Macht«, tönte an einem der Tische der abgenutzte Satz, der seit längerem durch die Frankfurter Gassen geisterte.

»Nun hört doch auf! Christenmenschen sollten sich nicht gegeneinander aufhetzen lassen. Das größte Übel sind die Juden, die uns mit ihrem verfluchten Wucherzins in den Abgrund treiben.« Auch für diese ebenfalls abgenutzte These gab es Beifall.

»Hat sich hier noch niemand gefragt, warum uns der Rat den Einblick in die Judenstättigkeit verwehrt?«, fragte derselbe Mann, ein Schneider, der vor sich einen bis auf die letzten Reste leergekratzten Teller stehen hatte. Moritz wusste nicht genau, was die Judenstättigkeit war. Irgendein uraltes Dokument, das in den Ratstruhen vor sich hin staubte. Fettmilch hatte es gelegentlich erwähnt.

Sein Meister hob die Hand, um das allgemeine Murren zu beenden. »Du hast völlig recht, Gerhard. Der Rat bildet sich ein, uns beherrschen zu können, indem er uns unwissend hält, und das ist …«

»Er steckt mit den Juden unter einer Decke! Er lässt sich von ihnen bezahlen.« Auch dieser Ruf kam von dem Schneider.

»Das sagst du nur, weil du bei den Juden Schulden hast«, meinte ein knochiger alter Mann mit einer Bibermütze, dessen Haut von geisterhafter Blässe war.

»Die Juden nehmen doppelt so viel Zins wie unsere eigenen Bankiers. Zwölf Prozent statt sechs! Das ist bewiesen!«

»Und warum leihst du dann von ihnen?«

Wieder mischte Fettmilch sich ein. »Wir brauchen Einblick in die Judenstättigkeit, so viel steht fest. Wir müssen wissen, was sie zu zahlen haben, was sie nehmen dürfen, wie ihre allgemeinen Verpflichtungen sind und ob sie ihnen nachkommen. Dass sie zusammenraffen, was sie kriegen können, ohne Anstand und Moral, ist ja allgemein bekannt.«

Moritz sah, dass Eva erneut zu ihm blickte. Er winkte ihr zu. Sie blickte rasch zu ihrem Vater, aber Fettmilch war völlig mit seinen Klagen über die Juden beschäftigt. So huschte sie zu Moritz und beugte sich vor, um seine Bestellung aufzunehmen.

»Ich liebe dich«, flüsterte er und durfte mit ansehen, wie die Röte bis zu ihrem hübschen Haaransatz kroch. »Und ich trinke, was du mir bringst.« Er floss über vor Glück, als er die Lachfältchen um ihre Augen sah. Sie liebte ihn. Nun endlich hatte er keinen Zweifel mehr.

»Ich habe in dieser Angelegenheit schon ein Dutzend Mal um Auskunft gebeten, in freundlichem und in scharfem Ton«, versuchte Fettmilch mit lauterer Stimme die anderen zu übertönen.

»Herren, die ihr Geld mit dem verdienen, was andere schaffen, ohne selbst zu arbeiten – und damit meine ich die Limpurger und die Frauensteiner, ganz recht –, hören nicht auf Bitten.«

»Die Limpurger haben auch mal damit angefangen, dass sie mit einer Hucke Rüben zum Markt getragen haben!«

»Vierhundertdreißig Gulden hat die Hochzeit von Seiffarts Ältester gekostet ...«

»Die scheißen uns vor die Füße, weil wir's zulassen ...«

»Vierhundertdreißig Gulden! Ist er ein Kaiser?«

»Jedenfalls glaubt er das – und wir sind die Untertanen!«

»Ich aber nicht. Ich bin frei. Und ihr ebenfalls! Wir alle sind frei. Die wollen nur, dass wir es vergessen!« Der letzte Rufer sprang auf, der Schemel, auf dem er gesessen hatte, polterte zu Boden. Fettmilch schrie händefuchtelnd etwas in seine Richtung, und Eva fielen in dem Tumult einige Münzen aus der Hand. Sie nutzte die Möglichkeit, um Moritz beim Bücken ein weiteres Lächeln zu schenken.

»An uns hängt der Wohlstand der Stadt! Und deshalb müssen wir an den wichtigen Entscheidungen beteiligt werden«, brüllte Fettmilch. Und auf einmal war es, als würde sich etwas verlangsamen. Moritz blickte in das verschwitzte Gesicht seines Meisters, in dem sich die Wut über seine Ohnmacht malte ... Er dachte an seinen verhassten Vater, der ihn gedrängt hatte, Fettmilch zu verlassen ... Er dachte daran, wie einfach es für ihn selbst war, sich auf krummen Wegen den Beutel zu füllen, und dass Unverschämtheit offenbar belohnt wurde, bei ihm und auch bei den Frauensteinern und Limpurgern, während die Braven quakten wie Fische auf dem Trockenen. Er sah Eva, die ihn kaum noch aus den Augen ließ ... Und dann wieder ihren Vater, der sich so grundanständig für einen Wandel zu mehr Gerechtigkeit einsetzte ...

Und plötzlich war es, als hätte ein Sturm alle Wolken aus seinem Gehirn gefegt. Er war auf dem besten Weg, zu einem Lumpenkerl zu werden, zu einem Limpurger im Kleinen, zu einem Mann, wie sein Vater einer war. Aber das wollte er nicht. Also sprang er auf, schwang sich auf den nächsten Tisch und brüllte mit seiner kräftigen Stimme: »Der Meister hat recht. Es nutzt nichts, sich zu beschweren. Leute wie die Limpurger und die Frauensteiner kennen nur eine Sprache – die der Stärke. Wenn wir wissen wollen, ob man uns mit der Judenstättigkeit übers Ohr haut, dann müssen wir uns die Urkunde holen! Bürgerrecht den Bürgern!«

Es wurde still. Moritz hatte ein lautes Organ, aber es war

wohl mehr die ungeheuerliche Forderung, die die Leute verstummen ließ. Eine Katze miaute unter einem Tisch, sonst war kein Laut zu hören. Dann sagte Fettmilch in die Stille hinein: »Bei Gott, wer hätte das gedacht ... Mein Geselle macht den Mund auf und sagt dann auch noch etwas richtig Gescheites. Brüder, bei dem Seelenheil meines verstorbenen Weibes, er hat recht: Wenn wir nicht als Maulhelden enden wollen, über die man sich im Römer lustig macht, dann müssen wir uns holen, was uns zusteht!«

Wieder Stille. Dann erhob sich jemand, ein anderer Mann folgte, und auf einmal drängten alle zur Tür. Fettmilch ließ sich von den Männern an ihre Spitze schieben.

Auch Moritz wurde mitgerissen. Die Nachtluft schlug ihnen kalt ins Gesicht. Sie hasteten durch die Gassen, es wurde geschubst und gestoßen. Jemand nahm den Satz auf, den er gesprochen hatte, und bald schallte er aus vielen Kehlen als Ruf durch die Nacht. »Bürgerrecht den Bürgern.« Er war wie ein Hammerschlag, der gegen die Hauswände prallte. »Bürgerrecht den Bürgern.« Fenster öffneten sich, und als der Trupp um eine Ecke bog, tauchte ein Nachtwächter auf. Er lugte vorsichtig zu ihnen hinüber. Als er sah, wer da in den Gassen lärmte, fiel ihm das Kinn hinab. Die Zünfte waren das Ehrbarste, was Frankfurt an Menschen aufzubieten hatte. Vielleicht noch ehrbarer als die Frauenhofer und die Limpurger, denn deren Söhne nahmen sich jeden Unfug heraus.

»Bürgerrecht den Bürgern ...«

Der Nachtwächter verschwand. Es ging weiter Richtung Römer, wo die Urkunden der Stadt aufbewahrt wurden. Moritz hörte auf zu brüllen. Stürmten sie tatsächlich durch Frankfurt, um ein paar verstaubte Dokumente zu ergattern? Er stolperte und fing sich wieder. Würden sie überhaupt ins Rathaus hineinkommen? Und was hätten sie davon, wenn sie wüssten, was die Juden den Frankfurtern an Diensten oder Steuern schuldeten? Er spürte, wie seine Begeisterung abflaute.

Der Römer tauchte auf. Moritz sah, dass man über das Gesicht der Justitia einen Sack gestülpt hatte, wohl um sie später zu reinigen. Fettmilch strebte, von der allgemeinen Begeisterung getragen, über den Platz auf das Rathaus zu. In den Laubengängen der Patrizierhäuser standen vereinzelt Menschen in hastig übergeworfenen Kleidern. Hinter den Fenstern tauchten Gesichter auf.

»Bürgerrecht den Bürgern.« Fettmilch donnerte mit der Faust gegen das Portal des Rathauses. Wieder wurde der Ruf aufgenommen, aber hier, auf dem großen, freien Platz, verwehten die Worte, und Moritz wurde noch beklommener zumute.

Fettmilch winkte einigen Gesellen, und sie schleppten nach kurzer Besprechung einen Rammbock heran – einen Holzstamm von der Baustelle. Die Schläge hallten über den Platz, als sie damit gegen das ehrwürdige Portal des Rathauses schlugen. Hinter den umliegenden Fenstern waren immer noch Schemen von Gesichtern zu erkennen, aber niemand öffnete die Scheiben, um zu protestieren. Trotzdem, dachte Moritz, das werden sie sich nicht bieten lassen. Niemals. Da kommt etwas nach.

»Moritz!« Fettmilch winkte ihm, und zu beschämt, um sich lange bitten zu passen, packte er mit an. Rums und … rums … rums …

Die Tür hielt erstaunlich lange stand. Die Zünftler nahmen ihren Schlachtruf wieder auf, der den ganzen gespenstischen Aufstand begleitete – »Bür … ger … recht … den … Bürgern …« –, und begleiteten damit rhythmisch die Schläge. Endlich gab die Tür nach.

Die Zünftler strömten ins Innere des Römers, Moritz mit ihnen. Er hatte geahnt, dass das Rathaus gewaltige Ausmaße haben mussten, er kannte ja die Straßen, die den Gebäudekomplex umschlossen. Aber er fühlte sich halb erschlagen, als er den anderen Männern nun durch Innenhöfe mit Brunnen, Bänken und dunkel schimmernden Fenstern folgte, als er Wendeltreppen erklomm, die in Prachtzimmer mit reich verzierten Kabinettschränken und gepolsterten Sesseln führten, und dann Säle erreichte, in denen sich Decken über langen Säulenreihen wölbten und die Wände hinter Gemälden und Teppichen verschwanden. Stuckornamente, teilweise vergoldet, zierten die Türen und Fenster, Malereien die Decken. Riesige Kristallleuchter reflektierten das Licht der Fackeln, die einige der Zünftler mitgebracht hatten. In einer stillen Ecke in einem Nebengang, in den er sich verirrte, gab es sogar hölzerne Toilettenbänke mit Löchern, für den Fall, dass jemand kacken musste – und auch dort glitzerte es golden an den Wänden. Donnerwetter! Der Reichtum erschlug ihn fast.

Moritz merkte, dass seine Begleiter ebenfalls stiller wurden, als ginge ihnen plötzlich auf, dass hinter dieser Pracht eine Macht stehen musste, die ihrer Rebellion ein bitteres Ende bereiten könnte. Waren sie nicht doch nur schlichte Handwerker, die gar kein Recht besaßen, mit ihren dreckigen Schuhen die polierten Böden zu beschmutzen?

Nur Fettmilch schritt voran wie ein Feldherr, als Einziger ohne Selbstzweifel. Er wusste nicht nur, was er wollte, sondern auch, wohin er sich wenden musste, um es zu bekommen. Nichts an ihm schien mehr lächerlich, als er Türen aufstieß und sie mit sich winkte. Sie durchquerten die Säle, bis sie einen karg bemessenen Raum erreichten, dessen Wände mit Samt ausgeschlagen waren und an dessen hinterer Front auf einem roten Teppich eine Truhe stand.

»Öffnet sie«, befahl er. Die Männer zögerten. Noch einmal hing es in der Luft, dieses vage Gefühl, dass sie etwas taten, was ihnen nicht zustand und sie in grandiose Schwierigkeiten bringen könnte. Doch sie überwanden sich und machten sich ans Werk. Das Schloss wurde mit einem Messer geöffnet. Nachdem der Truhendeckel hochgeschlagen war, winkte Fettmilch einen der älteren Meister heran. »Konrad, du wirst bezeugen, was nun geschieht.«

Er kniete sich vor die Truhe und entnahm ihr Dokumente. Es waren teilweise uralte Pergamentrollen, einige sicher von Kaisern und Königen. Die Urkunden der Stadt Frankfurt. Die meisten packte er gleich wieder beiseite, andere überflog er kurz, um sie dann ebenfalls auf dem Boden abzulegen.

Schließlich schien er das Richtige gefunden zu haben. Er hielt ein Pergament in die Höhe, an dem ein Dutzend Siegel an Bändern hingen. Jemand leuchtete ihm mit der Fackel. Fettmilch räusperte sich und erklärte mit tiefem Respekt in der Stimme: »Dies hier, Brüder, ist die Urkunde, mit der unser glorreicher Kaiser Karl im Jahr des Herrn 1349 seine Herrschaftsrechte, was die Juden angeht, an die Stadt Frankfurt übertragen hat.«

Fettmilch las vor, was in verblasster Tinte auf dem brüchigen Pergament geschrieben stand. Dass nämlich die Zahl der jüdischen Familien in der Stadt Frankfurt in Ewigkeit auf 500 beschränkt sein solle und die Zahl ihrer Heiraten auf 12 pro Jahr. Die Juden sollten keine offenen Läden halten und auch keine Geschäftsverbindungen mit christlichen Bürgern eingehen dürfen.

»Lest weiter«, sagte eine Stimme.

Niemand hatte angesichts der Feierlichkeit des Augenblicks mehr auf die Türen geachtet. Die Zünftler wichen auseinander, und Moritz erblickte vier Männer – Patrizier, deren Mäntel aus Pelz und deren Wämser mit Samt besetzt waren. Darüber hingen goldene Ketten, die sicher Zeichen irgendeiner Amtswürde waren.

War Fettmilch blass geworden? Das konnte man nicht erkennen. Er räusperte sich und fuhr mit derselben festen

Stimme fort: »Es ist den Juden nicht gestattet, Grundbesitz zu erwerben.«

»Wir haben dafür gesorgt, dass das auch nicht geschieht, indem wir ihnen ihr eigenes Viertel zugewiesen haben«, sagte der Mann. In seinem rundlichen Gesicht saß eine Knollennase, sein Hals war so kurz, dass er direkt auf den Schultern zu ruhen schien, aber das verlieh ihm nichts Gemütliches. Im Gegenteil, man spürte: Er war ein Mensch, der sich rücksichtslos seinen Weg bahnte. Moritz bildete sich ein, ihn zu kennen, konnte sich aber nicht auf seinen Namen besinnen. Einer, der bei offiziellen Anlässen immer ganz vorn stand.

Sein Auge glitt weiter zu einem Mann, der einen Schritt hinter dem Menschen mit der Knollennase stand, und ihm fuhr der Schreck in die Knochen. Von den Birghden war ebenfalls in den Römer gekommen. So unauffällig wie möglich wich Moritz hinter seine Mitstreiter zurück. *Aufruhr ist ein Gift, das eine Stadt töten kann.* Der Satz seines mächtigen Komplizen bei der Briefbeförderung hallte in seinem Kopf. Hatte der Mann ihn ebenfalls bemerkt?

»Der Kaiser wird die Stadt nicht zur Verantwortung ziehen, sollten die Juden abgehen, verderben oder erschlagen werden«, las Fettmilch vor. Er hob den Kopf über das Pergament.

»Ihr hättet fragen können, wenn Ihr Einblick in die Urkunden nehmen wollt. Dafür braucht man keine Türen zu demolieren.« Der Patrizier hieß Faust. Plötzlich hatte Moritz den Namen wieder im Kopf.

»Ich *hatte* gefragt, aber Ihr habt mir die Erlaubnis verweigert. Oder vielmehr: Ihr habt mich hingehalten. Ich bin ein Dutzend Mal bei Euch gewesen, und immer hat es geheißen: Nein, es passt gerade nicht … Ihr habt wichtige Besucher … Euch plagt ein Schnupfen …« Fettmilch, der sich bisher staatsmännisch gegeben hatte, keuchte jetzt vor Empörung über die fadenscheinigen Ausflüchte, mit denen man ihn abgewimmelt hatte. Aber sein Zorn machte ihn nicht stärker, sondern schwächer. Er wirkte wie eine aufgebrachte Marionette, die mit hoher, künstlicher Stimme sprach.

»Tatsächlich?«

»Ihr seid unverschämt!«

»Lasst Euch hinausgeleiten, wenn Ihr fertig gewütet habt, Meister Fettmilch. Und achtet darauf, dass nicht zu viel Schmutz zurückbleibt.« Faust drehte sich um und verließ mit seinen Begleitern den Saal wie ein Meister, der seinen Lehrbuben eins hinter die Ohren gegeben hat. Die Zünftler warteten schweigend, während Fettmilch die Urkunden eine nach der anderen betont langsam in die Truhe zurücklegte. Erstaunlicherweise schien Moritz der Einzige zu sein, bei dem die Betroffenheit länger anhielt. Auf dem Weg zurück ins Freie, diskutierten die Meister schon wieder hitzig, was sie erreicht hatten. Sie hatten ihr Anliegen durchgesetzt. Sie hatten die Judenstättigkeit gelesen und wussten nun also über das, was den Juden zustand, so gut Bescheid wie die Frauensteiner und ihr Klüngel. Sie hatten diese Leute aus den warmen Federn geworfen und sie gezwungen, zur Kenntnis zu nehmen, dass die Macht in Frankfurt ihnen nicht allein gehörte. Und Meister Fettmilch hatte ihnen ordentlich die Meinung gesagt – was er nämlich davon hielt, wenn man ihn warten ließ.

Die Männer waren zu erregt, um zu Bett zu gehen. Sie debattierten im *Hasen* weiter. Nur Moritz war sämtliche Lust an der Rebellion vergangen. Doch als er sich aus der Gaststube schleichen wollte, hielt Fettmilch ihn auf. Er legte ihm feierlich beide Hände auf die Schultern. »Heute ist ein Tag, an den man sich erinnern wird. Hast du das verstanden, Junge?«

Moritz nickte, was sollte er auch sonst tun?

»Und du hattest daran deinen Anteil. So etwas vergesse

ich nicht. Ich gebe zu, ich war eine Weile von dir enttäuscht gewesen. Aber heute Abend … gut gemacht, Moritz!«

Moritz schlich die Stiege hoch. Niedergeschlagen zog er sich aus und kroch auf seine Strohmatte unter der Dachschräge. Hatte von den Birghden ihn erkannt? War es aus mit ihrer Zusammenarbeit? Wie konnte ich nur, dachte er, wie konnte ich nur …

Etwas drückte unter seinem Kissen. Er tastete mit den Fingern danach und bekam etwas Weiches zu fassen. Im ersten Moment dachte er an eine tote Maus, aber als er es hervorzog, spürte er das Gewebe eines kleinen Säckchens. Er drückte es gegen das Gesicht, und Blütendüfte stiegen in seine Nase. Im selben Moment war von den Birghden vergessen. Eva. Er versank ins Glück. Nichts war mehr wichtig als die Tatsache, dass Eva für ihn Blumen gepflückt und in ein kleines Säckchen eingenäht und unter sein Kissen gelegt hatte. Als Zeichen ihrer Liebe, warum sonst?

Als Moritz Fettmilch am nächsten Morgen in der Backstube traf, klopfte der Meister ihm noch einmal auf die Schulter und erwähnte, dass Eva ebenfalls bereits auf den Beinen sei, um Himbeermus zu kochen. Er sprach also mit ihm über seine Tochter! Durfte man das nicht als Zeichen werten? Moritz spürte sein Herz rascher schlagen. Noch war kein Wort von einem Verlöbnis an die Öffentlichkeit gedrungen, also war Eva wohl doch nicht fest versprochen. Er konnte hoffen.

Seine gute Laune bekam einen ersten Dämpfer, als er vormittags loszog, um bei einem Spezereienhändler Muskatnüsse zu besorgen. Die Sonne schien in die Gassen, normalerweise hätte er den kurzen Gang genossen. Aber an diesem Morgen war etwas anders als sonst. Es kam ihm so vor, als würde er ständig angestarrt. Einige Leute wechselten die Straßenseite, als sie ihn sahen. Ein Schwarzbäcker überhörte seinen Gruß, den Moritz ihm, wie es bei den Zünften üblich war, entbot. Oder bildete er sich all das nur ein? Moritz war unsicher, doch er fühlte sich plötzlich wie in einem Wald, durch den ein Bär streift: Man sieht nichts, aber die Vögel fliegen auf, und im Unterholz raschelt es von flüchtendem Kleinwild.

Als er die Gewürzmühle betrat, in der er die Muskatnüsse kaufen wollte, wurde aus dem Gefühl Sicherheit. Obwohl Fettmilch wegen der Masse der Gewürze, die er benötigte, und seiner tadellosen Zahlungsmoral immer ein gern gesehener Kunde gewesen war, übersah man Moritz, bis er sich lautstark bemerkbar machte und man ihn mürrisch bediente. Keine Erkundigung, wie es dem Meister gehe, nur ein Hinüberreichen des Säckchens mit dem gemahlenen Gewürz.

Als Moritz zurückkehrte, schien auch in der Backstube die Stimmung umgeschlagen zu sein. Während er die Muskatnüsse in die passende Schublade schüttete, fragte Meister Fettmilch nach der Stimmung beim Gewürzhändler. Moritz wedelte vage mit der Hand.

»Die Gewürzmühlen gehören den Fernhändlern, also den Frauensteinern. Da wird noch was nachkommen«, sagte Fettmilch.

»Habt Ihr etwas vom Rat gehört?«

Sein Meister winkte ab. Er sah wütend, aber auch bedrückt aus.

Der erste richtige Schlag traf Moritz später am Nachmittag. Er war so unruhig, dass er einen Gang übernahm, der eigentlich den Lehrlingen zukam – er brachte ein Kästchen Lebkuchen zu Poullain, dem Bursatmacher. Auf dem Weg wurde er abgefangen. Ein Junge mit Segelohren, den er nicht kannte, zog ihn in an eine Hauswand und sprudelte einen Satz heraus, den er offenbar auswendig gelernt hatte: »Jemand lässt dir sagen, dass dein Erscheinen in Homburg nicht mehr erwünscht ist.« Zack, und schon war er wieder in der Menschenmenge verschwunden.

Es war klar, von wem die Botschaft kam: Von den Birghden hatte ihn also im Römer tatsächlich erkannt und zog nun einen Schlussstrich. Moritz ging wie betäubt weiter. Wenn er nicht mehr mit seinem reichen Geschäftspartner gemeinsame Sache machen konnte, würde er viele Briefe nicht mehr befördern können. Außerdem könnte von den Birghden auch beschließen, ihm aus purem Ärger eins auszuwischen.

Er lieferte die Lebkuchen ab. Poullain redete feurig von ihrer Erstürmung des Römers. Der freie Mensch brauche vor allem Mut. Ihn selbst habe sein Mut nach Frankfurt aufbrechen lassen, und das hatte sich bezahlt gemacht. »Ich weiß auch bei anderen Mut zu erkennen.«

Moritz nahm das Kompliment kommentarlos entgegen und machte, dass er wieder davonkam.

Der Himmel hatte sich bezogen, es war noch lange nicht Abend, aber es dämmerte bereits. Seine innere Unruhe zerriss ihn förmlich. Die Patrizier werden zurückschlagen, dachte er. Fettmilch hat recht: Irgendwas kommt da nach. Das Tor des *Hasen* tauchte vor ihm auf. Er sah die Treppe, die zur Gaststätte hinaufführte, und die erleuchteten Fenster, hinter denen Eva wahrscheinlich gerade die Tische abwischte und die Stühle für die Gäste gerade rückte, die bald in die Gaststätte strömen würden. Schwerfällig ging er darauf zu, als er unversehens bei den Schultern gepackt wurde.

Er fuhr reflexartig herum und wollte zuschlagen – und blickte in das blasse Gesicht seiner Mutter. Anni hing an ihrem Rock. Ihre Augen waren groß und angstvoll. »O Gott, Maman ...«, flüsterte er.

16. Kapitel

Symon von Anderrath schaute aus dem Fenster des Schlosses auf die Straßen von Günzburg – und fand, es sei die seltsamste Stadt, die er je gesehen habe. Und er hatte viele gesehen. Das schöne, am Meer gelegene Edina, das, wenn er seinem Freund Aleeke glauben wollte, der Flussgott Benya seinem Volk geschenkt hatte und wo jetzt die Portugiesen ein Fort unterhielten, um sich von den Yorubas mit Sklaven versorgen zu lassen. Das an den Berghängen des Sahel gelegene Algier mit seinen Basaren, in denen die Diebe den Dieben die Beutel stahlen und der Geruch von Gewürzen und Parfüms die Nasen betäubte. Er hatte Syrakus gesehen, wo eine Nymphe verehrt wurde, die die Stadt mit Süßwasser versorgte, und er war im köstlichen, stinkenden Paris gewesen. Und natürlich auch in Düsseldorf, wo man ihm seinen Prozess gemacht hatte, der ihm immer noch wie ein Alptraum erschien.

Jede dieser Städte hatte ihre Eigenarten gehabt, aber Günzburg kam ihm am merkwürdigsten vor. Der Ort war exakt. Ein passenderes Wort fiel ihm nicht ein. Die Häuser standen stramm wie Soldaten an schnurgeraden Straßen, welche wiederum von anderen schnurgeraden Straßen im rechten Winkel gekreuzt wurden. Die Fenster bildeten Reihen, sowohl senkrecht als auch waagerecht. Sogar der Steinknabe auf dem Marktbrunnen pinkelte in einem Bogen, dessen Richtung sich an der Häuserfront orientierte. Es war als wäre die Symmetrie an diesem gottverlassenen Winkel der Welt zur Religion erhoben worden.

Aleeke trat neben ihn ans Fenster, das schwarze Gesicht unbewegt, das Herz mit dem Gleichmut gesegnet, um den Symon ihn vor allen anderen Eigenschaften beneidete. »Ihr seid eine verrückte Nation«, stellte er fest, vielleicht meinte er ebenfalls die wie mit einem Lineal ausgerichteten Straßen und Häuser. Dann murmelte er: »Es war ein Fehler, hierher zu kommen.«

Symon zuckte mit den Schultern. »Wenn sie mich erkennt, brabbelst du ein bisschen und machst dich davon.« Sie redeten arabisch, die Sprache, die sie in den nordafrikanischen Küstenstädten gelernt hatten, damit der Bewaffnete, der sie ins Schloss geleitet hatte und sie halb staunend, halb misstrauisch von der Tür aus beobachtete, sie nicht verstehen konnte.

»Sicher«, murmelte Aleeke, und sie wussten beide, dass er es nicht tun würde. »Aber du brauchst dir keine Sorgen zu machen. Nicht einmal deine Mutter würde dich erkennen. Du siehst aus wie …«

»Danke ja«, sagte Symon und blickte flüchtig zu den Spiegeln, die die Wände säumten. Sein Gesicht war von einem Peitschenhieb getroffen worden, die unbehandelte Wunde hatte eine breite Narbe hinterlassen. Wer ihn kennenlernte, starrte auf die zerfurchte Scheußlichkeit und nahm nichts anderes mehr wahr – was in diesem Fall ein begrüßenswerter Vorteil sein würde.

Er dachte zurück an die Galeere, auf die man ihn nach dem Prozess in Düsseldorf gebracht hatte. Es war ein hochmodernes Schiff mit hundertvierundvierzig Ruderern gewesen. Er hatte mit sechs Männern an einem Riemen gesessen, die Füße gegen einen Klotz gestemmt, der an die Vorderbank genagelt worden war, und so waren sie zum Takt der Trommel gerudert. Woche um Woche, Monat um Monat.

Schon an normalen Tagen war es schlimm gewesen. Aber wenn sie längere Strecken unter großer Geschwindigkeit zurücklegen mussten, wurde die Arbeit zur Folter. Da stopfte die Mannschaft ihnen mit Wein getränkte Brotbrocken in die Münder, damit sie nicht ohnmächtig wurden. Wer dennoch zu Boden rutschte, wurde ausgepeitscht, die Kranken und Toten über Bord geworfen. Es war eine Hölle gewesen, wie Satan sie nicht grausamer hätte erdenken können.

Und dann kam Aleeke. Ein schwarzer Mann mit Muskeln aus Stahl, furchterregend mit den weißen Augen, in denen die dunkeln Iriden wie Murmeln saßen. An einem Morgen, als der Wind in die lateinischen Segel ihrer Galeere blies und die Männer endlich wieder einmal schlafen durften, fragte ihn Symon nach seinem Namen.

Er hatte sich geweigert zu antworten – weil er die fremde Sprache nicht verstand, weil er die Peitsche der Aufseher fürchtete oder schlicht, weil er zu müde gewesen war. Doch Symon, mit der Vision vor Augen, wie er bald ebenfalls über die Reling gekippt werden und in dem samtblauen Meer ertrinken würde, hatte weitergeredet, verzweifelt, als ginge es um sein Leben. Und so war es ja auch gewesen: Er versuchte ein letztes Aufmucken, bevor seine Kräfte erloschen.

Zwei oder drei Tage redete er auf seinen schwarzen Leidensgenossen ein, in jeder Pause, bis der Mann, während die Sonne grausam auf ihre schweißnassen Körper brannte, endlich doch einen Namen herausbrüllte: Aleeke. Die Strafe für den Schrei traf sie beide, aber es interessierte sie nicht. Später erklärte Aleeke Symon die Sache: Er hatte seinen Namen vergessen, denn seit er als Kind aus seinem Dorf entführt wurde, hatte ihn niemand mehr damit gerufen. Er hatte ihn einfach nicht mehr gewusst. Aber auf dieser Bank, mit dem penetranten Nachbarn an der Seite, der nicht aufhörte zu fragen, hatte er ihn wiedergefunden, und das erfüllte ihn mit einer kindischen Freude. Mit dem Namen hatte er etwas zurückerlangt, das ihm kostbarer als Wasser war, kostbarer als die Brotkanten, die ihnen in den Ruderpausen gereicht wurden. Der Name hatte ihn wieder zu einem Menschen gemacht.

Und nun war es Aleeke gewesen, der die freien Augenblicke nutzte, um Silben über seine eingerostete Kehle rollen zu lassen. Er brachte Symon Fetzen seiner eigenen Sprache bei, soweit sie ihm einfielen. Dann lernte er Deutsch. Sie krächzten Wörter und veranschaulichten mit den Händen, was sie bedeuteten. Jeder Brocken, den sie einander begreiflich machen konnten, war wie Wein, an dem sie sich besoffen.

Symon starb also nicht. Sommer und Winter wechselten einander ab, das Zeitgefühl ging ihnen verloren. Die Kaimauern, die sie gelegentlich ansteuerten, taugten nicht für Fluchtpläne. Die Ruderer waren für ihre Besitzer zu kostbar, sie hingen in ihren Ketten, und man ließ sie keinen Moment aus den Augen. Aber er blieb am Leben.

Symon verwandte seine ganze Intelligenz darauf, Aleeke das Wissen einzutrichtern, das er sich im Lauf der Jahre angeeignet hatte, und der Schwarze sog es auf wie ein Schwamm. Er lernte Buchstaben, er lernte, wie ein Abakus funktionierte, er lernte den Satz des Pythagoras und die Namen der europäischen Könige und welche Länder sie erobert hatten und wie die anderen Könige hießen, mit denen sie darum Krieg geführt hatten.

Im Gegenzug erfuhr er vom Schicksal seines Banknachbarn. Aleeke war ein Kind gewesen, als er den Sklavenhändlern der Yoruba in die Hände fiel. Sie holten ihn und seine Familie aus der Hütte, erschlugen die Männer, die alten Frauen und Aleekes Tante, die eine Hexe gewesen war, vor der sich jedermann fürchtete. Aleeke war verschifft und nach einer langen Reise auf eine Plantage verkauft worden, wo er heranwuchs und auf den Feldern arbeitete, bis er eines Tages den Ruf des Horns verschlief, weil er zu müde gewesen war.

Er war inzwischen zu einem jungen Mann herangewachsen, zwar mager, aber durch die Feldarbeit muskulös geworden, und so hatte er sich aus den Stricken, mit denen sie ihn an einen Baum banden, um ihn auszupeitschen, befreien können. Man hatte ihn wieder niedergerungen, natürlich. Dann hätten sie ihn vielleicht totgeschlagen, doch jemand kam und machte auf seinen Wert aufmerksam. Und so wurde er weiterverkauft. Seitdem saß er auf der Galeere. »Scheißdreck«, hatte er sein Leben mit seinem deutschen Lieblingswort kommentiert.

Sie hatten sich damit abgefunden, nebeneinander zu sterben. Aber dann war plötzlich ein Segler am Horizont aufgetaucht, ein Piratenschiff, das nicht vom Fleck kam, weil Flaute herrschte. Die Beute lockte, eine Galeere konnte sich auch ohne Wind bewegen. Ihr Kapitän schätzte seine Möglichkeiten ein. Als ihm aufging, dass er mit seinen Seemännern allein das Schiff nicht würde erobern können, traf er eine einmalige Entscheidung: Seine Ruderer sollten von den Ketten. Sie sollten das Schiff rammen und anschließend entern. Wer ordentlich kämpfte, würde die Freiheit erlangen. Die Seeräuber würden ihre Plätze an den Riemen einnehmen. Klang das nicht gut?

Taumelnd vor Glück, standen sie auf und griffen nach den Waffen, die man ihnen reichte. Viele schafften es vor Schwäche nicht, das feindliche Schiff zu entern, aber Symon und Aleeke erreichten das Deck. Sie warteten darauf, von den Seeräubern niedergemacht zu werden, doch zu ihrem Erstaunen ließ sich keine einzige Menschenseele blicken.

Aleeke rannte zur nächsten Tür, es war als hätte ihn ein Rausch gepackt. Er trug ein Schwert, und obwohl er es gar nicht zu führen wusste, drang er in die Kajüte ein und wollte das Pack erschlagen – aber auch dort fand sich niemand.

So stand er wieder neben Symon auf dem Deck, gemeinsam mit einem Dutzend anderer dreckiger, verstörter Leidensgenossen. Die Seeleute, die auf der Galeere zurückgeblieben waren, weil der Feind sich zunächst an ihren Sklaven austoben sollte, begriffen, was für ein unfassbares Glück sie hatten. Das Schiff war verlassen. Vielleicht war seine Besatzung einer Krankheit erlegen, oder die Männer waren von Bord gesprungen, nachdem ihnen das Wasser ausgegangen war und sie den Verstand verloren hatten.

Gleich wie – die Besatzung der Galeere wollte den Ruderern folgen, und es kam ihnen gar nicht in den Sinn, dass die folgsame Herde zu einer Gefahr für sie werden könnte. Wer jahrelang dem Klang der Trommel und dem Zischen der Peitsche gefolgt ist, wird keine Rebellion anzetteln – so mochten sie kalkuliert haben.

Sie hatten sich geirrt. Als der Erste über die Reling sprang, schwang Symon das Krummschwert. Ein Kopf, der einen Blutschweif hinter sich herzog, flog durch den Sonnenschein. Aleeke tat es ihm mit einem Jubellaut gleich.

In diesem Moment flog eine Tür auf. Und noch eine. Aus dem Schiffsbauch quollen die Piraten, die sich versteckt gehalten hatten. Die Männer von der Galeere sahen sich überrumpelt, ihr Blut spritzte über das Deck und gegen die Wände der Kapitänskajüte. Symon beschloss, sich gegen die zu wenden, die ihn so lange gepeinigt hatten.

Die Piraten brauchten seine Hilfe nicht. Sie machten die Seeleute mühelos nieder. Ihre Klingen fuhren auch in die ausgemergelten Körper der Ruderer, doch vor Symons erhobenem Säbel hatten sie Respekt. Der Kapitän trat vor, und Symon nannte ihm seinen Namen. Er redete sich den Mund wund, fabulierte über seine Blutlust, was die Fregatten der französischen und der englischen Flotte anging – und der Kapitän, ein Mann, schön wie ein Weib, berechnend wie ein Krämer und grausam wie der Stachel des Skorpions, nickte, weil ihm dieser Hass einleuchtete. Symon zog Aleeke zu sich heran, und wundersamerweise nickte der Halunke erneut.

Und damit wurden sie beide zu Piraten. Und fuhren weitere Jahre …

»Sie wird dir nicht trauen«, brach Aleeke in seine Gedanken ein.

»Bitte?«

»Ich sagte, dass die Gräfin dir nicht trauen wird. Dieses hübsche Weib, Aliz, mit dem du es dir so grandios verdorben hast, hat nämlich die Wahrheit gesagt: Du siehst aus wie einer, der alles Gute in sich zertrampelt hat.«

»Zertrampelt, aha.«

»Es ist kein Wunder, dass sie versucht hat, dich wegen deines Sohnes anzulügen.«

»Es war niederträchtig«, meinte Symon liebenswürdig.

»Der Junge …«

»Der Fluch, an dem Sibylle trägt – und ich möchte jetzt wirklich lieber über die Dame reden, die wir gerade besuchen –, ist ihre Gier«, unterbrach Symon seinen Freund. »Sie ist kein Mensch, sondern eine Rechenmaschine. Sie schätzt ab, was ihr Vorteile oder Nachteile bringt, und handelt entsprechend. Vertrauen ist ihr so fremd, dass sie es in ihre Überlegungen gar nicht mit einbezieht. Mein Äußeres ist ihr egal – sie wird auf meinen Vorschlag eingehen.«

Auf den Vorschlag eingehen, hieß: Sie würde sich dazu verleiten lassen, Partizipantin bei der berühmten Ostindien-Kompanie zu werden, der Gesellschaft, die vom niederländischen Parlament zu Beginn des Jahrhunderts das Monopol erwirkt hatte, östlich des Kaps der Guten Hoffnung und westlich der Magellanstraße Handel zu treiben. Da die Gesellschaft bald erkannt hatte, dass ihre finanziellen Mittel nicht reichen würden, um dieses Recht gebührend auszubeuten, waren sie auf den genialen Gedanken gekommen, sogenannte Aktien auszugeben, also Fremde gegen Zahlung einer Beteiligung an ihrem Geschäft teilnehmen zu lassen.

Symon und Aleeke hatten solche Aktien erworben – und

waren damit, als vor zwei Jahren die versprochene verzinste Rückzahlung kam, reich geworden. Nicht so reich wie die Frau, in deren Schloss sie gerade warteten, aber es war ein erkleckliches Sümmchen zustande gekommen. Im kommenden Herbst bestand die Möglichkeit, für weitere Jahre zu zeichnen, es wurde jetzt sogar über eine Dividendenauszahlung gesprochen. Das würde für sie noch einmal ein Geschäft werden.

All das würde er Sibylle erklären und ihr dann anbieten, ebenfalls bei der Kompanie Anteile zu erwerben, allerdings keine Aktien, sondern eine Versicherung, die auf ein Handelsschiff namens Meeuw abgeschlossen worden war. Symon hoffte, dass ihre Gier sie verleiten würde, dafür einen guten Teil ihres Vermögens auszugeben. Und sich damit zu ruinieren, weil das besagte Schiff bereits untergegangen war – was er selbst wusste, aber nicht die Kompanie. So etwa sah sein Plan aus, dessen Zweck darin bestand, Sibylle leiden zu lassen, und zwar so lange und so schwer wie irgend möglich. Alles Gute zertrampelt … o Gott, dieser Afrikaner …

»Ich denke, sie kommt.«

Der Wächter, der sie hereingeführt hatte – sie befanden sich in einem Zimmer voller Musikinstrumente, sicher war es ein Saal für Festivitäten, die Markgräfin galt als großzügige Mäzenin von Sängern und Dirigenten –, hatte sich aufgerichtet. Und gleich darauf wurde die Tür geöffnet.

Symon hielt den Atem an. Da stand sie ihm also endlich gegenüber: Sibylle von Jülich-Kleve-Berg, inzwischen Markgräfin von Burgau. Die Frau, die ihn auf die Galeere geschickt hatte, die Hexe, die Jakobe hatte ermorden lassen, das Weib, das, wenn Symons Spione die Wahrheit berichteten, Marthe und ihre bedauernswerte Familie umgebracht hatte.

Er war ein bisschen enttäuscht. In seiner Vorstellung war Sibylle zu einem Monstrum geworden, einem Scheusal mit blutigen Fingern, das Vergnügen darin fand, andere Menschen zu quälen. Nun stand ihm eine alte Frau gegenüber, die ihren ausgezehrten Körper mit Seide umgab und ihr Alter unter weißer Schminke und roter Lippenfarbe zu verbergen suchte. Einen Stock zum Gehen brauchte sie auch. Wie bedauerlich. Er hatte sie stark sehen wollen, bevor er sie vernichtete.

Auf ihren Wink näherte er sich und verbeugte sich galant. Er hatte befürchtet, es würde für ihn ein Problem darstellen, ihr Freundlichkeit vorzuspielen. Verbindliches Gehabe fiel ihm ja schon bei Menschen wie Aliz schwer, die er nicht einmal unsympathisch gefunden hatte. Doch jetzt merkte er zu seiner eigenen Überraschung, dass er lächelte. Komplimente flossen über seine Lippen, er sah, wie das alte Gesicht, auf dem die weiße Schminke in den Falten bröckelte, auftaute.

»Tatsächlich habe ich zum ersten Mal von Euch reden hören, als es um einen musikalischen Abend hier im Schloss ging. Es heißt, Ihr seid eine Virtuosin auf dem Cembalo, Gräfin.«

Mit diesem Satz hatte er allerdings zu dick aufgetragen. Sibylle verzog das Gesicht.

»Wenn ich es richtig verstanden habe, seid Ihr insbesondere eine Verehrerin des großen Orlando di Lasso?«

Sie merkte wieder auf. Es waren immer die Details, die aus einer Schmeichelei ein echtes Kompliment machten. Und er hatte sich über seine Feindin informiert. Symon ging zu einem Spinett, das an einer Seite des Raums stand, und fuhr mit einer liebkosenden Geste über das Holz. »Dieser Mann ist in meinen Augen ein unverdorbenes Genie. Seine Dissonanzen, seine Synkopen … Ein Quertreiber, wenn Ihr mir die Einschätzung erlaubt. Orlando hat sich niemals angepasst. Vielleicht wird er nicht der Erste sein, den Petrus durch die Himmelspforte winkt, aber zumindest hat er seine

Mitmenschen nie gelangweilt – und ist das nicht der größte Akt der Nächstenliebe?«

»Wie recht Ihr habt«, sagte Sibylle, und einen irritierenden Moment lang war es, als verstünden sie einander. Symon verbeugte sich knapp, dann stellte er sich vor das Spinett. Seine Erziehung war tadellos gewesen, er konnte spielen und hatte, nachdem sie sich von dem verfluchten Kaperer verabschiedeten, ein Instrument gekauft und die alten Fertigkeiten wieder aufgefrischt.

Nachlässig schlug er einige Töne an und begann zu singen. Natürlich etwas von di Lasso. Der Text war italienisch, jeder einzelne Satz ein Skandal. Der Komponist hatte einen Landsknecht in ordinärer Ausdrucksweise das Herz einer Frau erobern lassen, indem er die Lanze pries, mit der er zu jagen pflegte, und sein Bedauern ausdrückte, dass seine Angebetete ihn für einen Tölpel halten könnte wegen seiner Leidenschaft. Die letzten Worte »mi ficcar tutta notte, urtat come monton« hätten wohl jeder anderen Frau die Röte ins Gesicht getrieben, Sibylle lächelte.

»Was für eine lose Zunge Ihr habt.«

Symon klimperte noch einige Töne, bevor er sich wieder umdrehte. »Ich würde gern etwas mit Euch besprechen, das der Diskretion bedarf.«

Die Markgräfin zögerte – oder tat vielleicht nur so. Dann winkte sie dem Diener, den Raum zu verlassen. »Und um was genau handelt es sich dabei, verehrter …?«

»Christian vom Eichfeld«, wiederholte Symon den Namen, der in dem gefälschten Empfehlungsschreiben angegeben war, mit dem er sich Zutritt zum Schloss verschafft hatte.

»… verehrter Freund?«

Nun war der Zeitpunkt gekommen, über die Ostindien-Kompanie zu sprechen. Symon erklärte, wie das Geschäftsmodell der Kompanie funktionierte, warum es der konkurrierenden East-India-Company überlegen war und wie sich damit Geld verdienen ließ.

»Oh!« Sibylle ging zum Fenster und streifte dabei wie zufällig seinen Arm. Vor den sonnenbeschienenen Glasscheiben drehte sie sich um. »Und warum, mein Bester, kommt Ihr ausgerechnet zu mir, um die Vorzüge des Gewürz- und Sklavenhandels zu preisen?«

»Da wir schon eine Vorliebe für die gleiche Musik hegen ...«

Sibylle lächelte, und hinter den mohnblumenroten Lippen wurden eine Zahnlücke und schwarze Zahnstümpfe sichtbar. »Ich wusste bereits vor Eurem Kommen von der Kompanie.«

»Das wundert mich nicht. Ich hörte, dass Ihr eine der wenigen Frauen seid, die sich auf Geschäfte verstehen.«

»Noch einmal: Warum kommt Ihr gerade zu mir?«

Tja, das war eine gute Frage. Und verteufelt schwer zu beantworten. »Ich könnte sagen, weil ich mir einen finanziellen Vorteil verspreche, wenn Ihr ebenfalls bei der Ostindien-Kompanie einsteigt.«

»Das müsstet Ihr mir erklären.«

»Aber da ist da noch etwas anderes.« Symon, der spürte, dass er mit der Kompanie nicht weiterkommen würde, blickte zu Aleeke. Gut, wenn der eine Weg nicht zum Ziel führte, dann vielleicht ein anderer. Mit einem Lächeln ging er zu ihm und legte ihm die Hand auf den Arm. »Kennt Ihr Euch mit den Geheimnissen des fernen Kontinents Afrika aus, verehrte Gräfin? Mit den Riten der Eingeborenen? Ihren Beschwörungen und Zaubereien?«

Sibylle bekreuzigte sich, dann trat sie ebenfalls heran. Aleeke trug ein bodenlanges, leuchtend rotes, golden gesäumtes Gewand und einen blauen Turban. Sibylle schob den Ärmel seines Hemdes hoch, als wäre es die Verpackung eines Geschenks. Sie fuhr mit den Fingern über sein Fleisch, kniff hinein und schabte dann wie ein Kind mit dem Fingernagel darüber, um zu sehen, ob sich die Farbe entfernen ließe. Aleeke war nicht anzumerken, ob er sich vor der mit bläulichen Adern durchzogenen Hand ekelte.

»Ist er ein Affe oder ein Mensch?«, fragte die Alte fasziniert.

»Weder das eine noch das andere.«

»Und was ist er dann?«

»Das lässt sich nur schwer beschreiben. Stellt Euch Afrika vor – ein Kontinent, der unter einer Sonne vegetiert, in der jedes Pflänzlein vertrocknet. Stellt Euch weiter das dampfende Reich vor, das hinter dieser Wüste liegt. Ein Dschungel, grün, üppig, dunkel, wo Tiger schleichen und Schlangen kriechen und in den Bäumen Vampire hausen, die sich auf die unglücklichen Geschöpfe fallen lassen, die ihren Weg kreuzen.«

Symon sah Aleeke mit den Augen rollen, und er warf ihm über den Kopf der alten Frau einen halb warnenden, halb ironischen Blick zu. »Wenn ein Reisender aus Europa diesen Dschungel bereist, sieht er all diese Raubtiere, aber das tiefste Geheimnis, das wahrhaft unheimliche und gefährliche, bleibt ihm verborgen.« Er senkte die Stimme, was zugegebenermaßen ein bisschen theatralisch war. »Ich meine damit die Eingeborenen, Gräfin, die ursprünglichen Bewohner Afrikas. Sie sind ständig um den Ahnungslosen herum, beobachten jeden seiner Schritte, und oft sind sie ihm so nah, dass er sie mit den Händen berühren könnte – was ihm aber nicht gelingt, denn sie sind unsichtbar.«

»Sie nehmen Reißaus, weil sie kotzen müssen, wenn sie in die hässlichen Bleichvisagen blicken«, sagte Aleeke auf Arabisch.

Die Markgräfin wich erschrocken einen Schritt zurück. »Wie ist es Euch dennoch gelungen, einen von ihnen zu fangen?«

»Weil das arme Schwein neben dem Schwachkopf angekettet war«, grollte Aleeke.

»Der Eingeborene fasste Vertrauen zu mir und brachte mich in sein Dorf. Und dort sah ich das Sonderbarste, was die Welt je hervorgebracht hat.«

Dieses Mal hatte die Gräfin den Kopf gehoben, so dass sie Aleekes Augenrollen sehen konnte. Sie wich mit einem entsetzten Schrei zurück. »Ihr müsst es mir erklären«, flüsterte sie und hob den Stock, um ihn vorsichtig gegen Aleekes Brust zu drücken, als könnte sie das unheimliche Geschöpf so auf Abstand halten.

»Die Bewohner des Dorfs waren allesamt jung.«

»Wie meint Ihr das?«

»Nicht jung wie Kinder, sondern wie Geschöpfe, die gerade ihr bestes Alter erreicht haben. Es gab nicht einen einzigen Greis in diesem Dorf. Und keiner der Eingeborenen litt unter körperlichen Beschwerden. Außerdem waren sie schön – soweit man bei diesen Kreaturen von Schönheit sprechen kann.«

»Besaßen sie einen Jungbrunnen?«, fragte Sibylle atemlos.

Symon zog es vor, die Frage im Raum hängen zu lassen. »Auf welches Alter schätzt Ihr mich?«

Hatte er einen Fehler gegangen? Die Alte musterte ihn zum ersten Mal gründlich. Was, wenn sie sich jetzt an ihn erinnerte? Symon setzte auf Dreistigkeit. »Lasst Euch gesagt sein: Ich habe den göttliche Orlando di Lasso am Lateran dirigieren sehen. Das war vor sechzig Jahren. Und vielleicht wäre es der rechte Moment zum Sterben gewesen«, fügte er dramatisch hinzu.

Sibylle humpelte um Aleeke herum und stupste ihn wieder mit dem Stock. »Wie alt ist diese Kreatur?«

»Das weiß ich nicht. Aber man ehrte ihn in dem Dorf, von dem ich Euch erzählte, durch magische Tänze und Gesänge.«

»Warum?«

»Weil … nun, die Kunst, den Körper zu verjüngen, gilt auch in Afrika als Geheimnis, das nur wenige ergründet haben. Tatsächlich hat man ihn eines Nachts überwunden und in einen Käfig gesperrt, um sich seiner Kräfte immer bedienen zu können.«

»Wie habt Ihr ihn dann mit Euch nehmen können?«, wiederholte sie ihre Frage.

»Ich gebe zu, es ging nicht ohne Gefahr.«

»Ich gebe zu, ich würde dir gern die Fresse polieren, dämlicher Affe«, knurrte Aleeke.

»Was hat er gesagt?«

»Er hat mich verflucht – aber der Fluch besitzt keine Wirkung. Ich weiß mich zu schützen.«

»Das werden wir sehen, wenn wir wieder draußen sind«, knirschte Aleeke.

Sibylle starrte ihn fasziniert an, ein Geschöpf der Hölle, zweifellos, da er Gottes Plan der Sterblichkeit sabotierte.

»Wie Ihr seht, kann er sich auch nicht aus eigenem Willen bewegen«, schob Symon grinsend nach.

»Außer meine Faust in deine Fresse.«

Symon kehrte zum Spinett zurück. Dieses Mal nahm er auf dem Schemel davor Platz, bevor er zu spielen begann. Etwas Leichtes, eine Villanelle, die gute Stimmung machte. Die Gräfin schlich um Aleeke herum wie ein Sklavenhändler um menschliches Muskelfleisch.

»Verkauft ihn mir.«

»Das wäre zu gefährlich.«

»Wie übt er seinen Zauber aus? Ist es ein heidnisches Ritual?«

Symon spielte weiter, er brauchte Zeit zum Überlegen. Als er fertig war, trat er neben die Gräfin. »Es ist ein Trank. Oder vielmehr – es sind mehrere Tränke, die man in gewissen Abständen zu sich nehmen muss, um die Risiken zu vermindern. Denn der Mensch, der mit den Flüssigkeiten in

Verbindung kommt, verändert sich natürlich. Seine Konsistenz, die Muskeln und das Blut. Das Gebräu schmeckt allerdings bitter«, fügte er hinzu, als wäre das sein größter Makel. »Aber mit Honig und Rosenöl gemischt, bekommt man es gut herunter.«

»Ich will diese Tränke haben.«

»Das habe ich mir gedacht, Gräfin. Und das ist der andere Grund, aus dem ich gekommen bin.« Er lächelte.

17. Kapitel

Es hatte gebrannt. Die *Grüne Laterne* existierte nicht mehr. Das war es in Kürze, was Aliz ihrem Sohn erzählte, nachdem er sie umarmt hatte. Die Leute schimpften über einen Eseltreiber, dessen Esel unter der Last der vielen Säcke zusammengebrochen war, aber sie nahm es kaum wahr. »Wir haben alles verloren«, sagte sie und starrte in die maigrünen Augen ihres Sohnes.

»O Maman, dein Haar …«

Es war angesengt. Aliz wusste das von Anni, die deswegen zu weinen begonnen hatte. Auch jetzt kamen dem Mädchen wieder die Tränen. Sie zeigte ihrem Bruder eine lange Brandwunde, die ihre zierliche Kinderhand verunstaltete. »Überall war Feuer, Moritz. Es war so schrecklich.« Sie drängte sich an ihn, und Moritz schloss sie in die Arme, wofür Aliz ihn liebte.

»Lass uns hineingehen«, schlug sie vor und wollte die Treppe hinauf in den *Hasen* gehen. Sie brauchte Ruhe, wenn sie mit ihrem Sohn sprechen wollte, und sei es auch nur die Ruhe seiner kargen Kammer.

Er schüttelte den Kopf. »Seid ihr zu Pferd gekommen?« Moritz entdeckte Saint-Pierre, den Aliz an eine Eisenstange gebunden hatte, die Fettmilch für seine Gäste vor dem *Hasen* hatte anbringen lassen. Er packte Anni und setzte sie auf den Pferderücken. Dann nahm er Aliz' Arm, und gemeinsam ging sie an dem Esel vorbei die Gasse hinab, in die Richtung, aus der er gerade gekommen war.

»Was ist denn los?«

»Erzähl ich dir gleich.«

Nicht noch ein Unglück, dachte Aliz verzagt, während sie neben ihm herlief. Sie war so erschöpft. Der Ritt über Land mit der weinenden Anni hatte sie Kraft gekostet. Alles schien genau wie vor fünfzehn Jahren zu sein, als sie durch Deutschland geflohen war. Es schneite nicht, sie trug keine Lumpen, denn eine Nachbarin hatte ihr abgelegte Kleider geschenkt, und sie war auch nicht schwanger, aber wieder hatte sie ein Kind bei sich, das sie schützen musste.

»Maman, tu das nicht, bitte nicht weinen«, murmelte Moritz, während er den Arm um ihre Schulter legte und sie weiterzog. Endlich standen sie vor einer gedrungenen Kirche, die aus unzähligen ineinander gebauten Vorsprüngen, Erkern und Türmen bestand. »Gehen wir hier rein.«

Aliz hatte in den Zeiten ihres Umherstreunens gelegentlich bei Unwettern in Gotteshäusern Schutz gesucht. Seither verabscheute sie die hohen Gewölbedecken, unter denen sie sich klein und schutzlos vorkam. Aber jetzt folgte sie ihren Kindern widerspruchslos. Einige Frauen und ein alter Mann beteten vor dem Hauptaltar, Licht fiel durch die bunten Fenster auf ihre gesenkten Häupter. Moritz strebte auf eine Seitenkapelle zu. Er hat noch gar nicht nach Tile gefragt, dachte Aliz.

Die Kapelle war leer. Sie knieten vor der Statue des Heilands an der Geißelsäule, und Aliz holte Luft. »Meister Fettmilch hat dich rausgeworfen?« Das war der Schluss, zu dem sie gekommen war. Es musste ja einen Grund geben, wieso Moritz nicht in den *Hasen* gehen wollte. Vielleicht streunte er schon seit Tagen durch die Stadt und hatte sich nicht heim nach Wöllstein getraut, weil er sich schämte.

Voller Unglauben lauschte sie, was Moritz ihr dann von der vergangenen Nacht erzählte, in der Fettmilch mit ihm und den anderen Bäckern ins Rathaus eingedrungen war, um ein Dokument einzusehen.

»Habt ihr den Verstand verloren?«

»Würde ich sagen, ja.« Er lächelte düster. Sie liebte ihn so.

»Aber noch haben sie nichts gegen euch unternommen?«

»Maman, sie werden sich das nicht bieten lassen. Die Limpurger …«

»Vielleicht ja doch. Männer führen Kriege, Männer machen die unglaublichsten Dinge, und manchmal …«

»Ich habe Hunger«, wisperte Anni.

»… manchmal gelingt es ihnen zu bekommen, was sie wollen. Fettmilch ist doch ein besonnener Mensch.«

»Mir tut der Bauch weh«, jammerte Anni,

»Uns allen, Schatz.«

»Und meine Knie tun mir auch weh.«

Aliz klaubte einen Heller aus dem Beutel an ihrem Gürtel. »Lauf und hol dir etwas zu essen. Aber du kommst sofort zurück und wartest dann auf der Kirchentreppe.« Sie horchte, bis die Schritte ihrer Tochter verklungen waren. Das Geräusch wurde von Orgeltönen abgelöst, die sich schwer ins Kirchenschiff senkten. Jemand begann einen Choral zu spielen. *Herr, und Gott* … Sie hob die Stimme. »Moritz …«

»An der letzten Nacht ist nichts mehr zu ändern, Maman. Erzähl mir, warum die *Grüne Laterne* gebrannt hat.« Er griff nach ihrer Hand.

Kurz fasste sie zusammen, was sie wusste. Ihr Ritt zu Ott, die Rückkehr, die Flammen …

»Was ist mit Tile?«

Damit kam sie zum schwersten Teil. »Ich muss dir etwas erklären«, begann sie flüsternd mit ihrer Beichte. Moritz lauschte, ohne sich zu bewegen. Unter den Klängen der Orgel erfuhr er, was 1594, im Jahr seiner Geburt, geschehen war. Dass es eine Herzogin gegeben hatte, Jakobe von

Jülich-Kleve-Berg, die ein entsetzliches Leben neben einem wahnsinnigen Ehemann geführt hatte.

»Warum erzählst du mir das?«

»Still.« Sie schilderte, wie Jakobe glaubte, selbst wahnsinnig zu werden, während man sie mit medizinischen Untersuchungen und Gebeten malträtierte und sie unter den Augen wachsamer Räte und ihrer Schwägerin ihrem Mann beiwohnen musste, um endlich den ersehnten Erben zu gebären.

»Maman …«

Dass sie Wege suchte, dennoch ein wenig glücklich zu sein. Sie betete viel, sie suchte Trost in Gottes Natur. »Sie war eine gute Frau, mein Junge. Voller Freude, sie konnte lachen, selbst dann, wenn sie litt, und das ist eine Kunst.« Hübsch war sie auch. Nicht hübsch auf die langweilige, seelenlose Art eines Gemäldes, sondern durch die Art, wie sie lächelte, wie sie sich erboste, wie sie nachgab und kämpfte. »Denn sie war eine Kämpferin, Moritz, wie es selten eine gab.«

Moritz ließ ihre Hand los. Sie fand nicht den Mut, ihn anzusehen, sondern redete rasch weiter.

»Eines Tages kamen ein paar junge Männer ins Schloss. Sie hatten sich zusammengefunden, um zu musizieren. Ich weiß nicht, wie sie Einlass bekommen haben. Wahrscheinlich waren sie mit jemandem verwandt. Einer von ihnen erweckte Jakobes Aufmerksamkeit …«

»Anderrath …«, sagte Moritz tonlos.

»Er war ihr in so vielem ähnlich. Sie lachten über dieselben Geschichten, sie wagten es beide, im Angesicht der Räte und vor allem der Hexe, der Schwägerin von Jakobe, ihre Scherze zu machen. Sie wandten sich einander zu wie Motten, die gemeinsam um die Flamme tanzen. Und eines Nachts …«

Moritz stand auf.

»Jakobe wurde schwanger. Das Kind, das sie austrug, wurde bei einer Amme untergebracht, die Jakobe selbst aussuchte. Der Vater brachte den Kleinen nach der Geburt zu dieser Frau. Später kam die Amme an Tagen, die der Herzogin sicher erschienen, ins Schloss, damit die Mutter ihr Kind sehen konnte.«

»Du hast gesagt, er sei ein böser Mensch.«

Anderrath. Aliz biss sich auf die Lippe. »Das ist er auch. Heute. Sie haben ihn zerbrochen, und was von ihm übrig geblieben ist, ist gefährlich wie Scherben.«

»Was du alles weißt.«

»Moritz …«

»Du hast mich angelogen.«

»Aber ich konnte doch nicht …«

»Du hast mich mein Leben lang angelogen und weitergemacht, auch als ich längst erwachsen geworden war. Das letzte Mal, als du hier warst … Der Grund der Reise war eine weitere Lüge gewesen.«

Aliz schwieg. Es stimmte ja. Sie schloss die Augen. Der Orgelspieler beherrschte seine Kunst nicht. Er quälte sie mit stotternden Läufen. Ich muss es dem Jungen erklären, dachte sie. Moritz muss verstehen, dass seine wahre Abstammung für ihn ein Risiko darstellt, dass man versuchen würde, ihn zu benutzen, wenn herauskäme, wer er ist – allen voran sein Vater. Das musste er begreifen. Und außerdem musste sie ihm sagen, dass Tile entführt worden war und in noch größerer Gefahr schwebte.

»In der Nacht, in der unser Haus brannte, kam ein Mann aus Düsseldorf nach Wöllstein. Ich gehe davon aus, dass er den Brand gelegt hat, um Tile entführen zu können und mich glauben zu machen, dass mein Sohn tot ist. Er muss Tile geholt haben, gerade als ich in den Hof getreten bin. Er hat mich niedergeschlagen, um ihn fortbringen zu können. Aber natürlich wollte er gar nicht Tile haben. Er dachte … Er muss ihn für dich gehalten haben, Moritz. Nichts sonst ergäbe einen Sinn.«

Und womöglich haben sie ihn umgebracht, nachdem sie

die Wahrheit herausgefunden haben, dachte Aliz, schob den entsetzlichen Gedanken aber sofort wieder von sich.

»Wir müssen versuchen herauszufinden, wohin man ihn gebracht hat. Und dazu brauchen wir deinen Vater. Ich bin sicher, Anderrath weiß alles über Jakobes Feinde. Er ist zurückgekehrt, um Rache zu nehmen. Zuerst hat er die Amme aufgespürt, danach mich. Er wird auch wissen, wie die anderen heißen und wo sie wohnen …«

Sie schlug die Augen wieder auf, hob den Kopf und drehte sich um.

Moritz war verschwunden.

Aliz bezog mit Anni ein Zimmer in einer schäbigen Herberge in der Töngesgasse, die nur wenige Schritte vom *Hasen* entfernt auf der anderen Seite der Gasse lag. Der Wirt war ein mürrischer Mensch, der Raum, den er ihnen überließ – Aliz hatte auf einem separaten Zimmer bestanden –, von Wanzen verseucht. Aber was zählte das schon. Zur Herberge gehörte ein Innenhof, der von der Gasse einsehbar war. Sie hatte dort Saint-Pierre angebunden. Moritz würde also wissen, wo seine Mutter – *ich bin seine Mutter, natürlich bin ich seine Mutter* – zu finden war, falls er beschließen sollte, ihr Gespräch zu Ende zu führen. Sie hätte natürlich auch zu Fettmilch gehen und ihn dort aufsuchen können, aber die Vorstellung, aus dem Mund des Meisters zu hören, dass ihr Sohn sie nicht sehen wolle, war unerträglich.

Sie stand in der kleinen Dachkammer und starrte auf die Tür des *Hasen*. Moritz musste alles verdauen, dann würde ihm einleuchten, warum sie ihm nicht die Wahrheit hatte sagen können. Aber er kam weder an diesem Abend noch am folgenden Tag.

Als sie wieder einmal am Fenster stand, trat Anni neben sie und schob die Hand in die ihrer Mutter. »Warum ist Moritz weggelaufen?«

»Er braucht Zeit zum Nachdenken.«

»Aber müssen wir nicht Tile suchen?«, fragte Anni und brach in Tränen aus.

Aliz streichelte ihr Köpfchen. »Ich weiß nicht, wo ich damit anfangen soll, chérie.« In Düsseldorf, hatte sie schon mehrfach gedacht. Von dort war der Fremde ja gekommen, wenn Josefa sie nicht angelogen hatte. *Der Marschall.* Dunkel meinte Aliz sich an einen der Räte zu erinnern, der Jakobe damals zugesetzt hatte. Hatten sie den nicht immer als Marschall bezeichnet? Sibylle war nach dem Tod ihres Bruders fortgezogen, das hatte Aliz von einem Reisenden aufgeschnappt. Konnte dieser Marschall sie informiert haben?

Aliz sah sich wieder durch den Dienstbotentrakt streichen, mit dem kleinen Jungen auf dem Arm. Sie hasste Düsseldorf. Ihr wurde schlecht vor Angst, wenn sie an das Schloss und seinen Turm zurückdachte. Trotzdem, Düsseldorf war die einzige Spur, die einen Sinn ergab. Und Anderrath natürlich. Nur würde ihr Geld für keine lange Suche reichen. »Wir werden ihn finden, mein Engel«, sagte sie.

Kurz bevor es dunkel wurde, entdeckte sie Moritz. Er trat in einer weiß bemehlten Schürze vor die Tür des *Hasen,* offenbar hatte er also gearbeitet. Der heiligen Mutter Gottes sei Dank, dachte Aliz, sein Leben geht weiter. Er entzündete mit einem glühenden Stock die beiden Lampen, die die Stufen der Herberge erhellen sollten, dann blickte er zu ihrem Fenster hinauf. Offenbar hatte er das Pferd entdeckt und wusste, wo sie untergekrochen war. Aber statt zu winken, verschwand er wieder in der Gaststube.

Wenige Minuten später erschien er erneut auf der Treppe, dieses Mal ohne Schürze, und stieg die Stufen hinab. Aliz rannte aus ihrem Zimmer. Sie fand ihn im Hof, wo er Saint-Pierre streichelte und auf sie wartete. Schweigend folgte er ihr in das Kämmerchen hinauf. Anni hatte sich auf das

Strohlager gelegt und schnarchte mit halb geöffnetem Mund.

»Moritz …«

Ihr Sohn strich mit beiden Händen die Locken zurück. Es war nur eine Geste, aber zum ersten Mal meinte sie bei ihm eine Ähnlichkeit mit seinem Vater zu entdecken.

»Ich weiß nicht, wie ich dir helfen soll, Aliz«, sagte er leise. »Vielleicht kommt Fettmilch mit dem dreisten Überfall, an dem ich übrigens eine Mitschuld trage, durch, aber die Poststrecke, die ich aufgebaut habe, ist verloren. Von den Birghden hat mich im Römer gesehen und erkannt. Ich habe also kein Geld.«

Sie brauchte einen Moment, um zu verstehen, was er mit dem letzten Satz andeuten wollte. Es ging ihr wie ein Stich ins Herz. Dachte er, sie wäre gekommen, um ihn anzubetteln?

»Es gibt eine Bienenwiese vor der Stadt. Die Hütte dort steht im Winter leer. Vielleicht jetzt schon. Ich könnte Fettmilch fragen …«

»Ich habe dich nicht um Hilfe für mich oder Anni gebeten.«

»Sondern?« Jetzt redete er sogar wie sein Vater.

Sie schluckte. »Weißt du, wo ich Anderrath finden kann? Hat er dir gesagt, wo er wohnt? Er weiß womöglich, wohin man Tile gebracht …«

»Warum sollte ich mich um einen Bruder kümmern, mit dem ich gar nicht verwandt bin?«

Das war … Aliz hob die Hand und gab ihm eine Ohrfeige. Sie starrten einander an. Die Welt fiel in sich zusammen. Schlimme Dinge geschahen nicht, wenn man sie erwartete. Das Böse brach immer plötzlich über den Menschen herein. So war Aliz' Philosophie gewesen. Aber jetzt fand genau das statt, wovor sie sich seit fünfzehn Jahren fürchtete. Der kleine Junge, der zählen konnte, ohne dass man ihn hörte, wandte sich von ihr ab. Die Strafe traf sie zu Recht. Sie hatte erwogen, ihn den Mördern seiner Mutter zu überlassen, damals, im Düsseldorfer Schloss, als Jakobes Henker den Vorraum zur Schlafkammer der Herzogin betraten. Nur einen Moment lang, aber sie hatte darüber nachgedacht.

»Du weißt ja, wo du mich findest, wenn du dir die Sache mit der Hütte überlegst.« Moritz ging zur Tür, sie fiel hinter ihm ins Schloss. Aliz lief wieder zum Fenster. Moritz konnte doch nicht einfach so weggehen.

Als sie versuchte, ihn in der Dunkelheit zu erspähen, sah sie ein paar berittene Männer die Gassen herabstürmen. Sie sprangen vor Fettmilchs Haus von ihren Pferden. Einige hielten Fackeln in den Händen, andere Knüppel, einer auch ein Schwert. Ihre Kleidung war elegant, so viel konnte man im Licht der Laternen erkennen. Auch dass die Pferde geflochtene Mähnen hatten und edle Sättel trugen. Und dass die Männer jung waren. Die mächtigen Frankfurter Familien schickten ihre Söhne, um die Kränkung zu rächen, die man ihren Familien mit der Erstürmung des Römers zugefügt hatte.

Aliz stürzte die Treppe hinab. Von Moritz war weder im Hof noch auf der Gasse etwas zu sehen. Auch die Reiter waren verschwunden, nur ihre Pferde drängten sich vor der Schenke. Plötzlich drang ein Schrei durch die Fenster, er ging in ein schreckliches Gewimmer über. Ein zweiter Schrei folgte, Stimmengewirr … Aliz rannte zwischen den Tieren hindurch und die Stufen hinauf. Durch die Tür der Gaststube sah sie, wie sich die Zünftler, die dort ihren Wein getrunken hatten, mit Schemeln und Bänken gegen brutale Angriffe höhnischer, betrunkener junger Männer wehrten. Aus Wutschreien wurden Schmerzenslaute, Fettmilch brüllte nach den Bütteln, auf dem Boden breitete sich eine Blutpfütze aus. Aliz sah ein junges Mädchen, das schreiend zwei Burschen zu entkommen versuchte, die ihr unter den

Rock fassten. Einer schlitzte den Stoff mit seinem Schwert auf. Ihr Bein wurde bis zur Hüfte sichtbar.

Eva.

Von Moritz war nichts zu sehen. Aliz zerrte das Mädchen, das ihr entgegenstürzte, auf die Straße. Sie schubste sie in den Stall der Herberge und fragte nach ihrem Sohn. Eva konnte nicht aufhören zu schreien. Als Aliz sie schüttelte, wurde das Gebrüll nur heftiger. Sie war ein so ein hübsches Mädchen. Nur leider unfähig, einen kühlen Kopf zu bewahren.

In der Gasse wurde es laut. Gelächter ertönte, es klang, als klopfte man sich gegenseitig auf die Schulter. Die jungen Männer beendeten ihren Überfall so rasch, wie sie ihn begonnen hatten. Hufe trappelten, dann wurde es still. Nur Evas Weinen war noch hörbar.

Aliz ließ das Mädchen stehen und kehrte in den *Hasen* zurück. Die Gaststube war in einen Trümmerhaufen verwandelt worden. Ein Mann lag verletzt zwischen zerbrochenen Stuhlbeinen und wimmerte. Die anderen Gäste waren geflohen. Sie rannte durch die nächste Tür und einen Flur entlang. Wo war Moritz? Stolpernd erklomm sie die Stiege, auch seine Kammer war leer. Sie hastete in die Gaststube zurück.

Schließlich fand sie ihren Sohn. Er lag eingequetscht zwischen einer Bank und der Wand, bedenklich nahe am glühenden Ofen und ohne Bewusstsein. Blut tropfte aus einer Schädelwunde, überall war entsetzlich viel Blut, es hatte seine Kleider durchtränkt. Sie versuchte ihn zu bewegen, schaffte es aber nicht. Hastig verrückte sie einen der umgestürzten Tische, so dass er ihr und ihrem Sohn einen Sichtschutz bot. Wusste man, ob nicht einer der Radaubrüder zurückkehrte oder im Suff irgendwo im Haus zurückgeblieben war? Sie bettete Moritz' Kopf in ihrem Schoß, um ihm die Hand auf den Mund legen zu können, sollte er wach werden und sich durch ein Geräusch verraten.

Während sie angespannt und unfähig zu einer Tat lauschte, meinte sie ein Kind weinen zu hören, auch das Schluchzen eines Mannes. Aber die Geräusche kamen aus einer anderen Ecke des Hauses. Moritz rührte sich nicht. Sein Herz schlug, sie spürte es, als sie mit der Hand nach seinem Puls tastete, doch auch als sie ihn sanft schüttelte, gelang es ihr nicht, ihn wach zu bekommen. Plötzlich ertönte ein entsetzlicher Schrei, der die Mauern des Hauses beben ließ. O Gott im Himmel …

Ihr Blick ging zur Tür. Sie wurde langsam aufgeschoben, und Anni schaute mit ängstlichem Blick in die Gaststube. »Hier bin ich«, flüsterte Aliz. »Hilf mir, ihn aufzurichten.«

Ihre verängstigte Tochter stieg über das zerschlagene Mobiliar. Blankes Entsetzen weitete ihre Augen, als sie Moritz erkannte. »Was hat er denn?«

»Nichts, alles ist gut.«

»Aber das stimmt ja gar nicht«, flüsterte sie.

Sie packten zusammen an, und Anni bewies ungeahnte Kräfte. Gemeinsam schleiften sie Moritz über die Gasse und in den Hof ihrer Herberge. Er kam ein wenig zu sich, als sie den Platz vor den Pferdeställen überquerten, und stöhnte grausam, als sie ihn die Treppenstufen hinaufhievten. Mehrere Male rutschte er ihnen aus den Händen und schlug mit dem Kopf auf die Kanten. Endlich hatten sie ihn oben in ihrer Kammer und ließen ihn auf das Bett gleiten. Es war dunkel im Zimmer. »Lauf nach einem Licht, Anni.«

Anni gehorchte. Sie kam zurück, der Wirt wollte einen Kreuzer fürs Licht. Noch ein Gang, dann brannte eine unruhige Flamme in einer grünen Lampe über dem Kranken.

»Was ist denn mit deinem Kleid?«, fragte Anni und starrte ihre Mutter an. Aliz fuhr über die Brust zum Bauch – der Stoff war feucht. Vom Blut aus der Kopfwunde? Sie beugte sich über ihren Sohn. »Halte das Licht näher heran.« Moritz war nicht nur auf den Kopf geschlagen worden – eine zweite Wunde ließ das Fleisch an der Hüfte auseinanderklaffen. Hastig schlug sie ihren Rock hoch und begann Streifen aus dem Stoff ihres Unterrocks zu reißen.

»Es ist nicht so schlimm.« Das war wohl der Satz, der bis zum nächsten Morgen am häufigsten fiel. Aliz wiederholte ihn wie ein Gebet, wie ein Amulett aus Worten. Ihr Sohn, der gar nicht ihr Sohn war und es auch nicht mehr sein wollte, bekam Fieber. Er glühte und schwitzte, und in der Wunde an der Hüfte sammelte sich ein übel riechendes Sekret. Als die Sonne aufgegangen war, lief Aliz zum Apotheker. Sie gab ihm Geld für Salben, das sie eigentlich gar nicht entbehren konnte, und später am Tag gab sie weiteres Geld an einen Wundarzt, der die Wunde ausbrennen wollte, was sie dann aber doch nicht zuließ.

In einer der entsetzlichen Stunden, in denen sie auf Moritz' Keuchen hörte und ihm den Schweiß von der Stirn und der Brust wischte, bekamen sie einen Besucher. Es war ein junger Bengel, der sich wohl in der Umgebung umgehorcht und sie dadurch gefunden hatte. Ein gelber Fleck an der dreckigen Jacke wies ihn als Juden aus. Er trat ins Zimmer und blieb stehen. Stumm, mit beinahe leerem Gesicht, starrte er auf den Kranken, der sich unruhig unter der Decke bewegte.

»Was willst du?«

Er reagierte auf Aliz' Frage nicht, sondern hockte sich vor dem Lager auf die Fersen. »Du bist so dumm.«

»So etwas darfst du nicht sagen. Er ist mein Bruder«, meinte Anni gekränkt.

Der Junge ignorierte sie. »Ein verschimmeltes, altes Papier … Wer steckt seinen Hals für verschimmeltes Papier in die Schlinge? Ich versteh das nicht. Ich kann das einfach nicht verstehen.« Er wurde immer lauter, sprang auf und trat wütend gegen die Strohmatratze.

»Wer bist du?«, fragte Aliz.

Der Junge drehte sich zu ihr um. Er hatte ein unruhiges Gesicht und alte Augen. Sein Lächeln wirkte wie schwere Arbeit. »Seid Ihr Aliz? Moritz' Mutter?«

Sie nickte stumm.

»Ich hab ihm die Briefe bringen wollen.« Der Sack mit den gelben Streifen, der Moritz gehörte, flog neben das Bett. »Ich bin die letzten Tage geritten wie mit der Hölle im Nacken. Und alles ist gut gegangen. Wir kriegen immer mehr Briefe. Das Geld wird richtig abgezählt. Das ist ein Geschäft, hab ich gedacht. Das reißt uns raus. Das ist das Ende von den ganzen Sorgen. Und dann bin ich nach Homburg gekommen. Und was sagt mir der Mann in der Poststation? Es gibt keine Geschäfte mehr. Warum?, frag ich. Weil kluge Leute keine Geschäfte mit Männern machen, die beschissene Urkunden lesen wollen, die sie nichts angehen, und die dafür gar die Rathaustür eintreten. Wie meinst du das?, frag ich. Und da hab ich selbst eine Tür vor die Nase gekriegt.«

Der Junge war keiner, der zu Tränen neigte. Er fuhr mit dem Arm übers Gesicht, dann trat eine bedrückende Stille ein. Moritz hatte ja selbst bereits vermutet, dass ihm die Einkünfte aus der Postreiterei verloren waren, aber nun war die Bestätigung gekommen. Das war schlimm. Die Poststrecken waren der Hoffnungsschimmer gewesen, auf den Aliz gesetzt hatte.

»Wenigstens ist er nicht mehr drüben.«

Drüben, das war der *Hase*. Aliz hatte gesehen, dass am Morgen die Fensterläden vor die Fenster gelegt worden waren – man hatte sie nicht wieder entfernt. »Wie reden sie in der Stadt über den Überfall?«

»Ich hab nicht zugehört.«

»Natürlich hast du das.«

Der Junge ging zu dem einzigen Stuhl im Zimmer, der neben dem Fenster an einem Tisch stand. Er setzte sich, stützte die Ellbogen auf und starrte zum *Hasen.* »Was ist mit Moritz? Stirbt er?«

»Nein.«

Ein Blick zum Strohlager, dann schaute der Junge wieder zur Herberge. »Man sagt, einer der Jungen von Fettmilch hat die beiden Beine gebrochen. Die Limpurger haben mit ihm Fangen gespielt und ihn fallen lassen, heißt es. Und manchmal auch, sie haben ihn mit Absicht gegen eine Wand geworfen.«

»Wie ist dein Name?«

»Rafael.«

»Was sagen sie sonst noch?«

»Dass Fettmilch ein Aufrührer ist. Dass man das Kind nicht hätte verletzen dürfen. Dass man Fettmilch aber hängen sollte, weil solche wie er die ganze Stadt ins Unglück stürzen können. Dass man ihn vielleicht aber doch nicht hängen wird, weil das mit seinem Kind den Menschen nahegeht, besonders den Zünftlern, und man ihren Zorn fürchtet. Fettmilch hadert mit Gott, heißt es, und er will mit niemandem sprechen.«

Aliz seufzte.

»Du weißt gar nicht, ob Moritz überleben wird«, sagte der Junge. »Die Wunde stinkt.«

Sie nickte.

»Hast du Geld?« Rafael quittierte Aliz' zurückhaltenden Blick mit Ungeduld. »Die Juden haben die besseren Ärzte. Ich kenne einen.«

Geld war wichtig. Der Winter kam, sie mussten überleben. Anni musste überleben. Ich trage auch ihr gegenüber eine Verantwortung, dachte Aliz. Aber was zählten solche Überlegungen angesichts ihres kranken Sohnes, dessen Atem so unregelmäßig ging, dass sie sich dabei ertappte, ihm mit ihrem eigenen Atmen einen Rhythmus geben zu wollen. »Bring ihn her«, sagte sie zu Rafael.

Als der Junge sich zum Gehen wandte, hielt sie ihn noch einmal auf. »Von den Birghden will also keine Post von uns mehr annehmen?«

»Anders kann man's ja wohl nicht verstehen.«

»Wo wohnst du?«

»Überall, ich bin ein König.«

Das hieß also, er streunte tagsüber durch die Stadt und schlief nachts in einer windgeschützten Ecke. »Willst du hier bei uns einziehen? Wenigstens für die nächste Zeit?«

»Warum bietest du mir das an?«, fragte der Junge mit dem Misstrauen, das man entwickelt, wenn man vom Leben geschunden wird.

»Ich möchte, dass du als Gegenleistung weiter die Briefe abholst, genau so wie bisher. Nur bringst du sie nicht mehr nach Homburg, sondern direkt hier in Frankfurt zur Poststation.«

»Aber die wollen das volle Porto. Da gibt es doch keinen Gewinn.«

»Ich weiß«, sagte Aliz. »Andererseits: Solange die Poststrecke existiert, besteht Hoffnung, dass wir wieder mit von den Birghden ins Geschäft kommen können. Begreifst du? Jetzt ist er zornig und misstrauisch. In einigen Wochen kann das schon wieder anders aussehen. Wir müssen uns die Zukunft offenhalten.«

»Die Zukunft.« Vielleicht bildete Aliz es sich nur ein, aber sie meinte, in Rafaels Gesicht ein Lächeln zu erkennen, als er losrannte, um den Arzt zuholen.

Vielleicht waren es die Wässerchen, mit denen der wortkarge jüdische Medikus mit dem übergroßen Adamsapfel die Wunde reinigte, oder es war die Salbe, die er auftrug, oder einfach Gottes Hand, die nicht nur Krankheit, sondern auch Gesundung brachte – jedenfalls atmete Moritz, als die nächste Nacht verstrichen war, leichter, und die

Wunde roch auch nicht mehr so schlimm. Aliz sprach ein Gebet.

Anni, die mit ihr vor der Matratze kniete, schmiegte sich an sie, als sie fertig war. »Wer ist der Vater von Moritz?«, fragte sie flüsternd. Sie musste in der Kirche etwas mitbekommen haben, obwohl Aliz sie hinausgeschickt hatte. Wahrscheinlich hatte sie gehorcht. Und nun? Wieder eine Lüge?

»Ein unglücklicher Mann und ein Mann, der auch uns Unglück brachte.« Reiner konnte die Wahrheit nicht sein. Tiles Entführer war aus Düsseldorf gekommen. Anderrath musste ihn nach Wöllstein gelenkt haben – absichtlich oder unabsichtlich.

»Warum ist Moritz so wütend?«

»Weil ...« Aliz stockte. »Lass gut sein, Schatz.«

»Aber ...«

»Lass gut sein, mein Engel. Ich liebe dich. Ich liebe euch alle. Lass gut sein.«

An einem der nächsten Tage ging sie zu Fettmilch. Die Gaststube war leer, die zertrümmerten Möbel fortgeräumt, ein Holzeimer mit Scherben stand in einer Ecke, die zerschlagenen Fenster waren von innen gegen die Kälte mit Schweinsblasen abgedeckt.

Sie fand den Meister in seiner Wohnstube. Auch hier waren viele Möbel beiseitegeräumt worden. In der Mitte der Stube stand auf einem Tisch ein Kindersarg. Männer und Frauen umringen ihn mit betretenen Mienen, eine Nonne mit einem hübschen, jungen Gesicht versuchte Fettmilch zu trösten. »... und ist doch in die Obhut des Herrn eingegangen, Onkel, wo die Englein ihn wiegen und der liebe Herr Jesus ihn auf den Armen ...«

Fettmilch erblickte Aliz. Er drängte die Nonne beiseite und fragte rau: »Wo ist Euer Junge?«

Sie versuchte ihm ihr Beileid auszusprechen, aber er schnitt ihr das Wort ab.

»Ich fragte, wo …«

»Moritz ist krank.«

»Sagt ihm, dass er nicht wiederzukommen braucht, sagt ihm das. Er ist ein feiger Verräter. Er hat mich im Stich gelassen, als es hart wurde. Sagt ihm, dass ich ihn verachte …« Fettmilch schrie jetzt, und ein älterer Herr trat peinlich berührt auf ihn zu, um ihm etwas zuzuflüstern.

Er wehrte ihn ab. »Mein Junge hört es doch gar nicht mehr.« Er fuhr wieder zu Aliz herum. »Eva ist fort! Sagt ihm das auch, Frau Granius. Dass sie noch dieses Jahr heiraten wird. Und zwar einen anständigen Mann, auf den Verlass ist! Der sie beschützt und der weiß, wem seine Treue …«

Aliz wurde aus dem Raum geschoben. Hätte sie Fettmilch sagen müssen, dass Moritz im *Hasen* niedergestochen worden war? Hätte ihr Sohn das gewollt? Egal, *sie* jedenfalls wollte es nicht. Der *Hase* war zu einer Kampfarena geworden. Wer konnte wissen, was noch kommen würde? Fettmilch sah nicht aus wie einer, der klein beigeben würde. Nur gut, wenn es zum Bruch zwischen ihnen kam. Als sie in der Diele stand, drehte Aliz sich zu der Frau um, die sie hinauskomplementiert hatte. »Welches Kind ist gestorben?«

»Das jüngste, der kleine Dietrich.«

»Und die anderen?«

»Sie sind zum Glück mit dem Schrecken davongekommen.« Die Frau, eine Matrone mit mächtigem Busen und weichem Gesicht, wischte sich eine Träne aus dem Augenwinkel. »Meister Fettmilch hat sie alle zu Evas künftiger Schwiegerfamilie gebracht, wo sie in Sicherheit sind, bis zu Evas Heirat und – die Jungfrau Maria helfe ihnen – auch hinterher und hoffentlich für immer.«

»Wisst Ihr, was der Meister vor…?«

»Psst.« Fettmilchs Wutausbruch dauerte immer noch an,

sie hörten ihn im Aufbahrungsraum poltern. Die Frau eilte ins Zimmer zurück.

Es war spät, tiefe Nacht lag über Frankfurt. Zwei Wochen voller Bangen und Harren waren vergangen. Rafael, ihr neuer Zimmergenosse, schlief auf einem dünnen Strohhaufen an der Wand, Anni neben Moritz' Lager. Das Mädchen hielt die Hand ihres Bruders, als wollte sie ihm über ihr dünnes Ärmchen Kraft geben.

Moritz hatte es zum ersten Mal geschafft, sich allein auf die Seite zu drehen. Er lag sogar auf der Wunde, was Aliz als gutes Zeichen wertete. Sie ließ das Licht einer Ölfunzel auf sein Gesicht scheinen. Er hatte die Augen geschlossen, aber plötzlich war sie sicher, dass er nicht mehr schlief. Es war, als wäre auf einmal ein zusätzlicher Wille im Raum. Und tatsächlich, er hob die Lider und blickte ihr direkt ins Gesicht.

Sie setzte die Lampe ab und schob Anni vorsichtig beiseite. Dann holte sie einen Holzbecher und goss den Wein hinein, den der jüdische Medikus seinem Patienten zur Kräftigung angeraten hatte. Moritz hatte sich auch während der langen Stunden, in denen er vor sich hin dämmerte, gelegentlich ein paar Schlucke einflößen lassen, doch jetzt war es anders. Er nahm ihr den Holzbecher ab und trankt ihn gierig leer.

»Du hast mich erschreckt«, sagte Aliz.

Moritz schloss die Augen wieder, doch der Schlaf hatte sich verflüchtigt. Er hustete, wischte mit der Hand über einen Fleck, wo er Wein verschüttet hatte, und fragte dann: »Was ist mit Fettmilch?«

Natürlich meinte er Eva. Aliz entschied, dass es keinen Sinn mache, ihm das Elend scheibchenweise zu servieren oder es gar zu verheimlichen, und berichtete von dem armen kleinen Dietrich, der im Sarg lag, von Evas Heiratsabsichten und schließlich, dass Fettmilch ihn nicht mehr sehen wollte.

»Hör auf, mich zu beobachten«, sagte Moritz.

»Mach ich das?«

Er kehrte ihr mit schmerzverzerrtem Gesicht den Rücken zu. Seine Schultern zuckten. Er weinte.

»Eva hat getan, was sich für ein Mädchen schickt«, sagte Aliz.

»Du musst sie nicht verteidigen. Das hat sie nicht nötig.«

Er meinte wohl: Sie ist so schwach, wie Frauen es eben sind, aber sie belügt ihre Lieben nicht, dachte Aliz. Sie erhob sich. Die Fensterläden waren wegen der Kälte geschlossen, nun öffnete sie sie und schaute hinüber zu Fettmilchs Herberge. Das Haus wirkte mit seinen geschlossenen Läden wie ein totes Tier. Mein Sohn wird überleben, dachte sie. Er verabscheut mich, aber er wird überleben. Heilige Jungfrau, sie war so müde.

War sie im Stehen eingenickt? Sie fuhr erschrocken zusammen, als Moritz fragte: »Wo ist Tile?«

Das hatte sie ihm doch gesagt. Oder hatte er die Kirche bereits verlassen, als sie von Tile sprach? »Er ist entführt worden. Weil man ihn für dich gehalten hat, glaube ich.«

»Was für ein bedauerliches Versehen.«

Sie brauchte einen Moment, um zu verstehen, dass er eifersüchtig war. Aufgebracht drehte sie sich um. »Mach mich nicht wütend. Hab ich dir je Anlass gegeben zu glauben, dass ich dich weniger …«

»Wer ist denn eigentlich *sein* Vater? Den Fernhändler können wir ja wohl vergessen. Hast du rumgehurt? Ist dein Name überhaupt Aliz? Kann man irgendetwas glauben …«

Sie ging hinaus, die Treppe hinunter und ins Freie. Die Luft war kühl. Es hatte zu nieseln begonnen, und die Tropfen legten sich wie ein Netz auf ihre Haut. Vielleicht kam bald der erste Schnee. Sie hasste Schnee, sie hasste den ganzen Winter. Sie hasste ihre Angst.

Tile, ihr armer Junge. Er war schutzloser als seine Geschwister. Schon als Säugling hatte er auf sie ängstlicher und unruhiger als andere Kinder gewirkt. Und später schien er immer beleidigt gewesen zu sein, als würde sie sich nicht genügend um ihn kümmern. Als er laufen konnte, hatte er sich an ihren Rock gehängt und war ihr auf Schritt und Tritt gefolgt. Später hatte er ständig Unfug gemacht, und manchmal war es ihr vorgekommen, als wäre es ihm nur darum gegangen, von ihr ausgeschimpft zu werden.

Ihr war schrecklich zumute, wenn sie daran dachte, wie einsam er sich fühlen musste. Und als sie hier draußen stand, fröstelnd, mit dem Regen auf der Haut, fragte sie sich, warum ihr Moritz' Unglück schier das Herz zerriss, während sie um Tile zwar bangte, aber doch nicht mit demselben Schmerz. Die Antwort war einfach und erbärmlich zugleich. Sein Vater. Tile trug keine Schuld an dem, was der Mann ihr angetan hatte. Und sie hatte sich geschworen: Niemals würde sie ihn spüren lassen, wie sie diesen Menschen hasste. Für sie sollte Tile einfach vaterlos sein, das Kind, das nur ihr allein gehörte. Aber war sie wirklich über diesen Wunsch hinausgekommen? Und wenn nicht: Gab es etwas Hassenswerteres als eine Mutter, die ihr Kind nur mit Vorbehalten lieben konnte?

Als sie in die Kammer zurückkehrte, war Aliz bis auf den letzten Fetzen Stoff durchnässt. Moritz blickte ihr entgegen. Er sah ihr zu, wie sie eine Decke nahm, in die sie sich hüllte, und wie sie sich zu Anni setzte, die immer noch schlief. Sie strich ihrer Tochter übers Haar. Bei Anni war alles einfach. Sie war wie eine weibliche Kopie von Peter. Alles an ihr war schlicht und gut.

»Würzburg«, sagte Moritz, »ein rotes Haus in der Gasse der Fernhändler.«

»Was?«

»Anderrath hat mir einen Zettel in den Kragen gesteckt, als wir uns getroffen haben. Auf dem stand, wo er wohnt.

Ich hab ihn erst später entdeckt und weggeworfen.« Er kehrte ihr wieder den Rücken zu.

Weggeworfen. Aber vorher hatte er ihn offenbar gelesen und sich die Adresse gemerkt. Aliz lehnte sich gegen die Wand und starrte in den Raum, der so dunkel war wie die Tage, die vor ihr lagen.

18. Kapitel

Es war die verhasste Stunde der Morgendämmerung. Sibylle erwachte aus schweren Träumen, mit den Kopfschmerzen, die sie seit einiger Zeit plagten, und in dem Gefühl, gerade eben einer schweren Gefahr entronnen zu sein. Ihr Herz galoppierte, ihr geblümtes Bettzeug war nassgeschwitzt. Sie blinzelte gegen das Morgenlicht. Die Bilder des Traums waren verschwunden, aber die Gefühle zurückgeblieben: eine diffuse Angst, Hass auf das, was sie bedrohte, Hilflosigkeit … Worum war es in ihren Träumen gegangen? Dämonen, dachte sie, sicher wieder Dämonen. Sie wurde seit mehreren Nächten von ihnen heimgesucht.

Immer noch zitternd, blickte sie zum Fenster. Hinter der Scheibe saß ein Spatz auf einem wippenden Zweig und sang, als wollte er sie verspotten. Warum vertrieb die Zofe das Tier nicht? Stattdessen hantierte das verblödete Weib mit den Tiegeln für die Morgengarderobe. »Scheuch den Vogel weg!«, wollte Sibylle sie anfahren, als ihr Blick auf den Spiegel fiel, der zwischen dem Fenster und einem Kamin hing.

Sie vergaß den Spatz, ihr stolperndes Herz blieb für einen Moment stehen. Jakobe! Kurz durchzuckte Sibylle die Erinnerung an den Traum – genau, sie hatte noch vor wenigen Minuten mit diesem Miststück gekämpft, sie wusste es wieder. Mit vor Entsetzen geweiteten Augen sah sie nun ihre alte Erzfeindin sich in ihrer Schlafkammer materialisieren, tausendmal entsetzlicher als die Traumgestalt. Ihre Wiedergängerin wuchs im Spiegel auf übernormale Größe an und begann sich aus dem Glas zu wölben. Um das staubige Haar flirrte Feuer, das die Form eines invertierten Pentagramms hatte – das Symbol des Bösen. Kreischend griff Sibylle nach der Reliquie des heiligen Georgs, die sie immer griffbereit an einem Kettchen um ihren Hals trug. »Hol den Pfarrer, mach schnell …«

Die Zofe, die so dicht beim Spiegel stand, dass das Höllengeschöpf sie fast berührte, drehte sich verwirrt um. War sie zu dämlich, um zu sehen, was direkt vor ihren Augen war?

Mit zittrigen Händen löste Sibylle die Reliquie vom Kettchen. Es handelte sich dabei um einen Splitter aus dem Handknochen des Märtyrers, der in einer geriffelten, goldenen Kapsel verstaut worden war, die ihr der Pfarrer zu genau diesem Zweck überlassen hatte – zum Schutz vor Dämonen. Ihr Mund war trocken vor Furcht, aber nun, da sie den ersten Schrecken überwunden hatte, war sie entschlossen, der höllischen Widersacherin zu widerstehen.

Sie streckte die Reliquie der Satansbraut entgegen. Damit schien sie sie zu reizen, denn Jakobe schoss wie eine Furie auf sie zu. Die Hand um die Kapsel gekrallt, begann Sibylle laut zu beten, was man ihr als zusätzliche Waffe empfohlen hatte. »Flieht, ihr bösen Geister, verbergt euch in den Klüften und Höhlen, denn Gottes Engel schützen mich …«

Tatsächlich wich die leichenhaft verweste Jakobe ihr in einem halsbrecherischen Bogen aus und flog unter die Stuckdecke. Sie öffnete den Mund mit den schwarzen Lippen, und eine ebenso schwarze Zunge schlängelte sich heraus, fast wie bei einer Eidechse. Doch dem Gebet und der Reliquie war sie nicht gewachsen. Sie wand sich vor Wut über ihre Machtlosigkeit.

»Zurück in die Hölle, der du entfahren bist«, herrschte die Gräfin sie an. Jakobe antwortete mit einem meckernden

Ziegengelächter. Aus ihren Augen sprangen Flammen. Endlich sprang die Kammerjungfer zur Tür, öffnete sie und schrie nach dem Pfarrer.

Die Teufelsbuhle lachte auf und schwebte mit ausgebreiteten Armen von der Decke zum Fußboden. Sibylle vergaß den Geistlichen. Sie warf die Decke beiseite und schob sich aus dem Bett, so flink es mit ihren alten Knochen möglich war. Sie und die Dämonin umkreisten einander wie Ringer, beide auf der Hut, beide vom Willen zur Vernichtung der Gegnerin besessen. Jakobe warf ihre Zunge nach ihr aus wie ein klebriges Seil, konnte sie aber nicht erreichen. Die Reliquie war Sibylles Schutzschild. In einem Einfall, für den die Gräfin sich jetzt pries, hatte sie ihre Wäscherinnen angewiesen, ihre Kleider in Weihwasser zu waschen und unter einem Kreuz zu trocknen. Das machte sich als weiterer Vorteil bemerkbar. Jakobe starrte auf den Stoff und versuchte, sein Geheimnis zu begreifen. Sie griff an die bläulichen Abdrücke auf der weißen Kehle, wo Schenckern sie einst gewürgt hatte. »So ist es«, zischte Sibylle. »Du wurdest einmal vernichtet, und nun wird es ein zweites Mal geschehen.«

Auf dem Flur wurden Schritte und Stimmen hörbar. »Ist sie in ihrer Kammer?« Endlich, der Pfarrer hatte sich auf seine Pflicht besonnen. Er spähte vorsichtig durch die offene Tür. Als wäre das ein Zeichen, schwang sich eine zweite Kreatur aus dem Spiegel, ein nackter Mann, der eine Peitsche schwang. War das Satanus selbst?

»Seht Ihr sie?«, brüllte Sibylle.

»O gütiger Heiland, ja!« Der heilige Mann schlug ein Kreuz nach dem anderen, blickte aber in eine ganz falsche Richtung, der Tölpel. »Hier, nehmt Weihwasser!« Er reichte Sibylle mit der freien Hand ein weiteres Fläschchen. Es fiel aus seinen zitternden Händen zu Boden. Aber was sollte sie auch damit? Waren nicht ihre gesamten Kleider mit heiligem Wasser getränkt worden?

Sie bückte sich trotzdem – und das war ein Glück, denn die Peitsche des Nackten zischte über ihren Kopf und verfehlte sie nur um Haaresbreite. Als er über sie hinwegsprang, atmete Sibylle einen ekelerregenden Geruch nach Schwefel ein. Vor dem Kamin kreischte die widernatürliche Verstofflichung der toten Jakobe. Sibylle spritzte das Weihwasser mit Schwung in ihre Richtung. Auch der Nackte wurde von einigen Tropfen erwischt. Die Höllengeschöpfe begannen sich unter entsetzlichsten Schmerzen zu winden und ergriffen die Flucht durch den Spiegel. Mit einem dumpfen Knall schloss sich das Tor zur Hölle wieder.

Sibylle stand schwer atmend neben ihrem Bett, alle Kraft hatte sie verlassen. In was war sie nur hineingeraten? O Herr im Himmel, womit prüfst du mich?

»Seid vorsichtig«, flüsterte der Pfarrer.

Unter seinen ängstlichen Blicken ergriff die Gräfin einen Tiegel aus Marmor und zerschlug den Spiegel.

Auch wenn Sibylle es niemandem gegenüber zugegeben hätte: Der Besuch aus dem Jenseits verstörte sie zutiefst. Tagelang konnte sie nicht richtig essen, und zudem begann sie an einer hartnäckigen Verstopfung zu leiden, wie immer, wenn etwas sie aus dem seelischen Gleichgewicht brachte.

Ohne viel Hoffnung begab sie sich auch an diesem Vormittag zu dem kleinen Gemach, in dem sich der Abort befand – ein hölzerner Sitz mit zwei Löchern, falls man seine Geschäfte in Begleitung verrichten wollte. Es war eine hochmoderne Erfindung, bei der der Unrat mittels Regenwasser, das sich in einem Kübel sammelte, durch eine Rinne fortgespült wurde. Normalerweise genoss sie diesen Luxus, doch der Toilettengang wurde auch jetzt wieder zur Qual. Nichts wollte sich bewegen. Und als ihre Kammerjungfer hineinschaute und ihr Besuch meldete, begann Sibylle leise zu fluchen. Wahrscheinlich war es ihr Gatte, der sich ihr zur Unzeit aufdrängte. Sie mochte Karl nicht. In der Ehe mit ihrem Cousin hatte sie nach dem Tod ihres Bruders eine letzte Möglichkeit gesehen, ein eigenes Kind zu bekommen, aber die Hoffnung hatte sich nicht erfüllt, und Karl mit seiner übertriebenen Frömmigkeit und der zähen Umständlichkeit reizte sie zu Tode. Er mied sie ebenfalls, sie hatten sich arrangiert. Aber gelegentlich machte er ihr doch seine Aufwartung.

»Bring mir eine Tasse Schokolade«, befahl Sibylle ihrer Zofe, als ihr plötzlich ein Furz entfuhr. Die Verdauung kam in Gang. Es schmerzte höllisch, die Gräfin verfluchte die Dämonen, die schuld an ihrem Zustand waren. Sie quietschte auf, als plötzlich Mäuse über den Boden wieselten.

»Herrin?«, fragte die Zofe beklommen.

»Siehst du es?«

»Was denn, Herrin?«

»Dämliche Kuh! Öffne das Fenster.«

Kalte Luft drang in den Abort und mit ihr Licht. Die Mäuse waren verschwunden. Dafür quoll jetzt der Inhalt des Darms mit aller Macht aus Sibylles Hintern. Die Kammerjungfer reichte ihrer Herrin die Hand, um sie zu unterstützen. Nach etwa einer Viertelstunde war das leidvolle Geschäft beendet, und Sibylle verließ den unerquicklichen Ort.

Danach wandte der Tag sich erstaunlicherweise doch noch zum Guten. Nicht Karl erwartete sie in ihrem kleinen Salon, sondern Schenckern, der Rat aus Düsseldorf.

Sibylle gönnte sich die Zeit, ihren alten Kampfgefährten ausführlich zu mustern, was er stoisch über sich ergehen ließ. War er in letzter Zeit rascher gealtert? Oder kam es ihr nur so vor, weil sie selbst allmählich ihre Jugend wiedererlangte? Sibylle verbat sich den Blick in den kleinen Spiegel über der Kredenz, sie wollte nicht eitel erscheinen. Aber sie war sich voller Glück bewusst, dass ihre Haut nach den

Tränken, die der Afrikaner ihr angerührt hatte, gesünder aussah und viel straffer geworden war.

Gut, dass sie sich hatte überreden lassen. Die ersten Tage, in denen sie die Tränke zu sich nahm, hatte sie Eichfeld im Verdacht gehabt, ein Betrüger oder wenigstens ein Aufschneider zu sein. Aber er hatte nicht zu viel versprochen. Ihr Körper verjüngte sich zusehends. Zu ihrem Leidwesen musste sie während der Kur auf ihre Schminke verzichten – der Eingeborene sah darin einen Zauber, der seinen eigenen beeinträchtigte. Der Prozess schritt auch nicht so rasch voran, wie sie es sich gewünscht hätte, aber das konnte man ja auch nicht erwarten, die Alterung erfolgte schließlich ebenfalls über Jahre.

»Ich bringe Euch ein Geschenk, Verehrteste«, meldete Schenckern sich zu Wort. Plötzlich bemerkte sie, dass er innerlich strahlte.

»Ein Geschenk?«, fragte sie und ließ sich vorsichtig – ihr Hintern schmerzte immer noch – an einem Tisch nieder. Auf ihre Geste hin setzte sich der Gast auf den Stuhl gegenüber. Sollte es Schenckern tatsächlich gelungen sein …

Ein Lakai trat ins Zimmer und brachte Wein. Sie hätte losschreien können vor Ungeduld, aber sie bezwang sich und wartete, bis er den Raum wieder verlassen hatte. Was Schenckern ihr jetzt zu sagen hatte, war nur für sie bestimmt.

»Der Knabe?«

Schenckern genoss einen ersten Schluck Wein, dann begann er zu reden. Und was er ihr anzuvertrauen hatte, war in der Tat sensationell und ließ sie sämtliche Schrecken der vergangenen Tage vergessen.

Der Junge wartete in einem Zimmer in einer Herberge nahe des Günzburger Schlosses. Er saß auf einem gepolsterten Stuhl, für den er viel zu zart wirkte, und starrte Sibylle mit großen, ängstlichen Augen entgegen. Ihr Herz zitterte, als sie auf ihn zuging. Sie hatte gehofft, dass der Knabe in irgendeiner Weise seiner Mutter ähneln würde. Dass er Jakobes rötliches Haar besäße oder ihre mandelförmigen Augen. Aber er hatte nicht die geringste Ähnlichkeit mit ihr, gleich ob man sich Jakobe vorstellte, wie sie früher lebendig ausgesehen hatte, oder als das Ungeheuer, zu dem sie inzwischen verkommen war. »Steh auf, dass ich dich betrachten kann«, befahl sie.

Der Junge gehorchte. Seine Pupillen waren dunkel, nicht hell wie die der toten Herzogin. Wahrscheinlich kam er nach dem Vater, an dessen Aussehen Sibylle sich nicht mehr erinnerte. Was für eine Enttäuschung.

»Wie heißt du?«

Er war zu verängstigt, um ihr zu antworten. Sibylle spürte Ungeduld und Ärger, aber zugleich eine gewisse Irritation. Sie winkte Schenckern und ließ sich ein Kistchen reichen, das sie im Schloss mit Gebäck gefüllt hatte. Das Kind bekam große Augen. Es wartete ab, als argwöhnte es eine Falle. Sibylle nickte ihm aufmunternd zu. Sie beobachtete, wie der Junge die kleinen Kuchenstückchen in sich hineinstopfte und klebrige Krümelchen zu Boden fallen ließ. Offenbar hatte er einen gewaltigen Hunger. Wir werden ihn verschwinden lassen müssen, dachte die Gräfin. Dafür sorgen, dass niemand eine Verbindung zwischen dem Brand, seiner Entführung und Schenckern oder gar ihr selbst herstellen könnte.

Schenckern würde für diesen unangenehmen Teil des kleinen Abenteuers sorgen. Und dann sollte man die ganze Angelegenheit vergessen. Unsicher fuhr sie mit der Hand über ihr Gesicht, eine Geste, die inzwischen zwanghaft geworden war. Ihre Haut fühlte sich weich an. Sie ließ die Hand wieder sinken. Was war nur mit diesem Jungen? Was hielt sie zurück, sein Schicksal zu besiegeln? Widerstrebend begann sie ihn auszufragen.

»Was ist dir geschehen?«

Jetzt, nachdem er satt war, begann der Junge zu reden. Eingeschüchtert wiederholte er, was Schenckern ihm offenbar eingetrichtert hatte. »Ich bin das Kind eines hohen Herrn. Man hat mich entführt, als ich klein gewesen bin. Aber der Marshall hat mich gefunden und mich gerettet.«

»In der Tat? Wo bist du denn aufgewachsen?«

Der Junge starrte sie an.

»Bei seiner Entführerin«, warf Schenckern ein. »Er hielt die Frau für seine Mutter. Ich habe mit ihr gesprochen, bevor ich den Knaben mit mir nahm, und sie hat alles zugegeben. Sie war froh, ihn in meine Fürsorge übergeben zu können, denn das Verbrechen lastete auf ihrer Seele.«

»Wo hast du gelebt?«, fragte Sibylle.

»In Wöllstein.«

»Aha. Und dein Name ist Moritz?«

Der Junge schaute auf seine Füße. Er nickte, aber es war offensichtlich, dass er log. Was war da los? Das Kind der Herzogin musste zwischen 1592 und 1594 geboren worden sein. Sibylle überschlug das Alter. Es müsste jetzt achtzehn bis zwanzig Jahre alt sein. Dieser Knabe wirkte jünger. Nein, er *war* jünger, mit Sicherheit. Bedenklich, dass Schenckern dieser Widerspruch nicht aufgefallen war. Das Alter schien nicht nur den Körper des Marschalls verrotten zu lassen, auch sein Verstand hatte gelitten. Wieder strich Sibylle über ihre Wange. »Hast du Geschwister?«, wollte sie wissen.

Der Junge nickte, und der Marschall sah aus, als wollte er aufspringen und ihn prügeln. »Warum hast du mir das nicht gesagt?«, fuhr er ihn an. »Einen Bruder? Älter als du?«

Der Junge brach in Tränen aus.

»Hab keine Angst«, murmelte Sibylle und zog das Kind an ihren Rock, überrascht von ihrem eigenen Mitgefühl. Es schmiegte sich an sie, und sie ließ es zu, obwohl sie es für gewöhnlich hasste, wenn man sie berührte. Der Junge atmete wie ein Vögelchen. Sie schnupperte an ihm. Er war verschwitzt und hatte sich sicher mehrere Tage nicht gewaschen. Wie wohltuend es war, seinen Geruch einzuatmen. O Herrgott, was für ein köstliches Knäblein. Schließlich schob sie ihn eine Armlänge fort und musterte ihn. Er starrte zurück. Diese Lippen, dachte sie, voll und fleischig, ein wenig vorgestülpt, fast wie die Tränke für ein winziges Vögelchen, aber nicht hässlich. Und dieser Wirbel im Haar.

Eine Erinnerung aus fernen Tagen legte sich über das kleine Gesicht, und ihr kam ein ungeheuerlicher Verdacht. Ihre Augen tasteten das Kind ab, versuchten jede Einzelheit zu erfassen ... War es möglich ... O Herr im Himmel, du segnest mich, dachte sie beglückt. Nach all den Jahren des Elends segnest du mich. Aber halt – sie musste sich vergewissern. Nur nicht vorschnell urteilen. Schrill rief sie nach der Kammerfrau und ließ sich von ihr ein mit Samt ausgeschlagenes Holzkästchen bringen, dem sie ein glänzendes, aus Gold gehämmertes Medaillon entnahm, das die Miniatur eines Knabenporträts enthielt. Sie verglich es mit dem Kind, das vor ihr stand, und versuchte, kühl zu urteilen. Aber sie hatte recht. Es bestand kein Zweifel. Gott hatte ihr etwas viel Besseres als einen Bastard der treulosen Herzogin in die Hände gegeben.

19. Kapitel

»Er lebt also.« Der Mann lächelte, aber vor allem blickte er misstrauisch. Wahrscheinlich tat es ihm bereits leid, dass er seine Besucherin vorgelassen hatte. »Und Ihr seid seine Mutter?«, fragte er mehr höflich als interessiert.

»So ist es«, erklärte Aliz mit allem Charme, den sie aufbringen konnte. Sie hatte sich auf den Besuch bei Johann von den Birghden vorbereitet, so gut es ging. Die Flecken waren aus dem Kleid gewaschen, die Haare sorgfältig frisiert, sie hatte auch den wenigen Schmuck, der das Feuer in Wöllstein überstanden hatte, angelegt.

»Dann danke ich Euch, dass Ihr mir Nachricht gebracht habt.«

Die Worte waren reine Ironie. Natürlich war ihnen beiden klar, dass Aliz nicht gekommen war, um von den Birghdens Neugierde zu befriedigen. Sie saßen in einem kleinen Salon mit dunklen, italienischen Möbeln, auf denen Vasen voller matter Herbstblumen standen, während draußen der Wind durch einen verregneten Garten piff. Ein Wunder, dass der Mann mich überhaupt ins Haus gelassen hat, dachte Aliz. Sicher war es die Neugierde gewesen, das Kreuz der Reichen, die Zeit für Müßiggang hatten.

»Mein Sohn hat mir erzählt, dass er Euch einige Zeit zu Diensten war, Monsieur.« Sie erlaubte sich einen starken französischen Akzent, das wirkte elegant und könnte verwirren, sollte man in Unfrieden auseinandergehen. »Ich muss gestehen, ich war beeindruckt von der Weitsicht, mit der Ihr Eure Geschäfte plant. Das Postwesen ist kompliziert und ein hart umkämpftes Geschäft.«

»So sagt man.«

»Ich weiß es«, sagte Aliz und lächelte.

»Eine so reizende Dame kennt sich mit langweiligen Dingen wie dem Briefmonopol aus?«

»Und auch mit der geringen Gewinnspanne in diesem Geschäft und auf der anderen Seite mit den Aussichten auf Wohlstand, wenn man es nur groß genug aufzieht.«

»Da höre ich ja fast Euren Sohn aus Euch sprechen.«

»Tatsächlich?«

»Ihr wäret vermutlich nicht hier, wenn er Euch nicht in Kenntnis gesetzt hätte.«

Aliz stand auf. Sie lief durch das Zimmer, fuhr mit der Hand über eine der armen welkenden Blumen und legte das Blatt, das dabei zu Boden fiel, in eine fischförmige Messingschale, die neben der Vase stand. »Er hat mir in der Tat einiges berichtet. Er war, erlaubt mir die Bemerkung, begeistert von dieser Zeit, in der er Euer Vertrauen besaß. Er bekam eine Vorstellung davon, wie sein eigenes Leben aussehen könnte. Die Nacht, in der er sich hinreißen ließ, mit den Zünftlern gemeinsam Aufruhr zu spielen, ist ihm in bitterster Erinnerung. Vielleicht war es meine Schuld. Ich habe ihm immer verboten, mehr Wein zu trinken, als dem Menschen bekommt. In dieser Nacht hat er die Warnung vergessen – und getan, was er getan hat.«

»Der Wein also …«

»Sehr starker und sehr süßer Wein. Nun hat er seinen Meister verlassen.«

»Ich hörte, er sei wie vom Erdboden verschluckt.«

»Nicht so vollkommen, dass eine Mutter ihn nicht fände.« Wagte sie zu viel? Was, wenn von den Birghden die

Büttel rufen ließ, um Moritz' Aufenthaltsort aus ihr herauszupressen, weil seine Treue zur Stadt größer als sein Ehrgeiz war?

»Ich verstehe. Und nun seid Ihr gekommen, um …?« Er lächelte, und dieses Mal strahlte das Lächeln bis in seine Augen, sie hatte einen Blick dafür.

Aliz traf ihre Entscheidung. Sie setzte sich wieder, beugte sich vor und begann vor dem Hausherrn in allen Einzelheiten auszubreiten, wie sie sich ein Poststreckennetz vorstellte, das in Köln begann, südlich bis nach Bruchsal reichte und über Frankfurt den Norden bis Hamburg und den Osten bis Dresden erfasste. Sie nannte kühn einige Zahlen, die sie auf dem Weg berechnet hatte, und sah mit jeder Summe die Gier in von den Birghdens Augen wachsen. Sie nannte Dörfer und Städte und mischte Gewisses mit Vermutungen, ohne allerdings die Namen von Personen preiszugeben, mit denen sie bisher gearbeitet hatte. Niemals Namen, das hatte sie sich geschworen. Sicher war der unermüdliche Johann von Coesfeld immer noch im Auftrag der Taxis unterwegs, um die Betrüger zu fangen, die ihnen heimlich die Briefe wegschnappten.

Als sie fertig war, hielt sie den Atem an.

»Und warum sollte ich solch ein Postnetz nicht selbst aufbauen? Einen guten Teil halte ich ja bereits legal in den Händen.«

»Weil Ihr den Rest auf diese Weise, nämlich legal, nicht erwerben könntet. Und weil Ihr für ein illegales Netz ein Risiko eingehen müsstet, das Ihr problemlos vermeiden könntet, das Euch aber, wenn Ihr auffliegen würdet, alles, sogar den Hals, kosten könnte.«

»Und Ihr, meine Liebe, scheut dieses Risiko nicht?«

Sacrebleu! Natürlich scheute sie es. Nur hatte sie im Gegensatz zu von den Birghden leider keine Wahl. Sie verlegte sich wieder auf ihr Lächeln, von dem sie hoffte, dass es geheimnisvoll aussähe. Ein kleiner Ast wurde vom Sturm gegen das Fenster gewirbelt, es krachte ordentlich.

»Ihr sprecht im Namen Eures Sohnes?«

»In meinem eigenen.«

»Aber die Briefbeförderung würde so verlaufen, wie ich es einst mit Eurem Sohn abgemacht hatte?«

»Exakt auf die gleiche Weise.«

»Tja«, sagte von den Birghden. Er stand auf und sah hinaus in seinen Garten. In seinem Gesicht arbeitete es noch. Aber sie hatte gewonnen. Sie wusste es.

Aliz verabschiedete sich am folgenden Morgen von ihren Kindern. Moritz sah immer noch blass wie der Tod aus, aber er war wach. Sie erklärte ihm und dem wesentlich aufmerksameren Rafael, was sie mit von den Birghden abgemacht hatte. Moritz' Gesicht blieb unbewegt. Als sie fertig war, drehte er sich wieder auf die Seite und kehrte ihr den Rücken zu – wohl zum Zeichen, dass er ihr nicht wegen einiger Silberlinge verzieh. Doch der jüdische Junge brach in Jubel aus. »Es gibt wieder eine Zukunft«, flüsterte er.

Sie nahm ihn impulsiv in die Arme. »Natürlich, die gibt es immer. Darauf zu vertrauen gibt uns Kraft für schwere Zeiten.« Ihr kribbelte die Haut vor Nervosität, als sie ihren Reisesack nahm und die drei jungen Menschen musterte, von denen der stärkste und verlässlichste immer noch nicht länger als ein paar Minuten auf den Füßen bleiben konnte. Aber es half ja nichts, sie mussten sehen, wie sie zurechtkamen. Tile brauchte sie.

Sie war zwei Tage unterwegs, so weit es ging auf den großen Handelsstraßen, oft im Galopp, und jetzt mit ihren Gedanken nur noch bei ihrem jüngeren Sohn. Was, wenn er fortgelaufen war und durch die Fremde irrte, ungeschützt, jeder Willkür ausgeliefert? Würde er nach Hause finden? Aber es gab ja kein Zuhause mehr. Würde Josefa ihm helfen, wenn er sich an sie wandte? Man müsste ihr Bescheid geben oder besser noch: einen Brief bei der Wöllsteiner Poststation hinterlegen, der nach Frankfurt gesandt werden sollte, falls der Junge auftauchte. Aliz' Mägde waren nach dem Brand bei ihrer Mutter untergeschlüpft, sie würden sich um Tile kümmern, wenn er nach Wöllstein käme, darauf konnte sie sich verlassen. Aber sie hätte das alles vor ihrem Aufbruch absprechen müssen.

Und wenn ihr Junge tot war? Sie verbat sich diesen Gedanken.

Die Unruhe trieb sie voran, so dass sie nur wenige kurze Pausen für den Buckler einlegte. Gegen Mittag des dritten Tages erreichte sie Würzburg. In Größe und Reichtum ähnelte die Stadt Frankfurt. Der Buckler trug Aliz an bunt bemalten Fachwerkhäusern vorbei, viele waren mehrgeschossig und fast alle wegen des Brandschutzes mit Ziegeln gedeckt. Die vorkragenden Obergeschosse hielten das Sonnenlicht fern und den Wind ab. Genau wie in Frankfurt stank es zum Erbarmen.

Und nun? Anderrath lebt in einem roten Haus in der Straße der Fernhändler, hatte Moritz gesagt. Auf dem Hauptmarkt entdeckte Aliz zwischen den Ständen der Handwerker und Bauern einen freundlich aussehenden Waagmeister. Die Straße der Fernhändler? Ein rotes Haus? Er wies ihr den Weg in die Neubaustraße. Und dann hatte sie es tatsächlich vor sich: ein rostrotes Haus mit kleinen Fenstern, unauffällig, ein bisschen altmodisch, aber keinesfalls ärmlich.

Aliz band die Zügel des Bucklers an ein Treppengeländer und bat einen Jungen, für einen Pfennig auf ihn aufzupassen. Sie stieg die Treppen hinauf, aus den Fenstern roch es nach Gebratenem. Als sie den gusseisernen Türklopfer bewegte, wurde ihr flau im Magen. Sie hatte auf ihrem langen

Ritt nichts als ein paar Beeren und einige wilde Äpfel gegessen.

Der schwarze Mann öffnete ihr, Aleeke. Er musterte sie von Kopf bis Fuß, dann sagte er verblüfft: »Donnerwetter, heuer flattern die Hühner in die Löcher der Füchse.«

Er führte sie durch das Haus, das von vorn schmal gewirkt hatte, sich aber nach hinten wie ein Schlauch streckte. Während sie einen langen, dunklen Flur entlanggingen, hörte sie ein Hämmern. »Vorsicht«, sagte der schwarze Mann. Sie musste sich an einigen Holzkisten vorbeiquetschen, aus denen es verführerisch süßlich-herb nach etwas Exotischem duftete. Ihr wurde schwindlig davon. »Die Schätze Arabiens«, erklärte der schwarze Mann und öffnete eine Tür, die ins Freie führte, in einen Innenhof. Der Geruch nach Gebratenem wurde stärker. Wahrscheinlich war hier irgendwo die Küche untergebracht. Aliz lief das Wasser im Mund zusammenlief.

Sie überquerten den Hof, in dem vor allem Holz lagerte. Der Mohr öffnete eine weitere Tür, dann standen sie in einem hohen Raum, der von einer Galerie gerahmt wurde. Von hier kam das Hämmern. Etwa ein Dutzend Handwerker waren damit beschäftigt, Regale zu bauen. Der Platz unterhalb der Galerie war bereits zur Hälfte damit zugebaut. Symon von Anderrath stand in staubigen Kleidern auf einer Leiter am Ende der Galerie und fuhr mit dem Finger einen Spalt entlang. »Ich sag Euch, es ist zu klein.«

»Ich habe gemessen, es passt«, widersprach ein beleibter Mann in staubigen Kleidern, der ein Papier in der Hand hielt und neben der Leiter stand.

»Hammer und Nägel«, verlangte Anderrath.

Der Mann – sicher der Tischlermeister, der für die Arbeiten verantwortlich war, winkte, ein Lehrling kam geflitzt und reichte das Gewünschte an. Der Dicke gab das Papier an den Jungen weiter und presste ein Brett gegen die Wand, so dass Anderrath es mit einigen Hammerschlägen befestigen konnte. »Gut?«

»Krumm«, befand der Meister.

»Nicht im Geringsten krumm.«

»Es wird halten und glücklicherweise hinter der Verblendung verschwinden.«

Anderrath lachte. Er ließ sich einen weiteren Nagel reichen. Jeder Schlag saß. Man sah ihm das Vergnügen an der Arbeit an. Ein sonderbarer Mensch.

»Ihr wart so hart zu ihm«, murmelte der Mohr. »Eure Augen sind wie Steine … habe ich das richtig im Gedächtnis?«

»Nicht hart genug. Vielleicht hat er mein Kind auf dem Gewissen.«

»Wie meint Ihr das?«

Als Aliz schwieg, ging er zu Anderrath hinüber und sagte etwas in einer fremden Sprache. Der Mann blickte zu ihr hinüber. Sein Lächeln erlosch. Er stieg die Leiter hinab.

Der Raum, in den Anderrath sie führte, war schmucklos eingerichtet, mit zwei großen, rechteckigen Tischen, auf denen Papiere lagen, mit Landkarten an den Wänden, mit Kladden und Büchern, mit Töpfen voller Siegellack, Siegeln, Federn, Federmessern und Tintenfässern. Er ging quer durch den Raum, als wollte er möglichst viel Platz zwischen sich und die Besucherin legen. Beim Fenster drehte er sich um und verschränkte die Arme vor der Brust. »Nun? Ihr seht mich in gebührendem Zustand der Aufregung. Warum seid Ihr gekommen?«

Aliz sah ihn an, ihre Hoffnungen zerfielen. Sie hatte dafür gesorgt, dass Moritz seinem Vater die kalte Schulter zeigte, Anderrath würde es ein Vergnügen sein, ihr jetzt mit Tile die gleiche Wunde zu schlagen. Wie hatte sie etwas anderes annehmen können? Sie starrte ihn an, suchte die richtigen

Worte und fand sie nicht. *Eure Augen sind wie Steine* – mit diesen Worten hatte sie eine Wahrheit ausgesprochen. Hatte er beim Hämmern wirklich gelacht?

»Ist er tot?«, fragte Anderrath.

»Bitte?« Sie brauchte einen Moment, um zu begreifen, dass er von Moritz sprach. »Nein, o Herr im Himmel, nein. Er wird es überleben.«

Überraschenderweise entdeckte sie echte Erleichterung in seinen Augen. »*Was* überleben?«

»Er ist nicht mehr bei Fettmilch.« Ihr stiegen die Tränen in die Augen, und sie erklärte wütend: »Ich habe ihm gesagt, wer seine Eltern sind und wieso er bei mir wohnte. Ich habe alles getan, was Ihr wolltet.«

»*Was* wird er überleben?«

»Er hasst nun nicht mehr nur Euch – er hasst auch mich. Das war es doch, was Ihr erreichen …«

»Herrgott, warum seid Ihr gekommen?«

Sie flüsterte Tiles Namen.

»Was ist mit dem Jungen? Vielleicht kämen wir schneller voran, wenn Ihr ein bisschen gesprächiger …«

Die Tür öffnete sich. Der schwarze Mann trug eine Schale mit dickem Brei herein. »Ich wette, sie hat seit Tagen nichts in den Magen gekriegt. Sie muss etwas essen«, sagte er.

»Sie muss …«

»Essen!«

Anderrath zögerte. »Das wollte ich sagen.« Er lehnte sich gegen eine der Tischkanten, nahm ein Papier auf und begann zu lesen. Es war unmöglich, dem Bratengeruch zu widerstehen. Aliz setzte sich an den zweiten Tisch, und schlang die Mahlzeit, gebratene Fleischstücke in Soße, hinunter. Sie verachtete sich für ihre Schwäche – Moritz hungerte, Anni hungerte, Tile womöglich auch –, woher nahm sie sich das Recht, den eigenen Magen vollzuschlagen. Aber sie kam gegen ihre Gier nicht an.

»Was also ist los mit Moritz?«, fragte Anderrath, kaum, dass sie das letzte Faserchen heruntergeschlungen hatte. Er legte das Papier auf den Tisch zurück, und Aliz begann zu erzählten. Von der Stürmung des Rathauses, dass Moritz daran teilgenommen hatte, von der anschließenden Verwüstung des *Hasen,* vom Tod des Fettmilch-Sohnes und von Moritz' Verletzung. Er ließ sich die Art der Verletzung schildern, war erleichtert, dass sie die Wunde nicht hatte brennen lassen, und nickte zu ihrem Entschluss, einen Juden als Arzt hinzuziehen zu lassen. »Danke«, sagte er und wischte damit den Funken Sympathie, den sie gerade für ihn verspürt hatte, wieder weg. Sie hatte Moritz nicht seinetwegen beigestanden. Er brauchte sich nicht zu bedanken.

»Und was hat – verzeiht, dass ich es immer noch nicht verstehe – Tile damit zu tun?«

Knapp berichtete sie nun auch von dem Brand der *Grünen Laterne.* »Er ist entführt worden, weil man ihn für Moritz hielt. Der Brand wurde zum Vertuschen des Verbrechens gelegt. Das ist es, was ich glaube.«

»Ihr habt nicht gerade eine glückliche Hand, wenn es darum geht, Eure Kinder zu schützen.«

»Und Ihr eine umso glücklichere, wenn es darum geht, sie ins Verderben zu stürzen. Vom wem haben Tiles Entführer wohl erfahren, dass ein Kind der Herzogin in Wöllstein lebt?«

»Nicht von mir jedenfalls. Das ist doch Unfug. Außerdem ist Tile zu jung, um von Jakobe geboren worden zu sein. Seine Entführer, wenn es sie überhaupt gab, müssten das doch gemerkt haben.«

»Kennt Ihr jemanden aus Jakobes Umfeld, der den Titel eines Marschalls trug?«

Anderrath überlegte. »Schenckern vielleicht?«

Aliz erinnerte sich vage an den Namen und versuchte sich zurückzuerinnern und sich ein Gesicht vorzustellen. Schenckern … Nichts, vielleicht war sie ihm nie begegnet. »Meine Schwägerin hat mir von jemandem erzählt, der sich für Tile interessierte. Er war schon älter und außerdem reich, denn er fuhr eine Kutsche. Er kam aus Düsseldorf, aus *Düsseldorf*, Ihr merkt auf, ja? Und sein Diener hatte ihn als Marschall tituliert.«

»Schenckern war Marschall in Bergen. Und vertraut mit Sibylle. Sehr vertraut, dieser verfluchte Hund. Aber von wem sollte er erfahren haben …?«

»Ich weiß es doch nicht! Glaubt Ihr, sie haben Tile mitgenommen?«

»Dann wäre er in Günzburg.«

Sie starrte ihn verständnislos an. »Wo ist das?«

Nun war es an Anderrath zu erklären. Er tat es sichtlich ungern, vielleicht war ihm das Misstrauen nach seinem Galeerenleben so in Fleisch und Blut übergegangen, dass er freiwillig nichts mehr preisgeben mochte. Immerhin erfuhr sie, dass Sibylle inzwischen auf dem Schloss des Mannes, den sie geheiratet hatte, lebte und er mit ihr Kontakt aufgenommen hatte.

»Warum?«

Er schwieg. Sie wollte es auch gar nicht wissen. Was auch immer es war, es würde ihn nach seinem Tod direkt ins Höllenfeuer bringen.

»Vielleicht will dieses Weib Tile als Druckmittel benutzen, damit ich ihr Moritz ausliefere?«, spekulierte Aliz bang.

»Dann hätte sie Euch selbst entführt.«

»Es ist gleich, was sie im Kopf hatte. Wenn sie merkt, dass Tile ihr nichts nützen kann – und er *kann* ihr nichts nützen –, dann bringt sie ihn um«, sagte Aliz. Außer, Sibylle entdeckte die Ähnlichkeit, die Tile mit seinem Vater hatte, auch das war nicht ausgeschlossen. Eines kam ihr so furchtbar wie das andere vor.

20. Kapitel

Moritz hasste sich. Weil er humpelte wie sein Vater. Weil er von der Arbeit leben musste, die ihnen die Frau, die ihn sein Lebtag angelogen hatte, zurückerobert hatte. Weil er nicht aufhören konnte, hinüber zum *Hasen* zu starren, obwohl er doch wusste, dass Eva sich verlobt hatte. Sie war mit ihren Geschwistern zur Familie ihres Zukünftigen gezogen, das hatte Anni ihm erzählt. Er selbst hatte sie nur noch einmal durchs Fenster seines Zimmerchens gesehen, als sie Fettmilch besuchte. Ihr Verlobter hatte sie begleitet. Er war ein Kerl, dem das Geld aus allen Taschen sprang. Als Eva sich beim Abschied noch einmal umdrehte, um ihren Vater auf die Wange zu küssen, hatte er einen Scherz gemacht, über den Eva trotz ihres Kummers lachte. Und dabei hatte sie ein so verliebtes Gesicht gemacht …

»Scheiß drauf«, murmelte Moritz und stemmte sich von seinem Lager hoch. Aliz war seit einer Woche fort. Und er mit Anni und Rafael mittlerweile in den großen, lausig kalten ehemaligen Schweinestall umgezogen, in dem die weniger zahlungskräftigen Gäste schlafen mussten. Zwar verdienten sie mit ihrer Poststrecke wieder erste Kreuzer dazu, aber man würde sie bald rauswerfen, da machte er sich nichts vor. Zumindest ihn und Rafael. Anni durfte umsonst essen und wohnen, weil sie in der Küche mithalf.

Im Garten der Herberge gab es einen Brunnen. Es ging auf

den Abend zu, die meisten Gäste hatten sich zum Essen verzogen. Moritz nutzte die stille Stunde, um einen Holzeimer mit Wasser zu füllen, den er hinüber in den Stall schleppte. Dort zog er sich aus und begann sich zu waschen. Er stank wie ein Eber. Zu Hause und auch bei Fettmilch hatte es Seife und im Kessel erhitztes Wasser gegeben, in dieser schäbigen Herberge half nur schrubben. Verbissen rubbelte er sich mit einem Lappen den Dreck herunter.

Er sah, dass die Wunde an seinem Bein anfing sich zu schließen. Warum musste er trotzdem immer noch humpeln wie sein verfluchter Vater? Er wollte nichts mit ihm gemeinsam haben, in keinem Punkt. Der Kerl hatte seine Mutter geschwängert, obwohl er sich doch hatte ausrechnen können, was ihr geschehen würde, wenn die Sache herauskäme. Sie war eine Herzogin gewesen und todsicher von allen Seiten argwöhnisch beobachtet worden. Hatte er gedacht, sie könnte das Kind notfalls ihrem Ehemann unterjubeln? Wer war das überhaupt gewesen? Ein Herzog, so viel hatte er verstanden. Aber wie lautete sein Name? Lebte er noch? Allmählich kamen die Fragen. Und zugleich ein Überdruss an dem Wissen, das ihm die Antworten bescheren würden. Er war ein Bankert – darauf lief alles hinaus. Ein Dreckschiss auf der Ehre seiner Mutter, eine Katastrophe, für die sie ihn sicher gehasst hatte.

»Na, das ist mir ja mal ein schöner Kerl«, hörte Moritz eine Stimme von der Tür. Rafael – der fehlte ihm noch zu seinem Glück.

»Du hast mächtig viel Glück gehabt.«

»Ach ja?«, brummte Moritz.

»Mit deinem Bein. Andere wären dran krepiert. An Wundfieber und so. Ich habe Leute an einem Kratzer sterben sehen.«

Moritz bückte sich nach Hose und Hemd. Auch die gehörten dringend gewaschen. Aber das war nicht möglich.

Er besaß ja nichts zum Wechseln. Und eher hätte er sich totschlagen lassen, als rüber zu Fettmilch zu humpeln und sich seine Kleider zu holen. Er zog sich die schmutzigen Sachen an. Eine Wanze fiel aus dem Hemdsärmel. Er zertrat sie und ließ sich auf das Strohlager fallen. Einmal waschen und anziehen, und er war erschöpft, als hätte er zehn Stunden lang Teigkübel und Bleche geschleppt. »Und? Was willst du?«

»Hier, nimm«, sagte Rafael. Er warf ihm einen Apfel zu, den Moritz gerade noch im Flug erwischte. Moritz zögerte – dann biss er hinein. Er hatte so einen verfluchten Hunger! »Warum machst du das?«, fragte er mit vollem Mund.

»Was denn?«

»Na, teilen.« Ihm fehlte die Kraft, es eleganter zu formulieren.

»Rück mal.« Rafael ließ sich neben ihm auf das Strohlager fallen und verschränkte die Arme hinter dem Kopf. »Du hilfst mir, ich helfe dir. So etwas nenne ich eine Geschäftsverbindung.«

»Dann setzt du auf ein totes Pferd.«

»Auf ein lahmes.« Rafael schnipste mit dem Finger gegen seinen Oberschenkel und lachte.

Moritz nagte am Apfelstrunk. Der Hunger machte die Kälte doppelt schwer zu ertragen. »Warum bist du eigentlich auf der Straße gelandet?«, fragte er bibbernd. »Ich meine, so wie du redest – das hört sich nicht an, als wärst du in die Gosse reingeboren worden.«

»Frag mir keine Löcher ins Hemd.«

»Du hast doch mal 'ne ordentliche Erziehung bekommen.«

»Ich rede wie einer, der bei der Geburt die Mutter umgebracht hat und vom Vater deshalb gehasst wurde und den der Onkel nach dem Tod des Vaters rausgeworfen hat«, sagte Rafael rau. »Und damit mir das nicht zu gemütlich wird, darf ich auch noch einen Judenflecken tragen. Weißt du jetzt genug? Willst du ein bisschen kotzen?«

»Mensch, Rafael, das tut mir …«

»Ach was, Schnee von gestern.«

Eine Weile lagen sie da, ohne ein Wort zu sprechen. Es zog aus allen Ritzen, und die Spinnweben in den Ecken bewegten sich in der Zugluft. Moritz schluckte den letzten Rest des Apfelstrunks. Ihm graute jetzt schon vor der nächsten Hungerattacke. »Das wenige Geld, das von den Birghden uns gibt, wird nicht reichen«, sagte er. »Wir müssen etwas unternehmen.«

»Brillante Idee.«

Wieder schwiegen sie. Schließlich flüsterte Rafael: »Sie haben heute jemanden ertränkt, einen von den Bäckergesellen, der bei der Stürmung des Rathauses mitgemacht hat. Sie haben ihn beim Brickegickel auf ein Brett geschnallt und ihn damit über das Brückengeländer in den Main geworfen. Er hieß Gabriel, und er hat geplärrt wie ein Säugling.«

Moritz war, als hätte er einen Schlag in den Magen bekommen. »Gabriel!« Dunkel erinnerte er sich an einen schüchternen jungen Mann, der bei einem der Schwarzbäcker arbeitete und Katzen liebte. Eine davon war ihm auf Schritt und Tritt gefolgt. »Haben die Meister nichts dagegen unternommen?«

»Sie mussten zuschauen. Alle, mitsamt ihren Lehrlingen und Gesellen. Ich glaube, die Richter haben diesen Gabriel einfach willkürlich rausgefischt.«

»Sie haben ihn genommen, weil er keine Eltern mehr hat, die dagegen protestieren könnten.«

»Kann auch sein. Warum haben sie sich denn nicht gleich den Fettmilch gepackt?«

»Weil er Gönner hat. Er hat mit der Kommission und dem Kaiser verhandelt, und deshalb scheuen sie sich …«

»Was?«

»Keine Ahnung. So genau hab ich das auch nicht verstanden. Vielleicht meinen sie auch, dass sie Fettmilch schon gebrochen haben. Sie haben ihm doch das Haus verwüstet und das Kind getötet.«

Wahrscheinlich hätte es den Limpurgern am besten gefallen, wenn sie ihn selbst hätten ersäufen können – den vorwitzigen Gesellen von Meister Fettmilch, der zu dem Sturm aufs Rathaus aufgerufen hatte. Das wäre die richtige Warnung gewesen für Leute, die aufmucken wollten. Moritz sah im Geiste den Aushang am Römer: *An die Untertanen der Stadt Frankfurt: Wer den Aufenthalt des Aufrührers und Verbrechers Moritz Granius kennt, der wird ermahnet …*

Das Bild blieb in seinem Kopf kleben. Er sah den Aushang neben der Haupttür des Römers. Ein Blatt Papier, auf dem jeder lesen konnte, was der Bäckergeselle Moritz Granius angestellt hatte und wie er enden würde, wenn man seiner habhaft würde. Vielleicht würde es sogar eine Zeichnung von dem Burschen geben, der frech in den Römer eingebrochen war, um eine Urkunde zu lesen, die ihn nichts anging, und der dafür den Brickegickel kassieren würde. Die Leute würden davor stehen bleiben und die Augen und Mäuler aufsperren … Und da kam es ihm wie eine Erleuchtung. »Eine Avise.«

»Was?« Rafael drehte ihm das Gesicht zu.

»Hast du schon mal von Avisen gehört? Von den Nachrichtenblättern, die manchmal den Briefen beigegeben werden, um Bekannten oder Geschäftsfreunden in der Ferne …«

»Mein Vater war ein Dreckskerl, aber ein jüdischer. Für unsereins ist es lebensnotwendig zu wissen, was vor sich geht. In unserer Post kursieren mehr Avisen, als du dir träumen lässt.«

»Alle Leute sind verrückt nach Neuigkeiten. Stell dir mal so eine Avise vor: *In Frankfurt wurde ein Bäckeraufstand niedergeschlagen* – da schaut man hin. Auch in Nürnberg oder Köln, weil sie ja alle Angst haben, die Zünfte könnten sich erheben. Jedenfalls könnte ich mir vorstellen, dass es so ist.«

»Und?«

»Was, wenn wir jedem Brief aus unserem Postsack solche Nachrichten beilegen würden?« Von den Birghden nutzte keine Avisen. Entweder war er noch nicht darauf gekommen, oder er scheute den Aufwand. Immerhin mussten die Texte geschrieben und gedruckt werden. *Ich* könnte sie schreiben, dachte Moritz. Und erst mal vielleicht einfach mit der Hand kopieren. Wenn das Geschäft liefe, könnte man Druckereien beauftragen ... Er starrte Rafael an. »Ich gehe zu ihm und schlage es ihm vor.«

»Machst du nicht.«

»Warum?«

»Weil du nicht wissen kannst, wie ehrlich er es meint. Er war so wütend auf dich. Von deiner Mutter hat er sich erweichen lassen ...«

»Genau! Es ist alles vergeben und vergessen.«

»Aliz ist hübsch.«

»Was?«

»Du kannst nicht wissen, wie deine Mutter den Mann überredet hat, unsere Post wieder anzunehmen. Vielleicht war es ihm gar nicht so ernst. Vielleicht ging es ihm nur um den Spaß, den er mit ihr haben konnte.«

Moritz brauchte einen Moment, um zu kapieren, worauf Rafael anspielte. Dann hätte er ihm am liebsten eine reingehauen. Aber das ging nicht. In dem schmalen Gesicht standen eine Trostlosigkeit und Wut, die seine eigene ums Vielfache übertraf. Er hatte gedacht, er wüsste, wie hart das Leben sein konnte, aber Rafael war ihm offenbar um Meilen voraus.

»*Ich* werde zu ihm gehen«, schlug sein jüdischer Freund vor.

»Bitte?«

Rafael grinste schmal. »Ich könnte natürlich nicht einfach so da erscheinen. Er hat mich mal in Homburg gesehen, und ich glaube nicht, dass er ein Gesicht vergisst.«

»Was dann?«

»Er würde bestimmt keinen Verdacht schöpfen, wenn eine Frau zu ihm käme.«

»Hä?« Moritz brach in Gelächter aus.

»Was ist daran komisch? Ich kenne jemanden, der schwindelt sich in Frauenröcken in die Häuser, um Arbeit als Magd zu kriegen, weil er nicht schwer arbeiten kann. Der kommt damit Wochen durch. Und ich würde von den Birghden ja immer nur kurz … »

»Du bist verrückt …«

»Ich wäre eine Botin von, sagen wir mal, einer reichen Frankfurter Dame«, fabulierte Rafael. »Meine Herrin, die ihre Identität geheim halten will, weil sie ihren guten Ruf zu schützen hat, ist eine kluge Frau und eine begabte Schreiberin. Sie wird durch ihren Ehemann über alles informiert, was in der Stadt geschieht. Und nun hat sie den Wunsch, ihr Wissen in Form von Avisen …«

»Du bist irre.«

»… hinaus in die Welt zu senden. Sie würde durch mich anfragen lassen, ob der Herr von den Birghden Interesse hätte, ihre Avisen über seine Poststrecken weiterzuleiten.«

»Aber du siehst nicht aus wie eine Frau.«

»Ich trag ja auch kein Kleid.«

»Frauen haben …« Moritz deutete mit einer Handbewegung vor der Brust an, was Frauen von Männern unterschied.

»Ich würde die Stelle ausstopfen.«

»Donnerwetter.«

»Ja, Donnerwetter. Entscheide dich. Machen wir's?«

»Wie willst du überhaupt an so ein Kleid rankommen?«

»Lass das meine Sorge sein.«

»Es müsste das Kleid einer erwachsenen Frau sein.«

»Dann ist es eben so.«

»Wir kennen aber keine erwachsene Frau. Die Sachen von meiner ... von Aliz sind verbrannt, und Anni ist viel kleiner als du.«

»Ich sag doch: Lass das meine Sorge sein.«

»Du willst es klauen.«

»Und wenn?«

»Ich will das nicht. Nachher endest du wie Gabriel am Bricke...«

»Hör auf, so zu reden!«, schrie Rafael ihn plötzlich an. Er sprang auf, sein Körper bebte vor Zorn.

»Was denn?«, fragte Moritz verblüfft.

»Ich brauch keinen, den es was kümmert, was aus mir wird. Dass dir das klar ist. Wir machen ein Geschäft, und das hat ... Das hat nichts mit uns zu tun.« Rafael kehrte ihm den Rücken und trat gegen eine Bretterwand, die unter dem Schlag erbebte.

Moritz stemmte sich vom Stroh hoch. »Natürlich nicht«, meinte er verlegen, weil er nicht begriff, was Rafael plötzlich so aufregte. Mensch, war dieser Junge kompliziert. »Kannst du denn liebenswürdig sein?«

»Was?«

»Das musst du schließlich, wenn du die Vertraute einer noblen Dame bist. Freundlich, irgendwie ... Du weißt doch, wie Dienerinnen sind.«

»Kann ich nicht, nein.«

Sie starrten einander an. Rafael kam näher. Seine Haare waren verfilzt, die Augen groß vor Hunger. »Wir machen es.«

Moritz zögerte immer noch – dann nickte er. Er öffnete den Beutel, der an seinem Gürtel hing. Zwei Gulden von Aliz steckten darin, sein Notgroschen, und zweiundzwanzig Kreuzer, das war sein Anteil an der Poststrecke, den Rafael ihm ehrlich weitergereicht hatte. Er gab ihm das gesamte Geld. »Sieh zu, dass dein Kleid etwas hermacht. Und außerdem besorgst du Papier, Tinte und eine Feder. Viel Papier, viel Tinte.« Danach würden sie pleite sein – und betteln gehen müssen, wenn von den Birghden ihnen die kalte Schulter zeigte. »Kriegst du das hin?«

Rafael nahm das Geld, drehte sich um und verließ den trostlosen Raum.

Und wenn der Junge nun entschied, dass er mit den Gulden und den Kreuzern bereits ein erstklassiges Geschäft gemacht hatte, und nicht mehr wiederkäme? Moritz ließ sich auf den Strohsack zurückfallen.

»Du hast ihm alles Geld gegeben?«, fragte Anni, als sie mitten in der Nacht zu ihm unter die dünne Decke kroch, die der Wirt ihnen überlassen hatte. Ein kleiner, magerer Mensch mit langen Zöpfen, todmüde, in kurzer Zeit um Jahre gealtert, so kam es ihm vor.

»War es schlimm, heute?«

Sie kuschelte sich an ihn. »Du hast ihm alles Geld gegeben, das Mutter uns dagelassen hat?«

Moritz merkte, dass sie kein Wort von dem, was er ihr erklärte, verstanden hatte. Wie sollte sie auch – ein kleines Mädchen. »In den Avisen liegt unsere Möglichkeit, wieder auf die Beine zu kommen, Anni. Das Geld ist nicht weg. Wir werfen es zum Fenster hinaus, damit es zur Tür wieder hineinkommt«, bemühte er eine Floskel.

»Du warst gemein zu Mutter. Du bist schuld, dass sie weggegangen ist.«

»Das stimmt nicht. Sie hat's dir doch erklärt. Sie ist wegen Tile los, um ihn zu suchen.«

»Und warum kommt sie nicht zurück?«

»Sie braucht eben Zeit.«

»Und was machen wir, wenn sie …«

»Sie kommt zurück.«

»Aber …«

»Ganz sicher. Außerdem pass ich doch auf dich auf, Anni. Du kannst dich drauf verlassen.« Es war komisch, mit ihr zu reden wie ein Vater. Dafür fühlte er sich nun wirklich noch zu jung. Aber ganz so schlecht konnte er es nicht gemacht haben, denn sie glitt in den Schlaf hinein. Die Arbeit hatte sie bis in die Knochen erschöpft. Moritz war sicher, dass der Wirt sie schindete. *Ich pass auf dich auf*. Das waren große Worte. Er verfluchte sein Bein, das ihn daran hinderte, sich eine Arbeit zu suchen. Obwohl … Hier in Frankfurt würde das wohl kaum möglich sein. Zu groß war die Gefahr, dass ihn jemand erkannte und verpfiff. Machten die Büttel inzwischen Hatz auf ihn? War Rafael mit den Gulden auf und davon? Es hatte keinen Sinn zu grübeln.

Der Morgen verstrich, es wurde Mittag, es wurde Nachmittag. Der Wirt, der spät aus den Federn kam, aber gern das Gesinde schlug, wenn eine Arbeit liegen geblieben war, stapfte über den Hof zum Schlafraum der Gäste. Sicher wollte er die Miete für die kommenden Nächte eintreiben. Moritz verzog sich hinter einen Ofen. Dort wartete er zusammengeduckt, bis der Mann fluchend wieder das Weite suchte. Jetzt bin ich also ein Kuckuck, dachte er. Er wusste, wie seine Mutter die Zechpreller verabscheut hatte. Hastig schnürte er Annis Habseligkeiten zusammen, für den Fall, dass sie rasch verschwinden müssten. In diesem Moment kam ein Mädchen durch die Tür.

Kein Mädchen, Rafael. Moritz starrte ihn an.

»Und?«

»Allgütige Madonna, wie siehst du denn aus?«

»Ja, wie denn?«

Er brach in Gelächter aus.

»Das Kleid ist in Ordnung – da ist doch nichts gegen einzuwenden«, meinte Rafael gekränkt. Es gab in dem elenden Raum natürlich keinen Spiegel. Er schaute an sich herab. Der Rock, den er trug, war aus billiger, grauer Wolle, das Leibchen rot eingefärbt. Außerdem hatte er einen dünnen Mantel übergeworfen, der von einer scheußlichen Brosche zusammengehalten wurde. Die Schuhe waren immer noch die alten. »Hör auf zu lachen. So laufen Weiber eben rum.«

»Was hast du dir da denn reingestopft?« Moritz boxte gegen die stattliche Brust, die unter dem Schlag verrutschte. Er wischte sich die Lachtränen fort. »Eine Schönheit bist du nicht, Rafi.«

»Ich heiße Rafael. Und außerdem ist das egal.«

»Deine Haare sind zu kurz. Das sind ja nur Stoppeln.«

»Weiß ich selbst.« Rafael trat ihn gegens Scheinbein. Dann angelte er eine Haube heraus und zog sie über den Kopf. Mit dem weißen, schmucklosen Ding sah er noch blasser und verhungerter aus, aber immerhin konnte er nun möglicherweise als Mädchen durchgehen.

»Schon besser. Nein, ehrlich. Gut, dass du noch keinen Bartwuchs hast.«

»Ich sag doch, dass es geht.« Rafael kramte außerdem einen Beutel zutage, in dem zusammengerollte Papierbögen steckten, ein Tintenfässchen und eine Gänsekielfeder. »Ich schreibe, du diktierst.«

»Du kannst schreiben?«

»Sauberer als du, da wett ich drauf.« Rafael blickte sich um, fand ein Brett, das im Winter zum Schutz gegen die Kälte über das offene Fenster gehängt wurde, und setzte sich damit auf das Strohlager. Er öffnete das Tintenfass, tauchte die Feder ein und blickte fragend hoch.

Moritz überlegte. »Also gut: *Der Sturm auf den Frankfurter Römer. Darstellung einer Empörung …*«

21. Kapitel

Anderrath hatte ein Haus direkt an der Günzburger Stadtmauer gemietet. Es war ein hübsches Herrenhaus mit einem Garten voller allmählich kahl werdender Bäume. Die Fenster waren groß, die Decken bemalt. Alles wirkte hübsch und gemütlich. Aber die blauen und rosafarbenen Blütenmalereien erinnerten Aliz an Tile, und das erstickte jede Freude an der Pracht. Der Gedanke, dass ihr Sohn ganz in der Nähe sein könnte und litt, ließ sie durch die Räume eilen, obwohl nicht das Geringste zu erledigen war.

Anderrath sprach am Tag nach ihrer Ankunft im Günzburger Schloss vor. Die Markgräfin war nicht zu Hause. Er solle wiederkommen, beschied man ihm.

Am folgenden Vormittag machte er sich erneut auf den Weg. Das war inzwischen Stunden her. »Sie haben ihn erkannt. Die Gräfin hat ihn wiedererkannt und eingekerkert«, meinte Aliz zu Aleeke, der in Decken auf einem breiten Sessel saß, aus dem Fenster starrte und sich darüber beschwerte, wie kalt und dunkel Europa sei und wie schön farbig das ferne Afrika. Er schüttelte den Kopf.

»Warum nicht?«

»Weil sie ihn auch nicht wiedererkannt hat, als er die anderen Male dort gewesen ist«, meinte der Mohr mit einer Gemütsruhe, die ihre eigene zerrüttete Verfassung noch verstärkte.

»Und wenn es nun doch geschehen ist – durch eine Bewegung seines Kopfes … weil er eine ungeschickte Bemerkung machte …«

»Dann ist er tot.«

Aleeke war kein Diener, schon gar kein Sklave, das hatte Aliz inzwischen begriffen. Wenn die beiden Männer miteinander redeten, ging es oft um eine Ostindien-Kompanie, und sie debattierten leidenschaftlich und ohne dass einer dem anderen etwas schenkte. Sie sprachen von Portugiesen, die von den Molukken vertrieben worden waren, und von einem Kapitän namens Brouwer, der eine neue Route nach Java gefunden hatte, die nicht mehr ein Jahr Segelzeit erforderte, wie man es gewohnt war, sondern nur noch knapp sechs Monate. Und vor allem sprachen sie über etwas, das sie Aktien nannten. Lange Zeit hatten sich Schiffseigner über Schuldverschreibungen und Versicherungen finanziert, erklärte ihr Anderrath. Jetzt gaben die Niederländer Aktien aus, mit denen man sich in die Kompanie einkaufen konnte. Diese Papiere waren ausgelaufen und konnten nun neu gezeichnet werden. Und genau das hatte er vor.

Aliz hatte die beiden Männer beobachtet. Aleeke besaß das bessere Gedächtnis für Zahlen und Routen, aber Anderrath brütete die Ideen aus, die alles, was schon abgemacht schien, wieder auf den Kopf stellte. Sie lachten miteinander, sie fluchten, sie warfen einander Schimpfwörter an den Kopf. Die Zeit auf der Galeere hatte sie zu etwas gemacht … Aliz konnte es nicht benennen, aber es fühlte sich wie Chaos an, als wäre die Ordnung, die Gott errichtet hatte, zwischen den beiden aus den Fugen geraten. Der zivilisierte Christenmensch und der Mohr aus dem Dschungel waren einander so ähnlich geworden, als gäbe es gar keine Unterschiede zwischen den Menschen. Das stellte ihre Vorstellung von der Welt auf den Kopf und beunruhigte sie deshalb, jetzt, wo sowieso alles durcheinanderlief.

»Ich halte das nicht aus, ich muss an die frische Luft«, erklärte sie und sprang von dem Stuhl auf, auf den sie sich gerade erst gesetzt hatte.

»Und wenn dieser Schenckern hier in der Stadt ist und Euch erkennt?«

»Ich passe auf.«

»Und wenn ...«

»Bist du ein Mensch?«, fragte Aliz den Mann unter den vielen Decken. »Ich meine, bist du ein richtiger Mensch wie ...«

Aleeke grinste. »Wauuuu, wufff«, machte er und brach in sein verstörendes Gelächter aus.

Aliz ging durch die Straßen. Einige Menschen musterten sie, aber nicht sehr viele. Man schien in Günzburg die Verordnungen, was die Reinlichkeit anging, sehr viel ernster zu nehmen als in den Städten, die sie kannte, denn sie sah kaum Unrat in den Gossen, und die Hauseingänge waren ausnahmslos gefegt. Aber es lag auch eine seelenlose Stille über dem Ort. Die Menschen schienen miteinander nur zu flüstern. Drei Straßenköter, die sich in einem Garten bissen, waren das Einzige, was die Ordnung störte. Sie hatte das unangenehme Gefühl, dass die Menschen sich fürchteten. Vielleicht bildete sie sich das aber auch nur ein. Hatte Anderrath etwas über Tile erfahren? Warum blieb er so lange fort?

Sie erreichte einen achteckigen Stadtturm mit einem Tor, das aus der Stadt hinausführte. Aliz schritt an frisch eingesäten Äckern vorbei. Der Wind wehte in ihren Haaren, es war kalt. Was, wenn Anderrath gescheitert war? Dann müsste sie einen anderen Weg finden, etwas über ihren Sohn zu erfahren.

An einem Flussufer traf sie einen alten Mann, der angelte. Er zog einen Hecht an Land. Sie wartete, bis er das Tier gegen einen Stein geschlagen und ihm die Kiemenbögen durchtrennt hatte, dann fragte sie ihn nach der Herrschaft im Schloss. Er leckte sich die blutigen Finger ab und erzählte freimütig, was es an Klatsch in der Gegend gab, dass nämlich die Gräfin, was Kinder anging, eine taube Nuss war, worüber sich der Markgraf ärgerte. Aber das Weib war ja auch schon alt gewesen, vierzig Jahre, als er sie heiratete. Außerdem hatte man kein Mitgefühl für ihn, weil er das Weißbier in seinem Herrschaftsgebiet verboten hatte. »Wer tut denn so etwas? Wer verbietet anständigen Christenmenschen das Weißbier?«

Nein, es gab auch keine anderen Kinder im Schloss, erklärte der Alte, außer die vom Gesinde, falls sie das meinte. Er warf seine Angel erneut aus und gab ihr, indem er ihr den Rücken kehrte, zu verstehen, dass er genug von dummen Fragen hatte.

Sie kehrte bedrückt in ihr Haus zurück. Es dunkelte bereits, die Tage wurden kurz. Als sie Anderraths Stimme aus der Küche hörte, atmete sie erleichtert auf. Er hatte ein Kaninchen ausgenommen. Das flackernde Ofenfeuer und der Topf, der am Kasselhaken hing und in dem eine Brühe brodelte, ergaben ein tröstliches Bild, das sie an Wöllstein erinnerte.

»Ihr solltet nicht rausgehen«, meinte er, nachdem er kurz den Kopf gehoben hatte. Er salzte das Kaninchen.

»Was habt Ihr erfahren?«

»Schneidet die Wurzeln klein.« Er nickte zu einem Bündel Möhren, die auf dem Tisch lagen.

»Habt Ihr etwas von Tile gehört?«

»Nachher.«

Zähneknirschend begann sie, das Gemüse zu zerkleinern. Vielleicht konnte man beim Zubereiten einer Mahlzeit nicht mehr reden, wenn man jahrelang gehungert hatte, vielleicht war man dann zwanghaft mit jedem Blick beim Essen. Aleeke gesellte sich zu ihnen. Er hatte im Garten einige letzte

Kräuter gefunden, wusch sie und zerstieß sie in einem Mörser. Auch er arbeitete wortlos. Als das Kaninchen endlich mit den Kräutern im Topf schmorte, ließen sie sich am Küchentisch nieder.

»Zum Ersten«, sagte Anderrath: »Schenckern hält sich tatsächlich im Schloss auf, und zwar seit mehreren Tagen. Wir können also davon ausgehen, dass er Tile hierher gebracht hat.«

Aliz verschränkte die Hände, die zu zittern begannen. »Und?«

»Der Junge befindet sich aber scheinbar nicht mehr hier. Es heißt, dass man ihn bei Nacht und Nebel in der Kutsche fortgebracht hat, in der er auch zum Schloss gekommen ist.«

»Wohin? O bitte, so redet doch …«

»Die Leute im Schloss fürchten sich vor Sibylle.«

»Man spürt in der ganzen Stadt eine niedergedrückte Stimmung.«

»Das wird wohl nichts miteinander zu tun haben. Im Schloss sind sie beunruhigt, weil die Hausherrin durchdreht«, erklärte Anderrath respektlos. »Man fürchtet dort, dass sie vom Schicksal ihrer Familie ereilt wird, vom Irrsinn. Sibylles Vater hat im Alter den Verstand verloren. Ihr Bruder war dafür berüchtigt, nachts in seiner Rüstung durchs Schloss zu laufen und Brände …«

»Das weiß ich alles. Ich war doch selbst dabei!«

»Und jetzt kriechen auf einmal Dämonen aus den Wänden und Spiegeln, behauptet Sibylle. Nachts setzen sie sich auf ihre Brust und drücken ihr die Kehle zu, was mich – ich erwähne es zugegebenermaßen mit Befriedigung – an den Tod von Jakobe erinnert. Tagsüber folgen die Dämonen ihr durch die Räume. Ja, man ist entsetzt. Das Einzige, was unsere Gräfin offenbar beruhigen kann …«, Anderrath lächelte fein, »ist die Tatsache, dass sie sich verjüngt.«

»Wie meint Ihr das?«

»Ihre Falten verschwinden, ihr Gesicht wird straffer, sie läuft gelegentlich ohne Stock.«

Aliz bekreuzigte sich.

»Das Beste ist, dass diese Verjüngung sie beflügelt hat, zwanzigtausend Gulden in eine Versicherung zu stecken, die auf ein Handelsschiff namens *Meeuw* abgeschlossen wurde.«

»Sind das die Aktien, von denen Ihr geredet habt?«

»Nein, wer sich an einer Versicherung beteiligt, der setzt darauf, dass ein bestimmtes Schiff durch alle Stürme mit Waren beladen wohlbehalten von Java nach Amsterdam zurückkehrt. Die *Meeuw* hatte Gewürze geladen – und wurde bereits gekapert.«

»Woher wisst Ihr das?«

»Und wieso quatschst du darüber?«, brummte Aleeke.

»Ich weiß es, weil das Wissen der Spaten ist, mit dem wir unsere Schätze heben. Die Nachricht wird Amsterdam in ein bis zwei Monaten erreichen.«

»Und wieso quatschst du darüber?«, wiederholte Aleeke.

»Lass mich doch einen Augenblick glücklich sein, mein Freund. Sibylle möchte dich übrigens sehen. Sie liebt dich für deine Tränke.«

»Scheiß drauf. Ich gehe nicht hin.« Aleeke stand auf, probierte die Soße und gab noch ein wenig Gewürz dazu.

»Was für Tränke?«, fragte Aliz.

»Aufgüsse aus Engelstrompete. Das ist eine Pflanze aus dem Süden von Amerika. Die Chibcha, die Ureinwohner, die dort leben, haben den Frauen und Sklaven ihrer Häuptlinge daraus einen Tee aufgekocht, der sie willig machte, sich mit den Toten lebendig begraben zu lassen. Man sagt, er erzeugt faszinierende Träume.«

»Ihr habt die Gräfin vergiftet?« Aliz starrte in das vernarbte Gesicht, wo Heiterkeit und Härte eine unheilige Allianz eingegangen waren. Der Mann ist verloren, dachte sie, aber plötzlich eher mit Mitleid als mit Härte. Die Zeit auf der Galeere hatte an dem, was einmal in ihm großherzig und nobel gewesen sein mochte, genagt. Seine Seele war nicht weniger verwüstet als das Gesicht.

»Und?«, fragte er spöttisch.

»Ihr seid ein Giftmörder.«

»Sie lebt ja noch.«

»Aber Ihr plant …«

»Wenn Ihr erfahren würdet, dass sie Tile ermordet hat – was würdet *Ihr* dann machen? Für ihre sündige Seele beten?«

»Seit Jakobes Tod sind sechzehn Jahre vergangen. Wie lange wollt Ihr Euren Hass …«

»Es ist überflüssig, dass du die Hexe noch einmal aufsuchst«, sagte Anderrath zum Mohren gewandt. »Ich habe ihr erklärt, dass du von den Geistern deiner Heimat entführt worden bist, die mit dir in rasanter Fahrt durch die Dschungel sausen, aus Rache, weil du ihre Geheimnisse verraten hast. Nur dein Körper weilt noch hier. Aber er ist eine leere Hülle und wird es bleiben, falls es dir nicht gelingt …«

Aleeke beugte sich vor und probierte noch einmal von der Brühe, in der das Kaninchen schwamm.

»Sybille hätte trotzdem gern noch mehr von dem Trank. Sie hat eine hohe Summe genannt.«

»Verfluchte Hexe, das ist sie nämlich – eine Hexe.«

»Und gerade darum …«

»Scheißdreck, geht dir das nicht in den Kopf?«, fuhr der Mohr plötzlich aus der Haut. »Nicht nur du bist ein Betrüger, Symon. Das verdammte Weib hat dir ebenfalls ins Hirn geschissen. Ich hab ihr in die Augen geschaut, und da kannst du es sehen, du verfluchter, in den Tod verliebter Hornochse. Dieses Weib hat sich mit allem verbündet, was Macht hat und böse ist. Meine Tante war vom gleichen Schlag – sie hat an einem einzigen Tag zwischen Sonnenaufgang und Sonnenuntergang acht Männer, jeder wie ein Elefant und kerngesund, zum Tanzen gebracht und dann dazu, dass sie in eine Herde Nashörner rannten und sie mit Spießen stachen. Acht tote Männer, und jeder von ihnen war ein Feind der Hexe. Lass endlich ab von diesem Weib!«

Einen Moment war es still in der Küche. Dann wandte der Mohr sich wieder der Brühe zu, als hätte es den Ausbruch nicht gegeben.

»Wohin haben Sibylle und Schenckern Tile gebracht?«, fragte Aliz.

Anderrath wusste es nicht. Wahrscheinlich hatte er ihr Anliegen in seinem Racherausch aus den Augen verloren.

Sie ging hinaus.

Am nächsten Morgen trieb es sie erneut in die Stadt, und dieses Mal herrschte turbulentes Leben. Es war Markttag. Aliz drängelte sich zwischen Körben voller Kohlköpfen und fetten Speckstreifen, die an Schnüren von den Stangen der Verkaufsstände baumelten. Die Bauern waren in dicke Jacken gehüllt und hatten sich Decken umgehängt, unter denen sie Schutz vor dem scharfen Wind suchten. Auch Aliz fror. Es war sinnlos, dass sie hier durch die Kälte lief. Was erhoffte sie? Dass sie zufällig von jemandem, der im Schloss arbeitete, ein Gespräch über das Kind aufschnappte, das mit einer Kutsche gekommen und wieder fortgefahren war? Das würde nicht passieren. Aber etwas Sinnloses zu tun war immer noch besser, als untätig herumzusitzen.

Wohin hatte Sibylle Tile gebracht? Und zu welchem Zweck?

Als sie das dritte Mal an denselben Ständen vorbeiging, merkte sie, dass die Menschen ihr nachblickten. Genau das war es, wovor Anderrath sie gewarnt hatte. Sie zog ihren Geldbeutel hervor und kaufte einen Weißkohl, um das Misstrauen zu zerstreuen.

Eine Frau drängte sich neben Aliz, als sie ihre Münzen hinüberreichte. Sie roch nach Schweinestall, an ihren Schuhen klebten verdreckte Strohhalme. »Vor dem Tor ist die Luft besser«, brummte sie. Aliz warf ihr einen verblüfften Blick zu. Die Frau schaute sie kurz, aber eindringlich an, dann begann sie, aus einem Korb voller Sellerie die besten Stangen herauszusuchen.

Hatte sie ihr etwas sagen wollen? Und wenn ja – war es aus guter Absicht geschehen oder hatte man im Schloss erfahren, dass jemand sich nach einem Kind erkundigte, und plante eine Falle? Anderraths Warnung tönte Aliz noch lauter in den Ohren. *Streunt nicht in der Stadt herum.* Sie folgte der Bäuerin. Nicht direkt, indem sie hinter ihr herlief, sondern sie begab sich auf einem Seitenweg zu dem einzigen Tor, das sie kannte und von dem sie hoffte, dass die Frau es ebenfalls passieren würde. Hinter dem Tor, durch eine Brücke getrennt, standen noch einige Häuser, danach begannen Felder und ein Wäldchen, das sich einen Hügel hinaufzog. Links vom Tor lag ein von einem Mäuerchen umgebener Turnierplatz, auf dem ein Reiter das Stechen mit einer Lanze übte.

Aliz schlenderte hinüber und tat, als schaute sie dem Mann zu. Als er es merkte, warf er sich in die Brust und jagte mit Elan auf eine ausgestopfte Puppe zu, die an einem mit Efeu bewachsenen Holzgestell baumelte. Er traf zweimal daneben, beim dritten Mal streifte er den Hals der Puppe und warf Aliz einen Beifall heischenden Blick zu.

Sie harrte aus, immer mit einem Blick auf das Tor, immer bereit, sich hinter die Büsche zu ducken, sollte ihr etwas verdächtig erscheinen. Die ersten Bauern, deren Körbe leer gekauft worden waren, zuckelten mit ihren Wagen aus dem Tor. Ein Reiter mit einem Wappen auf dem Wams stürmte über die Brücke. Vielleicht war es der Bote, der den Wechsel der Gräfin nach Amsterdam bringen sollte, um die Versicherung zu kaufen, die sie ruinieren würde. Vögel zogen in einem unregelmäßigen Keil nach Süden.

Und dann erschien tatsächlich die Bäuerin. An ihrer Seite

lief ein Mann, den sie mit ihrem Körper verdeckte, aber als die beiden die Brücke verließen, sah Aliz, dass es der Fischer vom vergangenen Tag war. Ihr Herz schlug schneller. Sie hatte also recht gehabt, der Blick und die Worte der Frau hatten etwas zu bedeuten gehabt. Und nun?

Die beiden gingen so dicht an Aliz vorbei, dass ein leiser Ruf genügt hätte, um sie aufmerksam zu machen. Aliz zögerte. Lauerte man ihr auf? Schon entfernten sie sich wieder. Sie lief los. Das Pärchen musste sie gesehen haben, verlangsamte aber seine Schritte nicht, sondern strebte auf den bewaldeten Hügel zu und verschwand zwischen den Bäumen. Aliz folgte ihnen.

Im Wald war es duster, der Weg steil und gewunden. Nach einer Biegung, standen die beiden plötzlich vor ihr. Die Frau war dünn, in blasse Kleider gewandet, mit einem ebenfalls blassen Gesicht, in dem die kalte Nase rot leuchtete. Der Mann hatte sich zum Ausruhen auf einen gefällten Baumstamm gesetzt. Beide blickten … neugierig? Tückisch? »Da seid Ihr ja endlich«, sagte die Frau.

Einige Sekunden herrschte angespanntes Schweigen. »Du weißt …«

»Ihr habt nach einem Kind gefragt, sagt mein Großvater«, begann die Frau im selben Moment wie Aliz zu reden.

Aliz nickte

»Es gibt so ein Kind. Einen Jungen.« Die Frau streckte die Hand aus. Aliz nestelte ihren Beutel hervor und legte einen Kreuzer in die schwieligen Hände. Zwei weitere hielt sie zurück. »Wo kann ich ihn finden?«

Die Frau blickte zu dem Alten. Er brummte etwas, wohl eine Aufforderung zu weiterer Auskunft. »Es gibt ein Haus, den Weg weiter hinauf, oben auf dem Hügel. Dort wohnen die Treiber für die Hochwildjagd. Es heißt, dass die Gräfin seit kurzem jeden Tag raufreitet. Und dass ein Knabe gesehen wurde, der im Garten des Hauses spielte.« Wieder streckte sie die Hand aus. Über ihrer Oberlippe wuchsen Barthaare, die ihr etwas Männliches und zugleich Zwielichtiges gaben.

»Wie alt ist der Knabe?«

»Zwischen Kind und Mann«, sagte der Alte.

Die Kreuzer wechselten den Besitzer. Die Frau schielte auf Aliz' Beutel, spürte aber wohl, dass mehr nicht zu holen war, denn sie wandte sich ab.

Aliz lief an ihr vorbei. Das Haus der Jäger ... Sie erwartete nichts Luxuriöses, ein schlichtes Dach über dem Kopf, was man dem Gesinde eben zugestand. Wenn man ihren Jungen in so einer Hütte untergebracht hatte, würde es möglich sein, ihn zu befreien. Plötzlich wurde ihr leicht ums Herz. Sie würde Tile holen und mit ihm nach Frankfurt zurückkehren. Und dann würde sie ... Sie wusste es noch nicht, aber wenn sie erst wieder alle Kinder bei sich hatte ... Sie flog förmlich dahin.

Die Hütte stand am Ende des Wegs oben auf einer Klippe. Als Aliz den höchsten Punkt erreicht hatte, wurde der Blick auf die Donauauen frei. Die Luft fühlte sich plötzlich weich an, über den Fluss, der sich in einer mächtigen Schlaufe wand, hob sich der Abendnebel.

Das Haus selbst war von einem windschiefen Zaun umgeben. Nichts daran wirkte wehrhaft. Wozu auch? An der Vorderfront gab es drei kleine Fenster, mit geschlossenen Holzläden gegen die Kälte. Aliz war auf der Hut. Sie schlich um das Gebäude herum. Hinten befand sich ein kleiner Garten, den wohl die Jäger betrieben. Aus mehreren Gemüsebeeten ragten Pflanzenstummel. Dann hörte sie ein Lachen. Ihr blieb einen Moment lang vor Glück die Luft weg. Kein anderes Kind lachte wie Tile. Immer ein bisschen verhalten, so, als würde er seinen eigenen Gefühlen nicht trauen. Sie ging um eine weitere Ecke, dann entdeckte sie ihn neben einem kleinen Stall.

Tile stand vor einem goldbraunen Pferd mit einem Flämmchen auf der Stirn. Er hatte die schmalen Hände um den Kopf gelegt, das Pferd wirkte zutraulich, als würden sie sich seit Ewigkeiten kennen. Tile flüsterte etwas, und das Pferd bewegte die Schnauze und streifte seine Wange. Er war glücklich und völlig mit sich im Reinen. Ich hätte ihm ein Pferd kaufen müssen, dachte Aliz mit einem Stich der Eifersucht in der Brust, obwohl sie wusste, dass es ihre finanziellen Möglichkeiten weit überstiegen hätte. Peter hatte damals, als es ihnen noch gut ging, Saint-Pierre und den Buckler erworben. Der Buckler hatte mit Moritz ziehen müssen, damit ihr Sohn sie besuchen konnte. Saint-Pierre mochte keine Kinder, nicht einmal Tile. Die etwas blöde Stute war abgehauen und an ein weiteres Pferd war einfach nicht zu denken gewesen.

In diesem Moment drehte Tile sich um. Aliz sah seine Augen aufleuchten. Er strahlte vor Glück und Erleichterung, als er auf sie zurannte. Sie breitete die Arme aus und umfing ihn, während sie gleichzeitig zum Haus lugte, um zu sehen, ob sie von dort beobachtet wurden.

»Mein Schatz, mein Engel, mon trésor«, flüsterte sie. Ihr Sohn trug neue Kleider. Sein Haar war frisch gewaschen und roch nach Kirschen, seine Lippen an ihrer Halsbeuge waren weich wie Samt. »Ich war so sehr in Sorge …«

»Aber das musstest du nicht sein«, wisperte Tile. »Denk nur, Mutter, ich bin ein Prinz, ein richtiger Prinz. Ich bin der Sohn von einem Herzog. Ich war nur verloren gegangen. Und meine Tante und die anderen haben mich viele Jahre gesucht, ohne Unterlass, bis sie mich endlich gefunden haben.«

Jedes einzelne Wort schmerzte.

»Ich habe jetzt ein eigenes Pferd, weil ich ja ein Prinz bin, eins, das nur mir gehört, verstehst du? Mir ganz allein.« Tile machte sich los und zog sie zu der Stute, die lammfromm wartete und ihn zärtlich anstupste. »Sie heißt Bijou, das Wort ist französisch und bedeutet …«

»Ich weiß, mein Herz.«

Auch Aliz streichelte das schöne Tier. Über den Donauauen senkte sich die Sonne. Einige späte Störche zogen nach Süden – schwarze Pfeile am rosafarbenen Himmel.

»Stimmt das, Mutter? Bin ich wirklich ein Prinz?« Zum ersten Mal klang wieder Unsicherheit in der Stimme ihres Kindes.

»Du bist mein Sohn«, sagte Aliz. »Ich habe dich in einer Winternacht geboren, in einer Hütte wie das Jesuskind, nur dass es keine Ochsen und Esel gab, weil man sie ins Dorf gebracht hatte.« Der Stall hatte einsam auf einer Wiese gestanden, auf den Gräsern hatte Frost geglitzert. »Erinnerst du dich an Peter? Der dir beigebracht hat, wie man die Angel auswirft? Peter ist dein Vater. Er hat dich geliebt und dir ein Zuhause gegeben.«

»Aber ich bin ein Prinz«, sagte Tile.

Aliz bückte sich zu ihm. Aus den Augenwinkeln meinte sie eine Bewegung im Jagdhaus wahrzunehmen. Ihre Nerven zuckten. Schlagartig begriff sie, dass sie doch in eine Falle gelaufen war. Aber es hatte keinen Sinn, darauf zu achten, es war sowieso zu spät. »Du bist ein Prinz in meinem Herzen«, nutzte sie die wenigen Augenblicke, die ihr noch blieben. »Ich liebe dich mehr als mein Leben. Das darfst du niemals vergessen.«

»Mein Vater ist ein Herzog. Man hat mich ihm gestohlen.«

»Aber nein, mein Herz, du …«

»Ich habe ein Bild von ihm. Das wurde gemalt, als er so alt wie ich gewesen ist.« Tile griff nach einem Kettchen, das ihm um den Hals hing, und zog ein goldenes Medaillon aus dem Hemd. Er klappte es auf und hielt es ihr hin. In seinen Augen lauerten Schmerz und Argwohn. Ein paar Männer kamen heran und umkreisten sie.

Aliz zwang sich, das Bild im Medaillon zu betrachten. Es

war, als blickte sie auf ein Miniaturporträt ihres Sohnes. Der Junge auf dem winzigen Gemälde besaß das gleiche feine, verletzliche Gesicht wie Tile, die Lippe mit der Ausstülpung, die Augen, in denen sich so viel verbarg … Obwohl sie dagegen ankämpfte, begann das Gesicht sich zu wandeln und wurde zu dem eines Erwachsenen – des Mannes, dem Jakobe Hörner aufgesetzt hatte und der Aliz in einer einsamen Nacht zu sich rief, um sie stellvertretend für seine Frau zu strafen, indem er sie missbrauchte. Aliz wurde schlecht, zwischen ihren Beinen begann es zu schmerzen …

Sie merkte, dass Tile sie anstarrte. Er war vielleicht nicht so klug wie sein Bruder, aber er hatte das feinere Gespür für Kränkungen. Las er die Abscheu in ihren Augen? Er schloss das Medaillon wieder.

»Sieh an, Ihr habt Besuch, mein Prinz …« Die Tür des Jagdhauses flog auf. Sibylle trat ins Freie. Schwarze Seidenkleider umwallten sie, mit Spitzen, die wie Spinnweben wirkten, die sich im Lauf der Jahre auf die alternde Frau gelegt hatten. Jung waren nur ihre Augen, die vor Triumph brannten. Oder vom Wahnsinn, dachte Aliz, der von ihrer Vergiftung herrührt. Sie erkannte die Markgräfin wieder, umgekehrt war das offensichtlich nicht der Fall, denn die Frau maß sie von Kopf bis Fuß, als wollte sie jede Einzelheit in sich aufsaugen.

Die Männer, die mittlerweile einen Kreis um Aliz und ihren Sohn gebildet hatten, traten zur Seite, als Tile wieder zu seinem Pferd wollte. Und nun? Sollte sie ihren Jungen anflehen? Und ihn damit zwingen, Partei zu ergreifen und sich entweder gegen seine Mutter zu stellen, deren Schicksal bereits besiegelt war, oder gegen die Frau, von deren Wohlwollen sein weiteres Leben abhing? Das brachte sie nicht fertig.

Tile streichelte die Pferdemähne, dann drehte er sich wieder um. Aliz dachte, er würde zu ihr zurückkommen. Stattdessen lief er zu Sibylle und ließ sich stürmisch in ihre geöffneten Arme fallen. »Darf ich mit Bijou ausreiten, Tante, ja? Und erlaubt Ihr Franz, dass er mit mir kommt und mir zeigt, wo die Füchse ihre Jungen zur Welt bringen? Ich will so gern die Fuchshöhle sehen.«

»Mein stürmisches, wildes Kind, mein kleiner Liebling«, lächelte Sibylle, »aber natürlich.«

Herzen brachen nicht einfach. Das von Aliz schlug nur ein wenig härter, während sie zusah, wie Sibylle das Haar ihres Sohnes küsste und die beiden im Haus verschwanden. An der Tür drehte Tile sich noch einmal zu ihr um. So ein kleines Gesicht, so viel Wut und Enttäuschung …

Als der Junge im Haus verschwunden war, warf man sie zu Boden. Die Jäger fesselten sie, stopften einen Wollfetzen in ihren Mund und banden ein Tuch davor. Dann warfen sie sie auf einen Karren und bedeckten sie mit einer Decke, die nach Pferden stank.

22. Kapitel

Es schneite, der Winter war hereingebrochen. Auf der Umrandung des Marktbrunnens türmte sich possierlich ein weißer Wall, und auch Justitia hatte eine Schneemütze bekommen. Graue Schneeklumpen schwammen auf dem Pflaster des Markts, auf den tagsüber einige Stunden die Sonne geschienen hatte. Es dämmerte, und die weiße Schicht auf den Dächern und die Flocken, die zu Boden schwebten, hüllten die Stadt in ein mattes, warmes Licht.

Moritz und Rafael marschierten so unbekümmert wie möglich über den Platz, immer auf der Suche nach Bütteln oder anderen verdächtigen Gestalten. Sie bogen in eine Seitengasse ein, dann blickten sie sich um. Wegen der Kälte und des Schnees war kaum noch jemand unterwegs. Hastig zwängten sie sich in einen engen Schlupf, der zwei der Römergebäude voneinander trennte. Der Schnee sackte unter ihren Füßen ein und färbte sich vom Abfall, der lange nicht entfernt worden war, braun und grau.

Sie hatten hier die kaputte Leiter, mit der Moritz vor Ewigkeiten die Justitia erklommen hatte, versteckt. Moritz kletterte voran. Das Dach war hoch, allein hätte er es niemals erklimmen können, aber Rafael, der ihm folgte, stieg auf seine Schultern und schwang sich hinauf. Er warf ein Seil hinab, und Moritz schaffte es mit akrobatischen Verrenkungen an seine Seite. Sie zogen die Leiter nach und nutzten sie als Kletterhilfe, um auf die Kuppe des Dachs und auf der anderen Seite wieder hinunterzukommen. Das hatte schon in den vergangenen Tagen Geschicklichkeit erfordert, aber an diesem Abend rutschten sie über verschneite Ziegel in die Rinne, die die beiden Dächer voneinander trennte. Sie lachten und fluchten leise, während sie beteten, dass sie nicht in den Tod stürzten.

Hinauf und hinunter, immer mit der sperrigen Leiter … Dann hatten sie den richtigen Ort erreicht. Die Häuser des Römers waren über Jahrhunderte hinter- und aneinander gebaut worden, sie befanden sich also auf einem Meer voller Dächer mit unterschiedlichen Neigungen und in verschiedenen Höhen. Seitlich ragte jetzt eine Giebelmauer mit einem mittigen Fenster auf. Moritz, der auf die Idee mit den Dächern gekommen war, schob es mit eiskalten Händen einen Spalt weit auf. Sie hatten herausgefunden, dass sich das Fenster oben in einem Raum befand, in dem sich einige der Limpurger und Frauensteiner gern nach den Ratsversammlungen vor einem wandhohen Kamin trafen. Sie tranken Wein, aßen kandierte Datteln, und wenn die Zungen sich gelöst hatten, erfuhr man die erstaunlichsten Dinge über Frankfurt und die Welt.

Es war nicht ganz einfach, den Gesprächen zu folgen, weil das Fenster sich wenigstens dreißig Fuß über dem Boden befand. Wenn in normaler Lautstärke geredet wurde, gingen viele Wörter unter. Aber wenn die Männer sich aufregten, hoben sie die Stimmen, und dann wurde es interessant. Sie debattierten beispielsweise über die Möglichkeit, die alte Stadtmauer endlich durch eine moderne Sternschanzenfestung zu ersetzen, was aber etliche Ratsherren ablehnten. Die Stadt hatte sich seit Jahrhunderten aus allen kriegerischen Auseinandersetzungen herausgehalten – warum nicht weiter an dieser erfolgreichen Strategie festhalten? Eine Festung war doch wie eine Herausforderung.

Auch über die Strafsteuern wurde gestritten. Sie waren offenbar weit weniger hoch ausgefallen, als es hätte der Fall sein müssen. Musste man den Steuereintreibern auf die Finger sehen? Jemand forderte Untersuchungen, andere beschwichtigten. Außerdem waren vier Mitglieder einer Mordbrennerbande endlich eingefangen worden. Man hoffte, ihnen auch noch die Namen ihrer Komplizen herauspressen zu können, bevor es ans Sterben ging.

Der Abend war nicht so ergiebig, wie Moritz und Rafael es sich gewünscht hätten, aber zu der Frage mit der Stadtmauer und vor allem über die Mordbrenner ließen sich bestimmt Artikel schreiben. Natürlich mussten sie es vermeiden, Details preiszugeben, die von den Birghden hätten misstrauisch machen können.

»Wir müssen immer was druntermischen, das nicht aus den Ratsstuben kommt«, flüsterte Moritz Rafael bibbernd zu. Er achtete darauf, dass auch Neuigkeiten, die sie auf den Wegen oder in einer Kneipe bei einem wässrigen Wein aufschnappten, in ihre Avisen einflossen. Ein- oder zweimal hatte er auch etwas frei erfunden – Nebensächlichkeiten, die hoffentlich niemand nachprüfte. Am Ende war's egal. Bevor sie verhungerten oder erfroren, waren die Münzen, die von den Birghden der angeblichen Magd einer Frankfurter Geistesgröße zuschob, unverzichtbar.

Gerade als Moritz das Fenster wieder zuschieben wollte, schnappte er den Namen Fettmilch auf. Das geschah gelegentlich und sollte ihn eigentlich nicht mehr interessieren, aber er beugte sich sofort wieder vor. Der Lebkuchenbäcker hatte sich offenbar von seinem Schock erholt und mischte nun, da Eva mit ihren Geschwistern aus der Stadt und in Sicherheit war, wieder in der Politik mit, und zwar schärfer als je zuvor. Der Überfall auf den *Hasen* war offiziell nie aufgeklärt worden und galt als Schandtat, aber natürlich kursierten die Namen der reichen, jungen Übeltäter in der Stadt.

Dass man nichts gegen sie unternahm und sich über sein Unglück auch noch lustig machte, hatte in Fettmilch einen Zorn heranwachsen lassen, der jedes Maß überstieg.

»Der Bursche fantasiert davon, den Rat zu erweitern – um einen Neunerausschuss der Zünfte, der die Rechnungsbücher prüfen soll«, ärgerte sich ein Mann mit einer näselnden Stimme.

»Er will viel.«

»Zu viel, der dreiste Dummsack. Andererseits ist ihm die Kommission in einigen Dingen zugeneigt. Offenbar hat er es geschafft …« Die Stimmen wurden wieder leiser, sehr leise sogar. Es gab Dinge, über die man selbst im Römer nur flüsterte.

Rafael stieß Moritz an. »Hast du genug …?«

»Oh, Mistdreck!«

»Was ist denn?«

Moritz deutete auf das Hosenbein seines Freundes. Es hatte sich blutrot verfärbt. »Du hast dich verletzt.«

»Scheiß drauf.« Rafael konnte Mitleid weniger als alles ausstehen, das hatte Moritz schon gemerkt. Also gut, so schlimm sah es auch wieder nicht aus. Wahrscheinlich ein Kratzer vom Klettern.

Sie machten sich wieder an den Abstieg. Die kostbare Leiter verbargen sie im Abfall unter dem Schnee. Anschließend kehrten sie in ihre Herberge zurück, in der es jetzt kaum weniger kalt als auf der Straße war. Aber zumindest waren sie hier vor dem Wind und betrunkenem Gesindel sicher. Die Decke, die der Wirt ihnen zugestanden hatte, fühlte sich steif und feucht an. Moritz kroch darunter und hoffte, sie rasch mit seinem Körper wärmen zu können. »Wo willst du hin?«

»Pinkeln. Brrr, ist das kalt – vielleicht krieg ich 'n gefrorenen Stern von Bethlehem hin.« Rafael verschwand Richtung Abort, und Moritz blies wieder in seine Hände. Sie waren allein im Schweinestall. Niemand reiste mehr bei so einer Saukälte. Zumindest das war ein Vorteil dieser Jahreszeit.

Sie waren allein, richtig ... Wo steckte eigentlich Anni?, fiel ihm auf. Er rief nach ihr. Als er keine Antwort bekam, blickte er sich in dem dunklen Raum um, was nicht viel weiterhalf. Gereizt stand er auf, um über die Matratzen zu streichen. Ihr geiziger Wirt würde Anni kaum für eine Arbeit Kerzen spendieren, die sie auch im Tageslicht verrichten konnte, das war ihm klar. Sie musste doch irgendwo hier stecken ...

Nachdem er jede Matratze umgestülpt und ein Dutzend Mal ihren Namen gerufen hatte, war klar, dass Anni verschwunden war.

Raffael war ebenso bestürzt wie er selbst. Sie rannten gemeinsam in die Stube ihres Wirtes. Der Mann mit dem zotteligen Bart hatte es sich vor einem Feuer bequem gemacht, eine seiner Mägde, ein mageres Ding mit den hängenden Brüsten der Hungernden, saß halb nackt auf seinem Schoß. Es war nicht Anni, dem Himmel sei Dank. »Wo ist meine Schwester?«

»Bin ich ihre Amme? Scher dich raus!«

»Lass ihn«, flüsterte Raffael und zog Moritz wieder in die Kälte hinaus. Sie rannten in den Schlafraum zurück. Annis wenige Halbseligkeiten waren mitsamt dem Beutel, in dem sie sie aufbewahrte, hinters Bett gestopft – ihr kümmerliches, kindliches Versteck. Sie war also nicht einfach fortgelaufen. Wohin hätte sie denn auch gesollt? Sie schauten in der Küche nach, nichts.

»Und nun?« Ratlos und in wachsender Panik blickten sie einander an. Es war die pure Verzweiflung, die sie auf die Straße trieb. Moritz rannte die wenigen Stufen hinauf in Fettmilchs Gaststube. Der Meister war der einzige Mensch in Frankfurt, den Anni zumindest flüchtig kannte. Vielleicht hatte sie sich hierher geschleppt, in der Hoffnung auf eine warme Suppe.

In der Tür des *Hasen* blieb er stehen. Sein ehemaliger Meister hatte den Betrieb wieder aufgenommen, aber es saßen nicht mehr ganz so viele Menschen an den Tischen wie früher. Gabriels Tod unterm Brickegickel schien die Ängstlicheren verscheucht zu haben. Fettmilch schenkte Wein aus. Sein Lächeln war bemüht, jede Bewegung, als hingen Gewichte an seinen Armen. Er sprach zu laut, er lachte an den falschen Stellen. Einen Moment war Moritz wie gelähmt vor Mitleid. Dann hatte Fettmilch ihn erspäht, und als Moritz sah, wie sich die Miene seines Meisters in Ekel verzog, verging die eigene weiche Anwandlung. Er drängte sich zu ihm und fragte nach Anni.

»Scher dich weg«, befahl Fettmilch rau.

»Sie ist verschwunden. Ich bitt Euch, Meister.«

»So wie du Eva gebeten hast, ja? Hast du gedacht, du kannst einem tugendhaften Mädchen ein Kind unterschieben und dich ins gemachte Nest setzen? Eva hat mir gebeichtet, wie du um sie rumgeschlichen bist. Sie hat sich alles von der Seele geredet. Ihr sind die Tränen gekommen, als sie endlich begriffen hat, was von einem wie dir zu halten ist. Sie ist in die Arme ihres Bräutigams geflüchtet und hat Glück, dass er so viel Verständnis bewies. Scher dich davon, bevor ich Hand anlege!«

Moritz kehrte in die Gasse zurück. Eva. Er wartete auf einen Stich im Herzen, zumindest einen Schatten seiner früheren Verzweiflung, aber er fühlte nichts als eine leise Verachtung für das Mädchen, das viel weniger Mumm als die kleine Anni bewiesen hatte. Rasch kehrte er zu Rafael zurück, der auf ihn gewartet hatte, weil er ahnte, dass man ihn mit seinem gelben Judenfleck gleich wieder rausgeworfen hätte. Er schüttelte den Kopf.

»Und nun?«

In ihren Rücken schwang noch einmal die Tür des *Hasen* auf. Einer der Lehrlinge, Hans, der mit seinen Muskelkräften der beliebteste unter den Lehrlingen war, huschte die Treppe hinab. Er zog Moritz in eine Mauernische und flüsterte: »Vor zwei Tagen hat ein Fremder bei uns reingeschaut. Apocalypsis hat er sich genannt, wie ein Engel vom Jüngsten Gericht, deshalb konnte ich's mir merken. Er wollte wissen, wo er dich und deine Familie finden kann. Aber der Meister hat es ihm nicht sagen wollen, er braust ja nur noch auf, wenn er deinen Namen hört. Vielleicht ist deine Schwester zu dem gegangen.«

Apocalypsis. Moritz wurde noch kälter, als ihm vorher schon gewesen war. Was machte dieser Mann, den er schon fast vergessen hatte, in Frankfurt?

»Muss ich hier allein ausschenken!«, dröhnte Fettmilch durch die halb geöffnete Tür.

»Der Mann ist im *Bären* abgestiegen«, wisperte Hans, drückte Moritz' Arm und rannte in die Gaststube zurück.

»Apocalypsis?«, fragte Rafael.

Moritz nickte wie betäubt. Wie war das möglich? Hatte Aliz Spuren hinterlassen, als sie nach dem Brand nach Frankfurt gekommen war? Oder hatte von den Birghden sie verraten, der – auf welche Weise auch immer – mit dem Jäger des Generaloberpostmeisters von Taxis zusammengekommen war? Gleich wie, man hatte sie aufgestöbert. Moritz erklärte seinem Freund die Zusammenhänge, während sie losrannten.

Der *Bär* war eines der großkotzigen Gasthäuser, in denen reiche Händler und Patrizier verkehrten. Moritz und Raffael standen vor der Hausfront und starrten mit in den Nacken gelegten Köpfen die Fassade hinauf. Fenster reihte sich an Fenster, vor den Scheiben wirbelten Schneeflocken, irgendwo krähte ein Säugling. Die Kirchenglocken hatten vor wenigen Minuten Mitternacht geschlagen, doch in der Gaststube brannte immer noch Licht. Reiche Leute mussten sich nicht um die Kosten für Kerzen und Tran kümmern. Nach dem Lärm zu urteilen, der ins Freie drang, waren die Gäste tüchtig am Bechern. »Es hilft nichts«, sagte Moritz. »Ich muss reingehen und sehen, ob Anni dort ist.«

»Und dann sitzt deine Apokalypse am Tisch und brüllt: Nanu, ist das nicht der Hitzkopf Moritz Granius?«

»Er weiß doch gar nicht, wie ich aussehe.«

»Das denkst *du*. Wenn er Anni mitgenommen hat, um dich in eine Falle zu locken, hat er sich sicher beschreiben lassen, wie du aussiehst: rotblondes Haar, kraus, zwanzig Jahre alt, abgerissene Kleider ... Und schon hat der feine Herr, dem es gefällt, sich nach dem Untergang der Welt zu nennen, dich am Wickel.«

»Sein richtiger Name ist Johann von Coesfeld.«

»Erklär mir, was dadurch besser wird.«

Nichts.

»Der Hinterhof vom *Bären* grenzt an den Garten von einem Haus vorn am Roßmarkt«, erklärte Rafael sachlich. »Das mit den roten Balken und dem gelben Putz, wo über dem Eingang ein Bild von einem steigenden Pferd gemalt ist. Kennst du's?«

Moritz nickte.

»Dort kann man sich durchquetschen und kommt an einen Abort, und wenn man um die Ecke geht, in den Garten und in den Hinterhof vom *Bären*.«

»Und dann? Pfeifen wir ein Lied und hoffen, dass Anni uns in die Arme fliegt?«

»Nein. Du wartest dort, und ich geh hier vorn rein und sehe mich um.«

»Was soll das helfen?«

»Das werden wir sehen.«

Er schüttelte den Kopf. »Du gehst nirgends rein. Viel zu

gefährlich. Außerdem werfen sie dich sofort achtkantig wieder raus. Schau dich mal an.«

»Gibt es eigentlich irgendwas, das man dir *nicht* erklären muss? Warte auf mich.«

Rafael verschwand in der Dunkelheit. Moritz schlug die Arme um den Körper und suchte verzweifelt nach einem Weg, wie er Anni helfen könnte. Aber er verstand ja nicht mal, was dieser Apocalypsis mit seiner Schwester vorhatte. Falls sie überhaupt dort war. Sollte sie wirklich als Köder dienen?

Es dauerte eine weitere ganze Weile, ehe sein Freund zurückkehrte. Und zwar in den Kleidern, die er sich für die Besuche bei von den Birghden angeschafft hatte. Er drehte sich vor Moritz und grinste ihn gespielt kokett an. »Und jetzt verschwindest du im Garten.«

Moritz fand das Haus mit dem Reiter und – was relativ einfach war, wegen des Gestanks – den Abort. Im Garten, dessen Wintergemüse unter Schneewehen verschwunden war, stand aus unerfindlichen Gründen eine alte Kiste unter einem Baum. Er wischte die Flocken herab, setzte sich und musterte nervös die Fenster auf der Rückseite des Bären. Er stellte sich auf eine längere Wartezeit ein und war völlig überrumpelt, als sich nach kurzer Zeit zuerst Anni und dann Rafael aus einem kleinen Fenster zwängten, das zu einem Anbau gehörte. Sie flitzten zu ihm, und gemeinsam rannten sie am Abort vorbei in die Nacht. Er hatte keine Ahnung, ob sie verfolgt wurden, Schreie waren nicht zu hören.

»Völlig heil und ganz geblieben?«, fragte Moritz, als sie schließlich außer Atem stehen blieben. Er nahm seine Schwester in die Arme.

»Er wollte wissen, wie die Poststrecken gehen und wer alles mitgemacht hat«, keuchte Anni.

»Das weißt du aber doch gar nicht.«

»Das weiß ich sehr wohl«, blaffte sie und schob ihn weg. »Warum denkt ihr eigentlich immer, dass ich taub bin oder zu blöd, um was mitzukriegen. Ich habe gesehen, wie ihr früher nachts weggeritten seid, du und Mutter, und ich hab die Briefe gesehen, und ich hab gehört, was ihr heimlich geredet habt!«

»Aber du hast ihm keine Namen genannt?«

»Ich hab ihm gesagt, dass ich nichts weiß.« Sie lag wieder in seinen Armen und machte mit ihren Tränen seine Jacke nass.

»Woher wusste er überhaupt, dass wir hier sind?«

»Von Josefa, die konnte sich das doch ausrechnen, wohin Mutter und ich gehen würden.«

»Hat er dir weh getan?«

»Er nicht, aber du, weil du so tust, als wäre ich dumm und würde nur stören, und trotzdem muss ich arbeiten, bis ich, bis mir …« Sie brach ab, und er streichelte hilflos ihr Haar. So standen sie zu dritt in der Eiseskälte. Mir muss etwas einfallen, dachte Moritz mit klappernden Zähnen. Mir muss unbedingt etwas einfallen.

23. Kapitel

Aliz war übel: vom Hunger, vom Zittern in der Kälte und vor allem von der Angst. Es war bereits fünfmal Nacht geworden, seit man sie in ihren Kerker gebracht hatte. Fünf Tage und vier Nächte waren verstrichen, in denen sie nichts anderes als das Pfeifen des Windes und das Gebell der Hundemeute gehört hatte, die in einem Verließ eingesperrt worden waren, das unter ihrem eigenen lag.

Das mit den Hunden war das Schlimmste. Die halbe Bodenfläche des Raums bestand aus einem Gitter, das teilweise hochgeklappt werden konnte und durch das die Tiere einmal am Tage gefüttert wurden. Es musste eine Jagdmeute sein. Die Biester kläfften und sprangen immer wieder mit unbändiger Wut gegen die Stangen. Ihre Angriffslust schien sich durch den ausbleibenden Erfolg nicht zu vermindern, sondern sogar noch zu steigern.

Aliz nahm an, dass sie sich in der Jagdhütte befand, vor der Tile gespielt hatte. Die Jäger hatten sie damals fortgeschafft, wohl damit der Junge nicht mitbekam, wohin seine Mutter verschwand. Aber nachdem er die Hütte verlassen hatte, hatte man sie wieder zurückgebracht. Oder man hatte sie in ein anderes Haus verfrachtet, das ebenfalls im Wald lag. Sie hatte die Reise unter der Decke auf dem Karren verbracht und wusste es nicht. Auf jeden Fall hörte sie Vogelstimmen und roch durch die Spalten das Harz der Bäume.

»Ich verstehe Euch nicht«, drang Sibylles Stimme in Aliz' von Hunger und Angst umnebeltes Grübeln. »Ich biete Euch Macht und Reichtum für Euren Sohn und ein unbeschwertes Leben für Euch selbst. Wie könnt Ihr zögern?«

Die Frau war vor wenigen Minuten in den Kerker gekommen. Sie trug eine Fackel in der Hand, auf ihrem Gesicht tanzte das rote Licht des Feuers. Ihre Stimme klang einschmeichelnd, und obwohl Aliz die Frau hasste, ging von ihr ein Sog aus wie von einem wärmenden Feuer. Nur nicht wieder mit den Hunden allein sein, nur nicht im Dunkeln ausharren müssen. Es gab zwei Fensterschlitze, aber es drang kaum Licht hinein, und …

»Ihr müsstet dafür nur wenige Worte sprechen«, gurrte Sibylle. »Wahre Worte dazu, die aus einem ehrlichen Herzen kommen, das Buße tun will für seine Sünden. Ihr würdet sie vor frommen Herren sprechen, die Eurem Sohn zu dem Ansehen und Stand verhelfen würden, der ihm gebührt. Was könnte es Schöneres geben?«

Die Hunde unten im Verließ taten sich zu einer neuen Attacke zusammen. Sie bellten so laut, dass die Worte der Frau kaum noch zu verstehen waren. Es waren acht oder zehn große, sehnige Bestien. Wenn Fremde kamen, wie jetzt die Besucherin, gerieten sie außer Rand und Band.

»Ihr seid ein herzloses, halsstarriges Weib«, schrie Sibylle gegen das Kläffen an. »Begreift Ihr nicht, dass Ihr Eurem Sohn das Leben vorenthaltet, das Gott für ihn vorgesehen hat? Sein Vater war ein Herzog. Und wahrhaftig – der Junge ist sein Ebenbild. So feinsinnig, so klug, von einer so raschen Auffassungsgabe …« Sie bewegte sich, ihr Schatten tanzte über Decken und Wände. »Was seid Ihr für ein Ungeheuer! Ist Euch nicht klar, dass ich meinen Neffen auch ohne Euer Geständnis vor die Herzöge bringen werde? Er ist meinem Bruder wie aus dem Gesicht geschnitten. Ich mache Euch mein Angebot aus Gutherzigkeit.«

Nein, nie im Leben. Wenn du es ohne mich schaffen könntest, würdest du nicht hier stehen und auf mich einreden. Das war mal ein klarer vernünftiger Gedanke. Sibylle brauchte Beweise, weil ihre Nichten, Neffen oder andere Menschen, die gierig auf den Thron von Jülich waren, sich nicht nur auf die Ähnlichkeit eines Kinder mit einem Toten hin zu einem Krieg bewegen lassen würden.

Die Hunde rasten. Besonders einer von ihnen, ein weißer, groß wie ein Kalb, gebärdete sich wie irr und sprang wieder und wieder gegen das Gitter. Er war genau so ein Ungeheuer wie die Hexe, der er gehörte. Aliz war Zeuge geworden, wie er einen der schwächeren Hund anfiel, ihn tötete und fraß – und dabei den Rest der Meute erfolgreich vom Futter fernhielt …

»Du störrisches Miststück!« Sibylles Gesicht war plötzlich ganz nah. Es war verzerrt vor Wut. Sie hob die Fackel und schlug sie ihrer Gefangenen ins Gesicht. Einen Moment fühlte sich Aliz, als würde sie in Flammen aufgehen. Sie brüllte. Der Schmerz war so grauenhaft, dass sie kaum mitbekam, wie die Markgräfin hinausrauschte. Eine Weile war sie nur damit beschäftigt zu atmen. Die Tränen rannen über ihr Gesicht, der Schmerz auf ihrer Wange tobte, sie fühlte mit den Fingern, wie sich Brandblasen bildeten.

Einer der Männer, die Aliz bewachten, ein gedungener Kerl mit langen, verfilzten Haaren, kehrte zu ihr zurück. Man hatte Aliz eine Hundekette um den Hals gelegt. Er löste sie von der Wand und zerrte seine Gefangene mit sich, so dass sie auf dem Gitter zu sitzen kam. Dort kettete er sie wieder an.

»Gib mir Wasser.«

Er feixte und ließ die Tür krachend wieder ins Schloss fallen. Sie hörte, wie er den Riegel vorschob. Die Tränen verstärkten das Brennen auf der verletzten Wange. Aliz wischte sie ab, aber auch das tat weh. Schließlich ließ sie die Hände sinken. Der Tag neigte sich, doch es war noch hell genug, um zu sehen, dass der weiße Hund sie belauerte. Als sie sich bewegte, um ihr Gewicht zu verlagern, begann er erneut zu kläffen, sprang gegen den Rost und biss ins Eisen, aber er konnte ihr nichts tun, das wurde ihr rasch klar. Die Stäbe waren zu eng und zu dick. Er konnte die Schnauze hindurchschieben, sie dann aber nicht mehr öffnen.

Ihre Gedanken irrten wieder zu Tile. Was würde mit ihm geschehen, wenn man ihn zum Herzog krönte? Würde Sibylle ihn ermorden, nachdem er ein Kind gezeugt und damit die Nachfolge des Hauses gesichert hatte? Aliz dachte daran, wie ihr Junge auf die Hexe zugestürmt war, nachdem er beschlossen hatte, seine Mutter mit Verachtung zu strafen, und wie liebevoll Sibylle die Arme um ihn geschlungen hatte. Das war nicht aus Kalkül geschehen, sondern eine Geste echter Zuneigung gewesen. Es war grotesk, aber Sibylle schien Tile tatsächlich zu mögen. War es dann nicht besser nachzugeben?

Aliz fiel es immer schwerer, ihre Gedanken zusammenzuhalten. Ihre Wange brannte. Der weiße Hund stierte sie mit hochgezogenen Lefzen und tropfendem Geifer an … *Warum soll diese Liebe grotesk sein? Die beiden verbinden doch Blutsbande. Versperre ich meinem Sohn vielleicht wirklich aus Egoismus ein Leben in Pracht und Freude?* Das Gitter krachte, als er dagegensprang. Er bellte wie von Sinnen …

Die Hunde waren verstummt. Es musste Zeit vergangen sein, denn es war dunkel geworden, und durch eine der Mauerschlitze konnte Aliz die Mondsichel sehen, die zwischen den Tannenspitzen hing. Sie zog erschrocken die Beine an, als plötzlich etwas an ihrem Rock zerrte. Er war durch das Gitter gerutscht, und einer der heimtückischen Kläffer – nicht der Weiße – hatte sich darin verbissen. Und dann hörte sie plötzlich eine Stimme.

»Seid Ihr dort drinnen?«

Ihr Herz machte einen Satz. Hastig rappelte sie sich auf. Ihr Fuß sackte durch die Gitter, und der Hund, der sich in den Stoff verbissen hatte, ließ ihn los und begann danach zu schnappen. Panisch suchte Aliz an der Wand nach Halt und brachte den Fuß in Sicherheit. Die Kette an ihrem Hals war zu kurz, um das Gitter zu verlassen, aber lang genug, um die Mauer mit den Fensterspalten zu erreichen. Sie ertastete einen davon, schob die Hand hindurch, und – o Heilige Jungfrau sei gepriesen! – jemand griff danach.

»Liebes bisschen …« Die Stimme war so dicht an ihrem Ohr, dass sie die Wärme des Atems zu spüren vermeinte. »Ihr zerquetscht mich …«

Es war Anderrath, wer auch sonst. Sie war so glücklich. »Nicht loslassen, bitte …« Sie musste jemanden haben, an den sie sich klammern konnte. Es war ihr egal, was der Mann von ihr dachte.

»Was sind das für Hunde?«

»Böse Tiere.« Sie redete wie ein Kind.

»Seid Ihr mit ihnen zusammengesperrt?«

»Dann wäre ich tot. Sie hausen unter mir. Ich stehe auf einem Gitter.« Schweigen. Wieder kochte die Angst in ihr hoch. Anderrath hatte nicht viel Grund, sie zu mögen.

»Ich fürchte, Ihr müsst mir meine Hand doch zurückgeben. Ich hänge an einem Seil vom Dachfirst und brauche sie, um mich abzustützen.«

»Was?«

»Ihr wisst gar nicht, wo Ihr seid?«

»In einem Wald.«

»Und zwar weit weg von jedem Dorf. Es war verdammt schwer, Euch zu finden. Wir mussten den Jägern hinterherschleichen wie gottverfluchte Halsabschneider. Das Haus steht an einem Hang, an zwei Seiten geht es tief in den Abgrund. Von dort kommen wir nicht an Euch heran. Eine ist fensterlos. Und auf der anderen Seite Eurer Tür wimmelt es von Bewaffneten, leider. Mit einem oder zweien könnten wir fertig… Ihr fangt doch nicht an zu weinen?«

»Nein.« Aber sie umklammerte weiter seine Finger, sie konnte nicht anders.

»Aleeke sitzt über mir auf dem Dach, was uns keine Sorgen machen muss, weil er in der Nacht praktisch unsichtbar ist. Er hat mich heruntergelass…«

»Wo ist Tile?«

»Die Gräfin hat ihn zu sich ins Schloss geholt – trotz des Risikos, dass das Geheimnis um ihn zu früh gelüftet wird. Offenbar hat sie einen Narren an ihm gefressen und will ihn immer um sich haben.«

»Tile kennt Euch, Ihr dürft also nicht in seine Nähe …«

»Weiß ich auch, das macht ja alles so verdammt schwierig. Der Junge schwirrt die ganze Zeit um das Weib herum. Und sie lässt ständig nach mir rufen. Unter Euch ist ein Raum, in dem Hunde gehalten werden? Hab ich das richtig verstanden?«

»Jagdhunde.«

»Vielleicht gibt es von dort einen Ausgang nach draußen.«

»Wahrscheinlich. Aber man kommt an ihnen nicht vorbei.« Würde Anderrath nun verschwinden? Es war alles gesagt worden, er konnte ihr nicht helfen. Der Gedanke, allein mit den Hunden zurückzubleiben, entsetzte Aliz. »Erzählt mir von Jakobe. Habt Ihr sie wirklich geliebt?«

»Liebes bisschen …« Anderrath bewegte sich. Einen Moment war es still. »Wie viele Hunde sind es?«

»Ich weiß nicht. Zehn vielleicht.«

»Gut.«

»Was ist gut?«

»Mir ist eine Idee gekommen.« Er erklärte ihr, was er sich vorstellte, um sie aus ihrem Kerker zu befreien.

Er würde zurückkehren und sie holen. Das hatte er ihr fest versprochen. Aliz saß wieder auf dem Gitter, das sich gegen ihren Hintern presste. Es tat weh, sie versuchte, nicht darauf zu achten. Nein, dachte sie, ich mache mir etwas vor. Er ist auf Nimmerwiedersehen verschwunden. Er hatte ja gar keinen Grund, ihr beizustehen. Womöglich grollte er ihr immer noch wegen Moritz und hatte sie nur ruhig halten wollen, um sich gefahrlos in Sicherheit bringen zu können. Aber warum war er dann überhaupt vor das Fenster geklettert? Warum hatte er sie mit sich nach Günzburg genommen? Wechselbäder von Hoffnung und Verzweiflung suchten sie heim. Sie merkte, wie es ihr immer weniger gelang, einen Gedanken festzuhalten und bis zum Ende zu verfolgen. War sie dabei, den Verstand zu verlieren?

Die Hunde bellten schon wieder, aber dieses Mal galt nicht ihr die Aufregung. Vielleicht hatten sie eine Ratte entdeckt.

Es wurde morgens, es wurde nachmittags. Einer der Jäger suchte den Kerker auf und gab Aliz zu trinken und reichte ihr einen Kanten Brot, in den sie heißhungrig hineinbiss. Danach fütterte er die Hunde. Die Tiere duckten sich in eine Ecke, als er sie anschrie. Dann ging er wieder.

Stunde um Stunde verstrich. Als der Mond, zuverlässig wie der Zeiger einer Uhr, wieder zwischen den Tannen stand, kehrte Anderrath zurück. Sie hörte ihn leise ihren Namen rufen. Dieses Mal brauchte sie länger, um aufzustehen. Der Hunger schwächte sie. Sie tastete sich über die Gitterstäbe zur Maueröffnung vor.

»Es sind keine gewöhnlichen Jagdhunde.«

»Was?«

»Es sind Bluthunde«, sagte Anderrath. »Hunde, die auf die Jagd von Menschen dressiert sind. Das ist eine spanische Sitte, sie kommt aus Amerika. Sibylle hat sich die Bestien besorgt, als ein Mordanschlag auf ihren Ehemann verübt wurde. Bei einem zweiten Anschlag sind die Tiere dem Täter gefolgt. Er wurde von ihnen zerrissen, sagt man in der …«

»Ihr braucht mir das nicht zu erzählen.«

»Ihr habt gesagt, die Hunde werden durch eine Öffnung im Gitter gefüttert. Richtig? Ist diese Öffnung groß genug, dass Ihr Euch hinablassen könntet?«

»Ja, aber die Hunde …«

»Ich reiche Euch ein paar Würste. Aus der besonderen Küche von Aleeke. Wenn die Biester sich nicht mehr rühren, klettert Ihr hinab und …«

Aliz hätte schreien können. Anderrath redete, sie musste ihn mehrere Male unterbrechen, ehe er ihr zuhörte. »Ich bin angekettet!« Hatte sie ihm das nicht gesagt? Sie brach in Tränen aus.

Er tastete durch den Spalt nach ihrer Hand. Die Hunde bellten jetzt wie wild. Jemand trat von außen gegen die Tür, öffnete sie aber nicht. Zeit verstrich. Nachdem wieder einigermaßen Ruhe eingekehrt war, flüsterte Anderrath: »Es war keine Liebe, das mit Jakobe. Wir sind uns zum ersten Mal bei einer Jagd begegnet. Jakobe hatte Streit gehabt und war in übelster Laune fortgeritten. Wir haben uns auf einer Wiese getroffen, rein zufällig, zwischen Hühnern, dazu begann es zu regnen. Jakobe war zornig, ich langweilte mich. Das war es. Ein beiderseitiges Trösten in einer Stimmung größtmöglicher Tristesse.«

Er drückte ihre Hand. Aliz konnte nichts sagen.

»Danach waren wir … unfassbar dumm. Sie hat mich ins Schloss geladen, ich bin gekommen. Ich schätze, wir sind dem Reiz erlegen, der in der Gefahr steckt, und bei Jakobe war es natürlich auch die Freude, endlich einmal ihrem Vergnügen nachzugehen.«

Er erzählte, wie er Jakobe von da an immer wieder aufsuchte, wie sie ihn mit ihren Capricen bezauberte, wie ihn ein Freund beiseitenahm und warnte, wie er die Warnung beiseiteschob. »Unfassbar dumm, wie gesagt, wir alle beide.«

»Hängt es sich unbequem am Seil?«

Anderrath lachte und fragte: »Wie ist es gekommen, dass Ihr Moritz mit Euch genommen habt?«

Darüber hatte Aliz noch nie mit jemandem gesprochen. Peter hatte einmal nachgehakt, aber rasch gespürt, dass es besser wäre, die Vergangenheit ruhen zu lassen. »Weil er zählen konnte, stumm, bis hundert. So eine kleiner Junge, ist das zu fassen? Er konnte bis hundert zählen und war ... Er war unglaublich mutig, er hat keinen Augenblick geweint, obwohl ein Toter neben ihm lag und er sicher spürte, dass nebenan ...« Sie verdrängte das Bild. »Er hat mir vertraut. Als wir durch den Regen gelaufen sind, hat er sich nicht an Marthe, sondern an mich geklammert. Wir sind durch einen Zufall aus der Stadt gekommen, weil einer der Wächter betrunken war. Sie hatten eine Öffnung in der Mauer, durch die nachts die Post entgegengenommen wurde. Wir waren alle vier dünn und konnten uns hindurchwinden ...« Es sprudelte aus ihr heraus, die Flucht im kalten Winter, die sie auf sich nehmen musste, weil sie Angst hatte, dass man sie als Zeugin des Mordes umbringen könnte. Ihr Hass auf den Herzog, der ihr Gewalt angetan hatte. »Aber Tile liebe ich.«

»Ihr wäret nicht hier, wenn es anders wäre.«

»Ja.« Sie erzählte von Peter, der so gütig gewesen war, von Moritz, der heranwuchs und sich, als Aliz die illegalen Poststationen einrichtete, einen Spaß daraus machte, nachts über Land zu reiten. Sie sprach von ihren Gewissensbissen, von Anni und Tile, die eigentlich ein ruhiges, sicheres Leben gebraucht hätten ... Und schließlich sagte sie: »Ihr müsst gehen.« Es war, als hätte das Reden etwas aus ihr hinausgewaschen, plötzlich war sie nur noch müde. »Es ist vorbei, Anderrath. Niemand kann mir helfen. Aber ich danke Euch, dass Ihr gekommen und ein wenig geblieben seid.«

»Versucht einmal, die Kette, so weit es geht, an den Spalt zu bringen.«

»Warum?«

»Ich will sie fühlen.« Er quetschte seine Hand durch die Ritze und begann zu tasten.

Sie schob die Hand wieder fort. »Gebt mir die Würste.«

»Natürlich, aber wartet mit dem Füttern, ich komme wieder.«

Es war freundlich von ihm, dass er es sagte. Es war auch freundlich, dass er ihr die Würste zurückließ. Es mussten ja nicht die Hunde sein, die sie aßen. Aliz nahm das längliche Paket entgegen und achtete darauf, es nicht durch das Gitter fallen zu lassen, auf dem sie immer noch balancierte. Ihr kam ein letzter wichtiger Gedanke. »Richtet Aleeke aus, dass ich ihn keinesfalls für einen Hund halte. Aber das mit dem Gebell ist lächerlich. Sagt ihm das bitte.«

»Was für ein Gebell?«, fragte er.

Dann war er fort.

Aliz versteckte die Würste in den Ritzen der Mauer – etwas anderes gab es nicht. Die Hunde bellten wie verrückt, weil sie das Fleisch rochen. Schließlich warf Aliz eine der Würste hinab. Der Weiße schnappte sie sich, natürlich. Sie wartete, aber nichts geschah. Vielleicht war das mit dem Gift eine Lüge gewesen. Sie konnte Betrug und Ehrlichkeit nicht mehr unterscheiden. Die Schmerzen und die Ausweglosigkeit ihrer Lage zermürbten sie.

Man brachte ihr eine Feile. Nicht Anderrath, sondern Aleeke, der in der folgenden Nacht an den Mauerspalt kam. Er reichte sie ihr durch den Spalt und bellte dabei mit deutlichem Vergnügen durch die Ritze. »Wenn Ihr die Kette an Eurem Handgelenk durchgesägt habt, vergiftet Ihr die Hunde. Danach reißt Ihr einen Fetzen Eures Kleides ab und zwängt ihn hier durch den Spalt. Draußen ist es weiß vom Schnee, wir werden ihn sehen. Und er wird für uns das Signal sein, dass wir zum Ausgang des Hundezwingers kommen und Euch holen können. Habt Ihr das verstanden?«

»Wo ist Anderrath?«

»Ihn plagt sein Bein.«

Dann war sie wieder allein. Sie begann sofort, mit der Feile die Kette zu bearbeiten. Das Geräusch brachte die Hunde zur Raserei. Nicht den Weißen, der war tatsächlich gestorben und von der Meute zerrissen worden. Aber die anderen Köter wüteten umso lauter. Ein Jäger kam und versetzte ihr, weil er den Grund für den Lärm nicht verstand, eine Maulschelle. Die Feile entdeckte er nicht. Als er wieder hinaus war, fuhr Aliz mit ihrer Arbeit fort, und irgendwann gewöhnten sich auch die Hunde an das Schaben.

Die Nacht verging und auch der nächste Tag. Feilen und erschöpfte Pausen füllten ihre Zeit. Aliz rechnete jeden Moment damit, dass Sibylle zurückkehren würde, um sich ihre Einwilligung zu holen, vor den Fürsten auszusagen. Sie musste sich also beeilen, gleich wie ihre Hände bluteten und die Muskeln schmerzten. Und dann kam die Gräfin tatsächlich. Fassungslos starrte Aliz auf die Frau, die durch die Tür ihres Kerkers trat. Das Eisen war kaum zur Hälfte durchgesägt.

Sibylle befand sich in Begleitung. Ein dicklicher Mann trat hinter ihr in den Kerker. Ein eisgrauer Spitzbart zeigte wie ein Pfeil auf seine Wampe. Sibylle nannte ihn Marschall, es handelte sich also um Schenckern, die verkommene Marionette der Gräfin, die schon früher für sie gemordet hatte.

Schenckern war es auch, der Aliz' Hände mit einem Strick vor ihrem Bauch zusammenband, die Kette von der Wand löste und sie daran wie einen Hund in einen mit Bänken und Tischen möblierten, aber menschenleeren Raum führte und danach ins Freie brachte. Offenbar hatte man die Jäger fortgeschickt. Sibylle wollte nicht, dass es Zeugen für das gab, was jetzt geschehen sollte.

Was hatte sie vor?

Mit trockenem Hals starrte Aliz auf eine Buche, die dem Haus direkt gegenüberstand. Sie sah schön und friedlich aus, mit Ästen, auf denen Schnee blitzte. Von einem der Äste baumelte ein Seil. Sie schluckte.

Schenckern zog an der Kette und nötigte sie, auf den Baum zuzugehen. Vor ihr breitete sich ein atemberaubendes Panorama aus. Die Buche stand an einer Klippe. Dahinter erstreckte sich eine Schneelandschaft mit bewaldeten Hügeln, einem Dorf und mehreren einsam gelegenen Gehöften. Am Rand eines Wäldchens äste Rehwild, am Himmel standen rosa Wölkchen. Weit in der Ferne wurde ein Fuhrwerk von einem Ochsen über einen verschneiten Weg gezogen. Hier sollte es also enden?

Sie hörte einen leisen Ruf in ihrem Rücken und fuhr herum. Tile wurde von Sibylle durch eine Seitentür geführt. Wollte er auf seine Mutter zustürzen? Es war nicht zu erkennen, ob die Markgräfin die Hände auf seine Schulter legte, um ihn zu beruhigen, oder ob sie ihn festhielt. Er starrte zu Aliz hinüber, die Aufregung und Freude in seinem kindlichen Gesicht gefror. Er sagte etwas, aber zu leise, als dass Aliz die Worte hätte verstehen können. Dafür klangen die der Gräfin umso lauter.

»Du bist ein von Gott erwählter Herrscher, Johann. Und nun wirst du deine nächste Lektion lernen, nämlich dass ein Fürst nicht nach dem eigenen Herzen handelt, sondern nach Gottes Geboten und zum Wohl seines Volkes.«

Tile sah aus, als wollte er weinen.

»Das ist die Bürde, die Gott dir auferlegt hat, mein Junge. Niemals deine eigenen Wünsche über die Erfordernisse deines Amtes zu stellen. Darin liegt dein Ruhm. Und nun stärke dein Herz.« Die Gräfin legte eine effektvolle Pause ein, ehe sie weitersprach. »Dieses Weib, das du dort siehst, hat sich in schändlichster Weise gegen dich und gegen den Willen Gottes vergangen. Sie hat das Kind eines geweihten Herzogs verschleppt, um es zu erniedrigen und in Knechtschaft heranzuziehen. Sie hat ihm seine Herkunft verschwiegen, damit sie es umso bösartiger demütigen und in ihrem Bann halten konnte. Welche weiteren Pläne sie verfolgte, ist uns unbekannt, aber gewiss können wir von den schändlichsten Absichten ausgehen. Sie hat niederträchtig an dir gehandelt und dein reines, kindliches Herz getäuscht. Und dafür wird sie nun ihre Strafe erleiden. Und die erste Handlung deines neuen hohen Amtes wird sein, diese Strafe über sie auszusprechen.«

Tile war inzwischen fünfzehn Jahre alt, aber immer noch mehr ein Kind als ein Erwachsener. Es war nicht auszumachen, ob er verstand, was seine Tante von ihm erwartete. Er stierte Aliz an. Sie blickte zum Klippenrand, sie konnte nicht sehen, wie steil es dahinter abwärts ging, aber der Blick übers Land ließ auf einige Tiefe hoffen. Sie würde nicht zulassen, dass Sibylle ihren Sohn zu einer Entscheidung zwang, die ihn sein Lebtag wie ein Fluch verfolgen würde. Es gelang ihr, sich von Schenckern loszureißen. Leider bekam er sie am Ärmel zu fassen, bevor sie springen konnte. Er warf sich auf sie, sein schwerer Körper drückte sie in den Schnee. Schnaufend kam er wieder hoch und zerrte sie zum Baum.

»Du hast gesehen, was für ein gerissenes Weib sie ist«, tönte Sibylles schrille Stimme. »Selbst jetzt sträubt sie sich gegen ihr Schicksal. Was also wirst du befehlen, Johann, mein Fürst?« Die Worte hingen in der Luft, als wären sie mit dem Atem, der sie trug, in der Kälte gefroren.

Aliz stand völlig still. Sie ahnte, dass sich jede Regung ihres Gesichts in Tiles Gedächtnis einprägen würde. Dieses Bild sollte so wenig Grauen wie möglich haben.

»Hängt sie auf«, befand Sibylle mit einer Kälte in der Stimme, die zeigte, wie aufgebracht sie war.

Aliz blickte zum Himmel, wo schwarze Vögel ihre Kreise zogen. Schenckern war ein alter Mann. Obwohl sie mit ihm ging, ohne sich zu sträuben, hatte er Schwierigkeiten, sie auf die Kiste zu bekommen, die unter dem Baum stand, und ihr die Schlinge um ihren Kopf zu legen. Es gab einen Ruck, als er die Kiste beiseitetrat. Sie verlor den Boden unter den Füßen, das Seil drückte gegen ihre Kehle.

24. Kapitel

Rafael wartete vor dem Haus des Baders. Der Racheengel, wie er Apocalypsis spöttisch nannte, war vor wenigen Minuten dort hineingegangen, mit einer Wange, die auf die Größe eines Apfels angeschwollen war. Offensichtlich litt er an Zahnweh. *Dass er daran krepiere!*, dachte er. Warum war dieser Dreckskerl nur nach Frankfurt gekommen? Warum konnten die Menschen einander nicht einfach leben lassen? Die Taxis waren so reich, die hatten es doch gar nicht nötig, anderen was wegzunehmen.

Er schlang die Arme um die Brust, es war saukalt. An diesem Morgen hatte er beschlossen, seine letzten Grundsätze über Bord zu werfen. Moral war etwas für Leute, die sich jeden Tag den Bauch vollschlagen konnten, und dazu gehörte er nicht mehr. Er war zu einem armen Würstchen verkommen, mit einem Stoffpaket am Hintern, das klamm und blutig an seiner Haut klebte – da konnte man sich keine feinsinnigen Skrupel mehr leisten.

Was ist Moritz doch für ein Rindvieh, dachte er, während er bibbernd das Haus im Auge behielt. *Hast du dich verletzt?* Ja, hab ich, mein Bester. So etwas passiert mir übrigens jeden Monat, und zwar exakt einmal. Hat dir der Herrgott keine Augen geschenkt? Wächst mir irgendwo ein Bart? Hab ich eine tiefe Stimme? Der Kerl lief blind durchs Leben, und seine beschissenen Bemerkungen ... Ich heiße Rachel, warf er ... nein, warf *sie* ihm in ihrem imaginären Gespräch an den Kopf, und meinetwegen kannst du in die Hölle fahren.

Sie war ein Mädchen. Das hatte sie in den Monaten, seit man sie aus dem Haus geworfen hatte, beinahe schon selbst aus den Augen verloren. Ach was, scheiß drauf.

Rachel rieb ihre kalten Arme und blickte sich hastig um. Sie konnte es sich nicht leisten, unaufmerksam zu sein. Jüdin und ein Mädchen – besser konnte man es gar nicht treffen, wenn man auf den Hund kommen wollte. Da lauerten die Gefahren an jeder Ecke.

Eigentlich war sie schon immer ein Schatten gewesen, jemand, der versuchte, sich unsichtbar zu machen. Die erste sichere Erinnerung an ihre Kindheit war, dass ihr Vater sie ins Gesicht geschlagen hatte. Ein Säugling konnte sie damals nicht gewesen sein, so weit reichte die Erinnerung ja nicht, aber ein sehr, sehr kleines Mädchen. In der Küche hatte man sie getröstet. Der Vater hatte die Mutter geliebt, und dann war sie bei der Geburt gestorben. Nun grollte er dem Kind, das zu widerspenstig gewesen war, um sich ans Licht der Welt zwängen zu lassen. Rachel war ihm aus dem Weg gegangen, so gut es ging. Und manchmal hatte sie Angst gehabt, weil sie sich wünschte, dass er sterben würde. Gab es eine größere Sünde?

Als er tatsächlich gestorben war, im vorletzten Winter, hatte sie sich die Arme blutig gekratzt, weil sie meinte, die Schuld an seinem Tod zu tragen. Dann war ihr Onkel gekommen und hatte sie hinausgeworfen. Einfach so. Er hatte Gerüchte über ihre Herkunft verbreitet, die aber allesamt erfunden waren. Sie hatte ihm als Erbin im Weg gestanden, das war's. Am ungeheuerlichsten fand Rachel, dass niemand in der Gemeinde protestiert hatte. Jedenfalls nicht auf eine Art, die ihr geholfen hätte. Das war wie eine Faust ins Gesicht gewesen – die Erkenntnis, dass ihr ein böser Mensch einfach den Boden unten den Füßen wegziehen konnte und jedermann es hinnahm. War sie darüber verbittert und hart geworden? Ja, sagte sich Rachel, und deshalb hatte sie auch keine Skrupel bei dem, was sie nun tun würde.

Sie trat von einem Bein aufs andere, damit die Füße nicht erfroren. Aus dem Haus des Baders drang ein durchdringender Schrei. Dem Allmächtigen sei Dank – der Racheengel war von seiner Qual erlöst worden. Nun würde er hoffentlich endlich in die Gasse zurückkehren.

Als er das Haus verließ, war seine Wange immer noch angeschwollen, und in seinen Barthaaren klebte Blut. Aber er sah unübersehbar erleichtert aus. Der Bader hatte ihm offenbar den Zahn gezogen, und wenn nicht das, so hatte er doch Maßnahmen gegen den Zahnwurm ergriffen, der die Beschwerden verursachte.

Rachel folgte dem behäbigen Mann. Sie zauderte und zögerte, aber schließlich gab sie sich einen Ruck. Es hatte keinen Sinn zu grübeln, ob der leidende Engel sie erkennen würde. Er hatte sie im *Bären* nur kurz gesehen, und dazu in Weiberkleidern. Darauf musste sie setzen. Er würde sie kaum mit dem Mädchen in Verbindung bringen, das den Tisch in der Gaststube umgestoßen und mit der kleinen Anni abgehauen war.

»Verzeiht, gnädiger Herr …« Sie zupfte an seinem Ärmel und bemühte sich um ein vertrauenerweckendes Lächeln, von dem sie sicher war, dass es ihr nicht gelang. »Wie ich hörte, seid Ihr auf der Suche nach jemandem.«

»Ah ja?« Der Mann trottete weiter, die eine Hand an der Wange, die andere jetzt am Gürtel, wo sein Geldbeutel hing.

»Hab ich nur so aufgeschnappt. Ich bin einer, der viel mitkriegt, was so passiert in der Stadt. Und auch außerhalb der Stadt«, murmelte Rachel bedeutungsschwer. »Damit will ich sagen, dass ich immer die Ohren aufgestellt hab.«

»Ah ja?«

»Genau, und … nun, letztens hab ich säuseln hören, dass jemand gekommen ist, der ein paar Halunken auf den Zahn fühlen will. Ihr nämlich.« Als der Mann schwieg, nahm Rachel allen Mut zusammen und brachte die entscheidenden beiden Wörter über die Lippen. »Illegale Postreiter.«

Einen Moment sah es so aus, als wäre ihr Bemühen vergebens gewesen. Der Mann ging unbeeindruckt weiter. Aber nachdem er in einen Haufen Scheiße getreten war und geflucht und den Schuh notdürftig an einem Mäuerchen gesäubert hatte, wandte er sich ihr zu. »Wie heißt du, Junge?«

»Roland«, nannte sie den erstbesten Namen, der ihr in den Kopf kam, und prägte ihn sich gleichzeitig an. *Ro* wie *rollen*, *Land* wie *Heimat*. Sich die eigenen Lügen zu merken war ein überlebenswichtiger Reflex geworden.

»Du hast also etwas gehört, Roland. Und jetzt willst du es mir sagen. Für Gottes Lohn, nehme ich an.«

»Für Gottes Lohn und ein paar Gulden«, sagte Rachel, und einen Augenblick bedauerte sie, dass sie den Kerl betrügen wollte, der trotz ihrer Frechheit ein Lächeln für sie übrig hatte. Aber es half ja nichts.

Der Racheengel spuckte Blut in den Schneematsch. »Illegale Postreiter also?«

Rachel nickte. Zum Glück hakte der Mann nicht nach, woher sie ihre Informationen hatte. Vielleicht hatte er bereits mehrere Leute wegen der Postreiter angesprochen und nahm an, dass einer von ihnen ihr die Sache gesteckt hatte.

»Wo hat sich der Bengel denn versteckt?«

»Pardon?«

»Der Bursche aus Wöllstein. Moritz Granius. Ich dachte, der ist es, über den wir reden.«

Rachel überlegte sich ihre Worte jetzt genau. »Ja, dieser Name ist auch gefallen, da habt Ihr recht. Aber die Chose ist größer, da ist nicht nur einer beteiligt. Man munkelt, dass es mehrere Poststationen gibt und jede Menge Reiter und ein paar Leute, die das alles organisieren. Nur werden solche Geheimnisse nicht vor jedermann ausgebreitet. War ein reines Glück, dass ich gerade zur Stelle war, als sie darüber geredet haben.«

»Und wie genau willst du dir deinen Gulden verdienen?«

»Es gibt schon Möglichkeiten für unsereins. Man muss sich einschleichen, sich anfreunden, vielleicht eine Runde springen lassen …« Bei diesen Worten schaute sie nachdrücklich auf den Geldbeutel, der immer noch unter der Hand des triefäugigen Mannes verborgen war. »Und dann fängt man an, ihnen die Würmer aus der Nase zu ziehen. Aber nur ganz langsam. Es würde also eine längere Geschichte werden.«

»Was für dich ja auch profitabler wäre.«

»So ist es, Herr.«

Der Racheengel lachte und gab ihr einen scherzhaften Klaps auf den Hinterkopf. Dann griff er in seinen Beutel und klaubte tatsächlich einige Münzen heraus. Keine Gulden, nur Pfennige, aber das war ja auch nicht anders zu erwarten gewesen. »Ich habe mich im *Bären* niedergelassen, Robert, dort kannst du mich finden, und dann werden wir sehen, was deine Nachrichten taugen.«

»Ich heiße Roland. Und ich werde kommen, Herr«, sagte Rachel und verschwand mit raschen Schritten in der Menge.

Die Pfennige reichten für ein kleines Brot, das sie beim nächstbesten Bäckermeister kaufte. Gierig stopfte sie sich einen Teil davon in den Mund. Hunger tat weh. Als die Bauchschmerzen nachließen, bescherte ihr das ein so grandioses Glücksgefühl, dass sie die ganze Welt hätte umarmen können. Die gefrorene Gosse wirkte plötzlich, als wäre sie mit Diamanten gespickt. In bester Stimmung machte sie sich auf den Weg zur Töngesgasse, wo sie den Rest der Mahlzeit mit Moritz und Anni teilen wollte.

Aber als sie sich der Straße näherte, hörte sie plötzlich einen ungewöhnlichen Lärm – jene besondere Art von Geschrei, das Unheil ankündigt. Ihr Hochgefühl erlosch. Vorsichtig lugte sie um die Ecke. Eine Menschenmenge hatte sich um jemanden zusammengerottet. Rohes Gelächter scholl die Gasse hinauf. Rachel wechselte instinktiv an den Rand der Gasse.

Das Bild, das sich ihr bot, als sie näher kam, bestätigte ihre Befürchtungen. Einige Büttel hatten sich vor dem Haus von Fettmilch versammelt und prügelten, angefeuert von den Passanten, auf einen Menschen ein. Rachel verschmolz mit der Säule eines Arkadenvorbaus. Sie riss die Augen auf, konnte aber zwischen den Rücken wenig erkennen – die Menschen standen zu dicht. Dann entdeckte sie Anni, die sich auf Fettmilchs Treppe gesetzt hatte, die Hände auf die Ohren gepresst und das Gesicht gegen die Knie gedrückt.

Die Menge teilte sich, und es war, wie Rachel befürchtet hatte: Moritz wurde mit zerschundenem Gesicht und hinkend von den Bütteln die Straße hinuntergezerrt. Sein Hemd war zerrissen, das Fleisch, das darunter hervorblitzte, blutig, die Lippe war eingerissen und schwoll mit jedem Schritt an. Ein Bettler versetzte ihm einen Tritt, der ihn nur deshalb nicht in den Schneematsch beförderte, weil die Büttel ihn fest umklammerten.

Rachels Augen füllten sich mit Tränen. Sie hatte Moritz erzählen wollen, dass sie sich in Apocalypsis' Vertrauen geschlichen hatte und dass sie ihren Gegner von nun an mit falschen Informationen überschütten wollte, so dass ihre wirklichen Poststationen unentdeckt blieben und sie weiter Geld verdienen könnten. Dass der Mann sicher bald aufgeben würde, wenn sie nur durchhielten. Dass sie dann jede Menge Geld verdienen und wohlhabend werden könnten …

Das war ihr Plan gewesen, der sie mit Stolz erfüllt hatte. Nun war nichts davon mehr wichtig.

»Ab mit ihm zum Brickegickel – lasst ihn Mainwasser saufen, bis es ihm zu den Ohren rauskommt, dem verfluchten Aufrührer!«, brüllte jemand, dessen Biberpelzmantel ihn als mächtigen Mann auswies.

Das war es also. Man hatte Moritz nicht festgenommen, weil die heimliche Poststrecke aufgeflogen war, sondern wegen der Nacht, in der er mit den Zünftlern zum Römer marschiert war. Die Limpurger hatten nach dem vaterlosen Gabriel ein zweites Opfer gefunden, das man büßen lassen konnte, ohne mit den mächtigen Zünften einen offenen Krieg beginnen zu müssen. Fettmilchs Gesellen.

Moritz hob den Kopf, als er die Säule passierte. Spürte er Rachels Gegenwart? Er schaute sie an, seine grünen Augen blickten trübe. Um sie nicht zu gefährden, wandte er den Kopf sofort wieder ab. Er lächelte, wohl um ihr Mut zu machen.

Scheiß auf Mut. Er konnte sie nicht täuschen. In einer der Nächte auf den Dächern des Römers hatte er ihr erzählt, wie er von den Häschern der Taxis gepackt und wie man ihm in Alzey im Metzgerturm die Finger gequetscht hatte. Er wusste, was ihn nun erwartete. Dass es blutig und hässlich werden würde.

25. Kapitel

Das Seil drückte gegen Aliz' Kehle, die Schmerzen waren ungeheuerlich, sie konnte nicht mehr atmen. Der Druck in ihrem Kopf stieg, es war, als würde er platzen, während ihr Körper sie zugleich schwer in Richtung Erde zog. Die winterliche Welt mit dem Haus, den Bäumen und dem Himmel verschwamm. Und durch alles drang der Schrei ihres Kindes – ein Geräusch, das ihr den Magen umdrehte.

Sie begann zu zappeln, ihr Lebenswille und ihre Angst ließen sich nicht mehr bändigen. Sie hatte nicht erwartet, das es etwas nützen würde, doch plötzlich gab der Strick, an dem sie hing, nach, sie fiel.

Der Aufprall war nicht der Rede wert – die Erleichterung, wieder atmen zu können, wog alles auf. Aber sie begann zu rutschen. Erst sachte, mit Schenckern im Blick, der losstürzte, um sie zu halten, dann immer schneller. Sie kippte über einen Rand, und über ihr spannte sich der weiße Himmel. Es wurde kein ungebremster Fall, immer wieder schlug sie auf Klippen oder schneebedeckte Hänge auf. Ohne Fesseln hätte sie vielleicht sogar Halt finden können. Aber so ließ der Schnee sie weitergleiten, bis sie benommen und voller Schmerzen zwischen Ästen und Zweigen hing. Sattgrüne Blätter hingen vor ihren Augen, dazwischen rote Beeren und unter ihr, zum Greifen nah, ein schneebedeckter Weg.

Aliz hörte aus der Ferne die Stimme Schenckerns. Als sie

sich bewegte, stürzte sie einige Zentimeter tiefer und schlug mit dem Kopf auf dem Boden auf. Dabei schnürte das Seil wieder ihren Hals zusammen. Sie verschaffte sich mit den Fingern Luft. Angstvoll blickte sie nach oben, wo der Marschall der Hexe immer noch zeterte. Das Schicksal hatte ihr die Hand gereicht, aber nun musste sie so rasch wie möglich fort von hier. Wohin hatte Sibylle die Jäger geschickt, als sie ihre Gefangene ermorden wollte? Wie rasch wären sie alarmiert? Oder würde Schenckern geritten kommen, um sein Werk zu vollenden?

Aliz versuchte auf die Beine zu kommen, gab es aber sofort wieder auf. Ihr Arm tat furchtbar weh, es war, als führe ein Messer hindurch, sobald sie sich bewegte. Sie schloss die Augen. Was tun … was tun …?

Plötzlich ruckelte jemand an ihr. Aleekes schwarzes Gesicht schwebte über ihr, er strahlte sie mit breitem Lächeln an. »Ihr solltet einen Fetzen des Kleides hinauswerfen, nicht das ganze Kleid zusammen mit Euch selbst«, witzelte er. Es tat furchtbar weh, als er sie auf seine Arme hievte.

»Gib sie mir«, sagte Anderrath. Er saß auf einem Pferd, nur wenige Schritt entfernt. Vorsichtig zog er sie vor sich. »Rasch! Sie werden bald hier sein.«

Es tat gut, seinen Körper zu fühlen, als sie losritten. Sie spürte seinen Herzschlag und hörte ihn gelegentlich etwas sagen. Irgendwann schlief sie vor Erschöpfung ein.

Sie erreichten eine Hütte, die an einem verlassenen Steinbruch stand – es war ein Gemälde in Schwarz und Weiß, still, kalt, von melancholischer Schönheit. Und vor allem sicher. Weit und breit gab es keine Menschenseele, und da es wieder schneite, würde der Schnee die Hufspuren bald verbergen. Wärme, Schlaf, keine Angst mehr haben … Am Ende schrumpften die Bedürfnisse auf das Geringste zusammen.

Die Hütte diente wohl den Arbeitern im Sommer als Unterschlupf. Drinnen befand sich ein gemauerter Ofen, in der Ecke stand ein Korb mit Rohwolle, auf der eine Holzspindel mit einem dicken, blauen Wirtel lag. Spannen Steinbrecher Wolle, wenn die Sonne unterging? Rätselhaft. Unwichtig. An den Wänden lagen mehrere mit Stroh gefüllte Matratzen. Aliz ließ sich vorsichtig auf einer davon nieder. Ihr Arm war gebrochen, sie brauchte kein Medikus zu sein, um das zu begreifen.

Aleeke nahm einen Sack von der Schulter und füllte einen Becher mit einem Sud, der bitter schmeckte, aber den Durst löschte und nach kurzer Zeit auch die Schmerzen erträglicher machte. Anderrath kramte aus einer Bretterkiste ein Beil hervor. Er setzte sich auf einen Schemel – sein Bein musste ihn wirklich plagen – und zerlegte einen zweiten Schemel, bis er ein längliches Stück Holz herausgearbeitet hatte. Er benutzte es, um Aliz' Arm zu stabilisieren. Dann gab Aleeke ihr erneut von seinem bitteren Trank. Es wurde dunkler, sein Gesicht verschmolz mit den Wänden. Und plötzlich wandelte sie unter einer frühlingshaften Sonne, von Blumendüften umgeben, elegante französische Weisen im Ohr, die sie mit Lautenklang und einer warmen männlichen Stimme umschmeichelten. Nur gelegentlich hörte sie das Weinen eines Jungens, das sie beunruhigte.

»Was wird sie mit Tile machen?«

»Hm?« Anderrath hob den Kopf. Er hatte am Tisch sitzend geschlafen. Langsam stand er auf, reckte sich, um die verspannten Muskeln zu lockern, und humpelte mit einer Grimasse ins Freie, wo er einen Krug mit Regenwasser füllte. »Ihr auch?«, fragte er, als er zurückkehrte, und goss Wasser in einen Becher. Aleeke lag auf einer der anderen Matratzen und schnarchte. Die Pferde standen mit gesenkten Köpfen in einer Ecke.

»Ist es Morgen?«

Anderrath schaute zur Tür, die er hatte offen stehen lassen. »Vormittag.«

»Wie lange sind wir hier?«

»Seit zwei Tagen. Es hat einen Schneesturm gegeben.«

Davon hatte sie nichts mitbekommen. »Was wird Sibylle mit Tile machen?«

»Da sie Euch umbringen wollte …«

»Ihr habt das gesehen?«

»Aus der Ferne, ja. Ein holländischer Brillenmacher hat ein Rohr erfunden, durch das man Dinge vergrößern … Das interessiert Euch nicht, schon gut. Wenn Sibylle glaubte, sich Eurer entledigen zu können, dann wird sie Grund zu der Annahme haben, dass die maßgeblichen Leute Tile auch ohne Eure Mitwirkung als Sohn des Herzogs anerkennen werden. Vielleicht hat sie jemanden bestochen, der seine Herkunft bezeugt. Besser ein williger Lügner als eine widerspenstige … Ihr wisst schon.«

»Was kann ich tun?«

Er wandte den Blick ab wie jemand, dem ein Thema unangenehm ist, und murmelte: »Wir werden uns um Tile kümmern, sobald es möglich ist. Ihm droht ja keine unmittelbare Gefahr.«

Vielleicht waren es die vielen Lügen, die sie ihr Lebtag begleitet hatten, aber Aliz meinte einen falschen Klang in seiner Stimme zu hören. Warum sagte er nicht einfach, dass Tile ihn nichts angehe, wenn die Sache ihm lästig war? Dass man den Jungen ziehen lassen müsse … dass es nicht das schlimmste Los für einen Menschen sei, wenn er zum Herzog gekürt würde … Nein, da war noch etwas anderes, er verschwieg ihr etwas. »Was ist los?« Alles, was schrecklich sein könnte, flog ihr als Fantasie durch den Kopf. So viel gab es ja gar nicht. »Moritz«, flüsterte sie.

Er setzte sich wieder auf seinen Schemel. Und dann erfuhr sie, dass Anderrath einen Mann nach Frankfurt gesandt hatte, um herauszufinden, wie es um Moritz und Anni stand. »Ihr sagtet ja, dass der Junge krank ist.« Sein Bote war vor wenigen Tagen nach Günzburg zurückgekommen. Mit schlimmer Nachricht. Offenbar war Moritz verhaftet worden. »Mein Sohn hat es geschafft, sich gründlich in den Dreck zu reiten, so wie es aussieht«, stellte Anderrath fest. Inzwischen wusste sie, dass seine kühle, emotionslose Stimme eine Angewohnheit war, vielleicht aus der Galeerenzeit, die nichts mit seinem Seelenleben, mit seinen wahren Gefühlen zu tun hatte. Ängstlich fragte sie nach Anni und Rafael.

Über Anni hatte Anderraths Mann nichts herausfinden können. Und wer bitte war Rafael?

Aliz erklärte es. Ein jüdischer Junge, dem ein schlimmes Schicksal widerfahren war. »Ein jüdisches Mädchen, in Wirklichkeit«, sagte sie. Das war nicht schwer zu erkennen gewesen. Die Brüste waren flach, das Gesicht spitz, aber alles an ihr versprühte Weiblichkeit. Vor allem, dachte Aliz, verraten sie die hungrigen Blicke, mit denen sie Moritz verfolgt. Sie war verliebt, sie litt daran, dass er ihre Liebe nicht erwiderte. Zu welchen Verrücktheiten würde sie sich hinreißen lassen, um Moritz zu helfen? Gab es überhaupt noch etwas zu helfen? O heiliger Gott, und wenn sie ihn marterten, gerade jetzt, während sie hier nutzlos herumlag?

Sie quälte sich aus dem Bett und begann, während sie den lädierten linken Arm stützte, mit den Füßen nach ihren Schuhen zu suchen. Es kostete sie keine große Überredungskunst, die beiden Männer auf die Pferde zu scheuchen.

Sie brauchten zwei Tage bis Frankfurt. Am Nachmittag erreichten sie Sachsenhausen und überquerten die Mainbrücke. Aliz' Arm schmerzte zum Erbarmen. Sie nahm es als Strafe. Sie hatte keines ihrer Kinder schützen können. Im Gegenteil, sie selbst war es gewesen, die sie ins Unglück gestürzt hatte. Wenn sie damals, vor Jahren, Marthe nicht in einer sentimentalen Anwandlung den Brief geschrieben hätte, dann hätte man sie und ihre Söhne niemals gefunden. Ihr Leichtsinn war schuld an dem, was Moritz, Tile und vielleicht auch der armen Anni gerade geschah.

Sie erreichten die Herberge in der Töngesgasse, in der ihre Kinder zuletzt genächtigt hatten. Dort erfuhren sie, dass Anni und Rafael ausgezogen waren. Der Wirt, der schon zu früher Zeit betrunken war, wollte angeblich ausstehende Mietschulden kassieren. Anderrath wurde eisig, und da ließ er sie brummend stehen.

Ein Besuch bei Meister Fettmilch half ihnen auch nicht weiter. Er wusste offensichtlich Bescheid. Einen Moment schien er beschämt, als Aliz ihn fragte, wie es Moritz im Kerker erginge. Dann begann er ihren Sohn zu verfluchen, weil er seiner Tochter nachgestiegen sei und sie, berechnend und heimtückisch, beinahe ins Unglück gestürzt hätte. »Eingeschmeichelt hat er sich, der elende Hund, um mich danach im Stich zu lassen.« Aliz legte Anderrath die Hand auf den Arm. Es lohnte nicht, die Kräfte in nutzlosen Schlachten zu vergeuden. Wie rasch die Sonne sank. In welchem Zustand mochte Moritz sich befinden? In ihrem Kopf reihten sich Bilder von zerquetschten Gliedern und zerrissenen Sehnen aneinander, begleitet von Stöhnen und herzzerreißenden Schreien.

Aleeke wartete draußen mit ihren Pferden. Anderrath hielt mit erbitterter Miene vor seinem inne und versuchte abzuschätzen, ob er noch in den Sattel käme. Sein Bein war seine Schwachstelle, Aliz hatte begriffen, dass dieser Körperteil ihn schmerzte, auch wenn er es meist verbergen konnte. Mit zusammengebissenen Zähnen hievte er sich aufs Pferd.

»Und nun?«, fragte Aleeke.

Aliz blickte die Straße hinab. Sie konnten nicht den Kerker von Frankfurt stürmen, so viel war klar. Es hätte wohl auch keinen Sinn, an den Rat zu appellieren. Moritz hatte ja getan, weswegen man ihn anklagte. Sie konnten ihn nicht einmal besuchen, ohne in Gefahr zu geraten, selbst unter Beobachtung zu geraten. Sie konnten gar nichts tun. Von den Birghden kam ihr in den Sinn. Würde er ihnen helfen? Nein. Moritz saß ein, weil er bei einer der Unruhen mitgemacht hatte, die der Mann so verabscheute. Vielleicht hatte er ihn gar selbst verraten. Ach, und Anni – wo steckte ihr Mädchen?

»Vielleicht lässt sich jemand bestechen«, murmelte Anderrath. Viel Hoffnung klang nicht aus seiner Stimme.

Wohin wäre sie selbst gegangen, wenn sie ein junges Mädchen ohne Beistand wäre? Aliz grübelte. Ihr fiel nur ein einziger Ort ein.

Rafael hatte an einem ihrer gemeinsam verbrachten Abende von dem Zeidler erzählt, den Moritz mit Lebkuchen bestach, damit er den Buckler fütterte. Der Zeidler lebte um diese Jahreszeit sicher nicht mehr in seiner Hütte – dafür könnte sie anderen Bedürftigen einen Unterschlupf bieten. Es wäre ein idealer Platz, sich zu verkriechen. Die Sonne stand tief, als Aliz mit ihren beiden Begleitern die Stadt verließ. Sie mussten suchen, ehe sie die Bienenweide fanden, und als sie dort ankamen, war es bereits fast dunkel. Aber ihre Stimmung hob sich: Hinter dem einzigen Fenster des rohen Holzgebäudes flackerte Licht.

Ihre Erleichterung war riesig, als sie die Tür aufstießen und Anni und Rafael fröstelnd an einem Feuer sitzend fanden, das die beiden in einer Kuhle des Hüttenbodens entzündet hatten. Einige Tränen mussten getrocknet werden.

Was die beiden dann erzählten, war verstörend. Moritz befand sich im Gefängnis an der Katharinenpforte. Sie hatten dem Lochmeister alles Geld gegeben, das sie noch besaßen, damit er ihn mit Essen versorgte. Rafael hatte schmale Lippen, als er – als sie – es sagte. Wann wären die Gefängnisaufseher je für Anständigkeit bekannt gewesen? Die Mädchen selbst jagten Hasen und Eichhörnchen, um zu überleben. Außerdem hatten sie verworren klingende Pläne geschmiedet. Wenn Moritz verurteilt würde, wollten sie zum Brickegickel gehen und den Scharfrichter beiseitestoßen und Moritz befreien, um dann mit Hilfe des Bucklers davonzustürmen.

»Und die Büttel bohren in der Nase? Und das Volk klatscht Beifall, weil es ein Herz für Aufrührer hat?«, fragte Anderrath.

Anni brach in Tränen aus, Rafael blickte wütend.

»Ist denn schon etwas bekannt, wann man ihn …« Das Wort *hinrichten* brachte Aliz nicht über die Lippen.

Rafael schüttelte den Kopf.

»Man kann keinen Menschen während einer Hinrichtung retten – nicht in einer Stadt wie dieser, nicht auf einer Brücke, die leicht blockiert werden kann, und nicht, wenn ein Exempel unter der Beteiligung der Bevölkerung stattfinden soll, also alles von Menschen überquillt, von denen die Hälfte bewaffnet und aufmerksam ist«, sagte Anderrath nüchtern und hatte recht damit. Er schlug vor, jemandem aus dem Rat Geld zu bieten, aber Aliz schüttelte den Kopf. Sie müssten ja nicht nur *einen* Menschen bestechen, um Moritz zu retten. Der ganze Rat wollte ihn im Main ertränken.

Bedrückt gingen sie schlafen. Doch Aliz tat kein Auge zu, und der Stille nach zu urteilen, die in der kalten Hütte herrschte, fanden auch die anderen keinen Schlaf. Ihre Gedanken kreisten um ihre Söhne. Moritz, den man hinrichten wollte … Tile, der Herzog werden sollte … Den einen würde man töten, der andere würde im Zentrum von Intrigen stehen und erst benutzt und dann verraten werden. Würde Tile wie sein Vater enden? Niemand würde ihm die Ruhe geben, die er brauchte, um bei gesundem Verstand zu bleiben, so viel war klar. Und den armen Moritz würden sie sicher quälen, ehe sie ihn zum Brickegickel brachten.

Tile und Moritz … Irgendwann begannen sich die Schicksale der beiden in ihrem müden Kopf zu vermengen. Sie schlief ein und schreckte wieder hoch. Und in einer der wachen Phasen kristallisierte sich plötzlich ein Gedanke aus ihren Sorgen. Was, wenn man die Schicksale ihrer Söhne miteinander verknüpfte?

Sie stand auf und fachte unbeholfen mit der gesunden Hand die Glut des Feuers an, der Raum wurde wieder heller. Die anderen setzten sich auf. Es hatte tatsächlich niemand geschlafen. Sie erklärte, was ihr durch den Kopf ging. Schweigen schlug ihr entgegen. Die Mädchen verstanden nicht, wovon sie redete, Anderrath begann es zu ahnen. Er starrte sie an. Gab sie gerade das eine Kind für das andere preis? Hatte sie das wirklich vorgeschlagen? Mein armer Tile, mein armer Junge, dachte Aliz. Sie presste die Faust gegen die Schläfe.

»Noch einmal ganz langsam«, sagte Anderrath. »Was meint Ihr mit einem Verbündeten?«

Sie erklärte es ihm.

Herzog Philipp Ludwig von Pfalz-Neuburg hielt sich in Würzburg auf. Das waren etwa zwanzig Meilen zu reiten. »Wir müssen vor allem rasch sein«, meinte Anderrath. Wie hatte er den Aufenthaltsort des Herzogs in Erfahrung gebracht? Aliz wusste es nicht. Er war durch Frankfurt gestreift, hatte Männer aufgesucht, mit denen ihn Geschäfte verbanden, wie er sagte, und war dann zur Bienenweide zurückgekehrt. Sie ritten los. Die Mädchen ließen sie bei Aleeke zurück.

Rafael hatte ihnen versichert, dass in den folgenden Tagen

keine Hinrichtung stattfinden würde. So etwas wurde mit einem Anschlag am Römer bekannt gemacht, und noch stand dort nichts vom Ende des Bäckergesellen Moritz Granius. Aber konnte man sich darauf verlassen? Und selbst, wenn: Was wussten sie schon, was man zuvor noch mit ihm anstellte? Was man ihm vielleicht schon angetan hatte? Aliz ritt wie mit einem Stachel im Kreuz.

In Würzburg angekommen, sandte Anderrath ein Billett an Herzog Philipp, in dem er Grüße von Sibylle, der Markgräfin von Burgau, ausrichtete und geheimnisvoll auf eine Nachricht verwies, die zu delikat und wichtig sei, um sie anders als durch einen persönlichen Boten zu übermitteln. Der Name der Markgräfin hatte Gewicht. Sie war schon alt, aber der Herzog noch älter, beide gehörten derselben Generation an und waren zudem miteinander verschwägert. Zweifellos wusste er über Sibylles Intrigen in früheren Jahren Bescheid. Ihre Anklagen gegen Jakobe, die sie selbst zur Herrscherin über Jülich-Kleve-Berg machen sollten, waren ja bis zum Kaiser und zum Papst getragen worden, und die Gerüchte, die sie über ihre Schwägerin in die Welt setzte, hatten das gesamte Reich schockiert.

Tatsächlich meldete sich schon wenige Stunden nachdem sie das Billett abgegeben hatten, ein Diener bei ihnen und forderte sie auf, ihn zu begleiten. Eine Sänfte brachte sie zu der Stadtvilla, in der Herzog Philipp gerade residierte.

»Delikat und wichtig«, murmelte Aliz, als sie sich von Anderrath aus der Sänfte helfen ließ. In ihrem Kopf herrschte ein unangenehmer Druck. Sie war erschöpft und übermüdet. Ihr Blick glitt über die Residenz, die mehr einem Schlösschen als einer Villa glich. Allein der Park, der es umgab ... Weitläufige Rasenflächen, alte Bäume und Büsche, die unter Schneehauben verschwunden waren. Glücklicherweise hatte Anderrath ihr über die Herbergswirtin ein Kleid besorgen lassen. Sie wandelte in echter Seide und trug einen Mantel aus rötlichem Fuchspelz, dessen linke Seite sie lose über den malträtierten Arm geworfen hatte. Auch Anderrath hatte sich in Schale geworfen. Sein umgeschlagener Kragen war mit Stickereien verziert, der Schnitt von Wams und Hose entsprach der neuesten Mode. Zum ersten Mal erinnerte er sie wieder an den jungen Adligen, der Jakobe den Kopf verdreht hatte.

»Alles gut?«, flüsterte er. Er reichte ihr die Hand, um ihr die Treppe hinaufzuhelfen. Die Narbe in seinem Gesicht verzog sich, als er ihr zuzwinkerte. Die Sonne schien auf sein Gesicht und ließ die silbernen Strähnen in seinem krausen Haar aufleuchten. Vielleicht war das der Moment, in dem sie erkannte, dass sie begonnen hatte, sich in ihn zu verlieben. »Oh mon dieu«, murmelte sie.

»Bitte?«

»Nichts.«

Herzog Philipp empfing sie mit einem Kind auf dem Schoß. Bei ihrem Eintritt ritt es gerade mit kleinen Juchzern auf seinem Knie. Der Herzog lachte. Beide hatten die gleichen dunklen Augen und die gleichen breiten Lippen, nur dass Letztere bei dem Herzog halb unter einem gebogenen Schnauzbart verschwanden. Der Junge musste sein Enkel sein. Vielleicht auch ein spätes Bastardkind. Philipp ignorierte seine Besucher eine Weile, ein Verhalten, das Aliz, der die Zeitnot wie eine Klammer ums Herz saß, rasend machte. Aber was half es?

Schließlich ließ er den Jungen zu Boden gleiten und musterte sie und Anderrath. »Ihr habt mir eine sonderbare Nachricht zukommen lassen. Wer seid Ihr?«

Anderrath verbeugte sich, wie er es bereits beim Eintritt getan hatte, und nannte den Namen, den er für sich ausgedacht hatte, und dann den von Aliz – d'Antigny, ihren Mädchennamen. Er hatte eine französische Baronin aus ihr gemacht, was ja den Tatsachen nahe kam, und erklärte, dass Aliz der Herzogin Jakobe am Hof von Jülich gedient habe, was ebenfalls stimmte.

»Aha.« Der Herzog zog einen hölzernen Ritter aus einer Tasche, der den Jungen in erneuten Jubel ausbrechen ließ. »Und was habt Ihr mir zu sagen?«

»Es geht um das Jülich-Klevische Erbe.«

Philipp nickte. In diesem Moment merkte man ihm sein Alter an. Er brauchte Zeit, um mit Anderraths Satz etwas anfangen zu können. Das Wort Erbe verhieß Möglichkeiten, aber auch Scherereien. Er seufzte. Aber dann winkte er doch einer Amme, die am Fenster stand, übergab ihr den Knaben und schickte beide hinaus. Das Holzpferd fiel zu Boden, als der Junge protestierend zu zappeln begann. Der Herzog schloss die Tür hinter den beiden, und das Zetern verklang.

»Worauf genau wollt Ihr heraus, Herr …?«

Anderrath nannte noch einmal seinen falschen Namen. Dann begann er mit leiser Stimme zu sprechen. Von Jakobes mysteriösem Tod, von Johann Wilhelms tragischem Ende ohne Nachkommen, wodurch das Haus Jülich-Kleve-Berg zum Zankapfel zwischen den möglichen Erben geworden war. Vom kaiserlichen Kommissar, der sich bemüht hatte, die Stände und Räte zu einer gemeinsamen Regierung unter der Aufsicht Kaiser Rudolfs zu bewegen. Von der Protestantischen Union, die sich in den Konflikt einmischte, von der Belagerung Jülichs und der Kapitulation der Stadt. Von den Verbündeten, die die Herrscher in Spanien, England und Oranien zu mobilisieren versuchten … Das alles wusste Philipp natürlich selbst und viel besser, denn er hatte ja als Schwager des wahnsinnigen Herzogs und als einer der möglichen Anwärter auf dessen Erbe mit im Zentrum der Auseinandersetzungen gestanden. Trotzdem lauschte er aufmerksam. »Das alles ist sehr interessant. Nur verstehe ich nicht …«

»Was, wenn Johann Wilhelm entgegen allen Annahmen doch einen Sohn gezeugt hätte?«

Der Herzog, der sich gerade mühsam aus seinem Sessel hochwuchten wollte, ließ sich zurück in die Polster sinken. »Wie bitte?«

»Wenn es einen Erben gäbe, der, was die Ähnlichkeit angeht, dem Herzog so exakt aus dem Gesicht geschnitten ist, wie beispielsweise dieser Knabe eben eine Ähnlichkeit …«

»Lassen wir das Kind«, meinte der Herzog unangenehm berührt.

»Und wenn es für die fürstliche Abstammung des Jungen, von dem ich rede, vertrauenswürdige Zeugen gäbe.«

Nun hielt es den Herzog nicht mehr im Sessel. Er ließ sich von Anderrath aufhelfen und wanderte durch das Zimmer, dachte nach, versuchte zu begreifen. Schließlich blieb er vor seinem Besucher stehen. »Würdet Ihr ein wenig genauer werden?«

»Ich habe Kenntnis, dass Sibylle die Absicht hegt, eben diesen Jungen ins Spiel zu bringen, um als seine Tante eigene Ansprüche auf den Thron von Jülich zu erheben.«

»Durch ein illegitimes Kind?«

»Durch das einzige Kind des Herzogs.«

»Hatte Johann Wilhelm ihn denn anerkannt? Sonst wäre ihr Wünschen vergebens.«

»Sibylle würde es behaupten. Und sicher Zeugen aufbieten, die es bestätigen.«

»Da Ihr von einem Knaben sprecht: Wie alt ist er denn?«

»Fünfzehn Jahre.«

»Also fast schon ein Mann. Aber doch noch jung. Der Wahnsinn des Fürsten muss bereits ausgebrochen sein, als er ihn zeugte.«

»Ja, aber spielt das eine Rolle? Er ist sein Sohn.«

»Ist der Junge ebenfalls …?«

Anderrath mied Aliz' Blick. »Es gibt Hinweise.«

Das stimmt nicht. Er ist leicht aus dem Gleichgewicht zu bringen, er ist ein bisschen jähzornig, er weint oft … aber das ist doch nicht … Ich bin seine Mutter, dachte Aliz, während Wut und Verzweiflung ihr den Magen umstülpten, vielleicht ist das Unglück längst geschehen, und ich habe es nur nicht wahrhaben wollen.

»Was ist Euer Vorschlag, Herr …?«

Anderrath wiederholte seinen falschen Namen zum dritten Mal mit stoischer Ruhe. »Ich könnte dafür sorgen, dass dieses Kind verschwindet.«

»Ich verstehe nicht.«

»Nun«, sagte Anderrath, »es heißt, Ihr seid ein Mann des Friedens, Herzog. Das ist der Grund, warum wir hier sind. Sibylle würde die gesamte Region mit Krieg überziehen, wenn sie das Kind in die Hände bekäme, denn natürlich würde sich Widerstand gegen ihre Ansprüche regen. Brennende Städte, Mord, Intrigen und Unglück. Ich möchte Euch anbieten, diese Katastrophen zu verhindern.«

»Aber …«

»Und ich möchte Euch im Gegenzug darum bitten, einen jungen Mann zu retten.«

»Es gibt einen weiteren Knaben?«

»Niemanden, der für die Öffentlichkeit von Belang ist. Ein Bursche, der wegen einer Nacht, in der er betrunken den Frankfurter Rat beleidigt hat, hingerichtet werden soll. Ich möchte, dass Ihr Euren Einfluss geltend macht und dafür sorgt, dass er begnadigt wird.«

Philipp hob die Hände, es wurde ihm zu viel, Aliz kannte die Geste von ihrem Onkel Jean. Man musste den Mann beruhigen. »Es geht um einen einzigen Brief. Eine Anweisung an den Frankfurter Rat, dass sie den jungen Mann, von dem wir reden, in die Freiheit entlassen sollen«, erklärte sie. »Man wird es tun, er ist, wie gesagt, nicht sonderlich wichtig.«

»Und dann würde das Kind, das möglicherweise der Erbe meines Schwagers ist ...« Zum ersten Mal musterte der Herzog sie genauer. Sein Blick blieb an ihrem Arm hängen, als könnte er ihm Hinweise auf ihre Beweggründe geben. Schließlich fragte er: »Wollt Ihr ihn töten?«

»Aber nein. Es würde ein Leben ohne Aufregungen führen und bis ans Ende seiner Tage unauffindbar sein.«

»Warum sollte ich nicht darauf bestehen, dass Ihr ihn mir übergebt?«

Anderrath zögerte. *Das kann ich nicht, weil er sich bereits in Sibylles Händen befindet und ich es auch nicht will* – das wäre die ehrliche Antwort gewesen, die er aber keinesfalls geben dürfte.

Aliz ging zu dem Holzpferdchen. Sie hob das Spielzeug auf und hielt es dem Herzog hin. »Wir werden vor Gott stehen, in nicht allzu langer Zeit. Der junge Mann, um den es geht, ist vom Schicksal hart getroffen. Trotz seiner fünfzehn Jahre ist er ein Kind geblieben. Glaubt Ihr nicht, dass Gott uns, wenn wir vor ihm stehen, zuerst nach den Kindern fragen wird? *Was Ihr getan habt einem dieser Kleinen* ... Denkt Ihr nicht auch, dass er zuerst auf die Kinder schauen wird, die er uns anvertraut hat?«

Der Herzog nahm ihr das Pferdchen ab. Es war unförmig und mit wenig Talent bemalt und sah alt aus. Vielleicht hatte er selbst es einmal in jungen Jahren geschnitzt oder geschenkt bekommen. Jedenfalls hatte er es aufbewahrt und dem Jungen zum Spielen gegeben, der ihm wie aus dem Gesicht geschnitten war. »Kinder«, murmelte er, »ach, Kinder, sie sterben wie die Fliegen. Sobald du sie zu lieben beginnst, nimmt der Herrgott sie dir wieder weg.« Er blickte Aliz an. »Ihr solltet Euer Leben nicht darauf verschwenden, ein Kind zu lieben, meine Gute. Noch dazu ein wahnsinniges, das Euch an jedem Tag das Herz brechen wird.«

26. Kapitel

Moritz schob Kohldampf, aber das machte ihm nichts aus. Auch die Kälte, die ihm ordentlich ins Fleisch biss, konnte er ertragen. Aber gegen die Schreie, die gegen die Decken der Kellergewölbe unterhalb der Katharinenpforte stiegen, war er machtlos, sie erfüllten ihn mit tiefstem Schrecken. Er hörte sie von den Wänden hallen, sie umschlossen ihn wie Wasser einen Ertrinkenden – bis hinein in die Träume.

Es gab zwar dicke Wände zwischen den einzelnen Zellen und den Verhörräumen, aber anstelle von Türen hatte man Eisengitter in die Mauern eingelassen, so dass es kaum einmal Ruhe gab. Und das war sicher so gewollt. Das ständige Brüllen und Flehen der Gemarterten um Erbarmen spannte die Nerven bis zum Zerreißen. Wer selbst zur peinlichen Befragung abgeholt wurde, war oft schon so zerrüttet, dass er bereits auf dem Weg in die Folterkammer gestand, was immer ihm in den Sinn kam.

Die Katharinenpforte war das einzige Frankfurter Gefängnis, das einen Folterkeller besaß, weshalb es einen zusätzlichen Strom Gefangener aus anderen Gefängnissen gab, die in einen speziellen vergitterten Käfig geführt wurden, um dort auf ihre peinliche Befragung zu warten. Das hatte ihnen der Lochwirt erklärt, der sich gern auf ein Schwätzchen zu seinen Gefangenen in die Verliese begab. Er war ein geselliger Mensch, und aus unerfindlichen Gründen bereitete es ihm Freude, sie zu beraten.

Was brachte das Geständnis einem Straftäter? Nun, zunächst einmal kam es auf den Fall und die Richter an, natürlich. Mörder und Brandstifter sollten am besten rasch gestehen, weil man sie sowieso unter schlimmsten Qualen hinrichten würde. Also die Zeit des Leidens lieber so kurz wie möglich halten. Anders war es bei Betrügern und Dieben – die kamen meist mit Leibstrafen wie dem Prügeln oder dem Abhacken einer Hand davon. Der Lochwirt riet ihnen zu tränenreichen Geständnissen. Wann unterbreitete man sie klugerweise? Nicht sofort, denn dann könnten die Richter meinen, man führe sie an der Nase herum.

Moritz war ein verzwickter Fall. »Es wird böse ausgehen – so viel steht fest«, beschied ihm der Lochwirt, der nichts davon hielt, seinen Insassen falsche Hoffnungen zu machen. Er ließ sich auf einem Holzklotz nieder, der zu diesem Zweck in der Zelle stand. Das Foltern und Brandmarken strengte an, da nutzte der Mann jede Möglichkeit, seine Kräfte zu schonen.

»Sing mir was vor«, forderte er seinen Gefangenen auf, und Moritz gehorchte. Er hatte eine schöne Stimme und immer gern gesungen. Gelegentlich für Eva, deren Bild in seinem Kopf allmählich zu verschwimmen begann, früher in Wöllstein auch im Kirchenchor, wo ein hingebungsvoller und talentierter Chormeister mit den willigen Bewohnern Motetten italienischer Meister eingeübt hatte. Aber erst hier, in den Kerkern der Katharinenpforte, ergab sich aus seinem Talent ein realer Nutzen. Der Lochwirt pflegte seinen Gefangenen mit Nahrung zu entlohnen, wenn ihm die Lieder zusagten. Besonders der Preis der Liebe hatte es ihm angetan.

Moritz lag in Ketten, die ihm am Fußgelenk Geschwüre verursachten, er stank, weil er sich vollgepinkelt hatte, als man vergaß, ihn zum Abort zu führen. Trotzdem brachte er die Töne mit einigem Gefühl über die Lippen.

Ich bin ein leicht' Ding
Wie das Blatt, mit dem der Sturmwind spielt.
Wie die ohne Fährmann treibende Barke.
Wie ein durch die Lüfte irrender Vogel
Halten mich weder Anker noch Seile ...

Der Lochwirt wischte sich über die Augen. Das Lied handelte zwar nicht von der Liebe, aber es passte mit seiner melancholischen Melodie zu seiner Arbeit. Gerührt stieß er seinen Gefangenen mit dem Stiefel an. »Warte das Zwacken ab und heul dabei, was deine gottgesegnete Kehle hergibt. Ruf auch den lieben Heiland an, das hören sie gern. Gestehe auf jeden Fall erst nach den Daumenschrauben, aber bevor sie dich hochziehen. Denn beim Ziehen reißen dir die Sehnen wie Wollfäden, und alles, was kommt, wird dann doppelt schlimm«, riet er ihm.

»Was haben sie denn mit mir vor?«

Einen Moment sah es aus, als wollte der Lochwirt antworten, aber dann schüttelte er nur mitleidig den Kopf. Er erhob sich und kehrte in den Flur zurück. Die Arbeit wartete. Einige Atemzüge später schrie jemand draußen im Käfig entsetzt auf.

O lieber Heiland, dachte Moritz, während er gegen die Wand sank, lass mich sterben.

Aber er starb nicht, und er wurde auch nicht befragt. Die Tage verstrichen. Die Wunde an seinem Bein begann zu stinken, und allmählich verzweifelte er. Der Lochwirt hatte eine Vorliebe für das Lied vom Blatt, mit dem der Sturmwind spielt, gefasst, und das bescherte ihm regelmäßige Mahlzeiten. Aber wenn er heißhungrig das Brot oder das sehnige

Fleisch in den Schlund stopfte, fühlte er sich gleichzeitig wie ein Idiot, weil das Verhungern sicher der sanftere Tod war, verglichen mit dem, was man ihm zugedacht hatte.

Irgendwann sang er nicht mehr wegen des Brotes, sondern weil es ihn selbst beruhigte. Die Melodien trugen ihn zurück in seine Kindheit. Nicht nur der Chormeister – auch Aliz hatte ihm Lieder beigebracht. Fröhliche Lieder, viele auf Französisch, leise Lieder, Schlaflieder …

Aliz. Sie war also gar nicht seine Mutter. Anfangs kamen noch Schmerz und Wut, wenn er daran dachte, wie sie ihn angelogen hatte, aber allmählich wurde Kummer daraus, weil sie sich getrennt hatten, ohne sich miteinander zu versöhnen. Er hätte ihr so gern gesagt, wie glühend er ihren Mut bewundert hatte, als sie nachts durch die Wälder ritt. Wie er innerlich lachte, wenn sie über die Elstern schimpfte oder wenn sie mit dem Metzger um das Fleisch feilschte und es fertigbrachte, dass er ihr gut gelaunt einen Teil des üblichen Preises erließ. Dass er die Hingabe geliebt hatte, mit der sie sich um ihre Familie und das Gesinde kümmerte. Dass er eifersüchtig auf seinen kleinen Bruder gewesen war und wie leid ihm das nun tat …

Moritz quetschte ein Stück fauliges Stroh durch die Finger und wandte sich an einen neuen Leidensgenossen, um sich abzulenken. »Weshalb bist du hier?«

Der Mann war älter als er, vielleicht vierzig. Viel konnte man nicht erkennen, denn sein Gesicht war zerschlagen und von verkrustetem Blut bedeckt. Er starrte aus den geschwollenen Augen an die Wand des halbdunklen Verlieses. »Ich hab die Judensau zerstören wollen.«

Seit Moritz sich mit Rafael angefreundet hatte, ärgerte ihn das ewige Fluchen auf die Juden. Eigentlich gab es dafür keinen Grund – sein Freund war ja von den eigenen Leuten auch nicht eben gut behandelt worden. Andererseits hatten die Limpurger und wie die Mächtigen der Stadt alle hießen, ihm und anderen Bürgern ebenfalls übel mitgespielt. Es geht gar nicht um Christ oder Jude, dachte er. Es geht um Macht. Die Verführung der Macht ist es, die die Menschen auf des Teufels Seite zieht.

Er war Rafael einmal gefolgt und hatte ihn vor einem Grab auf dem Judenfriedhof knien sehen und ihn jiddische Worte murmeln hören, wahrscheinlich ein Gebet. Er selbst hätte auch gern vor dem Grab seiner Mutter, also der Frau, die ihn geboren hatte, gekniet und war sich seinem Freund in diesem Moment merkwürdig nahe vorgekommen. Wo mochte er wohl gerade sein? Passte er auf Anni auf? Moritz war ziemlich sicher. Rafael ließ niemanden im Stich.

Der Neuankömmling schien nur darauf gewartet zu haben, jemandem sein Leid klagen zu können. Er schimpfte auf den Brückenturm über dem Main, und allmählich kam heraus, dass die Judensau ein Gemälde war, das man an die Mauer des Brückenturms gemalt hatte, zur Schande der Christusmörder. Der Mann war selbst Jude und beklagte sich bitter darüber, dass der Kaiser seine Herrschaftsrechte, was die jüdischen Untertanen anging, an Frankfurt abgetreten hatte.

»In der Urkunde steht geschrieben, dass der Kaiser die Stadt nicht zur Verantwortung ziehen wird, falls die Juden erschlagen würden«, sagte er düster. »Und so wird es geschehen. Sie werden kommen und unser Viertel niedermetzeln. Wenn nicht heute, dann morgen.«

»Halt dein Schandmaul«, kreischte ein Mann, dem man gerade wegen eines Diebstahls den Frankfurter Stadtadler auf die Stirn gebrannt hatte und der litt wie ein Hund. »Geschieht euch nur recht. Den Heiland habt ihr ans Kreuz …« Was er ihm vorwerfen wollte, blieb ungesagt, denn in diesem Moment erschien der Lochwirt in der Tür, und alle hielten den Atem an.

Er suchte einen jungen Burschen heraus, der entsetzt zurückwich, als er seine Kette löste. Ruppig zerrte er ihn in den Flur, danach war es zunächst still. »Kennst du einen Rafael?«, fragte Moritz den Juden, weil er irrsinnigerweise das Gefühl hatte, ein Gespräch könnte hinauszögern, was dort draußen drohte.

»Wer ist das?«

Flüsternd erzählte Moritz das wenige von seinem Freund, das er wusste.

»So einen Jungen gibt es bei uns nicht.« Der Mann kehrte ihm den Rücken zu.

Und dann war es so weit. Spät an diesem Tag kam der Lochwirt, um auch Moritz holen. Er löste mit ernstem Gesicht die Kette, gab ihm einen aufmunternden Klaps und führte ihn dann in die Folterkammer, die sich als erstaunlich sauberer und gut geheizter Raum entpuppte.

Zwei Richter hatten sich eingefunden. Einen dritten Mann, der aussah, als hätten die Motten in seinen Haaren gehaust, hielt er für den Schreiber. Moritz versuchte, tapfer zu sein oder zumindest den Schein der Tapferkeit zu wahren, aber er konnte vor Angst kaum atmen, und er hatte den Eindruck, dass sein Gesicht eine einzige Grimasse der Furcht war. Wie betäubt hörte er zu, während der Lochwirt ihm die einzelnen Folterinstrumente zeigte und ihre Funktionen erklärte.

Einer der Richter fragte etwas. Er musste es wiederholen, damit sein Gefangener ihn verstand: »Willst du ein Geständnis ablegen?«

Dumpf erinnerte Moritz sich an den Ratschlag des Lochwirts und schüttelte den Kopf.

Man brachte ihn wieder in seine Zelle zurück, ohne ihn zu quälen. »Habe ich doch gesagt: So ist es das Gesetz. Du sollst Zeit haben, mit dir ins Reine zu kommen, bevor die Instrumente angewandt werden, aber Hoffnungen brauchst du dir keine zu machen«, erklärte der Lochwirt, getreu seinem Grundsatz, niemandem falschen Trost zuzusprechen.

Trost brachte aber ein anderes Ereignis. Nach einer durchwachten Nacht kündigte der Lochwirt Moritz Besuch an. Zuerst war es wie ein Tritt in den Magen. Natürlich dachte Moritz, dass er von den Richtern spräche. Doch dann wurden Anni und Rafael in sein Verlies geführt. Dem Lochwirt war geheißen worden, Eisenkessel mit brennenden Feuern in die Verliese zu stellen und Decken zu verteilen, damit die Gefangenen nicht erfroren. Obwohl beides kaum wärmte, war Moritz nun froh, sich unter der Wolle verstecken zu können. Er setzte ein Grinsen auf, das fröhlich erscheinen sollte.

Anni brach trotzdem in Tränen aus, aber Rafaels Augen blieben trocken. Er hatte einen Korb mitgebracht und schob Moritz verstohlen einen Laib Brot und schrumplige Äpfel unter die Decke. Seine Hand war warm. Moritz griff danach und drückte sie. Rafael lächelte. Dann flüsterte er hastig von einem schwarzen Mann, der ihnen beiden half, von Aliz, die sich aufgemacht hatte, Hilfe zu holen, und dass sein Vater bei ihr sei. »Was ist?«

»Dann wird ja alles gut werden«, sagte Moritz.

»Lass meine Hand los! Die gucken schon.«

Moritz starrte in Rafaels Gesicht. Die Hand, die er hielt, war zart und schmal, die Haut weich, ohne ein Härchen darauf. Genau wie das Gesicht seines Freundes. Er fand nicht einmal den Schatten eines Bartwuchses. *So einen Jungen gibt es bei uns nicht*, hatte der Jude gesagt.

Rafael machte sich frei. »Du siehst grässlich aus. Lass dir nicht einfallen, an diesem beschissenen Ort zu sterben.«

So einen Jungen gibt es nicht. Himmelherrgott, war er blöd gewesen. Dass ihm nicht aufgefallen war … Der Lochwirt räusperte sich, Anni gab Moritz einen tränenverschmierten Kuss, und dann waren die beiden auch schon wieder fort.

Der Scharfrichter kam, der Henker, der Mann, der die Beschlüsse der Richter ausführte. Er schritt geradewegs in das Verlies, in dem Moritz mit einem Dutzend anderer Gefangener angekettet war. »Welcher ist es?«

Der Lochwirt zeigte auf Moritz.

Dem wurde der Mund trocken. Was sollte das? Es hatte doch noch gar keine peinliche Befragung gegeben, kein Urteil, gar nichts. Außerdem war es mitten in der Nacht. Der Lochwirt hielt ihm die Fackel dicht vors Gesicht. »Genau, das ist er«, erklärte er. In seiner Miene stand Bedauern.

Der Scharfrichter trat heran und riss Moritz mühelos auf die Füße. Der Lochwirt löste die Fußkette und band seinem Gefangenen eine andere Kette um den Hals, deren Ende er dem Scharfrichter in die Hand drückte. Gott, was passierte hier gerade?

Der Mann zog ihn wie einen Hund mit sich in den Flur, wo sie ein schwarz gekleideter Ratsherr erwartete, der vor allem durch eine strohblonde Löwenmähne auffiel, die den Hut wie eine Faust ausbeulte. Er ließ sich von einem Diener ein Papier reichen und erklärte in dürren Worten, dass das Hochgericht der Stadt Frankfurt den Tod des Delinquenten beschlossen habe und dass dieses Urteil unverzüglich auszuführen sei.

»Aber …«

Der Scharfrichter gab Moritz eine Maulschelle, er verstummte. Alles ging so entsetzlich schnell.

Wie oft hatte er sich den Moment ausgemalt, in dem er die Gewölbe des Katharinengefängnisses verlassen und auf die Gasse hinaustreten würde. Jetzt hatte er nur noch erbärmliche Angst. Es war dunkel, aber nicht mehr so kalt wie bei seinem letzten Aufenthalt im Freien, und es schneite auch nicht. Die Luft war voller Dunst, der Boden matschig. Der Scharfrichter … Hopf, er heißt Hopf, entsann sich Moritz der Gespräche, die in den Verliesen geführt wurden. Hopf entstammte einer alten Henkersdynastie, und früher hatte Moritz ihn gelegentlich in seinen Privatkleidern, die zur Warnung der ehrlichen Bevölkerung mit roten, weißen und grünen Streifen benäht waren, durch die Gassen eilen sehen. Und nun schritt Hopf neben ihm durch den Matsch und überlegte wahrscheinlich, mit welchem Schlag er ihn am elegantesten umbringen könnte.

Aber nachts gab es doch gar keine Hinrichtungen. Man ließ sie an Feiertagen stattfinden oder so kurz nach der Arbeit, dass die meisten Menschen Zeit hatten. Das Publikum war erwünscht. Man wollte mit dem Spektakel Abscheu vor dem Verbrecher wecken, Angst vor einem ähnlichen Schicksal und Zufriedenheit, weil die Stadt ihre Bürger schützte. Und in seinem Fall war sein Sterben zusätzlich als Warnung an die Zünftler adressiert. Warum also diese Heimlichtuerei? Das ergab doch keinen Sinn. Moritz schwitzte trotz der dünnen Kleider, die er trug.

Der Weg war kurz. Es ging eine Häuserzeile entlang und um eine Hausecke herum, und dann lag der Roßmarkt auch schon vor ihnen. Die Buden, in denen die Bauern und Händler tagsüber Waren verkauften, waren abgebaut. Nur wenige Menschen eilten noch über das Pflaster.

Moritz schöpfte Hoffnung, als ihm auffiel, dass das Holzgerüst, auf dem gewöhnlich die Hinrichtungen vollzogen wurden, nicht aufgebaut worden war. Also ging es ihm doch nichts ans Leben? Hatte man ihn nur erschrecken wollen? Dann fielen ihm die Galgen vor der Stadt ein. Es gab drei davon. Zwei einzelne, an denen die Verurteilten oft über Kopf aufhängt wurden und lange mit dem Tod rangen, und dahinter ein Galgenrondell auf einem gemauerten Fundament, an dem mehrere Übeltäter gleichzeitig rasch gerichtet werden konnten. Das Hängen war ein schändlicher Tod – genau richtig für einen Niemand, wie er es war. Sicher ging es zum Galgentor hinaus.

Trotz stahl sich in sein Herz. Er hatte nichts getan, für das er sich schämen musste. Er hatte Fettmilchs Söhnchen nicht ermordet, er hatte keinen Aufruhr geplant. Außerdem war er der Sohn einer Herzogin. Wenn alles gerecht zugehen würde, müssten sie jetzt vor ihm knien. Er war ... Moritz verlor den Faden. Er atmete tief. Haltung, dachte er, zum Heulen bringt ihr mich nicht.

Es ging doch nicht zum Galgentor. Der Scharfrichter blieb mit seinem Gefangenen vor einem Hauklotz stehen, der einsam und wie vergessen mitten auf dem Platz stand. Moritz grinste gequält, er merkte, wie ihm übel wurde. Man hatte ihm also doch das Kopfabschlagen beschieden. Dann entdeckte er plötzlich – genauso merkwürdig und falsch an diesem Ort wie Klotz und Henker – seine Mutter. Neben ihr stand Rafael. Zwei verlorene Gestalten im Nebeldunst, die vom Licht einiger Fackeln beleuchtet wurden.

Rafael trug das Kleid, das sie ihm gekauft hatten. Moritz starrte sie an. Die schmale Gestalt, den zierlichen Kopf ... O Gott, dachte er. Warum sehe ich nie richtig hin? Warum bemerke ich nicht, was direkt vor meinen Augen ist?

Der Scharfrichter löste mit geübten Griffen die Kette von seinem Hals und zwang ihn, vor dem Klotz niederzuknien. Rafael – kein Junge, sie war gar kein Junge – hatte die Faust vor den Mund gepresst. Sie sollte gehen. Alle beide sollten gehen. Er wollte nicht, dass sie mit ansahen, wie ... Das würde alles nur noch schlimmer machen.

Moritz neigte den Kopf, um sein Gesicht zu verbergen. War der Klotz von Blut getränkt? Konnte er nicht erkennen. Wenn schon sterben, dann ist die Nacht doch nicht das Schlechteste, dachte er und spürte seine Muskeln zucken, die ihn dazu nötigen wollten, sich zu wehren. Würde aber nichts helfen … den Scharfrichter höchstens zu einem zweiten Schlag nötigen …

»So wartet doch.« Die Stimme eines Mannes wehte über den Platz. Moritz' Kopf fuhr ruckartig nach oben. Von den Birghden. Er lief in einem ungeknöpften Mantel heran, ohne Hut, ohne Eleganz. Noch nie hatte er so hässlich ausgesehen – und noch nie war Moritz so glücklich über sein Erscheinen gewesen, auch wenn er keine Idee hatte, was den Mann hierhertrieb.

»Worauf denn bitte warten?«, fragte der Löwenköpfige und hob theatralisch die Hände. »Auf das Ende einer Debatte, die nur zu dem Zweck geführt wird, in Sturheit zu verhindern, was durch eine Ratsabstimmung bereits beschlossen und zur Durchführung angeordnet …«

»Das war, bevor der Brief eingetroffen ist.«

»Ein sicher gefälschtes Schreiben!«

Ein weiterer Mann hatte den Platz erreicht und trat neben von den Birghden. Er war schwarz gekleidet, kaum sichtbar in der Nacht, erkennbar nur am Humpeln. Anderrath. »Ich versichere Euch, es ist echt«, erklärte er mit seiner schleppenden Stimme. »Und ich versichere Euch außerdem, dass Herzog Philipp mehr als erbost wäre, wenn er erführe …«

Moritz starrte in das verunstaltete Gesicht mit der Narbe, die dem Mann quer übers Gesicht lief, als hätte jemand versucht, es durchzustreichen. Er wollte nicht, dass sein Vater ihm zu Hilfe kam.

Der Löwenkopf fiel Anderrath ins Wort. Anderrath antwortete ihm knapp, der Mann lachte höhnisch.

»Gut«, sagte Anderrath. »Dann führt zu Ende, was Ihr Euch einbildet, tun zu müssen. Ich werde mir erlauben, die Gastfreundschaft dieser Stadt nicht weiter in Anspruch zu nehmen, und mich gleich auf den Rückweg machen. Herr von den Birghden, wollt Ihr mir ein Schreiben mitgeben, in dem Ihr Herzog Philipp erläutert, warum die Stadt sich außerstande sah, seiner Bitte zu entsprechen?« Er lächelte maliziös. »Aber nein, das ist gar nicht nötig. Ich kann ihm ja aus eigenem Augenschein erzählen, wie man seine Befehle aufnahm, wer plötzlich eine nächtliche, überstürzte Hinrichtung verlangte ... Die Namen werden ihn interessieren. Herr von Holzhausen, meine Empfehlung. Ich versichere Euch, Euer eigener Name wird in meinem Bericht eine herausragende Stellung einnehmen.«

Anderrath – *mein Vater, mein verfluchter Vater!* – stieg auf ein Pferd, das ein Mohr herbeiführte. Er schwang sich in den Sattel, nicht ganz so behände, wie er es sich vielleicht gewünscht hätte, aber er kam hinauf. Dann ritt er, gefolgt von seinem exotischen Diener, die Gasse hinunter und war verschwunden.

Der Henker, der den Disput abgewartet hatte, blickte zum Mann mit der Löwenmähne und griff dann in Moritz' Haare. Er drückte seinen Kopf auf den Holzblock. Es war also so weit. Moritz verschloss die Ohren, er träumte sich fort. Auf die Dächer, wo er mit Rafael saß und ihr zuhörte, während sie Scherze über ihre kalten Füße riss ... Ein Mädchen also ... ihre Hand unter der Decke im Kerker ...

Da wurde er wieder emporgerissen. Taumelnd kam er auf die Beine. Der Löwenmähnige stolzierte davon, und der Scharfrichter schubste ihn von sich. Moritz stand da – man hatte von einem Augenblick zum nächsten das Interesse an ihm verloren. Niemand wollte ihm mehr etwas antun. Benommen schaute er sich um. Es war, als hätte sich plötzlich ein Fluch gelöst. Häuserfassaden wurden sichtbar, er hörte Menschen, die den Platz umstanden und aufgeregt miteinander tuschelten, und ihm kroch der Geruch von Pferdemist in die Nase. Er lebte. Heilige Maria, gütiger Herr Jesus: Er lebte ... Und offenbar hatte auch niemand vor, ihn ins Gefängnis zurückzubringen.

Aliz stürzte zu ihm und nahm ihn in ihre Arme. »Ich

danke Euch«, sagte sie über Moritz' Schulter hinweg zu jemandem, der hinter ihm stand.

»Es war mir eine Ehre und eine Freude«, hörte Moritz von den Birghden sagen und dann, deutlich leiser: »Ihr denkt daran, mich noch einmal aufzusuchen? Die wenigen Dinge, die noch zu regeln sind …«

Moritz schaute zu Rafael, der unschlüssig abseits der anderen Menschen stehen geblieben war. Er machte sich frei und ging auf ihn – auf sie? – zu und zog ihn – sie? – hinter die Säule eines Arkadenganges, wo sie für die Augen der Gaffer unsichtbar waren.

»Du stinkst«, sagte Rafael.

Er küsste ihn. Rafael knallte ihm eine. Dann erwiderte er den Kuss. Er war ein Mädchen, eindeutig.

27. Kapitel

Aliz scheuchte ihre Kinder. Kaum war die eine Mahlzeit verputzt, mussten sie schon wieder an dem Tisch in der Küche von Anderraths Würzburger Haus Wintergemüse schneiden, und Aliz briet oder dünstete es in den Töpfen und Pfannen. Das Heben fiel ihr schwer, sie hatte den linken Arm gebrochen. Moritz kam es vor, als bereite es ihr eine seltsame Genugtuung, sich zu quälen. Vielleicht stand sie auch unter dem Zwang, ihren Kindern das Essen hineinzustopfen, das sie in den letzten Wochen nicht bekommen hatten und das sie in den nächsten Wochen vielleicht ebenfalls nicht bekommen würden.

»Ich krieg nichts mehr runter, Aliz«, sagte er, als sie ihm, kaum dass er einen Teller mit Kürbissuppe verputzt hatte, einen geschmorten Apfel brachte.

Aliz knallte das Schüsselchen, in dem der Apfel lag, heftig auf den Tisch. »Nenn mich nicht so!«

»Wie denn?«

Sie kehrte ihm brüsk den Rücken und forderte Anni und Rachel auf, die Töpfe und Pfannen zu schrubben. »Aber ordentlich, bitte.« Die Stimmung war zum Schneiden. Anderrath, der kurz hineinschaute, verließ die Küche sofort wieder.

»Nun mach es richtig sauber, du musst scheuern!«, fuhr Aliz Anni an. Die Kleine schmollte, Rachel nahm ihr rasch die Pfanne aus der Hand, um die Arbeit selbst zu erledigen.

»Nein«, sagte Aliz, »sie muss es lernen.« Die Pfanne wanderte zu Anni zurück.

Moritz stemmte sich vom Stuhl hoch. Er humpelte wie sein Vater, und das würde sich in nächster Zeit auch nicht ändern, weil die Verletzung, die die Kette an seinem Fußgelenk verursacht hatte, erst heilen musste.

Er fand Anderrath in einem Kontor. Der Raum wurde von einem Tisch beherrscht, der von Papieren übersät war. An der Wand hingen Karten, die Böhmen, Brandenburg, Bayern, Frankreich und die Niederlande zeigten und einige fremde Königreiche jenseits der Meere mit exotischen Namen wie Batavia. Es war der Raum eines Mannes, der als Galeerensklave hatte sterben sollen, aber seinem Los getrotzt hatte und sich darauf etwas einbildete. So kam es Moritz vor. Er lächelte schmal, als er eine der Avisen entdeckte, die er für von den Birghden geschrieben hatte. Sein Vater war ein Wühler, einer, der die Nase überall hineinsteckte.

Er hatte, während Moritz sich umschaute, etwas in ein Buch eingetragen. Nun blickte er auf. »Und?«

Sie hatten die vergangenen Tage kaum miteinander gesprochen. Als Aliz erklärt hatte, warum es den Herzog von Pfalz-Neuburg kümmerte, ob ein Bäckergeselle hingerichtet wurde, hatte Anderrath zwei oder drei Wörter eingeworfen – ansonsten war er still geblieben. Vielleicht wünschte er sie alle längst zur Hölle.

Und da waren sie beim Thema. »Ich gehe fort«, sagte Moritz. Seine Kehle zog sich zusammen. Er hatte keine Ahnung, wohin er sich wenden sollte. Was er gelernt hatte, würde nirgendwo etwas gelten, weil er keinen Brief seines Meister vorlegen könnte und die Zünfte es sowieso nicht schätzten, wenn jemand von außerhalb in ihre kleinen, geschlossenen Gesellschaften drängte. Und die Sache mit der Poststrecke konnte er ebenfalls vergessen. Von den Birghden hatte sich offenbar nur deshalb für ihn eingesetzt, weil Aliz ihm im Gegenzug versprochen hatte, dass sie und Moritz ihre illegalen Poststrecken aufgeben würden.

Was mochte der Mann vorhaben? Selbst eine heimliche Poststrecke aufziehen? Oder wollte er die Strecke offiziell von den Taxis erwerben und sichergehen, dass ihm niemand das Geschäft verdarb? Es war egal. Fest stand, dass Frankfurt für Moritz verbrannte Erde war. Er stand vor dem Nichts. Und hatte sofort Rachel vor Augen. Sich selbst traute er zu, in der Fremde zurechtzukommen. Aber was würde er Rachel damit aufbürden? Er würde sie mit sich nehmen, zumindest das stand für ihn fest. Er würde auf sie aufpassen und …

»Sie hat das nicht verdient«, brach Anderrath in seine Gedanken ein.

Moritz brauchte einen Moment, um zu verstehen, dass er nicht von Rachel, sondern von Aliz sprach. Die weiche Regung, die er gerade verspürt hatte, verflog, die Bitterkeit kehrte zurück. »Sie hat mich mein Leben lang belogen.«

»Ja, wie grausam von ihr. Warum hat sie nicht gesagt: Du bist ein kleines Scheusal, das ich aus reiner Barmherzigkeit mit mir herumschleppe, weil deine Hurenmutter tot und dein Hurenvater ein Sträfling ist? Wäre ehrlicher gewesen, zweifellos. Dass sie da nicht draufgekommen ist.«

»Sie hätte mit mir reden können, als ich älter war.«

»Und dann?«

Hätte ich zumindest Bescheid gewusst, dachte Moritz aufgebracht.

»Mach dein eigenes Mädchen glücklich. Das wird dir schwer genug fallen.« Sein Vater tunkte die Feder wieder in das Hörnchen mit der schwarzen Eisengallustinte. Das war dann wohl der Rausschmiss!

»Ich nehme sie mit mir. Wir gehen, alle beide. Das wollte ich dir nur sagen.« Moritz verließ den Raum. Er gab sich nicht die Blöße, mit der Tür zu knallen, auch wenn ihm alle Finger danach juckten.

Er kehrte in die Küche zurück – den einzigen Raum, der immer beheizt war. Aliz hatte aufgehört zu kochen. Ihre Augen waren gerötet. Sie hatte die Schürze abgelegt, und zum ersten Mal fiel Moritz auf, wie dünn sie geworden war. Er hatte mitbekommen, dass sie mit seiner Tante, mit Sibylle, aneinandergeraten und sogar einige Zeit von ihr eingesperrt worden war. Das schien schlimmer gewesen zu sein, als sie hatte durchklingen lassen. Sicher setzte ihr auch zu, dass Tile bei diesem Weib zurückgeblieben war. Er war ja schließlich ihr Sohn, ihr richtiger. Natürlich ging ihr sein Schicksal ans Herz, auch wenn Tile ein Schwachkopf und Nervtöter war. Mürrisch setzte Moritz sich auf eine Bank und fühlte sich lächerlich in seiner Gekränktheit.

Der Mohr, der wie selbstverständlich ständig zu ihnen stieß, trug ein Schachspiel herein und setzte es vor Aliz ab. Sie sortierte die Figuren. Ihre Augen sahen aus, als wären sie mit Kohle umrandet. Sie spielte unkonzentriert und verlor jede Partie.

Einige Stunden später öffnete Anderrath die Tür. Sein Blick flog über die kleine Runde, und er sagte: »Wir müssen abreisen.«

»Bitte?«, fragte Aliz.

»Ich habe eine Botschaft bekommen.« Er hielt kurz inne. »Ich nehme an, Sibylle will Tile der Öffentlichkeit präsentieren.«

»Was?«

Er trat zu Aliz und fasste nach ihrer Hand. Moritz starrte auf die verschränkten Finger. »Offenbar plant das Weib eine größere Reise, für die sie ihre kostbarsten Kleider packen lässt. Die Diener putzen ihre Kutsche. Es heißt, es gehe zu Mariä Empfängnis in Prunk und Protz nach Mainz.«

»Und?«, fragte Aliz.

»Ich vermute, dass sie dort die Fürsten treffen will, mit denen sie gemeinsame Sache macht, um ihnen den Thronerben vorzustellen. Der Kurfürst von Sachsen wird kommen, habe ich gehört, außerdem Johann von Pfalz-Zweibrücken und ein Mann, der Johann Sigismund von Brandenburg vertreten soll.«

»Woher weißt du das alles?«, fragte Moritz.

»Freunde.«

»Spione.«

»Oder das.« Ein unangenehmes Schweigen entstand, das Anderrath selbst brach. »Wenn Sibylle es schafft, die Herzöge davon zu überzeugen, dass sie mit Tile den rechtmäßigen Erben unter ihrer Fuchtel hat, wird sie ein Erdbeben lostreten. Und dessen Erschütterungen würden auch uns erreichen. Denke an Herzog Philipp. Wenn er erfährt, dass wir ihn betrogen haben ... Deutschland schrumpft für die Mächtigen zusammen, wer einen Menschen sucht, der findet ihn auch. Ich schätze, Philipp würde versuchen, uns die Lüge heimzuzahlen. Und deshalb müssen wir verschwinden. So weit weg wie nur möglich.«

»Und Tile?«

»Wir können ihn nicht retten, Aliz. Inzwischen wird er besser bewacht als die Reichskrone. Dafür werden sie nach *dir* suchen. Nicht nur der Herzog, sondern auch Sibylle, weil du mit deinem Wissen nämlich die Einzige bist, die ihren Plan zum Scheitern bringen könnte.«

Es tat weh zu sehen, wie sich Aliz' Züge veränderten. Sie hatte die *Grüne Laterne* geleitet, sie war eine Zeitlang eine Baronesse gewesen, irgendetwas von Adel. Aber vor allem war sie immer eine Mutter gewesen. Für ihn, für Anni – und natürlich auch für Tile, selbst wenn er ihnen mit seinen Empfindlichkeiten und Wutausbrüchen auf die Nerven gegangen war. Moritz wusste, dass sie ihn ständig im Auge behalten hatte. Vielleicht weil sie die ganze Zeit gegen die Zeichen des Wahnsinns ankämpfte, die sie bei ihm entdeckte?

»Man muss wissen, wann man verloren hat«, sagte Anderrath und klopfte mit der flachen Hand auf den Tisch.

»Ich kann nicht einfach fortgehen, das geht nicht. Mir wird etwas einfallen. Das Wichtigste ist jetzt erst einmal, die anderen in Sicherheit zu bringen.« Aliz löste ihre Hand und machte eine fahrige Bewegung, die Moritz, Rachel und Anni umfasste. »Vielleicht nach Frankreich. Nicht zu weit ... Ich werde nachkommen ...«

Anderrath schloss die Augen. Der schwarze Mann, Aleeke, kratzte die Haare unter seinem Turban und schaute ins Leere. Anni liefen die Tränen herunter. Rachel wirkte als Einzige kämpferisch. Was mochte sie denken? Dass es immer einen Weg gab? Dass es erbärmlich wäre aufzugeben? Dass ihr die Mutlosigkeit in dieser Küche auf die Nerven ging?

Geh fort mit mir, das alles hier geht uns nichts mehr an, wollte er sagen, aber er ahnte, was sie ihm erwidern würde: Man darf sich Menschen, die man liebt, nicht einfach aus dem Herzen reißen. Das ist schäbig. Das macht etwas in einem kaputt.

Mainz, dachte Moritz. Er kannte die Stadt nur vom Hörensagen. Im Geiste sah er die Kutsche der furchtbaren Gräfin auf einer Landstraße entlangrollen, den Stadttoren entgegen, sie und Tile auf gepolsterten Sitzen, aufgeregt, weil aus dem Knaben nun ein Herzog werden würde, der Menschen in Schlachten schickte. Was war das für ein Irrsinn.

Und wenn die Kutsche gar nicht in die Stadt gelangen würde? Wenn man sie aufhielte? Ihm schwirrte ein Gedanke durch den Kopf, der Schatten einer Idee. Noch nicht richtig durchdacht, aber vielleicht ... »Weißt du, wann dieses ominöse Treffen in Mainz stattfinden soll?«, fragte er seinen Vater.

»Ich sagte doch: Mariä Empfängnis.«

Moritz lehnte sich zurück und begann seinen Gedanken weiterzuspinnen. Es wäre gefährlich, dachte er. Verflucht gefährlich.

28. Kapitel

Der *Bär* war eine Herberge für die Begüterten des Landes – die Fachwerkfassade zog sich über die halbe Gasse. Um die Pracht des Hauses hervorzuheben, thronte das Tier, das dem Gebäude den Namen gegeben hatte, aus Bronze gegossen auf einer Metallstrebe über dem Eingang und als vergoldete Miniatur auf den Innenseiten der Fensterläden. Rachel schluckte, als sie es betrachtete. Sie fühlte sich so klein wie lange nicht mehr. Der Besuch bei Moritz im Katharinenkerker hatte auch bei ihr Spuren hinterlassen. Die Schreie … die Verletzungen der Leute, die dort in den Ketten hingen …

Aber es half ja nichts. Sie riss sich zusammen. Als sie vor fast drei Wochen hier hineingerannt war, um Anni aus den Klauen des Racheengels zu befreien, hatte sie Mädchenkleider getragen. Man würde sie kaum erkennen, wenn sie jetzt in Jungenkleidern zurückkehrte, sagte sie sich. Zudem in erstklassiger Ware. Anderrath, der mit ihr nach Frankfurt zurückgekehrt war, hatte sie ausstaffiert. Sie sah jetzt wie ein Lehrling aus, der vielleicht einem der Gäste eine geschäftliche Nachricht bringen sollte.

»Du verschwindest, sobald dir irgendetwas merkwürdig vorkommt«, ordnete Anderrath an. Er hielt die Zügel der beiden Pferde, auf denen sie gekommen waren. »Ich warte dort drüben hinter der Ecke.«

»Gut.«

Er hielt sie fest, als sie sich forsch umdrehen und auf die Tür zugehen wollte. »Ist er's denn wert?«

»Was?«

»Du weißt schon.

Sie spürte, wie sie bis zu den Haaren rot anlief. »Er ist alles wert.« Als sie losging, rief er ihr noch etwas nach. Sie schnappte die Worte auf – und war einen Moment lang restlos glücklich. Mit neuem Mut öffnete sie die imposante Eingangstür.

Als sie Anni hier vor Apocalypsis gerettet hatte, war es trotz der Kerzen duster gewesen. Nun strahlte die kalte Wintersonne durch die Fenster. Licht fiel auf weiße Tischdecken und warf Streifen an die dunkel vertäfelten Wände und auf die Kronleuchter aus Eisen. Die Luft war mit Essensdüften geschwängert. Kultivierte Gespräche summten durch den Raum. Und warm war es auch.

»Was willst du, Bursche?«

Die Frage, gestellt von einem der Wirtshausdiener, riss sie in die Wirklichkeit zurück. »Ich bringe eine Nachricht für Herrn von Coesfeld.«

Der Name wirkte wie ein Losungswort. Ohne weitere Fragen führte der Kerl, der kaum älter als sie selbst war, sie eine Treppe aus poliertem Holz hinauf und dann um eine Ecke, wo er an eine der Türen pochte.

Der Racheengel mit den Triefaugen saß in einem riesigen Bett mit Kissen im Rücken, wallenden Daunendecken auf dem Schoß und einer kleinen Schüssel voller Brei in der Hand, in der er unlustig stocherte. Er lächelte trübe, als er Rachel erblickte. »Mein kleiner Spion aus den Gossen der Stadt. Wie ich sehe, entwickeln sich deine Geschäfte aufs Erfreulichste. Erscheinst du das nächste Mal in Samt und Seide? Muss ich dann meinen Hut vor dir ziehen?«

»Es ist das Ohrenaufsperren, Herr. Jeder will alles wissen,

und daraus mach ich mein Geschäft.« Die platten Sätze im derben Gassendialekt kamen Rachel wie immer fließend über die Lippen.

»Und was kannst du mir heute berichten?«

Sie setzte ein großspuriges Grinsen auf. »Vielleicht kann ich Euch flüstern, wie Ihr den Hammerschlag ausführen könnt, mit dem Ihr sie alle einsackt, die ganze Saubande, die Eurem hochedlen Herrn das Geschäft kaputtmacht. Ich hab nämlich was richtig Sensationelles aufgeschnappt.«

»Aha?«, meinte der Racheengel unbeeindruckt. Er löffelte einen Bissen Brei in den Mund und verzog das Gesicht. Seine Wange war immer noch geschwollen. Der Bader schien den Zahnwurm nicht erwischt zu haben. »Namen? Orte?«

»Fünf Gulden«, forderte Rachel. Niemand würde einer wie ihr glauben, wenn sie keinen echten Reibach machen wollte.

Der Racheengel schaute gequält. Dann griff er nach einem Beutel, der wohlverwahrt unter seinen Kissen lag, und holte einige Münzen hervor. Er winkte sie heran, um sie in ihre Hand zu legen. Na, Gulden waren das nun gerade nicht.

»Aliz Granius«, sagte Rachel.

Apocalypsis sprang aus dem Bett und stieß sie gegen das Fenster. Einen erschrockenen Moment lang dachte Rachel, er würde ihr etwas antun, sie würgen, um alles aus ihr rauszukriegen, aber er stolperte weiter zu einem Toilettenstuhl, riss den Deckel auf und sich selbst die Hose hinab, und dann entfuhr ihm in mächtigen Stößen der stinkende Inhalt seines Darms. Sie wandte sich diskret ab. Offenbar hatte der Bader den Versuch unternommen, den Zahnwurm und dessen Exkremente mit Hilfe eines Abführmittels aus dem Körper zu entfernen. »Besorg mir eine heiße Brühe«, ächzte der leidende Racheengel.

Sie lief in die Küche. Als sie zurückkehrte, hatte Apocalypsis sich ins Bett zurückgeschleppt. Er sah erleichtert aus, nicht gesundet, schon gar nicht glücklich, aber ein Teil der Pein war gewichen, und er konnte sich wieder konzentrieren. »Aliz Granius, hast du gesagt?«

Rachel nickte und hielt die Hand auf.

Dieses Mal legte er tatsächlich einen Gulden hinein. Sie überprüfte die Echtheit, indem sie ins Metall biss.

»Öffne das Fenster!«

Ja, das war eine gute Idee.

»Und nun berichte. Was ist mit dieser Frau?«

»Zunächst: Sie ist die Mutter von diesem Moritz Granius, den Ihr sucht. Granius ist der Kopf der Schlange, gegen die Ihr kämpft, aber sie ... Na ja, die ist klug, will ich sagen, auch wenn sie nur 'ne Frau ist. Die hat richtig was in der Birne.«

»Und weiter?«

»Ihr Sohn wurde kürzlich eingekerkert, wegen eines anderen Vergeh...«

»Das weiß ich. Leider habe ich es zu spät erfahren. Und?«

»Da ist sie gekommen, vielleicht, um ihm zu helfen, aber ganz sicher, damit das Geschäft nicht in Fetzen ...«

»Ja, ja!«

»Sie hat jetzt die Führung übernommen, aber ihr Sohn ist auch wieder dabei, heißt es. Zusammen planen sie nun was ganz Großes.«

»Und das wäre?«

Rachel schüttelte bedauernd den Kopf. »Weiß ich leider nicht. Aber ich krieg das auch noch raus, Herr, wenn Ihr mir nur freundlichst ...«

»Hier ist dein verdammter Gulden.« Apocalypsis wedelte mit dem Geldstück in der Luft. »Aber zuerst verrätst du mir, wo ich diese Aliz finde.«

29. Kapitel

Es pochte. Aliz strich ihr Kleid glatt. Sie hatte mit dem Gedanken gespielt, einen Hauch Bleiche auf die Wangen aufzutragen, um zu demonstrieren, wie schlecht es ihr ging, aber Anderrath hatte das für unnötig gehalten. »Niemand könnte daran zweifeln«, hatte er ihr versichert. Er hielt sich im Zimmer über ihr auf, wo er ein Loch zwischen zwei Deckenbalken gebohrt hatte, um zu lauschen.

»Bitte kommt herein.« Die Tür wurde geöffnet, von Coesfeld erschien im Türrahmen, und Aliz bemühte sich um das erschrockene Gesicht, das in einer Situation wie dieser angemessen war. Der freundliche Einläuter der Apokalypse kam allein, der Heiligen Jungfrau sei Dank. Er hätte auch die Büttel mitbringen und sich die erhofften Informationen durch eine peinliche Befragung verschaffen können. Aber sie hatte geahnt, dass er ihr das nicht antun würde. »Ihr, mein Herr? O lieber Himmel!«

Von Coesfeld packte sie an ihrem gesunden Arm und führte sie mit sanftem Zwang zu einem Stuhl. »Meine liebe Frau Granius, wenn Ihr Euch bitte setzen wollt …«

Aliz überlegte, ob sie in Tränen ausbrechen sollte, was ihr in letzter Zeit doch so wunderbar gelang, aber dieses Mal zeigten die Augen sich widerspenstig. Von Coesfeld nahm ihr gegenüber an dem kleinen Tisch Platz. »Was ist denn mit Eurem Gesicht?«, fragte sie. »Habt Ihr Zahnweh?«

Er wollte nicht über Zahnweh reden, natürlich nicht. Stattdessen beugte er sich vor und nahm ihre Hand in die eigenen. »Frau Granius, liebe Frau Granius, Ihr macht mir Kummer. Und um es ohne Umschweife zu sagen: Ich weiß alles. Damit meine ich Eure Vergangenheit, aber auch Eure Pläne für die Zukunft. Eure gefährlichen, um nicht zu sagen: verbrecherischen Pläne. Ich rede von der neuen Poststrecke.«

Was für ein Jammer, dass es mit den Tränen nicht klappen wollte. Aber es war erfreulich, dass er sofort zur Sache kam, so dass sie sich nicht lange vortasten musste, sondern gleich mit ihrem Geständnis beginnen konnte. Sie erzählte dem freundlichen Herrn mit den Triefaugen vom Tod ihres Mannes und wie sie heimlich die Poststrecke einrichtete. »Ich hätte mich niemals verleiten lassen dürfen. Aber es tat so weh, meine armen kleinen Kinder frieren und hungern zu sehen, Herr. Und es waren ja nur wenige Briefe, kaum der Rede wert.«

Von Coesfeld wiegte den Kopf.

Sie sprach von Moritz, der seiner Mutter hatte helfen wollen. »Er ist ein gutes, frommes Kind gewesen. Dass ich ihm erlaubt habe, sich an dem Verbrechen zu beteiligen ...«

»In der Tat, ein schwerer Fehler.«

»Es war eine Sünde, für die ich nun grausam büße. In Wöllstein hörte Moritz noch auf mich. Nur einige, wenige Briefe, habe ich zu ihm gesagt, nur dass wir der kleinen Anni Schuhe für den Winter kaufen können und für Tile eine Jacke, damit er nicht frieren muss ...«

Übertrieb sie? Von Coesfeld seufzte.

»Aber dann ging Moritz nach Frankfurt, und anstatt dort ein gottgefälliges Leben zu beginnen, wie ich es hoffte, geriet er in schlechte Gesellschaft ...« Sie hielt kurz inne, als verlöre sie sich in der Vergangenheit. »In Moritz war immer etwas Wildes, fürchte ich. Wo ich aus Not handelte, tat er es aus purem Vergnügen. Er hat das Netz erweitern wollen und dafür Beziehungen zu anderen Menschen geknüpft. Wobei ich denke, dass es am Ende die Liebe zur Tochter seines Meisters war, die ihm zum Verhängnis wurde.«

Von Coesfelds Hände waren warm und verschwitzt, aber er ließ ihre eigene nicht los, obwohl er eigentlich hätte merken müssen, wie unbequem es für sie war, den verbundenen Arm nicht stützen zu können.

Aliz unterdrückte einen Seufzer und erklärte, wie Moritz sich in die Tochter seines Meisters verliebte und sich in den Gedanken verrannte, viel Geld verdienen zu müssen, um ihr zu gefallen. Und da kam ihm die Poststrecke gerade recht. Es war so viel Wahres in der Geschichte, dass sie ihr nicht einmal mehr selbst wie eine Lüge vorkam. »Er war wie von Sinnen. Eva ist auch wirklich ein hübsches Mädchen. Nicht sehr klug, wankelmütig, aber dennoch …«

»Aber dennoch hübsch, ich verstehe.«

»Moritz hat mir gestanden, dass er mit einigen mächtigen Männern gesprochen hat, die dem Generaloberpostmeister das kaiserliche Postprivileg streitig machen wollen, indem sie in großem Umfang und gegen jedes Gesetz ein konkurrierendes Postnetz aufbauen, das über Trient bis nach Rom laufen soll.«

Die Namen, die sie nannte, riefen bei von Coesfeld ein aufgeregtes Zwinkern hervor, aber er war nicht dumm. Warum erzählte sie ihm solche Ungeheuerlichkeiten, die ihren angeblich geliebten Sohn an den Galgen bringen würden?

Aliz beeilte sich mit einer Erklärung. »Ich bin Moritz' Mutter, Herr von Coesfeld, und ich würde ihm wohl dennoch beistehen, wenn er nicht auch noch das allergrößte Unrecht auf sich geladen hätte.« Endlich schaffte sie es, ihre Hand zu befreien.

»Was hat er angestellt?«

»Er hat seinen jüngeren Bruder mit in die Sache hineingezogen.«

»Ach«, meinte von Coesfeld verblüfft.

»Tile ist nicht klug, er begreift nur wenig vom Leben, wenn Ihr versteht, was ich sagen will. Er ist gutmütig und fromm, aber ...«

»Meint Ihr den Jungen, der die Tiere malt?«

»Gerade den. Moritz hat ihn zu der Frau mitgenommen, die das verbrecherische Geschäft betreiben will. Es ist eine mächtige Frau, Herr von Coesfeld, eine böse Frau, die aber ein sonderbares, ich möchte sagen, ein teuflisches Interesse an meinem jüngeren Kind zeigt. Vielleicht ist es gerade das Arglose, das sie an ihm fasziniert, so wie das Böse ja oft neidisch auf das Gute schaut, um es zu sich hinabzuziehen. Sie will Tile ins Geschäft einführen, hat sie gesagt. Aber in Wahrheit will sie ihn verderben, indem sie ihn die Bosheit lehrt, der sie sich selbst verschrieben hat. Das weiß ich.« Warum kamen die verfluchten Tränen nicht? Ihre Augen waren zu Wüsten geworden. »Ich habe Moritz angefleht, den Jungen bei mir zu lassen, aber er hat mich nur ausgelacht. Und das kann ich ihm nicht verzeihen.«

Von Coesfeld murmelte etwas. Das Verhalten ihrer Söhne interessierte ihn nur am Rande. Eine Poststrecke bis hinunter nach Rom ... Aliz konnte sehen, wie aufgewühlt der Mann auf der anderen Seite des Tisches war. Nach Monaten erfolglosen Bemühens sah er endlich eine fette Beute unter seine Angel gleiten. Wenn er ein großes, konspiratives Netz aufdeckte, gesponnen, um seinen Auftraggeber um riesige Summen, vielleicht gar um sein Lebenswerk zu prellen ...

»Wer ist diese Frau?«

Aliz zierte sich ein bisschen, sie bat ihn, ihre Söhne zu schonen, sie versuchte zu verhandeln, aber schließlich gab sie nach und nannte den Namen. Von Coesfeld schluckte. Die Markgräfin von Burgau. Sie hatte zwar schon viele Jahre nicht mehr in der Politik mitgemischt, aber genau wie Herzog Philipp war er alt genug, um ihren Namen zu kennen und zu fürchten. Es war aber wohl gerade der hohe Rang der Frau, der ihn überzeugte. Er fragte nach und bohrte beharrlich, aber viel mehr hatte Aliz nicht zu sagen. Sie zog ein Tüchlein aus ihrem Ärmel und tupfte damit über die Augen. »Wie habt Ihr mich überhaupt gefunden?« Gut, dass sie daran dachte, diese naheliegende Frage noch zu stellen.

»Ich habe meine Quellen. Bei allen guten Mächten, denkt nach. Fällt Euch nicht doch etwas ein, wie man dieses Weib überführen könnte? Gibt es Beweise? Hat sie Fehler gemacht, anhand derer man ihre Verbrechen belegen könnte? Die Herren von Taxis sind mächtig, aber gegen dieses Weib müssten sie große Geschütze auffahren. Frau Granius, wenn Ihr mir helfen könntet, sie zu entlarven, würde sich das für Tile zum Guten auswirken, das verspreche ich Euch.«

Sie tat, als käme ihr ein Gedanke, den sie aber nur zögernd äußern mochte. »Ich habe Moritz belauscht. Gott steh mir bei: Es soll wohl ein konspiratives Treffen verschiedener Herrschaften geben, die sich an diesem Geschäft beteiligen wollen.«

»Sprecht weiter!«

»Moritz sagt, er hat für die Fürstin Skizzen mit den geplanten Postkursen zeichnen müssen, außerdem hat er eine Brief-Tax-Ordnung entworfen, mit der sie den Generalpostmeister in den Preisen unterbieten will, und überschlägliche Schätzungen niedergeschrieben, was den künftigen Gewinn betrifft. All das will dieses Weib den Herrschaften vorzeigen, um sie zur Teilnahme zu bewegen. Sie wird diese Unterlagen also mit sich führen.«

»Wo und wann wird diese Treffen stattfinden?«

Ja, das war der entscheidende Punkt. »Ich weiß es nicht. Nur, dass die Kutsche der Gräfin Mainz passieren soll. Dieser Name ist gefallen.«

»Mainz also.«

»Ihr müsst mir schwören, dass Ihr Tile in dem Moment, in dem Ihr die Kutsche anhaltet, laufen lasst.«

»Ihr glaubt, er wird bei ihr sein?«

»Sie lässt ihn nicht aus den Augen. Er ist ihr Schoßhund geworden.«

»Wohin soll ich den Jungen bringen?«

»Scheucht ihn einfach davon, ich werde ihn zu finden wissen.«

Kurz blitzte Misstrauen in von Coesfelds Augen auf. Wahrscheinlich hätte er ihm nachgegeben, wenn er den Hinweis auf das Komplott nicht von seinem kleinen Spion bekommen hätte. Er nickte.

Und da nannte sie ihm den Ort und das Datum, nach denen er sich verzehrte.

30. Kapitel

»Gut gemacht«, sagte Anderrath, als er zu ihr in das Zimmer zurückkehrte. »Ihr seid eine imponierende Schwindlerin.« Er schloss sie in die Arme. Das hatte er in den letzten Tagen schon öfter getan, ganz beiläufig, ohne etwas Großes daraus zu machen. »Tut mir leid«, murmelte er.

»Was denn?«

Er holte ihren Mantel und legte ihn ihr um. »Wie schlecht es dir geht. Ich fange erst jetzt an zu begreifen, wie schwierig Kinder das Leben machen.« Er drückte ihre Schulter. Auch das ganz beiläufig. Jetzt kamen ihr doch die Tränen, die sie vor wenigen Minuten noch herbeigesehnt hatte. Verstohlen wischte sie sich die Augenwinkel.

Es gab nichts zu packen, auch die Miete für den Raum hatten sie bereits entrichtet. Rasch verließen sie die Stadt. Rachel erwartete sie mit den Pferden beim Galgentor. Sie preschten an den Leichen der Verbrecher am Galgenrondell vorbei. Die Toten waren gefroren und schaukelten wie Bänder im Wind. Moritz war nicht unter ihnen. »Gott ja, man braucht nicht viel, um glücklich zu sein«, meinte Anderrath, der ebenfalls hinüberschaute.

Da sie alle drei gute Reiter waren – auch das jüdische Mädchen –, kamen sie rasch voran. Sie genossen den Schnee, der unter den Hufen spritzte und in ihre Gesichter wirbelte. Sie lachten unangemessen viel.

Im Schein der tief stehenden Wintersonne tauchte Mainz

vor ihnen auf, die Stadt in der Schleife des Rheins mit den weiß getünchten Häusern, den Schiffen, die sich durch die vom Schnee umwirbelten Fluten quälten, und den mächtigen roten Türmen des Doms. Es war zwei Tage vor Mariä Empfängnis. Zwei Tage, bevor sich Tiles Schicksal entscheiden würde. Die Leichtigkeit der letzten Stunden verflog. Es hatte sie nie gegeben, nur einen falschen Rausch, als hätten sie sich betrunken.

Aleeke tauchte auf einem kleinen Weg auf, der sich zwischen zwei Wäldchen schlängelte. Offenbar hatte er dort auf sie gewartet. Sie folgten ihm über Pfade, die immer schmaler und verwilderter wurden, und gelangten schließlich zu einer Ruine. Es war ein Gemäuer wie ein verwunschener Petrosinella-Turm. Man meinte die Hexe, die die schöne Gefangene bewachte, in den Gebüschen lauern zu spüren.

»Von da oben hat man eine Sicht wie aus einem Krähennest. Da siehst du morgens, wer abends die Stadt erreicht«, versicherte Aleeke Anderrath.

Eine Tür besaß der Turm längst nicht mehr, aber Mauern und Geschossdecken, auch wenn sie zum Teil eingefallen waren, und das war bei dem scheußlichen Wetter mehr als willkommen. Moritz und Anni begrüßten sie voller Erleichterung. Sie erklommen gemeinsam die bröckelnden, von Moos und Feuchtigkeit glitschig gewordenen Stufen, bis sie das oberste Geschoss des Turms erreichten. Dort, wo Stürme die Schindeln fortgeweht hatten, lag knöcheltief Schnee. Mit eiskalten Füßen starrten sie zu der Straße, die wie ein Band aus grauem Matsch am Wäldchen vorbei zur Stadt führte.

»Von Coesfeld ist noch nicht angekommen?«, vergewisserte sich Anderrath bei seinem schwarzen Freund.

»Keine auffälligen Gestalten, seit wir hier warten, keine Büttel, keine größere bewaffnete Gruppe.«

»Und Sibylle …«

»Die Hexe würde ich riechen, da bräuchte ich keine Augen.«

Aliz starrte über die Baumwipfel. Der Weg verschmolz mit den Schatten der einbrechenden Nacht. Aus einem fernen Dorf stiegen Rauchfäden in die Luft, die sich ebenfalls in der Dämmerung verloren. Was, wenn Sibylle nicht kam, wenn Anderraths Spione gelogen oder die Gräfin ihre Pläne geändert hatte? Oder wenn von Coesfeld die Sache zu brenzlig geworden war? Sie selbst hätten keine Chance gegen die Eskorte, die die Markgräfin auf der gefährlichen Reise über Land begleiten würden. Da bräuchten sie sich nichts vorzumachen. Ihre ganze Hoffnung lag bei von Coesfeld und den Bewaffneten der Herren von Taxis.

Sie legten sich Decken und Felle um, die Aleeke und Moritz irgendwo besorgt hatten, und entzündeten unten im Turm ein Feuer, von dem sie hofften, dass es niemandem auffallen würde. Aber es strahlte keine echte Wärme aus, und sie mussten die meiste Zeit herumlaufen, um nicht zu erfrieren.

Am nächsten Tag wurde Aliz Zeuge, wie Moritz und Rachel einander am Ufer eines trüben Tümpels, über dessen Eis eine Ente schritt, küssten. Sollte sie Einwände erheben? Ihr Junge und ein Judenmädchen …? Sie machte sich nicht einmal die Mühe, die Frage zu Ende zu denken. Vertrauen, Zusammenhalt und Liebe … Gab es etwas anderes, das wichtig war?

»Ich bin es wert«, hörte sie Rachel trotzig sagen. Das Mädchen schob Moritz von sich. Hatte er eine dumme Bemerkung gemacht?

»*Was* bist du wert?«

»Alles. So viel wie jede andere.«

»Rachel, wann hätte ich je behauptet …?«

»Ich sag's nur, weil es mal jemand ausgesprochen hat.

Symon Anderrath hat das gesagt. *Du bist es auf jeden Fall wert.*»

Moritz fuhr auf. »Schon wieder der göttliche Symon! Rachel …«

»Halte den Mund. Und hör auf, immer über ihn zu meckern, als wäre er ein Stück Dreck. Das ist ungerecht, verstanden? Du bist verbohrt, mit deinem Vater. Und es ist höchste Zeit, dass dir das mal jemand ins Gesicht sagt!«

Moritz blickte in die Richtung von Aliz, als spürte er ihre Gegenwart. Leise wandte sie sich ab und ließ die beiden allein.

Es war vielleicht eine Stunde später. Ein Sturm, wie sie in diesem Winter ständig über das Land brausten, kam auf. Ihre Pferde hatten Schutz an einem steilen Hügel gefunden, wo sie sie festgebunden hatten, sie selbst verkrochen sich wieder im Turm. Es war duster, trotz der frühen Stunde.

»Ich muss pinkeln«, flüsterte Anni. Aliz nickte, und ihre Tochter stieg die Stufen hinab und verschwand zwischen den Bäumen, die von den Sturmböen gefleddert wurden. Kurz darauf kam sie kreischend zurück: Eine Fledermaus war über ihren Kopf hinweggeflogen. Moritz lachte sie aus, aber Aleeke murmelte: »Eine Fledermaus bei diesem Wetter? Das ist ungewöhnlich.«

Schweigen senkte sich über die kleine Runde. Sie wussten, woran er dachte – an die Hexe, an Sibylle. Fledermäuse waren Hexengetier, die lautlosen, blutsaugenden Begleiter der Teufelsbuhlen. Anni blickte unsicher in ihre Runde, dann ging sie in den Nebenraum, um ihr Geschäft zu verrichten.

Anderrath begann zu erklären, wie er sich den nächsten, alles entscheidenden Tag vorstellte. »Anni, Rachel und Aliz, ihr werdet in aller Frühe losreiten und östlich von Mainz abwarten, bis wir …«

»Ich werde nichts dergleichen tun«, sagte Aliz.

Anderrath wirkte nicht sonderlich überrascht. Er wartete kurz, ob jemand widerspräche, dann sagte er: »Allein machen die Mädchen sich nicht auf den Weg. Wenn uns was passiert, sind sie Krähenfutter. Wer begleitet sie also?«

»Ich kann auf mich selbst aufpassen, und auf Anni auch«, murrte Rachel.

»Nein«, widersprachen Moritz und Anderrath wie aus einem Mund. »Geh du mit ihnen«, forderte Anderrath seinen Sohn auf.

Moritz gab sich wie erwartet kratzbürstig. »Tile ist *mein* Bruder.«

Aliz umarmte ihren Sohn mit ihren Blicken, auch wenn ihr klar war, dass es ihm bloß ums Widersprechen ging.

»Er ist *nicht* dein Bruder«, meinte Anderrath. »Nur um der Korrektheit willen.«

Eine ungemütliche Pause trat ein, in der das Pfeifen des Sturms überlaut erschien. »Woher stamme ich eigentlich väterlicherseits? Auch wenn man nur die Ehe brechen will, braucht man doch sicher einen gewissen Hintergrund, um eine Herzogin auf sich aufmerksam zu machen.«

Anderrath lachte. »Auch der Weg in den Schoß unserer Familie steht dir natürlich offen, Moritz. Es ist nur fraglich, ob du ihn sonderlich komfortabel finden würdest. Ich bezweifele, dass meine Vettern lange getrauert haben, als der lästige Erbe auf die Galeere entschwunden war. Wieso sollten sie nun seinen Sohn ins Herz schließen? Den Mann, der von sich *behauptet*, der Sohn zu sein – so würden sie es wohl darstellen.«

Moritz wollte etwas erwidern, sicher einen Stich setzen, von dem er hoffte, dass er verletzte, doch in diesem Moment hob Aleeke in einer gebieterischen Geste die Hand. Er horchte, sie horchten ebenfalls, aber sie brauchten einige Atemzüge länger, um etwas zu hören. Männerstimmen mischten sich draußen im Wald ins Pfeifen des Sturms. Sie wurden rasch lauter. Menschen waren auf dem Weg den Hügel hinauf. Und es gab nur ein Ziel in diesem abgelegenen Stück Wald: den Turm.

Anderrath war mit wenigen Sätzen bei der Treppe, die in den Wald hinabführte. Genau so schnell machte er kehrt und deutete zu einem Fenster. Der Sturm hatte die Stimmen zu lange übertönt – die Ankömmlinge waren bereits nah, vielleicht schon bei den Stufen. Panisch blickte Aliz sich um. Aleeke war bereits verschwunden. Moritz half Rachel durch das Fenster. War der Mohr hinab in die Freiheit gesprungen? Das waren doch fünfzehn Fuß oder mehr. Fing er Rachel auf? Wo steckte Anni?

Anderrath drängte Aliz ebenfalls zum Fenster. Sie hörte eine Jungenstimme. Tile. Keiner kannte die leise, quengelnde Stimme so gut wie sie. Aliz zwängte sich durch den Mauerdurchbruch, heiße Stiche fuhren durch ihren geschienten Arm. Sie stürzte direkt in Aleekes Arme. Kurz sah sie das Gesicht von Moritz, neben ihm das von Anni. Dann landete Anderrath bei ihnen im Schnee.

»Ich will den Hund«, drang Tiles bockige Stimme aus den Fenstern zu ihnen herab. Aliz fühlte Zärtlichkeit und Widerwillen zugleich. Dieses Kind, dieses anstrengende Kind. *Ihr* Kind, das sie in einer Winternacht zur Welt gebracht, das sie gekost und um das sie sich gesorgt hatte, wie um keines der anderen. Das sie verabscheut hatte, als sich immer mehr die Züge ihres Vergewaltigers aus dem weichen Gesicht schälten ... *Ich habe ihn doch nicht verabscheut. Ich habe ihn geliebt ...*

»Komm, wir müssen fort.« Anderrath packte sie erneut.

»Hier hat ein Feuer gebrannt«, ertönte eine Stimme über ihnen. Ein Fluch folgte. Wahrscheinlich hatte der Mann in die heiße Asche gefasst. Er schrie eine Warnung. Aliz rannte mit Anderrath zu den nächsten Büschen. Sie wusste nicht, wo die anderen abgeblieben waren. Alles ging schief. Sie stolperten voran, Anderrath hielt sie – und riss sie zur Seite.

Männer rannten an ihnen vorbei. Einer hielt ein Schwert in der Hand, der Stahl blitzte trotz des matten Lichts, das Mond und Sterne spendeten. Weiter entfernt leuchteten die Feuer mehrerer Fackeln, die sich durch den nächtlichen Wald bewegten. Sibylle war offenbar mit einem hellwachen Trupp Söldnern unterwegs.

»Es war irgendwelches Gelumpe, und wir haben's verscheucht«, brüllte einer der Männer. Ein Käuzchen schrie, als wollte es ihm recht geben.

»Kehren wir um. Die Gräfin braucht unseren Schutz.« Der Mann, der das sagte, klang besorgt, vielleicht befürchtete er eine Falle.

»Wahrscheinlich ist das Feuer von den Herrschaften gelegt worden, mit denen unsere Gräfin sich treffen will«, meinte ein anderer.

»Und warum sind die dann weggerannt? Hast du Scheiße im Kopf?«

»Das war Diebsgesindel, die sind froh, dass sie heil davongekommen sind«, rief eine dritte Stimme.

»Kann sein. Aber kann auch sein, dass sie noch einmal wiederkommen, wenn sie nämlich genügend an Zahl sind, um uns niederzuhauen. Los, zurück zum Turm.« Die Fackeln und Stimmen entfernten sich wieder.

Aliz hielt ihren Arm, der nach dem Sturz höllisch schmerzte. »Sibylle hat sich mit den Männern für diese Nacht verabredet«, flüsterte sie. Mehr gab es auch nicht zu sagen. Falls von Coesfeld die Gräfin überhaupt hatte aufhalten wollen, würde er zu spät kommen.

»Ich ... will ... aber, dass der Hund ... schläft.« Tiles Stimme hallte vom Turm durch die Nacht. Er brüllte wie von Sinnen. Wie sein Vater. Wie Johann Wilhelm, wenn ihn der

Wahnsinn durch die Flure trieb, dachte Aliz, während sich alles in ihr verklumpte.

Eine weibliche Stimme antwortete in einem Tonfall, der dem des Jungen verstörend ähnelte. Dann gellte ein Schrei durch die Nacht. Hatte Sibylle Tile geschlagen? Der Schrei verstummte. Tile war wieder zu hören. »Ich hasse Euch. … Hund ist … meiner. Ihr … mir geschenkt … versprochen …«

Was dann folgte, war nicht auszumachen, aber Tiles Geschrei ging in ein Wimmern über. Plötzlich ertönte ein Schuss. Anderrath umklammerte Aliz. Dachte er, sie wollte zu ihrem Sohn laufen? *Das will ich auch, ich liebe ihn …*

»Es ist nur der Hund, sie hat den verdammten Hund erschossen«, flüsterte er.

Natürlich. Tile war ja der Schatz, den Sibylle ausbeuten wollte, gleich, wie ihre Gefühle für ihn waren. »Ich kann nicht ohne ihn fortgehen.«

»Ich weiß.« Er zog sie mit sich, sie schlichen durch das Unterholz, stolperten über Wurzeln und hinterließen ihre Fußabdrücke im Schnee, die hoffentlich vom Unwetter bald wieder verweht und vom Schnee zugedeckt werden würden. »Tile braucht Ruhe. Er verträgt einfach keine Aufregung.«

»Ich weiß.«

»Ich liebe ihn.«

Anderrath hielt an und nahm ihr Gesicht zwischen die Händen. »Aliz …«

»Manchmal kann ich ihn aber kaum ertragen. Er macht mir Angst. Wenn er wütend wird, ist er seinem Vater so ähnlich …«

»Ich weiß.«

»Aber ich liebe …«

Anderrath legte die Hand auf ihren Mund. Irgendwie hatten sie es wohl im Sturm geschafft, wieder in die Nähe des Turms zu kommen. Zwei Männer ritten an ihnen vorbei, und im Schneewirbel tauchten auch die Turmmauern wieder auf. Die beiden banden ihre Tiere an einen Strauch und stiegen die Stufen hinauf. Kaum dass sie verschwunden waren, passierten drei weitere Reiter den Weg. Aliz erkannte Schenckerns näselnde Stimme, die Tiere wurden neben die anderen gebunden. Auch diese Männer erklommen die Treppe.

»Wir können Tile da nicht rausholen.«

»Das ist unmöglich, leider«, wisperte Anderrath

Aliz fuhr herum, als jemand sie berührte. Moritz. Wie hatte er sie nur gefunden?

»Wo sind die anderen?«, fragte Anderrath.

»In Sicherheit. Aber – und das ist die gute Nachricht – am Rand des Waldes zieht die Apokalypse auf.« Aliz sah ihren Sohn mit roten Wangen durch die Schneeflocken lächeln. »Coesfeld ist doch jetzt schon gekommen, der verfluchte Hund. Irgendwie muss er rausgekriegt haben, wo sich die Bande treffen will. Die Taxis haben ihre Ohren wohl an jeder Wand. Jedenfalls brennt er darauf, die Halunken zu stellen. Und er hat etwa zwei Dutzend Bewaffnete bei sich.«

»Wenn er im Turm auf Sibylle trifft, wird er erfahren, wer Tile ist«, murmelte Anderrath. Würde von Coesfeld den Jungen dann noch laufen lassen? Nicht, wenn er begriff, dass sie ihn betrogen hatten, das würde jeden Menschen erbosen. Aliz sah Anderrath mit seiner Pistole und einem Beutel hantieren. Er schüttete Schwarzpulver in das Pfännchen. Was hatte er vor?

»Ihr zwei verschwindet.«

Und plötzlich begriff sie, wie töricht sie gewesen war. Es fiel ihr wie Schuppen von den Augen. Sie hatte sich vorgestellt, dass von Coesfeld die Kutsche der Gräfin auf offener Straße überfallen und Tile im Getümmel fortschicken würde, während seine Leute mit den Männern der Gräfin beschäftigt waren. Aber das war viel zu vage gewesen. Sie hätte erkennen müssen, dass Moritz' Plan kaum Aussichten auf

Erfolg hatte, und vor allem hätte sie erkennen müssen, dass Anderrath sich darüber im Klaren gewesen war. War es ihm überhaupt je um die Rettung Tiles gegangen? Hatte er das Chaos beim Zusammentreffen zwischen der Gräfin und von Coesfeld nur nutzen wollen, um endlich Rache üben zu können? Ein Schuss auf die Gräfin, ein anderer auf Schenckern, zwei Morde, die man hinterher leicht von Coesfeld in die Schuhe schieben konnte?

Da kamen sie auch schon den Weg hinauf. Eine lange, lautlos marschierende Kette schwarz gekleideter Männer, die routiniert ihre Waffen hielten. Von Coesfeld schritt voran. Aber das Kommando führte offenbar ein Söldner an seiner Seite. Die beiden flüsterten miteinander.

Aus dem Turm ertönte gut gelauntes Lachen und ein Bravoruf. War es Sibylle gelungen, die Männer zu überzeugen, dass Tile ein echter Nachfahre ihres Bruders war und sie damit ein wertvolles Pfand zum Schachern um das Herzogtum Jülich-Kleve-Berg in der Hand hatten? Schwelgten sie dort bereits in goldenen Zukunftsplänen?

Von Coesfeld musste das Gelächter wie ein Hohn auf seinen Herrn vorkommen, dessen Postlinien die Saubande im Turm gerade unter sich aufteilten. Wie viele Vorwürfe des Herrn von Taxis hatte er über sich ergehen lassen müssen … Er fackelte nicht lange. Auf sein Zeichen stürmten die Männer die Treppe hinauf.

Noch ein letztes Mal sah Aliz ihren Traum, in dem Tile über beschneite Felder in ihre Arme rannte … Dann hörte sie Schüsse und Schmerzensschreie. Über all dem Lärm erhob sich Tiles Stimme. Er kreischte, außer sich vor Angst – und kam die Treppe hinabgelaufen. Das verstörte Kind suchte sein Heil in der Flucht. Könnte sie ihn doch noch retten?

Die Distanz zwischen ihrem Versteck und der Treppe war nicht groß. Vielleicht zwanzig Schritte. Auf ihren Ruf hin blieb Tile stehen und drehte verwirrt den Kopf. »Komm her zu mir.« Aliz stolperte über etwas Hartes, das sie in der Dunkelheit übersehen hatte. Sie war sofort wieder auf den Füßen. Aber es war wie in einem Alptraum: Egal, wie sie sich beeilte – der Abstand zu ihrem Sohn verringerte sich kaum.

In diesem Moment tauchte Schenckern auf der Treppe auf. Der Marschall wirkte riesenhaft ... Er entdeckte und erkannte Aliz, kein Zweifel. Kurz schaute er sich um, diese Vorsicht besaß er, dann hastete er zu Tile. Der Junge floh vor ihm, direkt auf seine Mutter zu. Ein Schuss hallte durch die Nacht. Schenckern wurde von der Wucht der Kugel, die ihn traf, zu Boden geworfen. Tile fuhr herum und starrte schockiert auf die Gestalt, die sich unter grässlichen Schreien im blutgetränkten Schnee wälzte.

»Komm her!« Aliz hatte ihren Sohn fast erreicht. Tile warf sich in ihre Arme und rief weinend ihren Namen.

Wieder erschien jemand oben auf dem Treppenabsatz. Hager, mit schwarzen Spitzen, die den weißen Hals umrahmten, gehüllt in einen Mantel aus Fell, der rötlich schimmerte. In diesem Moment sah Sibylle nicht wie eine Hexe aus. Die Dunkelheit glättete die Falten und verdeckte die Flecken in ihrem Gesicht, der Schnee, der immer noch fiel, hüllte sie in eine träumerische Schönheit. Das Mondlicht gab ihr die Jugend zurück, die sie sich von Aleekes Tränken vergebens erhofft hatte. »Nehmt diese gesetzlose Brut gefangen«, kreischte sie, während sie ungeachtet der Gefahr die Stufen hinabsprang.

Warum schoss Anderrath nicht erneut? Er tat es, gerade als das Weib sie erreichte. Und plötzlich hatte Aliz Blut an ihren Händen. War Tile versehentlich getroffen worden? Oder sie selbst? Sibylle auf keinen Fall, die Frau trat wutschnaubend die Flucht zurück in den Turm an. Anderrath stob durch den Schnee und packte Tile. Er nahm sich die Zeit, Sibylle noch etwas zuzubrüllen: »Die Hölle wartet auf dich.«

Auch Moritz war wieder bei ihnen. »Beeil dich, Maman …« Sie liefen zwischen Büschen und Bäumen. Die Stimmen ihrer Verfolger schienen überall zu sein, und sie kamen verzweifelt langsam voran, mit den beiden humpelnden Männern, von denen einer auch noch eine Last trug. Am Ende war es der Sturm, der sie rettete. Er brüllte durch's Geäst und verhängte den Wald mit weißen Schleiern, als schlüge sich die Natur auf ihre Seite.

Sie gelangten auf eine Wiese, wo sie mit pumpenden Lungen niedersanken. Aliz beugte sich über ihren Sohn. Atmete er? Sie legte ihr Ohr an sein Herz. Tiles Augen waren geöffnet, er blickte sie an, er zwinkerte. Also lebte er noch. Zitternd vor Kälte und Erleichterung, zog sie seinen Kopf auf ihren Schoß. Dabei verhedderte sich etwas in ihrem Mantel. Sie fühlte den Griff eines Messers. Als sie den Stoff beiseiteschob, sah sie, dass es Tile in der Seite steckte. Entsetzt starrte sie Anderrath an.

»Das Weib ist wirklich eine Hexe«, flüsterte er.

31. Kapitel

»Ich hab es dir gesagt: Sie werden uns finden.« Anderrath winkte Aliz zu dem kleinen Fenster des Dachstübchens, das sie in Würzburg gemietet hatten. Magister mit steifen Mühlsteinkragen und viereckigen Hüten stolzierten über das Pflaster zur nahe gelegenen Universität. Ihre Scholaren, etliche noch ohne Bartwuchs und kaum älter als Tile, rannten an den Männern vorbei. Einer von ihnen stolperte den steifen Herren vor die Füße und machte sich mit rotem Kopf und matschigen Händen und Knien davon.

Ihrem Fenster gegenüber lag Anderraths Haus. Er hatte in den vergangenen drei Wochen alles fortgeschafft, was irgendwie wertvoll war. Die Sachen waren auf Ochsenkarren über Umwege vorwiegend nachts zu einem Schiff transportiert worden, das einige Meilen entfernt bei dem kleinen Städtchen Ochsenfurt am Mainufer ankerte. Im Haus gab es nur noch leere Räume.

Anderrath lenkte ihre Aufmerksamkeit auf einen kleinen Trupp Bewaffnete, die sich verstohlen vor dem Haus sammelten. Zwei von ihnen trugen einen Balken, den sie vermutlich als Ramme nutzen wollten. Tatsächlich: Auf einen Wink ihres Anführers packten die anderen mit an, sie traten vor die Haupttür und schlugen sie in mehreren Anläufen ein. Ein Büttel, der die Männer begleitete, beruhigte die Passanten. Aliz konnte die Worte nicht verstehen, aber vermutlich erklärte er, dass diese Gewalttat auf Befehl des Rats vonstattenginge. Ein Verbrecher sollte dingfest gemacht werden.

»Tut es dir leid?«, fragte sie.

»Das da?« Anderrath zuckte gleichgültig mit den Achseln. »Stein ... Mörtel ... Holz ...«

»Und Hoffnung, Sicherheit und Stolz ...«

Er lächelte. Was bei anderen Menschen als Freundlichkeit wahrgenommen wurde, wirkte durch die gezackte Narbe in seinem Gesicht wie Sarkasmus, als meinte er es nicht ernst. Aber Aliz hatte inzwischen gelernt, andere Zeichen zu deuten. Die Schwingungen in seiner Stimme und besonders die Art, wie er die Hände bewegte, die seine Worte unterstrichen, sie abmilderten oder ihnen widersprachen. Seine Hände verrieten ihn immer.

»Tja, das Nest ist leer«, grinste Anderrath nach mehreren Minuten spöttisch. Männer mit enttäuschten Gesichtern blickten aus den Fenstern der oberen Stockwerke. Aliz und Anderrath hatten erwartet, dass Sibylle sie suchen würde. Sie musste Anderrath in der Nacht beim Turm erkannt haben. Und da sie ihn in der Gesellschaft von Aliz gesehen hatte, würden sich die Bruchstücke in ihrem Kopf zusammengefügt haben. Die Zofe der verhassten Jakobe ... Anderrath hatte Schenckern getötet und ihr selbst gedroht ... Spätestens nach seinen hasserfüllten Worten war es nicht mehr schwer gewesen, zwei und zwei zusammenzuzählen. Jakobes Zofe und Jakobes Liebhaber. Vielleicht hatte sie ihn sogar wiedererkannt, in diesem Augenblick voller Hass und Wut.

Bemerkenswert war, wie schnell ihre Spione Anderraths Haus gefunden hatte. Vielleicht lag es an Aleeke – der Mohr fiel ja auf wie ein Paradiesvogel im Hühnerhof. Und Anderrath hatte seine Handelsgeschäfte unter seinem Geburtsnamen betrieben. Da hatte es wohl gereicht, sich ein wenig umzuhören. Trotzdem musste man Sybille bewundern.

Wenn sie herausbekommen wollte, wohin das Objekt

ihres Zorns verschwunden war, würde die Spur sich allerdings rasch verlieren. Ihre Leute würden feststellen, dass Anderrath sein Haus an einen Bierbrauer verkauft hatte, der den Vorbesitzer kaum kannte. Dieser Mann würde es seinerseits, sobald Sibylles Interesse nachgelassen hatte, an ein junges Ehepaar weiterverkaufen, das eine Druckerei einrichten wollte. Dort würden Avisen gedruckt werden, die sie nach Übersee verschifften, um die Europäer in den Kolonialstaaten mit Nachrichten zu versorgen. Aber das würde die Gräfin nicht mehr erfahren. Ebenso wenig wie die Tatsache, dass dieser Drucker einmal *Moritz Granius* geheißen hatte. Moritz suchte gerade nach einem neuen Familiennamen für sich und Rachel.

Aliz war so froh. Anderrath hatte die Idee mit den Avisen gehabt. Er wusste, wie begierig die Menschen in den Kolonien Neuigkeiten aus der Heimat verschlangen, und er hatte Moritz vorgeschlagen, die Schiffe zu nutzen, die zwischen Java und Europa pendelten. Dass Moritz bereit war, die Hilfe seines Vaters in Anspruch zu nehmen, war dabei für Aliz das größte Glück. Die beiden hatten viel miteinander geredet. Nicht selten war es dabei laut geworden. Aber manchmal hatten sie auch miteinander gelacht. Das war gut, für den Anfang.

Und er hatte wieder begonnen, sie *Maman* zu nennen. Sie hatte ihren Sohn zurückbekommen. Ihr Herz wurde weit, während sie zusah, wie oben in Anderraths altem Haus ein Fenster zersplitterte. Ganz recht, es waren nur Stein und Holz … Alles, was wichtig war, begann wieder heil zu werden.

Nein, korrigierte sie sich sofort, und ein Schatten senkte sich auf ihr Gesicht. Nicht alles.

Ochsenfurt war eine kleine Stadt mit geraden Schutzmauern, gemütlichen Häusern, vielen ordentlich gepflegten Gemüsegärten, in denen Kohlköpfe die Schneedecken wölbten, einem winzigen Hafen und einer Steinbrücke über den Main, die ihr zu wirtschaftlichem Aufschwung verholfen hatte.

Der Pfarrer der Sankt-Andreas-Kirche erwartete sie im Pfarrhaus. Er war ein zerstreuter Mensch, aber nicht so zerstreut, dass er sich nicht über den wohlhabenden Fernhändler gewundert hätte, der seinen Sohn so überhastet trauen wollte. Aliz schwindelte eine Notlage zusammen. Die Eltern mussten reisen, sie würden vielleicht auf Jahre fort sein. Und da sollte der Sohn in ihrem Beisein den Segen des Herrn für seine Eheschließung empfangen.

Der Pfarrer nickte. So war es ja heutzutage. Überall Eile. In den guten alten Zeiten war es gemütlicher zugegangen.

Dass die Braut sich bei der Trauung im Kreis der Familie während der Gebete verhaspelte, schob er auf ihre Aufregung. Er schenkte ihr ein gütiges Lächeln und klopfte dem Bräutigam, der vor Glück leuchtete, milde auf die Schulter. Als sie die Kirche verließen, winkte er ihnen nach.

Jetzt waren Moritz und Rachel also ein Ehepaar. Beim Essen in einem Gasthaus, durch dessen Fenster man auf Obstbäume und Weiden blickte, schmiedeten die beiden weitere Pläne. Sie bestürmten Aliz, dass Anni bei ihnen bleiben sollte, bis die Eltern aus Java zurückkehrten. Schiffsreisen waren gefährlich, in Würzburg wäre sie sicherer. »Ist meine Schwester sicherer«, sagte Moritz, und auch das machte Aliz glücklich. Anni war einverstanden. Die Zeit in der Herberge und Moritz' Aufenthalt im Kerker hatten ihr zugesetzt. Sie wollte nicht auf ein Schiff, das womöglich von Piraten gekapert wurde, in ein Land, in dem womöglich Menschenfresser über sie herfielen. Außerdem liebte sie ihren Bruder und Rachel. »Warum bleibt ihr nicht auch?«, fragte sie, während sie sich an Aliz schmiegte und ihre Hand umklammerte.

Aliz vermied es, zu Tile zu schauen. Das Kätzchen des

Wirts war zu ihm auf den Schoß gesprungen. Er streichelte es, aber viel zu hektisch. Das Kätzchen wand sich und fuhr ihm mit den Krallen übers Gesicht, um zu entkommen. Wütend griff Tile nach einem Kerzenleuchter. Dass er ihn nicht nach dem Tier werfen konnte, war Anderrath zu verdanken, der rasch zugriff und das brennende Licht auf den Tisch zurückstellte. Er sprach leise auf ihn ein und hielt seine Hände fest.

Ich liebe ihn dafür, wie er mit meinem Sohn umgeht, dachte Aliz. Dass er ihn ertragen kann. Dass er weder ihm noch mir Vorwürfe macht. »Wir müssen ihn fortschaffen, und zwar so weit fort wie möglich. An einen Ort, wo es ruhig ist. Nach Batavia«, hatte er gesagt. Zum einen, um sicherzugehen, dass Sibylle den Jungen nicht doch noch ausfindig machte. Zum anderen aber, damit sein verstörendes Verhalten ihn nicht mit dem Gesetz in Konflikt brachte.

Tile zog ein mürrisches Gesicht. Die Wunde, die ihm seine Tante zugefügt hatte, als ihr klar wurde, dass er von ihr fortstrebte, bereitete ihm immer noch Schmerzen, und das verfinsterte seine Stimmung. Er bestand darauf, Aliz bei jedem Schritt zu begleiten. Aber manchmal schlug er sie, und einmal hatte er sie in die Hand gebissen – nur um sich danach noch fester an sie zu klammern. Er wurde seinem Vater von Tag zu Tag ähnlicher, mit einer beunruhigenden Geschwindigkeit. Sein Aufenthalt bei Sibylle hatte ihm schwer geschadet.

»Lassen wir ihn erst einmal zur Ruhe kommen«, meinte Aleeke, der ebenfalls eine erstaunliche Geduld für den Jungen aufbrachte.

Sie begleiteten ihre Kinder zu dem Haus, in dem sie vorerst leben würden, bis der Bierbrauer ihnen das größere Haus von Anderrath überließ. Dann kehrten sie mit Tile zum Schiff zurück und legten sofort ab.

Es war spät geworden. Die letzten Tage waren nass, aber

mild gewesen, so dass die Eisdecke auf dem Main aufgebrochen war und das Boot zwischen Schollen dümpelte. Es gab einen Kapitän an Bord, doch Anderrath überprüfte auch selbst, ob das Boot dem Treibeis gewachsen war. Ein frischer Wind blies in das Segel, und sie kamen rasch voran.

Tile war unten im Schiff eingeschlafen, doch Aliz brauchte frische Luft. Sie stand neben Anderrath an der Reling und starrte zum Ufer. Noch in der Nacht würden sie Würzburg passieren, später Frankfurt, dann Köln, und in einigen Tagen wären sie in Rotterdam. Dort würde ihre Ladung – Aliz hatte nur eine vage Vorstellung, worum es sich handelte, in jedem Fall waren schon einige Avisen dabei – umgeladen werden. Und schließlich würden sie eines der Handelsschiffe besteigen und hinaus auf die Meere segeln, in die Kolonien, wo Anderrath und Aleeke sich um neue Waren kümmern würden. Nach einigen Jahren könnten sie zurückkehren, hoffte Aliz, zumindest für einen Besuch. Ob mit oder ohne Tile würde sich noch herausstellen.

»Und?«, fragte sie Anderrath. »Bist du niedergeschlagen? Sibylle hat überlebt.«

»Das Weib hat sich über Wochen vergiftet. Es wird sterben.«

»Wärst du gern Zeuge gewesen?«

Anderrath umfasste mit den Händen die Reling. Die Adern seiner Hände traten hervor. Ein größerer Fisch sprang aus den Wellen, glitzerte einen Moment im Mondlicht und war wieder verschwunden. Die Stelle schäumte. »Ja.« Er schwieg, dann sprach er weiter. »Ich habe mir das ausgemalt. Erst auf den Ruderbänken der Galeere, später bei fast jedem Schritt, den ich getan habe. Ich habe mir vorgestellt, ich würde die Wurzeln eines verdorbenen Baums, der den Menschen die Sonne raubt und junge Vögel aus den Nestern schüttelt, mit Salzwasser tränken und zusehen, wie er eingeht. Am liebsten über Wochen und Monate. So habe ich mir das zusammengeträumt, darum hab ich überlebt. Rache. Es gibt kein schöneres Wort dafür.«

»Und jetzt verlässt du Deutschland.«

»Ja.«

Sie legte ihre Hand um sein Handgelenk und spürte die Narben, die die Ketten hinterlassen hatten.

»Ich hatte gedacht, ich wäre selbst ein Baum geworden, der am Salzwasser eingegangen ist. Ich hab das Salz in meinen Adern gespürt und gemerkt, wie es mich vergiftet. Ich hatte angenommen, auch an mir gäbe es nichts mehr zu retten.«

Aliz hörte einen Laut, der aus der Öffnung drang, die hinunter zu den Hängematten führte. Ihr Sohn Tile weinte in seinen Träumen.

»Tja«, sagte Anderrath.

»Bitte?«

»Ich habe gewusst, dass ich einen Sohn habe. Das war mein einziger guter Gedanke in dieser Zeit. Mein kleiner Sohn. Ich hatte gedacht, vielleicht wäre er das Seil, das mich noch aus dem Sumpf ziehen könnte. Jemand, der mir mehr bedeutet als ich mir selbst. Ich hatte allerdings nicht damit gerechnet …«

»Die Sorgen, die Kinder machen.«

»Ja, die Mühe.«

»Und die Verletzungen, die sie einem zufügen.«

»Das alles. Lieber Herr Jesus, hat mich der Bengel Nerven gekostet.« Anderrath zog sie an sich. Nicht nur seine Hände, sein ganzer Körper konnte ausdrücken, woran seine Mimik scheiterte. »Aber das Wichtigste hat der Bursche verstanden. Da kommt er nach mir. Er hat kapiert, welche Art Mädchen ihm guttut. Richtig, Madame?«

Aliz schmiegte sich an ihn. Ihr wurde warm, obwohl der Wind Regen in ihr Gesicht blies und das Eis am Rumpf des Schiffes schabte.

Epilog

Am Ende bleibt die Frage: Was in diesem Roman ist Fakt und was Fiktion?

Die erste Post mit Postreitern, Poststrecken und Poststationen führte Maximilian I. 1490 ein. Wie bei einem Staffellauf wurden dabei die Briefe und Pakete von Station zu Station an ausgeruhte Reiter übergeben. Allerdings waren diese Poststrecken noch nicht der Allgemeinheit zugänglich. Das änderte sich erst in der zweiten Hälfte des 16. Jahrhunderts, als Kaiser Rudolph II. seinen Gefolgsmann Leonhard I. von Taxis zum Generaloberpostmeister bestellte. Die Verfolgung illegaler Postreiter in dieser Zeit ist belegt. Auch den Streik des Wöllsteiner Postmeisters, der im Roman erwähnt wird, hat es gegeben. Die heimliche Poststrecke, die Aliz und Moritz aufbauten, ist dagegen Fiktion.

Der Fettmilch-Aufstand in Frankfurt hat tatsächlich stattgefunden, mit all den Argumenten, die im Roman aufgeführt wurden. Vinzenz Fettmilch wurde deswegen am 28. Februar 1616 enthauptet und gevierteilt. Die Juden, die schuldlos in den Streit mit hineingezogen worden waren, wurden Opfer eines Pogroms, ihr Viertel geplündert, sie selbst vertrieben.

Den wahnsinnigen Herzog Johann Wilhelm von Jülich-Kleve-Berg hat es ebenfalls gegeben, genau wie den erbitterten Streit zwischen Herzogin Jakobe und ihrer Schwägerin

Sibylle. Man warf der Herzogin Liebschaften vor – unter anderem mit einem Herrn von Anderrath –, und ihre Ermordung wird Sibylle und dem Marschall Schenckern angelastet. Allerdings gab es, soweit bekannt, keine illegitimen Kinder. Der Erbfolgestreit aufgrund der Kinderlosigkeit des Herzogs zog sich bis in die zweite Hälfte des 17. Jahrhunderts.

FRANCFURT
am Mayn